EMILY STOPP

DU BIST DER *Sturm* IN MEINEM HERZEN

EMILY STOPP

DU BIST DER *Sturm* IN MEINEM HERZEN

Starfall Love 2

LAGO

Bibliografische Information der Deutschen Nationalbibliothek
Die Deutsche Nationalbibliothek verzeichnet diese Publikation in der Deutschen Nationalbibliografie. Detaillierte bibliografische Daten sind im Internet über http://d-nb.de abrufbar.

Für Fragen und Anregungen
info@lago-verlag.de

Originalausgabe
1. Auflage 2023
© 2023 by LAGO Verlag, ein Imprint der Münchner Verlagsgruppe GmbH
Türkenstraße 89
80799 München
Tel.: 089 651285-0
Fax: 089 652096

Wichtiger Hinweis: Die gewählte männliche Form bezieht sich immer zugleich auf weibliche, männliche und diverse Personen. Auf konsequente Mehrfachbezeichnung wurde aufgrund besserer Lesbarkeit verzichtet.

Redaktion: Jil Aimée Bayer
Umschlaggestaltung: Isabella Dorsch
Umschlagabbildung: Shutterstock.com/Casey Blackwell, lavendertime
Satz: Helmut Schaffer, Hofheim a. Ts.
Druck: CPI books GmbH, Leck
Printed in the EU

ISBN Print 978-3-95761-216-8
ISBN E-Book (PDF) 978-3-95762-315-7
ISBN E-Book (EPUB, Mobi) 978-3-95762-316-4

Wir produzieren nachhaltig
www.m-vg.de

Weitere Informationen zum Verlag finden Sie unter

www.lago-verlag.de

Beachten Sie auch unsere weiteren Verlage unter www.m-vg.de

»Denn wir sind aus Sternenstaub gemacht,
sagt das Mädchen aus meinen Träumen,
ein bisschen wie Gold,
flüssig und warm.
Und um uns die Magie,
die uns alle verbindet.«

Sophie Bichon

Playlist

»Be Kind« – Marshmellow & Halsey

»Best of You« – Foo Fighters

»Like I Love you« – Nico Santos, Topic

»You Need To Calm Down« – Taylor Swift

»Dangerous Night« – Thirty Seconds to Mars

»Shivers« – Ed Sheeran

»Love You Better« – John De Sohn, Rasmus Hagen

»Naked« – Christopher

»Bigger Than« – Justin Jesso, Seeb

»High« – Johnny Rollins

»Midnight« – Alesso, Liam Payne

»Who's Gonna Love Me Now« – Nico Santos

»No Words« – Madeline Juno

»Hope« – Lucidious

»Hopeless Romantics« – James TW

»Biblical« – Calum Scott

»Last One Standing« – Skylar Grey, Polo G, Mozzy, Eminem

»Didn't I« – OneRepublic

»Kiss My Scars« – August Royals

»Hold Me While You Wait« – Lewis Capaldi

»Be Alright« – Dean Lewis

»Ghost« – Christopher

»brutal« – Olivia Rodrigo

»I Don't Care« – Ed Sheeran, Justin Bieber

Für meinen Papa.
Du bist und bleibst mein Superheld.

Prolog

Zac

Liebe hat eine unglaubliche Macht.

Sie kann auf die unterschiedlichsten Arten und Weisen in dein Leben treten. Im besten Fall bringt sie dir eine Menge Glück und Freude. Im schlimmsten Fall bedeutet sie Schmerz und Leid, Trauer und Finsternis. Für mich war sie schon immer Zweiteres.

Schon als ich ein kleiner Junge war, waren Wut und Trauer meine ständigen Begleiter. Wut über all die Drohungen und Erwartungen, die ich ohnehin nicht erfüllen konnte. Trauer über den Schmerz, den ich jeden Tag in meinem Inneren verspürte. Über die Worte, die ich sprach und doch nicht so meinte, und die Taten, die ich am liebsten rückgängig machen würde.

Mit der Zeit habe ich gelernt, meine Gefühle tief in mir zu verstecken und fest zu verschließen. Dort erscheinen sie mir auch jetzt noch am sichersten. Sie nach außen hin zu zeigen, bedeutet Schwäche. Diese Lektion musste ich schon sehr früh lernen. Wenn das Leben nur aus negativen Gefühlen besteht, wenn es mehr ein Überleben als ein Leben ist, dann vergisst du das Schöne in der Welt. Für mich war sie farblos, meine Welt – an einigen Tagen grau, an anderen schwarz, aber nie mehr.

Mit jedem Tag, der verging, fühlte ich mich gebrochener. Mit den Jahren lernte ich, dem Menschen, den ich auf dieser Welt am meisten verachte, den Rücken zu kehren. Ich lernte, meine Mauer so hoch und dick wie möglich zu bauen, damit niemand mehr dahinterschauen kann.

Mein Plan ist aufgegangen, zumindest für eine Weile. Meine Fassade hatte Bestand, mein Leben lief unkompliziert an mir vorbei. Die Dinge geschahen einfach: Die Frauen kamen und gingen, nie blieb eine länger als für eine Nacht. Mit der Liebe hatte ich schon vor langer Zeit abgeschlossen. Sie war kein Teil meines Lebens mehr.

Bis ich *sie* zum ersten Mal sah: Das Mädchen mit den blonden Haaren, die in der Sonne wie Gold glänzen. Mit den atemberaubendsten Augen, in denen ich mich immer und immer wieder verliere.

Wie ein Tsunami kam sie in mein Leben und wirbelte alles durcheinander. Die Gefühle, die in mir schrien, versuchte ich, im Keim zu ersticken: vergeblich. Mit jedem Tag, der verging, schien meine Mauer einen Riss mehr zu bekommen.

Nie hätte ich geglaubt, dass ein Mensch ein ganzes Leben verändern kann – ich wurde eines Besseren belehrt. Ich lernte, was es heißt, wirklich zu lieben. Dass das, was ich bisher geglaubt hatte, als Liebe zu kennen, gar keine Liebe war.

Denn Liebe ist *alles*. Sie ist Schmerz, Leid, manchmal Finsternis und Trauer, dann wieder Freude und Glück.

Vor allem aber ist Liebe bunt und verrückt, sie wirft dich völlig aus der Bahn und reißt jede Mauer mit sich.

Liebe siegt.

Immer.

Es muss so sein.

KAPITEL 1

Chaos im Schnee

Mira

»Was zur Hölle befindet sich in diesem Koffer?«

Mit einem entgeisterten Ausdruck im Gesicht dreht Jase sich zu mir um. Er steht auf der Treppe unseres Hausflurs, hält den Griff meines Reisegepäcks mit seinen Händen umschlungen. Auf eine Antwort wartend sieht er mich an, während er es mit einem lauten Knall neben sich abstellt.

»Das willst du gar nicht wissen«. Lachend sehe ich ihn an und schultere seinen Rucksack. Wir haben vorhin sehr schnell beschlossen, miteinander zu tauschen, denn mir wäre es unmöglich, dieses Monstrum von Koffer, in dem sich all meine Klamotten befinden, allein bis in die WG zu wuchten. Für meinen sehr sportlichen Zwillingsbruder ist das allerdings gar kein Problem.

»Sei froh, dass ich dich so sehr liebe, Schwesterherz. Sonst würde der hier«, sagt er und deutet neben sich auf den Boden, »jetzt nämlich immer noch mutterseelenallein auf dem Bürgersteig stehen.«

Gespielt entsetzt sehe ich ihn an. »Du hättest Gustav einfach so im Stich gelassen?«

Jase lacht. »Warum wundert es mich nicht, dass du selbst diesem Ding einen Namen gegeben hast?«

Ich erwidere sein Lachen. Tatsächlich ist es eine meiner Macken, jedem Gegenstand, der mir etwas bedeutet, einen Namen zu verleihen. Irgendwie fühle ich mich den Dingen dann verbundener. Außerdem verdienen sie meiner Meinung nach einen, wenn sie so treue Begleiter meines Lebens sind.

»Meinst du, du schaffst es, Gustav bis in die Wohnung zu tragen?«, frage ich Jase.

Er stöhnt kurz auf, dann greift er wieder nach dem Griff des Koffers und wuchtet ihn mit all seiner Kraft in die Luft. »Bitte ruf den Notarzt, wenn ich von dieser Bestie erschlagen werde.«

»Wie war noch gleich die Telefonnummer dafür?«, frage ich ihn gespielt ahnungslos. »Ich erinnere mich plötzlich nicht mehr …«

»Miranda Summers, ich warne dich …«

Wenn Jase mich mit meinem vollen Namen anspricht, ist es ernst. Er weiß, wie sehr ich es hasse, so genannt zu werden. Vor lauter Angst um Gustav halte ich also meine Klappe, während mein Bruder sich die letzten Stufen zur WG nach oben kämpft und ich ihm hinterhertrotte.

Kaum sind wir oben angekommen, wird die Tür auch schon von innen aufgezogen. Ein strahlender Finn steht im Türrahmen und breitet seine Arme aus. »Da sind ja endlich meine Lieblingsmitbewohner!«

»Wir sind deine *einzigen* Mitbewohner«, entgegne ich lachend, während die Jungs sich zur Begrüßung umarmen und dabei freundschaftlich abklatschen. Anschließend zieht Finn auch mich in eine liebevolle Umarmung. Es ist so schön, endlich wieder hier zu sein. An diesem Ort, hier bei meinen Freunden, fühle ich mich wirklich zu Hause.

Finn hilft Jase dabei, meinen Koffer in die Wohnung zu heben.

»Meine Güte, Mira. Ihr wart doch nur zwei Wochen weg. Was hast du denn alles hier drin, das ist doch …«

»Bitte, nicht du auch noch!«, rufe ich entsetzt dazwischen. »Es kommt doch nicht auf die Anzahl der Tage an, die man weg ist«, erkläre ich ihm, während ich Jasons Rucksack absetze und mich aus meiner Jacke schäle. »Ich bin eben immer für alle Fälle ausgerüstet, das solltest du inzwischen wissen. Lieber habe ich mehrere Pullover dabei, falls einer …« Weiter komme ich nicht, denn als ich mich in Richtung Wohnzimmer drehe, sehe ich meine beste Freundin.

»Enna!«, rufe ich begeistert. In wenigen Schritten ist sie bei mir. Wir umarmen uns stürmisch und hüpfen auf der Stelle auf und ab.

»Ich hab dich so vermisst!«, rufe ich über ihre Schulter.

»Und ich dich erst. Du hast mir unendlich gefehlt!«

»Hey, dafür war ich ja da«, höre ich Finn hinter uns leise zu Jase murmeln. Sofort löse ich mich von meiner besten Freundin.

»Du meinst also, dass du mich ersetzen kannst, ja?«, frage ich ihn entsetzt.

Finn zuckt nur mit den Schultern. »Du musst schon zugeben, dass ich einige Fähigkeiten habe, die dir fehlen. Enna und ich …«

»Sofort aufhören!« Entgeistert sehe ich ihn an. »Ich will gar nicht wissen, was ihr an den Feiertagen so getrieben habt.«

»Den Fotos im Gruppenchat nach zu urteilen, scheint es in der Wohnung deiner Mom ja wirklich romantisch gewesen zu sein, Finn. Ich kann mir schon vorstellen, wie ihr beide vor dem Kamin …«

»Das reicht!«, empört sich nun auch Enna. Innerhalb weniger Sekunden läuft ihr gesamtes Gesicht rot an. Das passiert ihr immer, wenn ihr etwas unangenehm ist, was ich unfassbar süß finde.

Als wir alle gemeinsam lachen, bemerke ich, wie sehr ich meine Clique in den letzten Wochen vermisst habe. Die Weihnachtstage haben Jase und ich bei unseren Eltern verbracht. Wie immer, so gab es auch dieses Mal anstatt friedlicher Stimmung an den Festtagen endlose Diskussionen über alles, was den beiden an und in unserem Leben nicht gefällt. In erster Linie ging es diesmal um Jase. Sein großer Traum ist es, Musiker zu werden. Seit einigen Monaten spielt er in einer Band an der Uni, um Extra-Credits für sein Musikstudium zu sammeln und einfach aus Leidenschaft zur Musik. Unsere Eltern haben klare Vorstellungen davon, wie seine und meine Zukunft aussehen soll. Ginge es nach den beiden, würden wir irgendwann ihre erfolgreiche Anwaltskanzlei leiten. Im Gegensatz zu meinem Bruder komme ich den beiden entgegen, indem ich meinen Bachelor of Arts in Law an der **Starfall University** absolviere. Glücklich bin ich damit zwar nicht, aber immerhin kann ich den Familienfrieden somit etwas wahren. An mein Bachelorstudium wird sich dann das erweiterte Jurastudium anschließen. Es fällt mir natürlich nicht leicht, dass mein Bruder seinem eigenen Traum nachgehen kann, während ich mich durch die meisten Module einfach nur quälen muss. Es gibt wenige Vorlesungen und Seminare, die mir wirklich Spaß machen und deren Inhalte ich sehr interessant finde. Doch später als Anwältin zu arbeiten, kann ich mir für mich einfach nicht vorstellen. Dennoch liebe ich meinen Bruder unendlich und gönne ihm seinen Erfolg als Musiker, auch wenn unsere Eltern diesen gar nicht wertzuschätzen wissen. Jase hat schon oft versucht, mich zu überzeugen, meinen eigenen Weg zu gehen, wie auch er es versucht. Doch ich kann die Stärke, die von ihm ausgeht, einfach nicht aufbringen. Ich habe nicht die Kraft für noch weitere Vorwürfe unserer Eltern. Dadurch, dass wenigstens eins ihrer Kinder den Weg einschlägt, den sie sich für uns beide vorstellen, habe ich das Gefühl, zumindest einen Teil der Liebe aufrechterhalten zu können, die in unserer Familie ohnehin viel zu kurz kommt.

Eine halbe Stunde später sitzen wir um die Kücheninsel verteilt und unterhalten uns über die nun hinter uns liegenden Ferien. Enna und Finn haben die Zeit mit ihren Familien offensichtlich sehr genossen. Finn erzählt gerade davon, wie er einen Feiertag bei seinem Dad verbracht hat, der sonst eher wenig Zeit für seinen Sohn aufbringt. Die beiden haben sich endlich über viele Dinge unterhalten können und ihr Verhältnis ist seitdem viel entspannter. Ich freue mich für ihn. Enna und Finn hatten es nicht leicht in der Vergangenheit und ich wünsche den beiden nur das Beste.

Irgendwann verabschiede ich mich aus der Runde, schnappe mir meine Jacke und laufe durch die Straßen von Starfall, um mich im Café mit Brian zu treffen. Gemeinsam möchten wir den neuen Schichtplan besprechen, denn bereits vor einigen Tagen habe ich meinen Stundenplan erstellt. Kaum zu glauben, dass ich bereits im dritten Semester studiere und nur noch drei weitere vor mir liegen. Auch in diesem Jahr möchte ich mir etwas dazuverdienen und im Café aushelfen. Ich liebe es, dass ich meine Leidenschaft für das Backen dort ausleben kann.

Während ich über den fast leeren Campus laufe, denke ich an all die Aufgaben, die in diesem und den nächsten Semestern vor mir liegen. Als ich merke, wie mein Magen sich bei dem Gedanken daran zusammenzieht, lenke ich meine Aufmerksamkeit lieber auf mein jetziges Vorhaben. Ich liebe es, im Café zu arbeiten und die Kunden mit meinen Kreationen glücklich zu machen. Das ist es, wofür ich brenne: das Backen und das Café.

Ich biege um die letzte Hausecke in die Straße ein, in der sich das **C&C – Coffee & Cake –** befindet. Dabei beobachte ich, wie meine Stiefel mit jedem Schritt weiter im tiefen Januarschnee versinken, dann lasse ich meinen Blick über die eingeschneiten Hausdächer wandern. Schnee hatte schon immer eine beruhigende Wirkung auf mich. Wie eine weiße Decke legt er sich über die Welt und scheint Frieden und Ruhe mit sich zu bringen.

In meine Gedanken versunken laufe ich weiter, bis mein rechter

Fuß plötzlich gegen etwas Hartes stößt. Ein erschrockener Schrei entfährt mir, kurz darauf falle ich auch schon.

Zac

Ein lautes Krachen – gefolgt von einem kurzen Schrei! – lässt mich zusammenfahren. Vor lauter Schreck fällt mir das Handy aus der Hand, das ich mir eben noch ans Ohr gehalten habe.

Verfluchte Scheiße, was war das denn?

Ohne weiter auf mein Smartphone zu achten, das nun irgendwo im Schnee liegt, drehe ich mich um. Im ersten Moment kann ich niemanden sehen, doch dann streift mein Blick eine Menge blonde Haare im Schnee vor mir. Daneben stand vor wenigen Sekunden noch einer meiner Kartons. Jetzt *liegt* er dort und sein Inhalt hat sich auf dem Boden verteilt, ebenfalls im Schnee.

Mit wenigen Schritten erreiche ich die Frau, von der ich nur ein leises Fluchen vernehme, um ihr aufzuhelfen. Neben haufenweise Klamotten liegt sie vor mir in der weißen Pracht und scheint sich nicht zu rühren.

Ob sie sich wehgetan hat? Ich bleibe stehen und beuge mich über sie. Ihr blonder Pony schaut unter einer grauen Wollmütze hervor, darunter starrt sie mich mit ihren strahlend blauen Augen erschrocken an.

Verdammt.

Wie der letzte Vollidiot starre ich zurück und scheine dabei völlig das Sprechen verlernt zu haben.

Was ist nur los mit mir?

Normalerweise bringt mich keine Frau so schnell aus der Fassung, doch bei ihr ist es etwas anderes. Mira Summers ist nicht einfach irgendeine Frau – sie ist *die* Frau, der ich seit Jahren aus dem Weg zu gehen versuche. Und ausgerechnet sie liegt nun im Schnee vor mir, umringt von meinen Shirts und Socken. Peinlicher geht es kaum.

»Ist es wirklich so spannend?«, fragt Mira mich genervt.

»Was?« Ich bin total perplex, als sie mich aus meinen Gedanken reißt.

»Mich hier liegen zu sehen. Im Schnee.«

»Wieso sollte das spannend sein?«

»Weil du mich nur anstarrst, anstatt mir aufzuhelfen.«

Jetzt weiß ich ganz sicher, dass ich mich nicht nur wie ein Vollidiot benehme. Ich *bin* gerade auch ein echter.

»Entschuldige«, sage ich, nun wieder selbstsicher, und reiche ihr meine Hand. Mira ergreift sie sofort und lässt sich von mir aufhelfen. »Hast du dir wehgetan?«

Sie klopft sich den Schnee von Jacke und Jeans. »Nein, es geht schon«, murmelt sie, dann lässt sie ihren Blick über den Boden gleiten. »Bin ich über *dieses* Ding gestolpert?« Sie deutet auf den braunen Karton.

Ich nicke. »Jepp. Wobei ich mich ehrlich frage, wie du ihn nicht hast sehen können. Er stand mitten auf dem Weg und …«

»Ist ja gut.« Mira verdreht die Augen. »Ich war mit meinen Gedanken gerade woanders.« Erst jetzt scheint sie zu bemerken, dass all meine Klamotten kreuz und quer verteilt liegen und inzwischen mit Sicherheit nass sind. »Verdammt, das tut mir leid«, wispert sie und stellt den Karton wieder auf. »Ich helfe dir natürlich …«

»Schon okay, das musst du nicht«, falle ich ihr ins Wort.

»Klar doch. Ich habe deinen Karton umgerannt, also helfe ich dir auch, die Sachen wieder einzuräumen.«

Ergeben hebe ich die Hände. »Also schön.«

Gemeinsam machen wir uns daran, meine Sachen wieder in den Karton zu packen. Mira greift sich ein paar meiner Socken und schüttelt sie aus, damit der Schnee abfällt. Verdutzt betrachtet sie die drei Stück, die sie in der Hand hält, ehe sie forschend über den Boden blickt.

»Suchst du was?«

»Ja«, antwortet Mira. »Die passenden Socken zu diesen hier, aber irgendwie …«

Ein lautes Lachen entfährt mir, bevor ich mich daran hindern kann. Noch im gleichen Moment frage ich mich, wann ich zum letzten Mal gelacht habe. Ehrlich und aus vollem Hals. Es muss Wochen her sein. Beinahe fühlt es sich seltsam an, wie sich meine Mundwinkel nach oben ziehen, als hätten sie es ewig nicht getan.

»Was ist so lustig?«, reißt sie mich nun schon zum zweiten Mal aus meinen Gedanken. Es verwundert mich, wie viel Macht diese Frau über mich hat, obwohl wir uns kaum kennen. Sonst bin ich nicht so. Für gewöhnlich bin ich eher verschlossen. Und sie ist definitiv die letzte Frau, die mich zum Lachen bringen sollte.

»Ach, vergiss es«, sage ich nur und nehme ihr die Socken aus der Hand. Mira zuckt nur mit den Schultern und reicht mir dann zwei meiner Shirts. Ich lege sie zu den anderen Klamotten in den Karton und schließe ihn wieder.

»Wozu all die Kisten?«, fragt sie mich und deutet auf die weiteren Kartons, die sich an der Hauswand stapeln.

»Ich ziehe um«, antworte ich knapp.

Fragend sieht Mira mich an. »In dieses Haus?« Sie deutet auf den weißen Altbau neben uns.

Ich nicke. Die Entscheidung, endlich auszuziehen, ist mir alles andere als leichtgefallen. Zu Hause habe ich Verpflichtungen, denen ich mich auch so nicht entziehen kann. Dennoch erhoffe ich mir von den fünfzig Quadratmetern in diesem Haus ein Stück Normalität. Etwas *Eigenes*. Einen Bereich ganz für mich, in dem ich einfach ich sein kann, ohne funktionieren zu müssen.

»Cool«, entgegnet Mira ebenso knapp wie ich zuvor.

Ich meine, für einen kurzen Moment eine gewisse Anspannung in ihrem Gesicht lesen zu können, bin mir aber bereits zwei Sekunden später nicht mehr sicher, ob ich es mir nicht doch nur eingebildet habe.

Schweigen breitet sich zwischen uns aus. Mit einer lockeren Bewegung hebe ich den Karton an und trage ihn zu den anderen, um ihn auf den Stapel an der Hauswand zu stellen, der einzigen trockenen Stelle weit und breit. Das harte Training der letzten Monate macht sich bezahlbar. Meine Kraft kann ich für den Umzug und die Renovierung meiner Wohnung gut gebrauchen, denn Hilfe werde ich dabei von niemandem bekommen. Soll mir aber recht sein. So muss ich mir keine nervigen Fragen oder Vorschläge anhören. Ich bin es ohnehin gewohnt, mich um die Dinge in meinem Leben allein zu kümmern. Das kann und soll auch so bleiben, denn nur so kann ich sichergehen, niemandem etwas schuldig zu sein.

»Sorry noch mal, dass deine Sachen jetzt wegen mir nass sind.« Schuldbewusst sieht Mira mich an, als ich mich ihr wieder zuwende.

Ich winke ab. »Ach, das sind nur Klamotten, die trocknen schnell wieder.«

Auf dem Boden suche ich nach meinem Handy, das ich in den letzten Minuten völlig vergessen habe. In wenigen Sekunden habe ich es gefunden und stecke es in meine Jeanstasche, nachdem ich mich vergewissert habe, dass es noch funktionstüchtig ist. Da ich davon ausgehe, dass unser Gespräch beendet ist, hebe ich eine der Kisten an und trage sie in Richtung Haustür. Gerade will ich den Hausflur durch die bereits offen stehende Tür betreten, als Miras Stimme mich noch einmal innehalten lässt.

»Ich würde dir ja helfen, wäre ich nicht schon so spät dran, aber ich muss zu einer Besprechung im **C&C**, dort arbeite ich nämlich!«, ruft sie mir nach und räuspert sich daraufhin. »Wir machen wirklich tollen Kaffee. Ich weiß ja nicht, ob du Kaffee trinkst, aber wir haben auch fruchtige Torten und …«

Fruchtige Torten? Schmunzelnd schüttle ich den Kopf, gehe aber nicht weiter auf ihr indirektes Angebot ein. Stattdessen bedanke ich mich kurz, bevor ich mich umdrehe und das Haus betrete.

In meiner Wohnung angekommen, stelle ich den Karton im Wohnzimmer ab, gehe zum Fenster und werfe einen letzten Blick auf die Straße. Mira ist verschwunden und hat nur die Abdrücke ihrer Stiefel im Schnee hinterlassen. Eigentlich hasse ich den Winter, doch seltsamerweise stört mich die weiße Pampe da draußen heute etwas weniger.

KAPITEL 2
Rasende Gedanken

Mira

»Du siehst aus, als hättest du ein Schneemonster gesehen.« Mit diesen Worten begrüßt Brian mich, als ich, von einem kalten Windstoß begleitet, das Café betrete.

»So falsch liegst du damit gar nicht«, murmle ich in meinen Schal, während ich mich aus meiner Jacke schäle. Zusammen mit meiner Mütze hänge ich sie an der Garderobe des **C&C** auf, dann wende ich mich meinem Chef zu. Mit einem Grinsen im Gesicht lehnt er an der Kuchentheke und sieht mich amüsiert an.

»War es ein großes Schneemonster?«, fragt er mich gespielt ernst. »Ich habe mal gehört, dass es auch kleine gibt, die nicht so gefährlich sein sollen.«

Ich lache. Manchmal liebe ich es, dass Brian bereits über fünfzig ist, denn in all den Jahren, die er schon auf dieser Erde wandelt, scheint er mit jedem Tag mehr an Humor dazugewonnen zu haben. Er macht die wirklich schlechtesten Witze überhaupt, doch gerade die finde ich immer am lustigsten.

Was das wohl über mich aussagt?

»Nein, kein Monster, Brian. Nur jemand, den ich sonst eher zu meiden versuche.«

»Verstehe«, entgegnet er knapp. Er kennt mich lange und gut genug, um zu wissen, wann es besser ist, auf etwas nicht genauer einzugehen. Auch jetzt scheint er zu spüren, dass ich das Thema nicht vertiefen möchte, und dafür liebe ich ihn umso mehr. Die Begegnung mit Zac eben hat mich wahnsinnig aufgewühlt. Schon seit Monaten versuche ich, das kleine Hüpfen meines Herzens zu ignorieren, wann immer ich ihn in der Uni oder auf dem Campus sehe. Ich tue es als etwas ab, das es nicht wert ist, näher betrachtet zu werden, und verdränge dieses Gefühl in mir, wenn ich seine Stimme höre. Diese raue, tiefe Stimme, die mein Herz zum Rasen bringt. Das Kribbeln, das mich überkommt, wenn er den Raum betritt …

Ich arbeite schon seit meiner ersten Woche in Starfall im **C&C**. Die Arbeit hier macht mir unglaublich viel Spaß, ebenso all die Gespräche mit Brian. Das **C&C** ist ein sehr kleines Café, in das nur wenige Gäste passen, weshalb es ausreicht, wenn nur einer von uns die Bedienung übernimmt. Doch genau deswegen liebe ich es hier: Es ist klein, gemütlich und einfach ein absoluter Wohlfühlort mit all den gepolsterten Stühlen, Sitznischen und der großen Fensterfront. Mein persönliches Highlight ist allerdings die Theke, in der sich stets auch meine eigenen Backwaren befinden. Einer der Gründe, weshalb ich den Aushilfsjob damals so schnell angenommen habe, war das Versprechen von Brian, dass ich meine eigenen Kuchen und Muffins verkaufen darf. Ich liebe es, mich in der Küche auszuprobieren, doch ebenso erfüllt es mich mit Freude, in die lachenden Gesichter der Gäste zu schauen, wenn sie voller Begeisterung meine Leckereien essen. Es tut gut, sehen zu dürfen, wie etwas von mir Geschaffenes einem anderen Menschen Glück bescheren kann. In sehr stressigen Uni-Phasen wird das **C&C** von einer Firma mit Backwaren beliefert, doch Brian beteuert immer wieder, dass meine Kreationen in ihrem Geschmack einfach nicht zu übertreffen sind, was mich mehr als glücklich macht. Er schätzt mein Talent und vertraut mir, obwohl es sein Café ist und ich hier nur aushelfe. Doch es fühlt sich nach viel mehr an als nur nach einem Nebenjob: Vielmehr sind wir ein eingespieltes Team, eine Einheit. Ich fühle mich gebraucht und geschätzt. Meine regelmäßigen kleinen Gespräche mit Brian schenken mir immer wieder viel Kraft und natürlich werde ich zudem wegen meiner Extraleistung auch wirklich gut bezahlt, was ebenso nicht unwichtig für mich ist. Meine Eltern finanzieren zwar mein Studium, doch meine sonstigen Lebenshaltungskosten stemme ich allein. Dieses Stück Unabhängigkeit war mir schon immer sehr wichtig und ich habe sehr dafür gekämpft, mir diese Freiheit zu ermöglichen.

»Sterne an Mira!«, reißt Brian mich schließlich aus meinen Gedanken.

»Entschuldige. Was hast du gesagt?« Ich werfe ihm ein Lächeln zu.

»Ich habe dich gefragt, wie die Ferien waren. Natürlich weiß ich, dass du nicht besonders gern zu deinen Eltern fährst, und du musst auch nichts Genaueres erzählen. Ich habe mich nur gewundert …«

»Ist in Ordnung, Brian«, unterbreche ich seine Erklärungsnot. »Ich gebe dir eine Kurzfassung, wenn das okay ist?«

Er nickt, also entschließe ich mich dazu, ihm mit möglichst wenigen Worten von meinen unglaublich tollen – natürlich ironisch gemeint! – Ferien zu berichten.

»Jase und ich waren ganze zwei Wochen bei meinen Eltern. In den ersten Tagen waren sie tatsächlich supernett, was unter anderem daran lag, dass sie sich die wirklich ernsten Gesprächsthemen bis nach den Feiertagen aufgehoben haben.« Ich seufze einmal kurz auf. »Wir hatten wirklich schöne Weihnachten und ein tolles Silvester. Die darauffolgenden Tage liefen weniger harmonisch ab.«

Brian nickt verständnisvoll. »Welcher Satz war diesmal am einfallsreichsten?«, fragt er mich wie immer, wenn ich von einem Aufeinandertreffen mit meinen Eltern erzähle.

Über die Antwort auf diese Frage muss ich nicht eine Sekunde lang nachdenken. »Es waren diesmal zwei Sätze.«

»Klingt spannend«, kommentiert Brian lachend. Er weiß genau, dass ich lieber mit einer Prise Humor über meine Eltern spreche, weshalb ich ihm für die Auflockerung sehr dankbar bin. »Welcher ist dein Favorit?«

Ich erwidere sein Lachen und gebe mir dann die größte Mühe, die Tonlage meiner Mom nachzuahmen. »»Mit Törtchen verdient es sich noch lang keinen Lebensunterhalt, Miranda.‹«

Sofort bricht Brian in schallendes Gelächter aus, woraus ich schließe, dass mir meine Imitation meiner Mutter gelungen ist. Brian kennt sie zwar nicht persönlich, doch ich habe so oft von ihrer Art berichtet, dass er sich mittlerweile schon ein sehr gutes Bild von ihr machen kann, da bin ich mir sicher. Ich steige in sein Lachen mit ein. Auch jetzt verletzen die Worte meiner Mom mich sehr, doch mit Brian darüber zu scherzen, macht es schon wesentlich besser. Es war dumm von mir, meine berufliche Zukunft erneut bei meinen Eltern anzubringen und zu glauben, dass sie diesmal anders darüber denken würden. Mittlerweile bezweifle ich, dass sie ihre Meinung überhaupt irgendwann ändern werden.

»Und der zweite Satz?«, fragt Brian mich, als wir uns halbwegs beruhigt haben. Er wischt sich eine Lachträne von der Wange.

»»Die Musik spielt nicht in Starfall, sondern hier in der Kanzlei.‹«

»Das ist ein wirklich schlechter Wortwitz«, erwidert mein Chef und zieht eine Augenbraue nach oben.

»Mein Dad fand ihn passend. Aber du kennst ja Jase. Nach außen hin wirkte es, als habe er Dads Worte mit Humor genommen. Doch ich weiß, dass sie ihn dennoch verletzt haben. Die Musik ist …«

»… seine Leidenschaft«, beendet Brian meinen Satz.

Ich nicke. »Mein Bruder liebt seine Musik. Von den eigenen Eltern zu hören, dass er seinen Traum aufgeben soll, muss schrecklich für ihn sein.«

»Ebenso musst du dich fühlen.« Brian legt mir in einer väterlichen Geste seine raue, aber angenehm warme Hand auf die Schulter.

»Es ist okay.« Ich setze ein Lächeln auf, doch wie immer merkt er sofort, dass es keines ist, das aus meinem Herzen kommt. Nach all den Monaten fühlt es sich für mich nicht mehr so an, als wäre Brian nur mein Chef. Vielmehr ist er zu einem wirklich guten Freund für mich geworden, dem ich mich trotz des großen Altersunterschieds sehr gut anvertrauen kann.

»Ich weiß, dass du stark sein möchtest, Mira.« Brian sieht mich ernst an. »Doch ich weiß auch, wie es wirklich in dir aussieht. Und ich finde, dass du es verdienst, deine Gefühle zuzulassen. Wir können nicht immer stark sein.«

Wie immer dringen seine Worte sofort in mein Inneres. Ich lege sehr viel Wert auf Brians Meinung und versuche, mir seine Ratschläge stets zu Herzen zu nehmen. »Danke, Brian.«

Er legt einen Arm um mich und zieht mich liebevoll an seine Seite. »Ich bin immer für dich da, Mira«, sagt er mit seiner beruhigenden Stimme. »Und ich rette dich gern vor jedem Schneemonster dieser Welt.«

Lachend löse ich mich von ihm. »Das weiß ich zu schätzen.« Manchmal wünschte ich, mein Vater hätte mehr von Brian.

Kurz lächeln wir uns an, dann geht Brian zur Kuchentheke und kramt in den Fächern unterhalb des Tresens nach seinem Terminplaner. Ich laufe zu meiner Jacke, krame mein Smartphone hervor und geselle mich dann zu ihm.

In der kommenden halben Stunde vergleichen wir unsere Termine und legen einen Schichtplan für das anstehende halbe Jahr fest. Ebenso teile ich Brian mit, welche Kuchenkreationen ich für die nächsten Wochen eingeplant habe. Wir freuen uns beide sehr darauf, nach der Weihnachtszeit, über die das Café geschlossen war, nun endlich wieder verkaufen zu können. Brian hat die Feiertage mit seiner Frau verbracht und obwohl er mir erzählt, dass er die Zeit sehr genossen hat, schließt er das **C&C** nicht gern für länger, das weiß ich. Ihm liegt sehr viel an diesem Ort und an den Menschen, die ihn so regelmäßig besuchen.

»Ich würde in der Woche darauf gern ein neues Cupcake-Rezept ausprobieren. Es gibt da dieses megageniale Frosting. Man mischt Schokolade mit Buttermilch und einigen anderen Zutaten. Für das Topping dachte ich an bunte Streusel. Erst letzte Woche habe ich in diesem coolen Back-Store eine halbe Stunde von hier …«

Brians amüsiertes Grinsen lässt mich in meinen Worten innehalten. »Ich plappere schon wieder zu viel, oder?«

»Mich begeisterst du immer wieder damit. Du musst innerhalb von drei Sätzen nicht einmal Luft holen, wenn es um das Backen geht.«

Wie recht er doch hat, denke ich und zwinkere ihm zu. »Ich bin eben mit voller Leidenschaft dabei.«

Brian nickt. »Das klingt alles ganz wundervoll. Ich vertraue auf deinen Geschmack und dein Talent. Du kannst zur Backwarenauswahl beisteuern, was immer du magst. Aber eine Bedingung gibt es.«

Wissend nicke ich. »Du möchtest alle Kreationen vorher probieren, damit die Gäste dir nicht alles wegessen. Richtig?«

Brians Augen werden groß. »So ist es, Mira.«

Wir unterhalten uns noch eine Weile und weichen dabei geschickt dem unangenehmen Thema von eben aus. Es tut unheimlich gut, nach all den Wochen voller Zwang endlich wieder unbeschwert mit jemandem über die Dinge sprechen zu können, die mich glücklich machen.

Eine Stunde später verlasse ich glücklich das Café. Ich denke an all die Torten, die ich in den kommenden Tagen backen will. An Brian und welch großen Platz er in meinem Herzen einnimmt.

Und ich erwische mich dabei, wie ich auch an Zac denke, während meine Wangen zu glühen beginnen. Ich denke an Zac und an all die bunten Socken im Schnee, was mich zum Schmunzeln bringt.

Mist.

Zac

Während ich meine Sockensammlung im Kleiderschrank verstaue, den ich schon vor einigen Tagen aufgebaut habe, wandern meine Gedanken immer wieder zu Mira, die wie ein blonder Engel im Schnee vor mir lag.

Ich verfluche mich selbst dafür, wie heftig mein Körper auf sie reagiert. Ein Blick in ihre Augen reicht, um all die Gefühle, die ich immer zu unterdrücken versuche, mit einem Mal zum Vorschein zu bringen. Wie ein Strudel brauen sie sich in mir zusammen und sammeln sich an den empfindsamsten Stellen meines Körpers. Ich bin ein Meister darin, dem Sog des Strudels auszuweichen. *Normalerweise.*

»Verfluchte Scheiße!«

Die letzten Socken werfe ich nur noch achtlos in die Schublade, dann lasse ich mich einfach rückwärts auf mein Bett fallen. Ich brauche Ablenkung, und das wirklich dringend. Ich weiß sofort, dass dafür nur ein paar Drinks, laute Musik und Frauen in knappen Hotpants notwendig sind, die um mich herumtanzen. Vielleicht auch eine, mit der ich die Nacht verbringen kann, die aber definitiv am Morgen danach wieder verschwunden ist.

Ich bin kein Player. Bei mir wissen die Frauen im Vorhinein, worauf sie sich einlassen, aber ich mache kein Geheimnis daraus, dass ich gern genieße und kurzen Spaß habe. Die meisten sind ohnehin nicht an mir als Mensch interessiert, sondern nur an meinem Körper, was mir mehr als recht ist. Beim Sex geht es für mich um Lust und Hingabe, nicht um Gefühle. Bei mir geht es *nie* um Gefühle. Zumindest nicht um meine eigenen.

Kurzerhand krame ich in meiner Hosentasche nach meinem Handy. Als ich darauf zwei verpasste Anrufe meiner Mom sehe, bleibt mir kurz das Herz stehen. Sofort rufe ich sie zurück.

»Hallo?«, ertönt es wenige Sekunden später am anderen Ende der Leitung. Mom klingt wie so oft leise, zerbrechlich. Ich gebe mir die größte Mühe, den aufkommenden Schmerz zu unterdrücken, das Ziehen in meinem Magen zu ignorieren.

»Ich bin es, Mom. Was ist los?« Ich setze mich auf meinem Bett auf.

»Was soll denn los sein?«, fragt sie mich verwundert.

»Du hast mich zweimal angerufen. Ist etwas passiert? Geht es dir wieder schlechter?« So ganz gelingt es mir nicht, ruhig zu bleiben. Ich merke, wie sich mein Herzschlag beschleunigt.

Ein leises Seufzen ist am anderen Ende zu hören. »Ich wollte dich fragen, ob du morgen vorbeikommen kannst.«

»Natürlich kann ich das«, antworte ich sofort, stelle das Telefonat auf laut und durchforste den Terminplaner auf meinem Handy. Morgen ist Freitag, also muss ich um fünfzehn Uhr beim Training sein. »Wann passt es dir?«

»Ich habe doch immer Zeit, Zac. Was soll ich schon vorhaben?«

Bei der Trauer in ihrer Stimme zerreißt es mir beinahe das Herz. Ich liebe meine Mutter über alles. Sie ist der wichtigste Mensch in meinem Leben. Meine Aufgabe ist es, sie zu beschützen. Das war schon immer so und es wird auch immer so bleiben. Andere würden vielleicht sagen, sie sei mein wunder Punkt, aber das ist sie nicht. Sie ist meine Mutter, verdammt. Ich verdanke ihr mein Leben. Und natürlich tue ich alles für sie.

»Dann komme ich um zwölf Uhr zum Mittagessen. Kochst du uns etwas?« Ihr Brummen deute ich als Ja. »Kommst du bis dahin zurecht?«, frage ich sie schließlich unsicher. Plötzlich kommt mir mein Auszug wieder wie ein fataler Fehler vor. Nun kann ich nicht mehr rund um die Uhr bei ihr sein und auf sie achtgeben.

»Klar«, antwortet sie knapp.

Plötzlich fällt mir wieder ein, dass heute Abend ihre Lieblingssendung im Fernsehen läuft. Ich beschließe, sie daran zu erinnern. So kann ich mir sicher sein, dass sie eine Beschäftigung für den Abend hat.

»Später läuft wieder diese Arztserie im TV, die du so gern schaust. Vielleicht magst du sie dir ansehen? Ich kann dir gern das Programm schicken und …«

»Das ist lieb, mein Schatz«, unterbricht sie mich. »Aber ich glaube, dass ich mich gleich schlafen lege. Bin sehr müde heute.«

Ich werfe einen Blick auf die Zeitangabe meines Handys. Es ist gerade mal siebzehn Uhr. Doch ich weiß, dass Zeit für meine Mom schon länger keine Rolle mehr spielt. Für sie geht jeder Tag nahtlos in den anderen über.

»In Ordnung, Mom«, sage ich also nur. »Bitte melde dich, wenn etwas ist.« Als sie nichts darauf erwidert, schließe ich für einen Moment die Augen. »Ich liebe dich, Mom.«

»Ich liebe dich auch, Zac.«

Kurz darauf verrät mir ein kurzes Piepen, dass sie das Telefonat beendet hat. Ich versichere mich noch einmal, dass mein Handy auf laut gestellt ist, und will es gerade beiseitelegen, als mir einfällt, weshalb ich es überhaupt zur Hand genommen habe. Ich öffne meinen WhatsApp-Chat mit Steve und schreibe ihm eine Nachricht.

Bock auf Feiern heute Abend?
Es ist Donnerstag, also steigt was im Stardust.
21:00 Uhr vorm Club?

Seine Antwort kommt bereits wenige Minuten später. Ich ziehe mir gerade meine Bikerjacke über, als mein Handy vibriert. In einer fließenden Bewegung greife ich danach, denn mit seiner Antwort habe ich schon gerechnet.

Klar, Bro. Bin dabei!

Zufrieden stecke ich das Handy zurück in meine Hosentasche, hole meinen Helm sowie die Schlüssel und verlasse kurz darauf meine Wohnung, die noch immer im Chaos liegt. Doch gerade habe ich keine Kraft dafür, weiter meine Kartons auszuräumen. Die Begegnung mit Mira hat mir schon genug den Kopf verdreht, aber zu hören, wie schlecht es meiner Mom geht, ausgerechnet am Tag meines endgültigen Auszugs, bringt das Fass der Verzweiflung in mir zum Überlaufen. Ich gebe mir die Schuld daran, dass heute einer ihrer schlechten Tage ist. Wie könnte ich das nicht tun? Immerhin habe ich mich dazu entschieden, sie allein zu lassen. Aus egoistischen Gründen bin ich ausgezogen und obwohl ich weiß, dass es der richtige Schritt für mich war, zerbricht es mir das Herz, dass sie so sehr darunter leidet. Doch ich kann nicht ewig bei ihr bleiben, das wissen wir beide. Nur um das Leben meiner Mom zu schützen, darf ich mein eigenes nicht verpassen. Das würden wir uns beide irgendwann nicht vergeben können, also musste ich diesen Schritt gehen – für sie und für mich selbst.

Ich laufe die Straße entlang bis zu der Lücke, in der ich mein schwarzes Motorrad geparkt habe. Dort angekommen, schwinge ich mein Bein darüber, stecke den Schlüssel ins Zündschloss und schließe die Augen, als der laute Klang des Motors ertönt. Zweimal lasse ich ihn laut aufheulen, genieße das Geräusch dabei, werfe einen Blick über meine Schulter, um mich zu vergewissern, dass alles frei ist, dann lenke ich die Maschine auf die Fahrbahn.

Erst als ich die Straßen von Starfall verlasse und auf den Highway einbiege, habe ich das Gefühl, endlich wieder frei atmen zu können. Mit jedem Kilometer fällt ein weiteres Stück Last von mir ab. Jetzt zählen nur noch die Bäume, die links und rechts an mir vorbeifliegen, und die Nadel meines Tachos, die immer weiter wandert, bis ich die Höchstgeschwindigkeit, die bei diesem Wetter angemessen ist, erreiche und beibehalte.

Während ich durch den Wald rase, rasen die Gedanken in mir. Die meisten davon kann ich zurücklassen, mit jeder Kurve, die ich nehme. Dennoch geht mir dabei ein Bild nicht aus meinem Kopf.

Das Bild eines blonden Engels im Schnee.

KAPITEL 3
Das perfekte Team

Mira

Mit Halseys »Be Kind« auf den Ohren betrete ich am Freitagmorgen den Vorlesungssaal. Die Veranstaltungen von Professor Johnson sind meine liebsten.

Diese neunzig Minuten sind für mich mit Abstand die schönsten, die ich in der Uni verbringe. Neben für mich eher langweiligen Modulen ist dieses mein Favorit. Hierbei gibt es immerhin einen spannenden Praxisbezug. Professor Johnson gestaltet seine Vorlesungen sehr einfallsreich. Wir schauen neben all der zu behandelnden Theorie auch mal einen Film oder führen Diskussionsrunden, an denen ich mich hin und wieder gern beteilige, wenn es um ein Thema geht, das mich interessiert. Einmal haben wir eine Gerichtsverhandlung live miterlebt, und obwohl ich mir dabei kaum vorstellen konnte, später selbst als Anwältin einen Mandanten zu verteidigen, empfand ich die Zeit dort als wirklich spannend und bewegend.

Da ich lieber am Rand sitze, suche ich mir auch heute dort einen Sitzplatz aus, so kann ich den Hörsaal jederzeit verlassen, ohne mindestens ein paar Handvoll Studenten zum Aufstehen zwingen zu müssen. Neben meiner wirklich schwachen Blase, die mich mindestens einmal während der Vorlesungszeit auf die Toilette zwingt, mag ich es einfach nicht, zwischen all den vielen Menschen eingequetscht zu sein. Außerdem gibt es die eine oder andere Veranstaltung, die ich eher verlasse, weil sie mich entweder zu Tode langweilt oder ich für mich beschließe, den Stoff zu Hause allein zu erarbeiten.

Gerade beuge ich mich über meine Tasche, um meinen Laptop herauszukramen, als mich *sein* Duft innehalten lässt. Ich muss nicht einmal den Kopf heben, um zu wissen, wer da an mir vorbeigelaufen ist. Diesen einzigartigen Geruch würde ich immer und überall sofort wiedererkennen.

Zac.

Schon oft habe ich versucht, seinen Geruch für mich zu definieren. Er riecht nach etwas Frischem, wie eine kühle Brise. Ich meine, dass eine sehr würzige Note darin liegt. Würzig und dennoch angenehm. Es erinnert mich an einen Waldspaziergang, genau das trifft es am besten. Für einen kurzen Moment schließe ich die Augen und versuche, möglichst unauffällig einzuatmen. Und obwohl ich Zac nahezu immer aus dem Weg gehe, erdet mich sein Geruch. Seltsam, oder?

Als ich merke, wie meine Gedanken mir mehr und mehr entrinnen, öffne ich meine Augen wieder. Mit einem kurzen Blick nach rechts vergewissere ich mich, dass er sich bereits einen Platz oberhalb meiner Reihe gesucht hat und nicht immer noch neben mir steht. Eigentlich wäre dieser Blick gar nicht nötig gewesen, denn sein Duft ist mittlerweile wieder verschwunden.

Wenige Minuten später füllt sich der Saal mit den restlichen Studenten, bis kaum noch Plätze übrig sind. Der Bachelor of Arts in Law ist ein sehr beliebter Studiengang an der **Starfall University**. Die meisten Studenten, die hier mit mir sitzen, haben den Wunsch, im Anschluss noch eins draufzusetzen, bis sie ihre juristische Ausbildung mit dem Bestehen des Bar-Examens krönen können. Dieses Bachelorstudium ist eine gern gesehene Grundlage für alle, die dieses Ziel verfolgen, denn die Kurse und Veranstaltungen bereiten uns perfekt auf die Inhalte vor, die dann im Anschluss im erweiterten Jurastudium eine Rolle spielen. Immer wieder frage ich mich, ob ich der einzige Mensch in diesem Raum bin, der gern woanders wäre. So auch jetzt, als Professor Johnson den Saal betritt. Für ihn typisch, trägt er eine Jeans und ein weißes Hemd. Ihm steht dieser Look ausgesprochen gut. Er sieht nicht zu schick aus, dennoch kleidet er sich sehr modern. Ich würde ihm nur dringend ein paar andere Schuhe dazu empfehlen. Über seine ausgelatschten Sneaker muss ich jedes Mal aufs Neue grinsen.

»Einen wunderschönen guten Morgen allerseits!«, ruft er uns entgegen und stellt anschließend seine schwarze Aktentasche auf dem Podium ab. »Ich hoffe, Sie hatten schöne Weihnachtstage. Heute möchte ich mit …« Er unterbricht seine Ansprache, als er verzweifelt versucht, das Beamerkabel in den Laptop zu stecken. Drei Versuche und zwei Seufzer später beugt er sich etwas näher zum Mikrofon. »Eugen, sind Sie heute anwesend?«, fragt er in die Runde. Einige Reihen vor mir erhebt er sich: Eugen, das Computergenie unseres Jahrgangs. Schon oft hat er Professor Johnson während der Vorlesung bei technischen Problemen geholfen.

Er schlängelt sich aus seiner Sitzreihe und stellt sich neben den Professor hinter das Podium. »Kein Problem ist zu groß für mich«, sagt er ins Mikrofon, gefolgt von einem kurzen Zwinkern. Ein amüsiertes Lachen geht durch den Raum, ich muss ebenfalls grinsen. Eugen scheint ein wirklich herzlicher Mensch zu sein, dazu hat er zudem noch einen außerordentlich schrägen Humor.

»Ich danke Ihnen«, sagt Professor Johnson Eugen gewandt, der das Problem mit nur wenigen Handgriffen behoben hat und sich kurz darauf wieder auf seinen Platz fallen lässt. Durch einen Tastenklick des Professors öffnet sich die heutige Präsentation. Ich rücke schon meinen Laptop zurecht und will gerade meine Finger auf die Tastatur legen, als seine nächsten Worte mich davon abhalten. »Heute müssen Sie nichts mitschreiben, liebe Studierende. Sie können sich entspannt zurücklehnen und mir lauschen.«

Die Studenten in den Reihen vor mir werfen sich erstaunte Blicke zu, ehe sich alle wieder zurücklehnen. Das Geräusch von zuklappenden Laptops tönt durch den Raum, ehe der Professor fortfährt.

»In diesem Semester habe ich etwas ganz Besonderes mit Ihnen vor«, beginnt er seinen Vortrag. »Sie sind es gewohnt, dass wir in diesem Modul viele theoretische Inhalte erarbeiten. Doch wie immer, so gibt es auch dieses Mal bei mir viele Bezüge zur Praxis. Diese sind in der Vergangenheit stets gut bei Ihnen angekommen, das konnte ich der Umfrage zum letzten Semesterende entnehmen.« Das Nicken vieler meiner Kommilitonen bestätigt ihn in seinen Worten. Mit sich und seiner Arbeit zufrieden, ergänzt er: »Im nächsten halben Jahr plane ich, eine etwas andere praktische Aufgabe mit Ihnen durchzuführen. Ein Projekt, das wirklich bedeutend für diese Universität ist und außerdem eine große Chance für Sie darstellt.« Professor Johnson läuft um sein Pult herum, bleibt schließlich davor stehen und lehnt sich mit dem Rücken dagegen. »Dieses Semester wird aus Gruppenarbeiten bestehen. Ihnen wird jeweils ein Partner zugeteilt, mit dem sie in den kommenden Wochen und Monaten an einem Projekt arbeiten. An Ihrem *eigenen* Projekt.«

Ein begeistertes Raunen geht durch die Reihen, während ich innerlich die Hände vor mein Gesicht schlage. Ich habe kein Problem damit, ab und an als Teil einer Gruppe zu arbeiten. Dennoch bin ich eher so gestrickt, dass ich meine Aufgaben lieber allein erledige, vor allem solche, die von so einer großen Bedeutung zu sein scheinen wie diese. Außerdem habe ich in den letzten Jahren noch keinen Anschluss an meinen Studiengang gefunden. Ich weiß, dass ich daran selbst schuld bin, und bisher hat es mich auch nie gestört. Immerhin wohne ich mit meinem Bruder und Finn zusammen und habe in Enna eine enge Vertraute gefunden. Ebenso in Harlow, die einige Kurse mit Enna belegt und zudem noch die beste Freundin von Rachel, Finns Ex-Freundin, ist. Aber in diesem Augenblick bereue ich es sehr, sonst an der Uni noch keinen Zugang zu anderen gefunden zu haben, doch die nächsten Worte des Professors beenden meinen kurzen Moment des Selbstmitleids jäh.

»Natürlich ist mir bewusst, dass Sie sich am liebsten Ihren Partner selbst aussuchen möchten, *aber* …« Ein enttäuschtes Seufzen geht durch die Runde, während er weiterspricht. »… ich möchte, dass Sie Ihren eigenen Horizont erweitern. Auch wenn Sie das in diesem Moment vielleicht noch nicht so sehen: Ich helfe Ihnen hiermit. Die meisten Anwesenden in diesem Saal möchten irgendwann mal als Anwälte arbeiten. Im späteren Leben werden Sie sich Ihre Kollegen in der Kanzlei oder im Gericht auch nicht aussuchen können. Sie werden Mandanten verteidigen müssen, die Ihnen vorher nicht bekannt sind. Immer wieder werden Sie sich in Ihren Berufen mit neuen Menschen einlassen müssen, das gilt natürlich auch für alle anderen Arbeitsfelder. Mit diesem Projekt bereite ich Sie darauf vor.«

Bei seinen Worten breitet sich eine Gänsehaut auf meinem gesamten Körper aus. Wenn ich daran denke, später als Anwältin in der Kanzlei meiner Eltern zu arbeiten, wird mir beinahe schlecht. Ich bin weiß Gott nicht kontaktscheu und kann meinen Standpunkt auch vor anderen verteidigen, wenn es sein muss. Doch fremde Menschen in Rechtsangelegenheiten zu vertreten, ist noch mal etwas ganz anderes. Noch dazu etwas, das ich gar nicht tun *möchte*. Immer wieder bekomme ich im Fernsehen und den Medien mit, wie Menschen, die schlimme Dinge getan haben, mit so geringen Strafen davonkommen, dass sie nichts als ein absoluter Witz sind. Natürlich kann man in diesem Beruf auch viel Gutes bewirken, doch nicht jeder Mandant ist ein guter Mensch und ich weiß durch meine Eltern, wie viele Fälle sie allein durch Hinterhalte und Intrigen gewinnen. Außerdem denke ich, dass es Überzeugung und einen eisernen Willen braucht, um eine gute Anwältin zu sein – beides Dinge, die ich definitiv nicht für diesen Beruf aufbringen kann. Ich rutsche etwas tiefer in meinen Sitz, als der Professor weiterspricht.

Wie gern würde ich diesen Vorlesungssaal jetzt gegen meinen Backofen eintauschen, denke ich sehnsuchtsvoll.

Zac

Wie gebannt lausche ich Professor Johnsons Vortrag. Das neue Projekt für dieses Semester klingt wirklich spannend und verspricht uns allen eine große Chance. Gruppenarbeiten sind eigentlich nicht so mein Ding, doch ich höre neugierig weiterhin zu, um die genaue Aufgabenstellung zu verstehen. Schon jetzt weiß ich, dass ich *alles* für dieses Projekt tun werde. Ich möchte jede Chance nutzen, auf meinen Traumberuf hinzuarbeiten und dieses Grundstudium mit den bestmöglichen Noten abzuschließen, um dann gut vorbereitet in die nächste Phase übergehen zu können.

»Am Ende der heutigen Veranstaltung lege ich eine Liste auf mein Pult. Bevor Sie den Saal verlassen, bitte ich Sie, sich den Namen Ihres Partners zu notieren. In den nächsten Monaten werden Sie zu einem Team. Mit niemandem werden Sie demnächst mehr Zeit verbringen, glauben Sie mir.«

Obwohl zu Beginn gesagt wurde, dass heute keine Notizen nötig sind, schreibe ich mir alle Informationen zum Projekt auf. Ich versuche, zwischen den Zeilen des Professors zu lesen, um herauszufiltern, worauf er am meisten Wert legt. Mein Stift bewegt sich mit jeder Minute, die vergeht, schneller über meinen Block.

»Gemeinsam mit Ihrem Partner besteht Ihre Aufgabe darin, ein soziales Projekt zu entwickeln. Dabei lasse ich Ihnen vollkommen freie Hand. Ich erwarte jedoch ein exzellent ausgearbeitetes Konzept, immerhin haben Sie für die Erarbeitung bis zum Semesterende ausreichend Zeit. Wenn Sie in den Wochen davor unsicher sind und mir Ihre Zwischenschritte zeigen möchten, dürfen Sie das selbstverständlich tun«, erklärt der Dozent. »Stellen Sie sich vor, dass Ihre Ideen tatsächlich in diesem Staat umgesetzt werden. Das ist Ihre Chance, etwas zu bewirken, meine Damen und Herren.«

Einige Reihen vor mir hebt ein Student den Arm. Der Professor fordert ihn mit einer Handbewegung zum Sprechen auf, also richtet er sich auf und beugt sich zum Reden nach vorn. »Ich möchte nicht unhöflich sein, Professor«, beginnt er, »aber wozu sollen wir ein Projekt entwickeln und so viel Arbeit in etwas investieren, wenn es doch nur einer fiktiven Vorstellung entspricht und nie realisiert wird?«

Sein dämliches Gelaber geht mir jetzt schon auf den Geist. Ich kenne den Typen nicht, der diese Frage gestellt hat, doch allein seine Stimmlage macht mich wütend. Als ob es sich nur lohnt, für etwas zu arbeiten, wenn man einen persönlichen Nutzen daraus ziehen kann. Einen, der über eine gute Note hinausgeht. Wir sollten es als praktische Übung sehen, nicht als sinnlosen Zeitvertreib.

»Guter Einwand, Mister …«

»Williams.«

»Mister Willams, also gut«, fährt der Dozent dann fort. »Zum einen wird diese Ausarbeitung fünfzig Prozent Ihrer Semesterabschlussnote ausmachen. Die restlichen Punkte sammeln Sie wie jedes Jahr mit

Ihrer Abschlussklausur. Es lohnt sich also sehr wohl für Sie, sich richtig zu engagieren.«

Wieder geht ein Raunen durch den Saal. Dieses Projekt scheint unglaublich wichtig zu sein, wenn es die Hälfte unserer Note ausmacht. Noch ein Grund mehr für mich, mich da wirklich reinzuhängen.

»Zum anderen«, fährt Professor Johnson fort, »gibt es für die Gruppe, die am Ende die meisten Stimmen erhält, eine unglaubliche Chance.«

Diese geheimnisvolle Chance hat er schon zu Beginn der Veranstaltung erwähnt, schießt es mir durch den Kopf. *Vielleicht die Möglichkeit, zusätzliche Credits zu sammeln?*

»Am Ende werden Sie Ihre Projekte den anderen Gruppen kurz vorstellen. Sie alle geben eine Stimme ab für das Team, das Ihrer Meinung nach das originellste Konzept bietet und Sie somit am meisten überzeugt. Natürlich wählen Sie dabei *nicht* Ihr eigenes Projekt.«

Wieder sorgt er mit seinem Kommentar für gute Stimmung in den Reihen.

»Ich liefere Ihnen nun den Grund dafür, weshalb es sich, neben Ihrer Abschlussnote, lohnt, viel Zeit und Mühe in dieses Projekt zu investieren.« In den Sekunden, die der Professor innehält, ist es totenstill im Saal. Alle warten wie gebannt auf seine nächsten Worte, als würden wir alle ahnen, worin diese große Chance besteht. Professor Johnson macht nie ein großes Geheimnis aus Neuigkeiten. Sein heutiges Verhalten deutet darauf hin, dass uns etwas unvergleichlich Großes bevorsteht.

»Die Gruppe, die am Ende die meisten Stimmen zählt, erhält die Chance, ihr Projekt dem Vorsitz der Organisation *Keeping Hope* vorzustellen.«

Beinahe bleibt mir das Herz stehen. Ich vernehme aufgeregtes Rufen um mich herum, begleitet von dem Geräusch sich abklatschender Hände und begeisterten Lauten. *Keeping Hope* ist eine der bekanntesten Hilfsorganisationen unseres Landes. Das Team setzt sich für Kinder in Not und Jugendliche aus sozial schwachen Familien ein. Außerdem gibt es eine Menge Projekte für Obdachlose, neben Spenden und weiteren Angeboten. Es wäre ein Traum für mich, diesen Menschen meine Ideen präsentieren zu dürfen. Wirklich etwas zu bewirken, ist das, was ich schon immer wollte. Der Grund dafür, weshalb ich dieses Studium gewählt habe: um später ernsthaft etwas zu verändern. Menschen zu helfen, die Ähnliches erlebt haben wie ich. Die die gleiche Verzweiflung gefühlt haben und vom Gefühl, nie gut genug zu sein, begleitet werden. Diese Menschen möchte ich erreichen und ihnen neue Hoffnung schenken.

Die erhobene Stimme des Professors unterbricht das aufgeregte Gemurmel im Raum. »Wenn Sie den Vorsitz von Ihrer Idee überzeugen, besteht die Möglichkeit, dass Ihr Projekt in die nächste Kampagne der Organisation aufgenommen wird.«

Wieder sind begeisterte Geräusche im ganzen Saal zu hören, doch diesmal gibt der Professor uns einige Minuten. Er scheint uns den Moment der Freude und positiven Aufgeregtheit zu gönnen, doch ich bin viel zu perplex, um mich mit meinen Kommilitonen auszutauschen. Irgendjemand aus der Reihe hinter mir schlägt mir begeistert auf die Schulter. Ich weiß nicht, wer es ist, doch es spielt ohnehin keine Rolle. Ich bin nicht gerade unbeliebt in unserem Jahrgang, doch dieser Augenblick ist viel zu wichtig für mich. Ich versuche, meine Gedanken zu sortieren.

»Nehmen Sie diese Chance wahr«, mahnt uns Professor Johnson zu reger Teilnahme. »Entwickeln Sie ein Projekt, mit dem Sie wirklich etwas bewirken können. Mit dem Sie sich vielleicht selbst identifizieren.« An Mister Williams gewandt, fügt er an: »So kann aus Ihrer fiktiven Vorstellung Wirklichkeit werden.«

Ich nehme nur halb wahr, wie Williams nickt, dann rasen all die Ideen, die ich bereits in den letzten Jahren gesammelt habe, haltlos durch meinen Kopf. Bilder von lachenden Kindern, die eine gewaltlose und einfach nur wundervolle Zukunft verdient haben. Die an sich glauben sollen und darin in jeder möglichen Art und Weise unterstützt werden müssen. Lächelnd werfe ich einen Blick auf meine drei Seiten voller Notizen. Ich bin motiviert wie nie zuvor, schon jetzt brenne ich für diese Aktion. Doch dann erinnere ich mich daran, dass ich das Projekt nicht allein erarbeiten werde. Ich werde einen Partner haben, mit dem ich mich abstimmen und Kompromisse eingehen muss, und hoffe, dass das zu keinem Problem wird.

Nachdem der Professor die Vorlesung für beendet erklärt, stürmt die Masse umgehend an sein Pult. Als viele der Studenten ihren Partner kennen, gibt es genau zwei verschiedene Reaktionen in der Menge zu beobachten. Während ich noch immer auf meinem Platz sitze, sehe ich Kommilitonen, die sich begeistert in die Arme fallen oder abklatschen, außerdem einige, die sich schüchtern begrüßen. Ich beobachte das rege Treiben, bis sich nur noch wenige Studenten um die Liste tummeln. Schließlich erhebe ich mich, gehe, immer zwei Stufen auf einmal nehmend, die Treppe hinunter und will gerade auf den weißen Zettel schauen, als mein Blick auf glänzendes blondes Haar vor mir fällt.

Mira beugt sich gerade über die Liste. Ich stehe direkt hinter ihr, weshalb ich sofort ihr erschrockenes Einatmen vernehme. Bevor ich mich selbst bremsen kann, beuge ich mich leicht zu ihr nach vorn. Sofort umhüllt mich ein leicht rosiger Duft. »So schlimm?«, flüstere ich ihr zu.

Völlig entgeistert fährt sie zu mir herum, die Augen weit aufgerissen. Ich rechne schon fast damit, dass sie mir nun vorwirft, ich hätte sie erschreckt, oder dass sie sich einfach umdreht und geht. Stattdessen bleibt sie genau so stehen, die Überforderung steht ihr weiterhin ins Gesicht geschrieben. Irgendwann, als ich schon nicht mehr daran glaube, dass sie sich jemals wieder bewegen wird, schiebe ich sie sanft zur Seite, um selbst auf die Liste zu schauen. Nachdem ich meinen Namen gefunden habe, verstehe ich ihr Verhalten, denn auch mich durchfährt augenblicklich ein Schauer.

Neben meinem Namen steht ihrer geschrieben.

Scheiße. Mit meinem Finger fahre ich die Linien der Tabelle nach, um noch einmal sicherzugehen, dass ich nicht in der Zeile verrutscht bin. Doch es ist eindeutig, dass wir nebeneinanderstehen. Hier wie auch auf dem Zettel.

»Glaub mir, ich habe auch keine besonders große Lust, mit dir zusammenzuarbeiten«, meint Mira plötzlich.

Habe ich mein *Scheiße* eben laut gesagt? *Verdammt.*

»Mira, hör zu. Ich …«

»Schon okay, Zac«, unterbricht sie mich. »Lass es uns einfach durchziehen. Wir finden schon einen Weg, wie wir uns nicht so oft für das Projekt treffen müssen.«

»So habe ich das doch gar nicht gemeint. Ich …« Diesmal unterbricht sie mich nicht mit ihren Worten, sondern damit, dass sie sich umdreht, ihre Tasche schultert und stürmisch den Raum verlässt.

Ich sollte froh darüber sein, dass sie eine Lösung finden will, bei der wir uns weniger sehen. Seit Jahren versuche ich, ihr möglichst aus dem Weg zu gehen, was mir bis zu unserem Aufeinandertreffen vor einigen Tagen auch ganz gut gelungen ist. In der Uni hatten wir bisher zwar nur wenig miteinander zu tun, doch unsere gemeinsame Vergangenheit hat mich nie ganz losgelassen. Nicht immer konnte ich an mich halten. Wenn ich sie mal auf einer Party angequatscht habe, sprach meist nicht ich, sondern einfach der Alkohol aus mir heraus. Mira weiß, wer ich bin. Sie weiß, was ich getan habe, und hat allen Grund, nicht mit mir arbeiten zu wollen.

Warum zur Hölle stört es mich dann, dass sie denkt, *ich* hätte keine Lust darauf, das Projekt mit ihr auszuarbeiten? Wieso kann ich nicht einfach froh darüber sein, dass es ihr genauso geht wie mir?

Innerlich kann ich mir diese Frage selbst beantworten, auch wenn mir die Antwort darauf ganz und gar nicht gefällt. Denn ich will dieses Projekt. Und ich fände es toll, sie als Partnerin an meiner Seite zu haben. Auch wenn ich trotz unserer Vergangenheit so gut wie nichts von ihr weiß, kenne ich Mira sehr gut. Zumindest die Mira, die zur Uni geht. Ich mag nicht viel von ihr als Mensch wissen, aber so einiges von ihr als Studentin. Sie ist zielstrebig, selbst wenn sie in den Vorlesungen oft abgelenkt wirkt, wann immer ich einen Blick zu ihr werfe. Dennoch beteiligt sie sich oft an Diskussionen und hat eine gute Sicht auf die Dinge. Schon häufig hat sie mich dazu gebracht, meinen eigenen Standpunkt zu überdenken und vieles aus einer anderen Perspektive zu betrachten.

Vielleicht sind wir genau deshalb das perfekte Team. Und vielleicht macht mich dieser Gedanke sehr nervös. Ganz sicher sogar.

KAPITEL 4
Kleine Löwen

Zac

»Denk an deine Fußstellung, Marvin«, erinnere ich den kleinen Kerl mit den vielen blonden Locken.

Mittlerweile sind es schon sieben Kinder, die ich immer freitags im Boxen unterrichte. Es macht mir unheimlich viel Spaß, den Kleinen etwas mit auf den Weg geben zu können. Ich weiß, wie es ist, wenn einem falsche Werte vermittelt werden. Ebenso weiß ich, wie schnell Kinder ihre Konflikte mit Gewalt lösen. Häufig liegt das zum einen an der Erziehung durch die Eltern, zum anderen ist aber auch die innere Aggression ein entscheidender Punkt. Wenn den Kleinen niemand beibringt, wie sie auf dem richtigen Weg mit ihrer Wut umgehen können, wählen sie von sich aus meist den falschen. Es ist unendlich wichtig, dass sie lernen, sich zu verteidigen, aber ohne ihrem Gegenüber dabei wehzutun. Leider kommt es auch vor, dass Elternteile zuschlagen, ihre Kinder misshandeln. Allein die Vorstellung lässt mir eine Gänsehaut über den Körper fahren. Ich wünschte, dieses Training wäre gar nicht nötig, dass Kinder sich nicht erst verteidigen lernen müssen. Doch gerade dass sie es müssen, zeigt mir, wie wichtig dieses Training ist – für die Kids und auch für mich.

»Ist es so besser?«, fragt Marvin mich.

Mit einem Blick auf seine Füße, die nun in der richtigen Position stehen, nicke ich. »So ist es super, Kumpel. Jetzt schlag noch mal mit rechts zu.«

Ich beobachte ihn dabei, wie er seine in Boxhandschuhen versteckten Fäuste auf Höhe seines Kinns hält und die Handrücken nach außen dreht, genau so, wie ich es den Kindern beigebracht habe. Dann bückt Marvin sich ein wenig, bringt sich in Position und holt mit einem kräftigen Schlag aus. Aus der gesamten Gruppe hat er mit seinen zwölf Jahren die meiste Kraft, weshalb ich den Boxsack etwas fester halten muss als bei den anderen. Es ist unglaublich, wie durchdringend seine Schläge in diesem Alter schon sind.

»Hammerschlag!«, rufe ich begeistert aus. Die Kleinen jubeln im Hintergrund. Einige Schläge später stellt Marvin sich ans Ende der Schlange und das nächste Kind ist an der Reihe. So geht es in der nächsten halben Stunde immer weiter, bis jeder einige Male an der Reihe war. Das Training am Boxsack zu Beginn unserer wöchentlichen Trainingsstunde ist mittlerweile für alle zur Routine geworden.

Viele Menschen hegen große Vorurteile gegen das Boxen. Besonders, wenn es darum geht, Kinder dafür anzumelden, sind Erwachsene häufig geschockt. Sofort haben sie Bilder aus dem Fernsehen vor Augen, von blutenden und aufeinander einprügelnden Kerlen. Was sie jedoch nicht bedenken, ist, dass das Training für die Kinder unglaublich wichtig ist und dabei natürlich kein Blut spritzt. Hier geht es darum, den Kleinen ein Gefühl für ihren Körper zu vermitteln und ihnen einen Weg zu zeigen, wie sie angemessen mit ihren negativen Gefühlen umgehen können. Allerdings soll das Training natürlich auch Spaß machen. Es geht hierbei um das Vermitteln von Koordination, Kraft und Schnelligkeit, den ungefährlichen Aggressionsabbau am Boxsack, der nicht verletzungsgetrieben ist. Boxen stärkt das Selbstbewusstsein und powert die Kinder dabei so richtig aus. Sie sind somit das ganze Wochenende über entspannter, was sicher auch die Eltern freut.

Die meisten meiner Boxschüler haben sich aus Leidenschaft und echtem Interesse von ihren Eltern bei mir anmelden lassen. Einige jedoch sind hier, weil sie ein ausgewachsenes Aggressionsproblem haben. Mein eigener Boxkurs, den ich vor einigen Jahren belegt habe und der mir meinen Trainerschein eingebracht hat, macht sich nun bezahlbar. Zudem auch meine eigenen Erfahrungen, die meine Motivation hervorrufen. Ich will diesen Kindern helfen, gute Menschen zu werden.

Eine Stunde später verlassen die Kids den Boxsaal. Ich begrüße einige Eltern, die ihre Kleinen abholen, und erzähle ihnen auf Nachfragen hin, wie die heutige Einheit gelaufen ist. Es macht mich glücklich, mit ansehen zu können, wie die Kinder mit einem Lächeln meinen Kurs verlassen. Die meisten berichten ihren Eltern sofort begeistert, was sie heute für Fortschritte gemacht haben. Die kleine Anna erzählt ihrem Dad zum Beispiel gerade von meinem Lob, als sie vorhin mit Marvin im Ring geboxt hat. Sie hatte heute eine fabelhafte Haltung und Deckung, besonders gegen unseren kleinen Superkämpfer.

Der letzte Knirps, der den Trainingsraum verlässt, ist Justin. Er ist eines der älteren Kinder, die ich unterrichte. Seine Aggressionen hat er meist nicht im Griff und schlägt häufig in der Schule um sich. Es ist bemerkenswert, welche Fortschritte er in den letzten Monaten durch unsere Arbeit gemacht hat. Dennoch erzählt mir seine Mom auch jetzt noch ab und an von seinen Ausbrüchen.

»Wie hat dir das Training gefallen?«, frage ich Justin, der mit seinem Turnbeutel über der Schulter aus der Umkleidekabine kommt.

»Cool«, antwortet er knapp. Er ist generell nicht besonders gesprächig.

Ich werfe einen Blick über meine Schulter und sehe Justins Mom, die an der Tür auf ihn wartet. Sie winkt ihm kurz zu, er winkt zurück und lächelt dabei. Seine Mom liebt der Kleine sehr, auch wenn er das nie so offen zugeben würde.

Ich lege meine Hand auf seine Schulter, um ihn kurz zu stoppen. Justin bleibt stehen und sieht mich nun viel freundlicher an als eben noch, nachdem er seine Mom gesehen hat.

»Was ist unser Motto, Justin?«, frage ich ihn wie jedes Mal, um ihn daran zu erinnern. Es ist mir wichtig, dass er sich unseren Spruch stets ins Gedächtnis ruft, wenn er merkt, dass er wütend wird. Es ist ein Satz, den ich den Kleinen bereits in unserer ersten Stunde mit auf den Weg gegeben habe.

»Ich bin ein Löwe, aber ich beiße nicht.« Stolz blickt er mich aus seinen leuchtenden Kinderaugen an und deutet dabei auf den Aufnäher seines T-Shirts. Zu unserer ersten Trainingsstunde habe ich den Müttern der Kinder jeweils einen Aufnäher mitgegeben, der einen Löwenkopf zeigt, mit einem kleinen Boxhandschuh daneben – unser Team-Zeichen. Es bedeutet mir die Welt, das Glitzern in seinem Blick zu sehen. Ich habe das Gefühl, mit dem, was ich hier tue, wirklich etwas Gutes zu tun. Die Kinder nehmen viel mit aus unseren Treffen. Ich fungiere als ein Lehrer, der ihnen etwas Wichtiges beibringt, und scheine dennoch für viele der Kinder auch eine Art Freund zu sein. Eine Vertrauensperson, zu der sie immer gehen können, wenn ihnen etwas auf dem Herzen liegt. Dieser Mensch für die Kinder zu sein, macht mich enorm stolz.

»So ist es«, bestätige ich ihm. »Und jetzt ab zu deiner Mom, sie wartet schon.«

Ich beobachte Justin dabei, wie er zu seiner Mom schlendert. Sie zieht ihn in eine kurze Umarmung und winkt mir zum Abschied, bevor sie Justin einen Arm um die Schultern legt und sie zu ihrem Wagen laufen.

Nachdem ich alle Kinder verabschiedet habe, greife ich auf der

Bank nach meinen eigenen Boxhandschuhen. Nach jedem Training mit den Kindern buche ich das Studio noch eine Stunde länger, um mich selbst auspowern, meine Technik verfeinern zu können. Heute kann ich meine Einheit besonders gut gebrauchen, denn die Auseinandersetzung im Vorlesungssaal mit Mira heute Morgen und das anschließende Mittagessen mit meiner Mom haben mich aufgewühlt. Mom ging es heute absolut nicht gut und noch immer mache ich mir Vorwürfe, befürchte, dass mein Auszug doch zu viel für sie gewesen sein könnte. Es tut gut, diese Gefühle nun rauslassen zu können, ohne dass sie jemandem schaden.

Während ich unentwegt auf den Boxsack einschlage, wandern meine Gedanken wie so oft in die Vergangenheit. In jeden Schlag lege ich all meine Angst, all die Wut und vielen Zweifel, die mich auch nach all den Jahren einfach nicht loslassen wollen.

Ich sammle all diese Gefühle und lasse sie gehen.

Zwölf Jahre zuvor – 2009, Mai

»Wie war es heute in der Schule, mein Schatz?«, fragt Mom, als ich in die Küche komme. Meinen Rucksack lasse ich neben den Küchentisch fallen, dann setze ich mich auf einen Stuhl und sehe ihr dabei zu, wie sie das Mittagessen vorbereitet.

»Ganz okay«, murmle ich.

Heute ist Donnerstag, der Tag der Woche, den ich am meisten hasse. All meine Mitschüler lieben diesen Tag, weil wir schon um elf Uhr Schulschluss haben. Ich freue mich nicht darüber, denn Dad kommt donnerstags auch schon zum Mittagessen nach Hause. Das bedeutet für mich weniger Zeit mit Mom allein, weniger Ruhe. Dafür lautes Geschrei und mehr Versprechen. Versprechen, die ich ihm geben muss und von denen ich weiß, dass ich sie doch nicht halten kann.

Weil ich schwach bin.

Weil ich mich nicht wehren kann.

Weil ich lauter werden muss.

Stärker.

Ich zucke zusammen, als ich die Haustür ins Schloss fallen höre. Kurz hört Mom auf, die Nudelsoße umzurühren. Den Holzlöffel hält sie still in der Hand und dreht sich zur Küchentür, in der nun mein Dad auftaucht. Sie lächelt ihm zu, aber ich kenne meine Mom. Gut genug, um zu wissen, dass ihr Lächeln nicht aus ihrem Herzen kommt. Sie tut nur so, als wäre sie glücklich. Das weiß ich, weil ich sie nachts oft weinen höre. Das weiß ich, weil es mir schon lange Zeit genauso geht wie ihr.

Dad lässt sich auf den Stuhl mir gegenüber fallen, ohne Mom oder mich zu begrüßen. »Wie war der Vortrag in Musik?«, fragt er mich sofort. Ich hatte gehofft, er würde sich nicht daran erinnern, dass ich heute einen Vortrag halten musste. Doch natürlich erinnert er sich daran. Das tut er immer. Heute kann ich ihm jedoch eine Note nennen, über die ich mich gefreut habe. Heute kann er endlich mal stolz auf mich sein, denn diese Note ist besser als die letzte.

»Miss Fillow war sehr zufrieden mit uns. Sie meinte, wir hätten uns gut vorbereitet. Außerdem hat sie mich gelobt, weil ich frei gesprochen und kaum auf meinen Zettel ...«

»Welche Note hast du bekommen?«, unterbricht er mich.

Augenblicklich zucke ich zusammen. »Eine Zwei«, murmle ich.

Dad nickt. »Du hast dich verbessert.« Sofort fühle ich mich wieder gut. Er scheint zufrieden damit zu sein. Ein Lob von ihm ist selten, deshalb wiegt es umso mehr. Zumindest rede ich mir das ein.

»Wie schön, mein Schatz«, lobt auch Mom mich. Mittlerweile rührt sie die Soße wieder um, gerade gibt sie etwas Salz dazu.

»Wie wurde dein Partner bewertet?«, stellt Dad mir seine dritte Frage für heute.

Und plötzlich ist die Angst wieder da. Weil ... weil mein Kumpel besser war als ich.

»Er hat eine Eins bekommen«, antworte ich leise.

»Welche Note? Sprich lauter, Zacory«, fordert Dad mich auf.

Ich räuspere mich. »Jason hat eine Eins bekommen.«

Dad kreuzt seine Arme auf dem Tisch und beugt sich zu mir. »Wieso wurde er besser bewertet als du?«

»Jason hat ein Lied für die Klasse vorbereitet. Er kann besser singen als ich, also haben wir abgemacht, dass er allein singt«, *antworte ich ihm ehrlich.* »Aber dafür habe ich ...«

»Halt!«, unterbricht Dad mich mit lauter Stimme, also bin ich sofort ruhig. »Findest du es gut, dass du eine schlechtere Note erhalten hast?«

Ich schüttle den Kopf.

»Hast du dich genauso angestrengt wie dieser Jason? Hast du mitgesungen?«

Das habe ich doch eben schon gesagt, *denke ich. Wieder schüttle ich den Kopf, noch eine Spur trauriger, und schaue dabei in meinen Schoß.*

»Sieh mich an!«, fordert Dad mich auf, also hebe ich meinen Blick und schaue in seine Augen. Er sieht wütend aus. Schon wieder.

»Dieser Junge hat dir die Show gestohlen. Er hat sich bei deiner Lehrerin beliebt gemacht. Jason scheint ein schlauer Kerl zu sein. Und du? Du lässt das einfach auf dir sitzen?«

»Malcolm ...«, sagt Mom leise hinter uns, doch er unterbricht sie, indem er die Hand hebt.

Dann redet er weiter: »Jasons Eltern können stolz auf ihren Sohn sein. Er hat nicht den Schwanz eingezogen, sondern hat sich getraut! Er hatte keine Angst davor. Und sollte er sie doch gespürt haben, dann hat er sich seiner Panik gestellt und sie bezwungen. Er hat Mut und Einsatz gezeigt, keine Schwäche. Du schon. Und deshalb hast du nur eine Zwei bekommen.«

Nur eine Zwei. Du hattest Angst.

Seine Worte wirken wie ein Schlag auf mich. Ein kräftiger Schlag, mitten in den Magen, den ich so deutlich spüre, als hätte er tatsächlich ausgeholt und mich geboxt.

»Was sagst du dazu?«, fragt Dad mich.

»Es tut mir leid, Dad.«

Mom deckt den Tisch. Nun redet keiner mehr, stattdessen starrt Dad mich immer noch an, während ich mit meinem Besteck auf dem Tisch spiele. Mom füllt unsere Teller mit Nudeln und Soße, dann setzt sie sich zu uns.

»Guten Appetit«, sagt sie und ich wünsche ihr dasselbe. Dad schweigt weiterhin, während er in seinen Nudeln herumstochert. Schließlich schiebt er sich eine Gabel voll in den Mund. »Die Soße ist zu salzig, Rosemary.«

»Entschuldige, Schatz«, erwidert Mom. »Vor einigen Tagen hast du dir eine würzigere Soße gewünscht, deshalb dachte ich …«

»Du sollst nicht immer so viel denken, sondern einfach das machen, was ich von dir will.«

Mom nickt. Über die Jahre hat sie sich in die Rolle eingefunden, die sie sich selbst zugesteht: Sie gibt einfach nach, ohne sich zu verteidigen. Dad sagt ihr genauso oft wie mir, dass sie lauter werden muss. Stärker durch die Welt gehen soll. Doch wir beide wissen, dass das nicht gilt, wenn sie Dad gegenübersteht und es um ihn geht. Dad ist immer lauter. Immer ist er stärker als wir.

Nach dem Essen gehe ich in mein Zimmer und schließe die Tür hinter mir. Meine Wut auf Jason steigt mit jeder Sekunde.

Seine Eltern können stolz auf ihn sein. Er ist besser als du, *gehen mir Dads Worte durch den Kopf.*

»Scheiß-Jason«, murmle ich und lasse mich auf mein Bett fallen.

Am nächsten Tag erzählt Jase seinen Freunden in der Pause von seiner Eins. Ich sitze einige Meter von ihm entfernt auf einer Bank, als ich ihn reden höre. Die Jungs beglückwünschen ihn. Er gibt damit an, dass er sich gestern für seine gute Note in der Stadt etwas aussuchen durfte und wie stolz seine Eltern auf ihn waren.

Ich merke, wie ich immer wütender werde. Wütend auf mich, weil ich es nicht geschafft habe, meinen Dad stolz zu machen. Ich bin sauer auf Jason, weil er sich mit seinem blöden Lied in den Vordergrund gedrängt hat. Wieder gehen Dads Worte durch meinen Kopf, was mich noch wütender werden lässt. Sie muss raus, diese Wut. Dieser unbändige Zorn. Sonst platze ich. Ich spüre ein Kribbeln in mir, stehe von der Bank auf und gehe auf Jason zu, während die Emotionen in mir zu kochen beginnen.

Bevor ich weiß, was ich tue, hole ich aus und schlage ihm mit aller Kraft, die ich habe, in den Bauch. Ich sehe, wie Jason sich zusammenkrümmt, sich die Stelle hält, an der ich ihn verletzt habe. Und für kurze Zeit fühle ich mich besser. Ich habe so gehandelt, wie Dad es sich ständig von mir wünscht. Bis Mom mich beim Direktor in der Schule abholt und ich in ihr schockiertes Gesicht blicke.

Das war der erste Tag, an dem sie mich aus der Schule holen musste, weil ich mich geprügelt habe. Doch es war nicht das letzte Mal.

Mira

»Er hat *was* gesagt?«, fragt Enna mich aufgebracht.

Bereits seit einer halben Stunde telefonieren wir nun schon. Nach der peinlichen Situation heute Morgen mit Zac wollte ich sofort mit meiner besten Freundin sprechen. Direkt als die Zimmertür hinter mir zufiel, rief ich Enna an und erzählte ihr von unserem Projekt. Sie weiß, dass ich lieber etwas anderes tun würde, als Jura zu studieren. Doch sie versteht auch, dass es ein heikles Thema ist, über das ich nur ungern spreche, und lässt mir deshalb meine Freiräume. Wenn ich sie brauche, ist sie aber immer für mich da – und das schätze ich so sehr an ihr. Eine Freundin wie Enna ist selten. Jemand, bei dem man sich wirklich fallen lassen kann und bei dem man sich gut aufgefangen fühlt. Das macht sie so wertvoll für mich.

»Er hat das Wort *Scheiße* benutzt, als er verstanden hat, dass ich seine Partnerin für das Projekt bin«, bestätige ich ihr. »Weißt du, ich bin auch nicht gerade begeistert davon, dass er mein Partner ist, aber ...«

»... das war trotzdem eine dämliche Aktion von ihm«, beendet sie meinen Satz. Ich sehe Enna vor mir, wie sie nickend in ihrer Wohnung sitzt und mit mir mitfühlt. »Was wirst du jetzt tun? Könnt ihr die Partner tauschen?«

Ich schüttle den Kopf, obwohl sie mich nicht sehen kann. »Professor Johnson hat ziemlich klargemacht, dass kein Wechsel erlaubt ist. Wir sollen das Ganze als eine Art Probe für das echte Berufsleben ansehen, denn da werden wir auch nicht immer eine Wahl haben, meint er.«

Enna stöhnt am anderen Ende mitleidig auf. »Also werdet ihr euch miteinander arrangieren müssen.«

»So ist es.« Genervt rolle ich mit den Augen.

»Hör mal, Mira. Wenn du mit mir darüber sprechen möchtest, bin ich immer für dich da. Nicht nur, wenn es um das Projekt geht. Ich weiß, dass in dir ein totales Gefühlschaos herrscht und du ihn mehr magst, als dir lieb ist, also ...«

»Danke, Enna. Das ist wirklich lieb von dir. Aber falls es dich beruhigt: Nach der Aktion heute weiß ich gar nicht mehr, was ich so toll an ihm gefunden habe.«

»Abgesehen von seinem sexy Körper, den aufregenden Tattoos und seiner tiefen, betörenden Stimme?«

Ungewollt muss ich schmunzeln. *Wie macht sie das nur?* Schnell reiße ich mich wieder zusammen. »Enna!«, rufe ich gespielt entrüstet, und wir müssen beide lachen.

»Es ist ja nicht so, als könnte ich das nicht nachempfinden. Zac ist wirklich ein echter Hingucker ...«

»Das habe ich gehört!«, ertönt Finns Stimme aus dem Hintergrund, was mir ein erneutes Lachen entlockt.

Neben Enna ist Finn der Einzige, dem ich mein Gefühlschaos vor einiger Zeit anvertraut habe. Wobei ich es in seiner Gegenwart eher heruntergespielt habe, anstatt ernsthaft mit ihm darüber zu sprechen. Immerhin ist er der beste Freund meines Bruders und Jase darf auf gar keinen Fall mitbekommen, dass ich auch nur ansatzweise etwas mit Zac zu tun habe. Zu sehr würde es ihn verletzen, weshalb ich heute auch sofort beschlossen habe, das gemeinsame Projekt vorerst für mich zu behalten. Für nichts und niemanden auf der Welt würde ich mein Verhältnis zu meinem Zwillingsbruder gefährden, daran ändert auch ein gut gebauter, tätowierter Typ nichts, und das ist Finn bewusst, weshalb ich ihm in dieser Sache vertraue.

»Ich muss Schluss machen, Mira«, will Enna schließlich unser Telefonat beenden. »Lass dich nicht von ihm ärgern und denke daran, mich sofort anzurufen, wenn er gemein zu dir ist. Dann habe ich nämlich vor, meinen Freund auf ihn zu hetzen.«

Ich lache, als ich von Finn ein »Stets zu Ihren Diensten!« vernehme. »Fragst du meinen Bodyguard noch kurz, ob er uns heute beim Abendessen Gesellschaft leistet?«, bitte ich Enna schmunzelnd. Mittlerweile wohnt Finn schon fast bei ihr. So selten, wie er in der WG übernachtet, könnte man denken, dass er bereits bei ihr eingezogen ist.

Kurz höre ich die beiden miteinander murmeln, dann ist Enna wieder am Handy. »Er wird zum Abendbrot wieder da sein.«

»Super, danke dir.«

»Bis später, Mira«, verabschiedet sie sich.

»Bis dann.«

Eine Stunde und in etwa fünfzig Muffins später greife ich nach meinem Handy auf der Küchenarbeitsplatte. Immer, wenn ich über etwas nachdenken muss, backe ich. Es ist wie eine Art Ventil für mich. Während ich die Zutaten für meinen Teig mische und im Anschluss die Cupcakes verziere, kann ich mich am besten entspannen und meine Gedanken sortieren. Jede pinke Glitzerkugel, die ich auf das Frosting gebe, ist wie ein Puzzleteil, das an die richtige Stelle rutscht und alles zu einem Gesamtkunstwerk vollendet. Eines, das man essen und genießen kann.

Zac und ich werden in den kommenden Wochen zusammenarbeiten müssen. Ich weiß, dass uns beiden die Note sehr wichtig ist. Auch wenn ich das Gefühl habe, dass ihm das Projekt viel mehr bedeutet als mir, möchte ich eine möglichst gute Endnote erreichen. Aber nur, weil wir Partner sind, heißt das nicht, dass wir uns ständig sehen müssen. Genauso gut können wir uns über das Handy austauschen und die Aufgaben verteilen, wenn wir erst einmal einen groben Plan erstellt haben.

Ich öffne WhatsApp auf meinem Smartphone und suche im Law-Chat unseres Jahrgangs nach Zacs Handynummer. Bisher habe ich noch nie Gebrauch von ihr gemacht, wieso sollte ich auch? Doch jetzt kommt mir diese Chatfunktion unglaublich gelegen. Ich öffne ein neues Fenster und speichere seine Nummer in mein Handy. Nur für den Fall der Fälle beschließe ich, ihm einen anderen Namen zu verpassen. Viel zu oft spielt Jase an meinem Handy herum, sicher ist sicher. Sofort springt mir die passende Bezeichnung entgegen: *Vollidiot*. Zufrieden mit meiner Namenswahl nicke ich, den Blick auf das Display gerichtet, und tippe eine kurze Nachricht an ihn.

Ich nehme an, dass du genauso an einer guten Note interessiert bist wie ich. Also lass uns dieses Projekt zusammen durchziehen. Einverstanden?

Wenige Sekunden später ist er online und tippt eine Antwort. Ich bin zu perplex, um aus dem Chat zu gehen, also warte ich, bis ich seine Nachricht erhalte, und lese sie sofort.

Einverstanden. Wann wollen wir uns treffen?

Umgehend antworte ich, in der Annahme, ihm einen guten Vorschlag zu unterbreiten.

Am besten gar nicht. Wir können alles hier im Chat abklären.

Wieder tippt er sofort in sein Handy, doch diesmal unterbreche ich ihn, indem ich spontan noch ein Emoji hinterherschicke. Soll er ruhig wissen, dass ich sein *Scheiße* mit Humor nehme und mich davon nicht beeindrucken lasse. Also entscheide ich mich kurzerhand für das kleine braune Emoji, das ich sonst so gut wie nie verwende.

Zufrieden lege ich mein Handy wieder weg und fahre grinsend damit fort, meine Cupcakes zu dekorieren. In Gedanken stelle ich ein Rezept für Emoji-Kuchen zusammen und überlege, ob ich auch einen Kackhaufen formen könnte. Über diese Überlegung muss ich dann selbst so sehr lachen, dass ich augenblicklich wieder gute Laune habe.

Zumindest so lange, bis es an der Tür klingelt.

KAPITEL 5
Ein Kackhaufen-Emoji

Zac

Ein Kackhaufen-Emoji. *Ernsthaft?*

Grinsend starre ich mein Smartphone an und überlege, was ich auf Miras Nachricht antworten soll. Mein Grinsen verschwindet jedoch sofort, als mir die Bedeutung ihrer Worte bewusst wird, die sie vor das Emoji an mich geschickt hat. Scheinbar habe ich sie mit meiner heftigen Reaktion im Hörsaal verschreckt, sodass sie sich nun nicht einmal mit mir treffen möchte, um an unserem gemeinsamen Projekt zu arbeiten.

Ich werfe mein Handy neben mir aufs Bett und sehe mich in meiner neuen Wohnung um. Noch immer stapeln sich die Kartons, die ich erst zur Hälfte ausgeräumt habe, im gesamten Wohnzimmer. Nur die Küche habe ich in den letzten Tagen schon komplett eingerichtet, ebenso das Badezimmer. Doch bis auf meine Socken, die ich bereits in eine Schublade einsortiert habe, ist mein Kleiderschrank noch völlig leer. Nach dem Training mit den Kids heute war ich ziemlich fertig und konnte mich bisher nicht dazu aufraffen, noch etwas gegen das hier herrschende Chaos zu tun.

Wann wollen wir uns treffen?

Am besten gar nicht.

Unser Chatverlauf geht mir unaufhaltsam durch den Kopf. Dieses Projekt ist mir zu wichtig. Wir können nicht die beste Leistung erzielen, wenn wir uns nie treffen, um uns abzustimmen und gemeinsam daran zu arbeiten. Das kann sie nicht ernst meinen, oder? Die Chance, die der Prof uns in Aussicht gestellt hat, darf ich mir auf keinen Fall entgehen lassen. Ich muss Mira also irgendwie überzeugen. Sie ist meine Partnerin und obwohl ich mit dieser Tatsache überfordert bin, werden wir zusammenarbeiten müssen. Und das soll auf die bestmögliche Art geschehen, mit vollem Einsatz. Immerhin sind wir jetzt ein Team. Sie bereits vor dem Start des Projektes zu vergraulen, klingt nicht nach dem besten Weg zum Erfolg. Ich muss noch mal mit ihr sprechen, mich entschuldigen.

Ich raufe mir die Haare und stoße ein leises Fluchen aus. Kurzerhand stehe ich auf, schiebe mein Handy in die Tasche meiner Jeans und laufe zur Wohnungstür. Bevor ich in den Flur trete, ziehe ich meine Stiefel an, greife nach meinen Schlüsseln und werfe mir meinen schwarzen Mantel über. Eigentlich müsste ich beim Einräumen meiner Wohnung vorankommen, doch diese Sache ist jetzt einfach wichtiger.

Durch den Schnee stapfe ich eine Viertelstunde, bis ich vor dem Altbau stehe, in dem sie wohnt. Bevor ich es mir anders überlegen kann, drücke ich auf das Klingelschild, das mir Miras Nachnamen zeigt.

»Wer ist da?«, ertönt daraufhin ihre Stimme aus der Gegensprechanlage.

»Hier ist Zac. Machst du mir bitte auf?«

Nach einem kurzen Moment des Zögerns öffnet sich summend die Tür. Der Anordnung der Klingelschilder nach zu urteilen, befindet sich die WG im obersten Stockwerk, also erklimme ich die Treppe bis ganz nach oben, immer zwei Stufen auf einmal nehmend. Vor der Tür zur Dachgeschosswohnung bleibe ich stehen. Unsicher trete ich von einem Fuß auf den anderen.

Was, wenn außer Mira doch noch jemand da ist? Wenn Jason bereits von der Probe nach Hause gekommen ist? Das wäre doch möglich, oder? Ich Idiot, was mache ich hier eigentlich? Die Fragen in meinem Kopf verstummen, als Mira mir die Tür öffnet.

Als sie mich sieht, weiten sich ihre Augen sofort. Das strahlende Blau nimmt mich umgehend gefangen, ein Gefühl, das ich schon kenne. Nach einigen Sekunden unterbreche ich unsere Verbindung, indem ich meinen Blick einmal an ihr von oben nach unten wandern lasse. Mira trägt ein rotes Kleid und eine schwarze Strumpfhose darunter. Ihre Füße stecken in Hausschuhen, die wie Teddys aussehen, außerdem ist eine weiße Schürze um ihre Hüften gebunden. Die Haare trägt sie zu einem Dutt auf dem Kopf zusammengetürmt. Unwillkürlich muss ich schmunzeln, weil sie so süß aussieht.

»Was machst du hier?«, fragt sie perplex, also schaue ich ihr wieder in die Augen. Fragend sieht sie mich an, eine Augenbraue nach oben gezogen.

»Dieses Emoji konnte ich nicht einfach auf mir sitzen lassen«, antworte ich und kann mein Grinsen nicht unterdrücken.

Auch ihre Mundwinkel heben sich leicht. »Habe ich dich damit überrascht?«

»Niemand schafft es, mich mit etwas zu überraschen.«

Eine Weile lang grinsen wir uns bloß an, bis mir einfällt, dass wir noch immer in der offenen Tür stehen. »Kann ich kurz reinkommen?«

Nachdenklich wirft sie einen Blick an die Wand hinter mir, an der sich eine Uhr befindet, wie ich aus dem Augenwinkel registriere, als ich den Kopf wende. Schließlich tritt Mira zur Seite. »Du hast zehn Minuten.«

Nickend schiebe ich mich an ihr vorbei, im Flur bleiben wir stehen. Mira verschränkt die Arme vor der Brust und sieht mich weiterhin abwartend an. Erst jetzt fällt mir auf, dass Mehl auf ihrer Wange klebt, und etwas in mir verspürt den Drang, es mit meinem Finger wegzuwischen. Mit Sicherheit hat sie eine weiche Haut, die in absolutem Kontrast zu meinen rauen Händen steht, und ...

Halt! Stopp! Diese Art von Kopfkino darf ich bei ihr einfach nicht zulassen. Nie. Ich muss mich auf das Projekt konzentrieren.

»Also, was willst du hier?«, reißt sie mich aus meinen Gedanken.

»Reden«, antworte ich zunächst knapp und schäle mich aus meinem Mantel, den ich neben uns an die Garderobe hänge.

»Worüber?«, fragt Mira und verfolgt interessiert jede meiner Bewegungen.

»Über das Projekt«, antworte ich ihr, während ich meine Schuhe ausziehe. Als ich ihren erschrockenen Blick bemerke, beruhige ich sie. »Entspann dich. Ich bin in zehn Minuten verschwunden, versprochen.«

Erleichtert atmet sie aus. »Ich möchte nicht unhöflich sein, es ist nur, Jase hat heute Bandprobe und müsste bald ...«

»Ich weiß, Mira«, unterbreche ich sie und atme einmal tief durch, bevor ich weiterspreche. »Meine Füße sind nur total kalt und ich würde gern meine Zehen wieder spüren, bevor ich gehe.«

Mira nickt, dann fällt ihr Blick auf meine Füße. Ein lautes Lachen dringt aus ihr hervor, absolut unerwartet, sodass ich kurz zusammenzucke.

»Was ist so lustig?« Ich folge ihrem Blick. *Natürlich*, schießt es mir durch den Kopf.

»Du trägst zwei verschiedene Socken, Zac«, erklärt Mira ihre Belustigung. »Nimm es mir nicht übel, aber das sieht einfach *zu* komisch aus.«

Ich erwidere ihr Lachen in der gleichen Intensität und erschrecke mich selbst vor dem Geräusch, das da aus meinem Mund kommt. Und aus meinem Herzen, es wirkt befreiend. Und ich weiß nicht, ob mir das Angst machen soll. Nach wenigen Sekunden habe ich mich wieder gesammelt. »Das ist so eine Macke von mir«, antworte ich ihr und betrachte weiterhin meine Füße. Der rechte steckt in einer roten Socke, der linke in einer grünen mit dünnen weißen Streifen.

»Seltsame Macke«, erwidert Mira, dann schaut sie mich wieder ernster an, was ich als perfekte Gelegenheit empfinde, sie endlich an meinen Gedanken teilhaben zu lassen.

»Pass auf, Mira«, setze ich zu einer Erklärung an. »Dieses Projekt ist mir wirklich wichtig. Mir ist bewusst, dass es schwierig wird, wenn wir zusammenarbeiten, aber …«

»Ich habe dir doch geschrieben, dass wir uns nicht dazu sehen müssen. Du scheinst genauso wenig Lust darauf zu haben, dich mit mir zu treffen, wie …«

»Es tut mir leid, was ich heute Morgen gesagt habe«, kann ich mich nicht zurückhalten, mich zu entschuldigen, und meine es aufrichtig. »Das war wirklich …«

»Scheiße?«, fragt sie tadelnd.

Wieder muss ich lachen – oder immer noch? Mit ihr ist es so leicht – und auch Mira scheint unser neuer Insider zu amüsieren. »Ja, es war scheiße von mir. Deshalb habe ich dieses Emoji auch verdient«, antworte ich. »Hör zu, ich möchte, dass wir etwas Tolles aus diesem Projekt machen. Etwas Einzigartiges. Es ist eine riesige Chance für mich, für uns beide. Mir liegt viel daran. Nicht nur an der Note, ich …«

»Du möchtest wirklich gewinnen.« Mira muss mir meine Begeisterung für dieses Projekt vom Gesicht ablesen können. Ist es so offensichtlich?

Ich nicke. »Es wäre ein Traum für mich, wirklich etwas bewirken zu können. Ich will diesem Gremium unsere Idee vorstellen. Denn ich bin mir sicher, dass die ganze Sache echt großartig werden kann. Lass uns allen zeigen, was wir bewegen können – da draußen in der Welt. Gemeinsam.«

Mira lächelt, es wirkt ehrlich, was sich verdammt gut anfühlt. Aber das tut es bei ihr immer, denn sie lächelt oft. Eine Weile bleibt sie stumm, scheint zu überlegen, während wir uns anschauen. Da ist diese Spannung zwischen uns … Spürt sie sie auch, oder bilde ich mir das nur ein? Auf ihre Reaktion zu warten, macht mich wahnsinnig.

»In Ordnung. Wir treffen uns also, um daran zu arbeiten?«

»Wenn das für dich okay ist.« Erleichtert atme ich auf.

»Ist es«, antwortet sie. »Unter einer Bedingung.«

Fragend sehe ich sie an, bis sie weiterspricht. »Mein Bruder darf davon nichts erfahren. Auf keinen Fall.«

Sie braucht mir nicht zu erklären, weshalb sie das verlangt. Ich weiß es selbst genauso gut wie sie, also nicke ich. »Okay.«

»Versprich es mir«, fordert sie, und bevor ich weiß, was ich tue, lege ich meine Hand an ihre Wange und wische endlich diese blöde Mehlspur weg, die sich noch immer darauf befindet. Kaum merklich zuckt sie zusammen. »Versprochen«, murmle ich.

Mit einem Mal werde ich mir unserer Nähe bewusst, trete abrupt einen Schritt zurück und schnappe mir meinen Mantel sowie meine Schuhe.

»Am Montag um drei Uhr nachmittags im Café?«, fragt sie mich.

»Ich werde da sein.«

Mira

Beinahe lautlos fällt die Wohnungstür hinter Zac ins Schloss. Scharf ziehe ich die Luft durch meine Nase ein, erinnere mich selbst daran, wieder zu atmen, denn Zacs Berührung eben hat mir im wahrsten Sinne des Wortes den Atem geraubt.

»Beruhige dich, Mira, es ist nichts passiert«, versuche ich, mir selbst gut zuzureden.

Was war das denn eben? Wieso rast mein Herz so schnell?

Ich hasse es, dass dieser Mann solch eine Wirkung auf mich hat. Dass er mich mit wenigen Worten völlig aus der Fassung bringt. Doch ich muss zugeben, dass seine Euphorie für das Projekt wirklich ansteckend ist. Ihm muss eine Menge daran liegen und in mir regt sich der Wunsch, ein echtes Team mit ihm zu bilden. Ich bin zwar nicht mit der gleichen Leidenschaft dabei, wie er es ist, doch ich wünsche mir, dass Zac seinen Traum verwirklich kann. Keine Ahnung, wieso das so ist, aber: Es liegt mir viel daran, ihn zu unterstützen. Dieses Funkeln in seinen Augen, wenn er davon spricht, etwas in der Welt zu bewirken … Irgendetwas sagt mir, dass viel mehr hinter seiner Euphorie steckt, als ich bisher ahnen kann.

Er verwirrt mich. Ich habe vergessen zu atmen, weiß plötzlich nicht mehr, wo oben und wo unten ist. In solchen Momenten hilft mir nur eins: ein Rezept, das ich ganz routiniert und Schritt für Schritt nachbacken kann. Geübte Handgriffe in einem Raum, in dem ich mich wohl- und sicher fühle.

Kurzerhand drehe ich mich also um und laufe in die Küche, um die nächste Backsession vorzubereiten. Wie gut, dass ich noch immer die Schürze trage, denn genau diese Sicherheit brauche ich jetzt. Immerhin liegt das Wochenende vor uns, da können ein paar zusätzliche

Muffins nicht schaden. Und am Montag muss ich auch wieder welche mit ins Café nehmen.

Hoffentlich lenkt mich das Backen ab, wie es das häufig tut. Und vielleicht kann ich danach endlich wieder klar denken.

KAPITEL 6
Fehlende Worte

Mira

Mein abgedecktes Muffinblech auf den Unterarmen balancierend, betrete ich am Montag das Café. Sofort umhüllen mich eine angenehme Wärme und der Duft nach frisch gebrühtem Kaffee, den ich so sehr liebe. Ich merke, wie ich schon jetzt immer ruhiger werde, nachdem ein Wochenende des Grübelns hinter mir liegt. Das Gespräch mit Zac hat mich ganz schön aufgewühlt, was natürlich auch Jase nicht entgangen ist. Ich habe mein seltsames Verhalten einfach auf die Nervosität vor den neuen Veranstaltungen in diesem Semester geschoben. Bestimmt ahnt mein Bruder, dass mehr dahintersteckt, doch zumindest hat er meine Erklärung vorerst hingenommen.

Ich vergewissere mich mit einem schnellen Blick nach links und rechts, dass Zac noch nicht da ist, stelle das Blech auf der Theke neben mir ab und schäle mich aus meinem langen Wintermantel, Mütze, Schal und Handschuhen. Über Nacht ist neuer Schnee gefallen, der aber laut Wetterbericht leider bald schon wieder tauen soll.

Hinter der Theke begrüßt mich Brian mit einer herzlichen Umarmung. »Mira, was führt dich denn hierher? Heute übernehme ich doch die Nachmittagsschicht.«

Lächelnd löse ich mich von ihm und deute auf das Muffinblech, das ich eben auf die Theke gestellt habe. »Ich bringe frische Backwaren«, antworte ich ihm schließlich. »Und außerdem bin ich hier mit einem Kommilitonen verabredet. Wir müssen ein Projekt ausarbeiten.«

Brian zieht eine Augenbraue nach oben und grinst dabei. »Ein Kommilitone also, ja?«, fragt er mich schmunzelnd.

Leicht verwirrt antworte ich ihm: »Ja, genau.« Immer noch grinst er so seltsam. »Ist irgendwas, Brian?«

»Das frage ich mich auch, meine Liebe«, erwidert er, und um seine Lippen zuckt es verdächtig.

»Weshalb grinst du so?«

»Weshalb grinst *du* denn so?«

»Ich grinse doch gar nicht!«

»Eben hast du es getan«. Wissend sieht er mich an und verschränkt die Arme vor seiner Brust. »Du hast selig gegrinst, als du von dem Projekt mit deinem *Kommilitonen* gesprochen hast.«

»Habe ich nicht«, stelle ich klar. Zumindest habe ich davon nichts mitbekommen. *Habe ich wirklich gegrinst? Quatsch. Wenn ich dieses Wort noch einmal höre, dann … Ach, ich weiß auch nicht.* »Und weshalb betonst du das Wort jetzt so?«

»Welches Wort?«

»Na, *Kommilitone*, was denn sonst?«, frage ich und versuche dabei, es genau so zu betonen, wie er es eben getan hat.

Er jedoch zuckt mit den Schultern und grinst schon wieder. Das wird mir langsam echt zu viel. »Lassen wir das, Brian«, sage ich gespielt tadelnd. »Ich würde mich gern an einen der hinteren Tische setzen, wenn das okay ist?« Auf meine Zehenspitzen gestellt, versuche ich, einen Überblick über den Laden zu bekommen.

»Der dort drüben ist noch frei.« Brian deutet auf einen Tisch meiner liebsten Sitznische im **C&C**.

»Perfekt«, erwidere ich und wende mich dann wieder meinem Chef zu. »Es ist ziemlich voll heute. Falls du zwischendurch Hilfe gebrauchen kannst, komm gern zu mir. Ich könnte …«

»Quatsch, Mira«, unterbricht er mich mit einem gütigen Blick und legt mir seine Hand auf die Schulter. Prompt durchströmt mich eine angenehme Wärme. »Das stemme ich schon allein. Konzentriere du dich ruhig auf dein *Projekt.*«

Wieder eine seltsame Wortbetonung, doch diesmal lasse ich sie lieber gleich unkommentiert, lächle Brian noch einmal zu und laufe dann zu meinem erkorenen Tisch. Meine Tasche stelle ich neben mich auf das Polster der Sitznische. Während ich Block, Stifte und meinen Laptop auspacke, frage ich mich, ob man mir mein Gefühlschaos vom Gesicht ablesen kann und Brian deshalb eben so seltsam war. Noch immer spüre ich Zacs warme Hand auf meiner Haut, wie seine Finger mir sanft das Mehl von der Wange wischten. Ich ertappe mich dabei, wie ich auch jetzt mit meinen Fingern genau diese Stelle berühre, die *er* gestern berührt hat. Als ich es bemerke, lasse ich meine Hand sofort wieder sinken.

Was ist denn bloß los mit dir? Krieg dich wieder ein, Mira, ermahne ich mich innerlich. *Wir werden jetzt an diesem Projekt gemeinsam arbeiten, nichts weiter.*

Ich sollte mich auf die wirklich wichtigen Dinge konzentrieren.

Die Minuten, in denen ich auf Zac warte, verbringe ich damit, mich im Café umzuschauen und mich möglichst unauffällig zu vergewissern, dass keiner von Jases Freunden hier ist. Ich weiß, dass ich ein großes Risiko eingehe, wenn ich mich mit Zac in der Öffentlichkeit treffe. Aber immerhin tun wir nichts Verbotenes und der Gedanke, bei ihm oder mir an unserem Projekt zu arbeiten, fühlt sich irgendwie seltsam an. Zu nah. Zu intim. Falsch.

Ich versuche, meine Gedanken wieder auf das Wesentliche zu richten, indem ich meinen Laptop hochfahre. Die kleine Glocke über der

Ladentür und ein plötzlicher kalter Luftzug im Raum signalisieren mir, dass ein neuer Gast das Café betreten hat. Eine unglaubliche Wärme durchströmt mich, noch bevor ich den Kopf hebe und zum Eingang schaue. Zac schält sich aus seiner schwarzen Jacke und schaut sich suchend um. Als sein Blick auf mich fällt, meine ich, ihn kurz lächeln zu sehen, dann dreht er sich um und hängt seine Jacke an die Garderobe.

Mit wenigen seiner unglaublich großen Schritte ist er bei mir. »Hey, Partnerin«, begrüßt er mich und lässt sich gleich darauf zu meiner Rechten auf die Bank fallen.

Wieso löst diese Bezeichnung ein Kribbeln in mir aus? Wo kommt plötzlich dieses leichte, ja angenehme Ziehen in meinem Magen her?

»Hey, Partner«, erwidere ich seine Begrüßung leise und wie von selbst heben sich dabei meine Mundwinkel. Es ist einfach unglaublich, dass es ihm mit nur zwei Worten gelingt, mich zum Lächeln zu bringen.

Erst jetzt bemerke ich den Rucksack in seiner Hand. Er stellt ihn neben sich auf dem Boden unter dem Tisch ab und fischt ein Notizbuch heraus, das schon sehr mitgenommen aussieht. Kurz erlaube ich mir, Zac etwas genauer zu betrachten. Er trägt einen langärmligen schwarzen Pullover mit V-Ausschnitt zu einer dunkelblauen Jeans. Beinahe bin ich enttäuscht darüber, dass der schwarze Stoff seine Arme und somit auch all die Tattoos verdeckt, die seine Haut zieren. Ich muss mir eingestehen, dass ich schon häufiger versucht habe, einen Blick auf die schwarze Farbe zu erhaschen, doch bisher konnte ich noch kein Motiv genau erkennen. *Schade. Ich würde nur zu gern wissen, wie genau seine Tattoos aussehen und was sie bedeuten.*

»Gefällt dir, was du siehst?«, reißt Zac mich mit seiner Frage aus meinen Gedanken.

Verdammt, wie lange habe ich ihn derart offen angestarrt?

»Schöner Pulli«, entgegne ich nur und richte meinen Blick zurück auf meinen Laptop. Ich lenke mich ab, indem ich mein Passwort eingebe, und bin froh über die Sekunden, in denen ich etwas zu tun habe.

Als ich unauffällig zu Zac hinüberschiele, bemerke ich ein Grinsen auf seinem Gesicht. Dann schlägt er sein Notizbuch auf. »Ich hätte da ein paar Ideen«, beginnt er.

Verwundert schaue ich ihn an. »Du hast dir bereits Gedanken gemacht?«

»Ja«, gibt er zu. Leichte Panik schwingt in seinem Blick mit, zumindest kommt es mir so vor. »Natürlich habe ich noch nicht ohne dich begonnen. Diese Ideen hier stehen teilweise schon seit Jahren auf diesem Papier, also ...«

»Entspann dich, Zac«, beruhige ich ihn lächelnd. »Es ist toll, wenn du schon einige Vorschläge hast.«

Er nickt, nun ist sein Blick wieder ernster. »Schon immer ist es einer meiner größten Wünsche, irgendwann selbst etwas zu verändern. Wirklich etwas zu bewirken in dieser verkorksten Welt.« Mit den Händen hält er sein Notizbuch weiterhin fest, während er sich ein Stück zu mir dreht. »Es gibt so viele soziale Baustellen in diesem Land, an denen gearbeitet werden muss«, sagt er mit leuchtenden Augen. »Denk nur an all die Kinder. Auch wenn sie aus einem Haushalt kommen, in dem Respekt und Liebe mit Füßen getreten werden, verdienen sie einen Ort, an dem sie glücklich sein und sich entfalten können. Sie verdienen eine Zukunft.«

»Wow«, entfährt es mir, bevor ich mich zurückhalten kann. Als ich Zacs verwirrten Blick bemerke, verspüre ich den Drang, meine Reaktion zu erklären. »Ich habe noch nie jemanden mit so einer Begeisterung über ein Uni-Projekt reden hören.«

»Genau das ist es ja, Mira.« Zac legt seine rechte Hand auf mein Knie, als wäre es das Selbstverständlichste der Welt für ihn, während es in mir ganz anders aussieht. Allerdings scheint er ganz bei seinen Worten zu sein und weniger bei seinen Taten, denn noch immer hat er ein Leuchten in den Augen. »Es ist nicht einfach nur irgendein Projekt. Für mich bedeutet es die Welt.«

Seit sich seine Hand auf meinem Knie befindet, höre ich nur noch mit halbem Ohr zu. Ein viel zu starkes Kribbeln durchströmt meinen Körper, von der Stelle ausgehend, an der er mich berührt, bis in meinen Bauch hinein. Ich räuspere mich, den Blick auf seine Hand gerichtet, sodass er sie sofort zurückzieht. Vermutlich hat er bis eben nicht einmal bemerkt, dass er mich berührt.

Ich hebe meinen Blick und schaue ihm wieder in die Augen. »Dann lass uns etwas erschaffen. Etwas, das die Welt ein kleines bisschen besser macht.«

Zac nickt. »Ich bin dabei.«

In der nächsten Stunde zeigt Zac mir all seine Ideen. Die meiste Zeit spricht er, doch das stört mich absolut nicht, denn ich bin ohnehin viel zu sehr damit beschäftigt, seine Worte und Zeichnungen anzustarren. Dieser Mann ist nicht der, für den ich ihn all die Jahre gehalten habe. Auf den Seiten seines Notizbuches sehe ich nichts außer Leidenschaft, Gefühl und Liebe. Unendliche Liebe für eine bessere Welt. Keine Spur von dem Macho, den er sonst immer abgibt, egal ob in der Uni oder auf all den Partys, bei denen ich ihn tanzend mit irgendwelchen Frauen beobachtet habe. Keine Spur von dem wütenden Kind, das ich einmal kannte, und auch nicht von dem Kerl, den ich bisher für kalt und unnahbar gehalten habe.

Vielleicht habe ich zu vorschnell über ihn geurteilt? Menschen ändern sich, oder nicht?

»Ein Projekt mit Kindern also, ja?«, frage ich ihn lächelnd.

»Genau.« Zac sieht mich begeistert an. »Ich dachte an einen Ort, an dem sich *jedes* Kind willkommen fühlt. Ein Ort, der hier in Starfall definitiv noch fehlt.«

»Und du möchtest diesen Ort erschaffen?«, frage ich Zac ohne Belustigung in meiner Stimme. Ernst blicke ich ihn an, damit er sieht, wie toll ich seine Ideen finde. Und das tue ich: Obwohl ich selbst nicht so viel mit Kindern zu tun habe, jedenfalls bisher nicht, mag ich sie sehr. Die Kleinsten auf dieser Welt sind die Menschen, die den größten Schutz verdienen, die wir als Gesellschaft gemeinsam fördern müssen. Kinder sind die Zukunft, in jungen Jahren werden wir am meisten geprägt. Ich stelle es mir sehr schön vor, einen Ort zu schaffen, an dem wir diese Ziele verwirklichen können.

Zacs Blick ist ebenso ernst wie meiner. »Ja«, antwortet er, klappt sein Notizbuch zu und legt seine ineinander verschränkten Hände darauf. »Aber ich will es nicht allein tun.«

Ein Grinsen breitet sich auf meinem Gesicht aus. »Ach nein?«

Zac schüttelt den Kopf und legt nun schon zum zweiten Mal seine Hand auf mein Knie. Diesmal weiß er jedoch genau, was er tut. In seinen Augen liegt eine unglaubliche Leidenschaft und in mir regt sich der Wunsch, dass auch ich dieses Gefühl bei ihm auslösen kann, nicht nur dieses Projekt. Dieser Gedanke macht mir Angst, doch zugleich spüre ich, wie lange ich mir schon verboten habe, so etwas zu denken. An Zac zu denken. Mir zu wünschen, dass er mich genau so ansieht, wie er es in diesem Moment tut.

»Dieser Zac gefällt mir besser als der andere.«

»Wie ist denn der andere Zac so drauf?«, fragt er mich amüsiert, seine Hand noch immer auf meinem Knie, und ich traue mich nicht, mich zu bewegen, weil ich unsere Verbindung nicht unterbrechen will. Dafür ist sie zu … schön.

»Ich glaube nicht, dass du meine Gedanken dazu hören möchtest«, antworte ich lachend und streiche mir eine Haarsträhne aus dem Gesicht. *Wieso glühen meine Wangen so sehr?*

»Doch, das will ich.« Für einen kurzen Augenblick wandert sein

Daumen über den Stoff meiner engen Röhrenjeans. Diese winzige Berührung reicht, um Hitze durch meinen gesamten Körper zu senden, die sich schließlich in meinem Bauch sammelt. »Lass mich in deinen Kopf, Mira, bitte«, flüstert Zac.

Ich schlucke, dann sammle ich mich wieder. »Bisher hatte ich ein eher kühles Bild von dir. Du lässt niemanden nah genug an dich heran, dass er dich wirklich kennen könnte.«

»Wieso denkst du das?«, fragt er mich ruhig, allerdings ohne meine Aussage zu verneinen. Ich scheine also mehr als richtig damit zu liegen.

»Ich bin gut im Beobachten.«

»Du hast mich also beobachtet?« Amüsiert grinst er mich an.

Sofort schüttle ich den Kopf. Nun bin ich mir sicher, dass meine Wangen feuerrot sind. »Nein, ich …«

Warum fehlen mir ausgerechnet jetzt die Worte?

Das Schicksal rettet mich vor einer notgedrungenen Antwort, denn plötzlich unterbricht das Klingeln von Zacs Handy den intimen Moment. Er stöhnt genervt auf, zieht es sich aus der Hosentasche und wirft einen Blick auf das Display. Sofort verschwindet jeder noch so kleine Funke Freude aus seinem Gesicht. Er schaut von seinem Handy zu mir hoch, dann wieder zurück, bevor er den Anruf annimmt.

»Ja?«, fragt er in sein Telefon. Ich verstehe nicht, was die Person am anderen Ende der Leitung zu ihm sagt, doch seiner Mimik kann ich entnehmen, dass es keine erfreulichen Neuigkeiten sind. Um Zac nicht weiter anzustarren, speichere ich die Website auf meinem Laptop, die wir vorhin geöffnet haben, unter meinen Favoriten ab, damit wir sie später für unsere Recherche wiederfinden.

»Scheiße«, flucht Zac leise und stopft noch im selben Moment sein Notizbuch in seinen Rucksack zurück. »Ich mache mich sofort auf den Weg«, sagt er noch, bevor er das Telefonat beendet.

»Ist alles okay?«, frage ich ihn vorsichtig.

»Klar«, weicht er aus, sieht mich dabei nicht einmal an. »Ich muss nur los. Arbeiten wir die Tage weiter?«

»Auf jeden Fall«, antworte ich ihm. Bevor ich weiß, was ich tue, greife ich nach seinem Unterarm, als er sich von der Bank erheben will. Nun sieht er mich endlich an, aus Augen, in denen Verzweiflung und Angst liegen, zwei Gefühle, von denen ich nicht dachte, dass sie Teil seines Lebens sind. Ich weiß, dass Menschen im Inneren oft anders fühlen, als sie nach außen hin zeigen. Doch Zac erweckte bisher immer den Anschein, als könne ihm nichts auf der Welt etwas anhaben. Er ist quasi die Verkörperung von Stärke, der sprichwörtliche Fels in der Brandung.

»Wir stemmen dieses Projekt zusammen«, versichere ich ihm. Mir ist wichtig, dass er weiß, dass er auf mich zählen kann.

Zac nickt, dann verabschiedet er sich mit einem kurzen »Bis bald« von mir. Er verlässt das Café noch schneller, als er es vorhin betreten hat. Wenige Sekunden später umhüllt mich erneut die kalte Luft, die durch die geöffnete Tür des **C&C** nach innen dringt.

Doch im Unterschied zu vorhin spüre ich die Kälte nicht nur von außen.

Diesmal scheint sie sich auch in meinem Inneren festgesetzt zu haben und dort auszubreiten.

Als hätte Zac all die Wärme mitgenommen, die mich eben noch umgab.

Zac

Ich verfluche den verdammten Winter dafür, dass ich nur im gefühlten Schneckentempo über die Straßen fahren kann. Aus Vorsicht. Vor jeder Kurve muss ich abbremsen, um mich nicht der Gefahr des Rutschens auszusetzen. Noch immer befindet sich kein Glatteis auf den Straßen, doch durch den vielen Neuschnee der vergangenen Nacht ist die Fahrbahn dennoch rutschig.

»Verdammt!«, fluche ich, als ich nur noch wenige Straßen von unserem Haus entfernt bin. Als Danny mich vorhin angerufen hat, wusste ich sofort, dass etwas nicht stimmt. Bereits seit vielen Jahren ist er unser Nachbar und einer der wenigen Menschen, die von der Krankheit meiner Mom wissen. Es ist immer wichtig, für den Notfall Außenstehende zu kennen, die helfen können. Diese Person ist Danny schon immer für uns gewesen, noch bevor der Scheißkerl von meinem Vater meine Mom und mich verlassen hat.

Vor unserem Grundstück parke ich mein Motorrad am Straßenrand, schwinge mich von der Maschine und renne zu unserem Haus. Danny erwartet mich bereits am Gartentor. Besorgt sieht er mich an, als ich auf ihn zulaufe. »Was ist passiert?«, frage ich ihn, noch bevor er zu Wort kommen kann. Erst vor wenigen Tagen habe ich Mom besucht, und obwohl man bei ihr nie weiß, was als Nächstes kommt, schien es ihr etwas besser zu gehen. In den letzten Tagen haben wir oft miteinander telefoniert und ich hatte das Gefühl, sie beruhigt zu haben.

»Sie sitzt seit Stunden im Garten und weint«, erzählt Danny mir nun. »Ich habe bei offenem Fenster in der Küche gesessen und plötzlich ihr Schluchzen gehört. Irgendwann fing sie an, nach deinem Dad zu rufen, immer lauter.«

»Scheiße.«

»Natürlich bin ich sofort zu ihr rüber, doch sie lässt sich einfach nicht von mir beruhigen. Ich wusste mir nicht anders zu helfen, also habe ich dich angerufen.«

»Das war richtig, Danny«, erwidere ich und lege ihm eine Hand auf die Schulter. »Ich kümmere mich jetzt um sie. Geh wieder rein ins Warme.«

Danny nickt und klopft mir ermutigend auf die Schulter, bevor er sich abwendet und zu seinem eigenen Haus nebenan läuft. Ehe er seinen Garten betritt, rufe ich ihm noch ein »Danke!« zu, dann laufe ich in unseren eigenen Garten nach hinten, um nach Mom zu sehen. Der Anblick, der sich mir dort bietet, treibt mir die Kälte durch meinen gesamten Körper.

Meine Mutter kniet im Schnee. Statt eines Wintermantels, der für diese Temperaturen angemessen wäre, trägt sie nur eine dünne Strickjacke und Hausschuhe sowie ihre Jogginghose und ein Shirt.

»Mom«, sage ich leise, um sie nicht zu erschrecken. Ich laufe zu ihr durch den Schnee und knie mich neben sie. Auf dem Boden vor ihr liegt das Hochzeitsfoto, das sie und Dad an dem Tag zeigt, der der glücklichste ihres Lebens hätte werden sollen. Für mich ist es einfach nur der Tag, der den Anfang ihres Endes bedeutete.

Leise wimmernd kauert sie im Schnee, den Blick starr auf das Foto gerichtet. Ich befreie mich aus meiner Jacke und lege sie ihr um die Schultern. Aus Erfahrung weiß ich, dass ich behutsam versuchen muss, zu ihr durchzudringen. »Es ist wahnsinnig kalt heute, oder?«

Noch immer starrt Mom auf den Bilderrahmen. »Kommt Malcolm nie wieder?«, fragt sie mich flüsternd.

»Nein«, antworte ich nur. Am liebsten würde ich sie anschreien. Ihr all die vielen Gründe dafür zubrüllen, dass sie froh sein kann, dass sich mein Vater vom Acker gemacht hat und nicht mehr Teil ihres Lebens ist. Nur der Ehering, den sie noch immer trägt, verbindet die beiden weiterhin. Ein dämlicher Schein, mehr nicht. Doch das tue ich nicht, weil ich weiß, dass es nichts bringen würde. Mom gibt immer noch sich die Schuld daran, dass er gegangen ist. Für sie war Dad ein Heiliger, ein Mensch, ohne den sie glaubt, nicht leben zu können. Und wieder einmal frage ich mich, wie um Himmels willen ich ihr begreiflich machen kann, dass das nicht wahr ist.

»Ich bin jetzt hier«, rede ich beruhigend auf sie ein. »Und ich habe wahnsinnige Lust auf Pancakes. Nach dem Rezept von Oma, das du früher so gern nachgemacht hast. Bist du dabei?«

Endlich blickt sie zu mir auf, aus verweinten und rot geränderten Augen, die dafür sorgen, dass sich mein Herz noch ein Stück weiter zusammenzieht. Zu meiner Erleichterung nickt sie schließlich. Ich stütze sie, als sie sich vom Boden erhebt, und lege meinen Arm um sie, während wir zur Terrasse laufen. Sobald wir das Wohnzimmer betreten, schließe ich die Tür hinter uns. Mom stellt das Foto von Dad und ihr zurück auf die Kommode neben dem Fernseher. Einige Sekunden verharrt ihr Blick noch darauf, dann dreht sie sich zu mir um, ein zaghaftes Lächeln auf den Lippen. »Ich ziehe mir noch einen Pulli über, dann komme ich zu dir.«

Ich nicke und schaue ihr hinterher, bis sie das Wohnzimmer verlässt und ich das Knarren der Treppenstufen höre, die sie nach oben geht. Als sie außer Sichtweite ist, lasse ich mich für einen kurzen Moment auf den Sessel neben mir fallen und vergrabe mein Gesicht in meinen Händen. Vor Mom gebe ich mich immer stark, damit sie nicht merkt, wie sehr auch ich unter der Situation leide. Für sie mime ich den coolen Sohn, dem nichts und niemand etwas anhaben kann, damit sie wenigstens diesem Schein noch Glauben schenken darf. Dabei sieht es in mir drin komplett anders aus. Doch ich kann es mir nicht erlauben, auch noch zusammenzubrechen. Für Mom muss ich es schaffen, stark zu bleiben, damit auch sie ihre Stärke irgendwann wiederfinden kann.

In der nächsten Stunde machen wir Pancakes und essen anschließend gemeinsam. Ich erzähle ihr vom Projekt in der Uni und für eine Millisekunde lang wirft sie mir ein Lächeln zu, von dem ich weiß, dass es diesmal ein ehrliches ist. Mom ist stolz darauf, dass ich meine Träume verwirklichen möchte und dieses Studium für mich gewählt habe. Sie beteuert immer wieder, dass ich etwas aus meiner Zukunft machen soll – und genau das habe ich auch vor.

Anschließend schauen wir noch etwas fern. Irgendwann fallen Mom die Augen zu. Der Tag war so anstrengend für sie, dass ich mich dazu entschließe, sie nicht zu wecken. Stattdessen greife ich nach der dunkelroten Decke, die sie so gernhat, und breite sie vorsichtig über ihr aus. Ich streiche Mom eine Haarsträhne aus dem Gesicht, schalte den Fernseher aus und drücke ihr noch einen Kuss auf die Stirn, bevor ich das Haus verlasse. An meinem Motorrad angekommen, schreibe ich Danny noch eine kurze Nachricht, dass es Mom erst mal wieder besser geht, um ihn zu beruhigen.

Auf dem Weg zurück nach Starfall merke ich schnell, wie meine Gefühle in mir zu brodeln beginnen. Tränen sammeln sich in meinen Augen, die mir die Sicht verschwimmen lassen, weshalb ich kurzerhand beschließe, am Straßenrand anzuhalten. Ich parke meine Maschine in einer Mulde neben einem Feld. Mittlerweile dämmert es bereits.

Ich nehme den Helm ab, lasse mich ins Feld sinken und meinen Tränen freien Lauf. Hier gönne ich mir ein paar Minuten nur für mich, um mich wieder zu beruhigen und mir die Möglichkeit zu geben, alle Emotionen, die sich in den letzten Stunden in mir gesammelt und aufgestaut haben, endlich loszulassen. Die Kälte tut mir gut. Ich weine um meine Mom, um das, was sie durchmachen musste, und darum, dass ich sie einfach nicht retten kann. Ganz egal, wie sehr ich es versuche. Ich weine, weil ich mich ihr gegenüber so unendlich schuldig fühle und es zugleich nicht bereue, ausgezogen zu sein.

Bin ich egoistisch? Oder werde ich doch einfach nur mit jedem Tag, der vergeht, ein Stück erwachsener? Sollte es wirklich meine Aufgabe sein, Mom zu beschützen? Ist es falsch, zu hoffen, dass mir diese Last irgendwann genommen wird?

Irgendwann höre ich auf zu weinen. Mein Blick klärt sich und ich hebe den Kopf, schaue in die Sterne über mir. Neben ihr helles Leuchten am dunklen Himmel schiebt sich plötzlich das Bild von Mira. Beinahe kann ich sie lachen hören. Ich schließe meine Augen, senke meinen Kopf wieder und versuche, dieses Geräusch tief in mir zu verschließen, ihr Bild in meinem Kopf zu behalten. Es wärmt mich von innen und schließlich gelingt es mir tatsächlich, mich insoweit zu beruhigen, dass ich nach einigen Minuten wieder auf meine Maschine steigen und nach Hause fahren kann.

KAPITEL 7
Lügen über Lügen

Mira

Am Nachmittag nach meinem Treffen mit Zac stehe ich im Türrahmen des Zimmers meines Bruders und schaue Jase dabei zu, wie er einen seiner neuen Songs auf der Gitarre übt. Wie von selbst bewegen sich seine Finger über die Saiten, als würden sie von allein die richtige Position finden.

Mein Bruder singt von Träumen und dass man alles dafür sollte, sie zu erreichen, von Liebe und wie lebensverändernd dieses Gefühl sein kann. In den Worten seines Songs liegt eine unglaubliche Intensität und seine rauchige Stimme treibt mir eine Gänsehaut über meinen gesamten Körper. So geht es mir immer, wenn er singt. Als der letzte Akkord verklingt, kann ich gar nicht anders, als zu applaudieren.

Überrascht dreht Jase sich zu mir. »Wie lange stehst du denn schon da?«, fragt er mich mit nach oben gezogener Augenbraue. Doch ich sehe, dass er sich sein Grinsen kaum verkneifen kann.

»Lang genug, um mitzubekommen, dass mein Wunderbruder einen neuen Song geschrieben hat«, antworte ich und löse mich vom Türrahmen. Stolz laufe ich zu seinem Bett, um mich neben ihn zu setzen. Er hat einfach ein Wahnsinnstalent, ebenso steckt unglaublich viel Arbeit dahinter. Ich weiß, wie fleißig Jase ist.

»Dein *Wunderbruder* also, ja?« Lachend legt er seine Gitarre hinter sich auf die Matratze, als ich mich neben ihn auf die grüne Bettwäsche fallen lasse.

»Für mich bist du das«, antworte ich ehrlich. »Ich liebe deine Texte und die Melodien, die du dazu komponierst. Mich haust du damit jedes Mal aufs Neue um.«

»Dann hoffen wir mal, dass es den Jungs morgen genauso geht«, sagt er schmunzelnd und fügt dann aufgeregt hinzu: »Ich stelle ihnen den Song bei der Probe vor.«

Im letzten Jahr haben Jase und seine Band die offizielle Erlaubnis bekommen, in der Aula der Uni neue Stücke einzuüben. Nachdem ihr erster Auftritt auf dem Weihnachtsfest im Dezember alle Studenten und deren Familien hat begeistern können, ließ unser Direktor sich endlich umstimmen. Bisher stand die Aula nur im Rahmen des Musikstudiums für angemeldete Veranstaltungen zur Verfügung, doch nun darf auch Jase mit seiner Band an bestimmten Tagen dort proben.

»Ich bin mir sicher, dass den Jungs der Song gefallen wird«, ermutige ich ihn und streiche Jase bekräftigend über den Arm.

Er lächelt mich dankbar an, eher er einen Blick auf die Uhr an seiner Wand wirft. Es ist ein wirklich prunkvolles Exemplar, das Mom und Dad ihm vor zwei Jahren zum Geburtstag geschenkt haben, obwohl er sich alles andere als eine Wanduhr gewünscht hat. Damals hat er einfach so getan, als würde er sich freuen, und sie dann schlussendlich auch aufgehängt, denn *immerhin erfüllt die Uhr ihren Zweck, wie hässlich sie auch sein mag*, Zitat Jason und zugleich eine meiner liebsten Erinnerungen.

»Sag mal, hast du montags nicht normalerweise Vorlesung um

diese Zeit? Diese Veranstaltung am späten Nachmittag?«, fragt er mich dann.

»In diesem Semester arbeiten wir an einem Projekt, weshalb die zwei wöchentlichen Präsenzveranstaltungen dazu in den ersten Wochen des Semesters ausfallen.« Das ist zwar nur die halbe Wahrheit, doch ich hoffe einfach, dass Jase nicht weiter nachfragt. Immerhin weiß mein Bruder, wie ungern ich über mein Studium spreche.

»Das kommt dir ganz gelegen, nicht wahr?«, fragt er mich, als hätte er meinen Gedanken erraten.

»Eigentlich mag ich das Modul von Professor Johnson am meisten von allen, aber es bedeutet weniger Stoff für die Klausur. Das Projekt bestimmt fünfzig Prozent unserer Endnote.«

Überrascht sieht Jase mich an. »Das muss ja echt ein wichtiges Ding sein.«

»Ist es auch«, stimme ich ihm zu. »Das beste Konzept für ein soziales Projekt wird dem Vorsitz von *Keeping Hope* vorgestellt.«

»Dieser gigantischen Organisation, die sich für soziale Gerechtigkeit einsetzt? Wirklich? Das ist ja der Wahnsinn.«

»Du kennst sie?«, frage ich ihn und bin tatsächlich verwundert. »Wer bist du und was hast du mit meinem Bruder gemacht?«

»Was soll das denn jetzt heißen?« Entsetzt sieht Jase mich an.

»Na ja, du ...«, setze ich zu einer Erklärung an, bin aber unsicher, wie ich aus diesem Schlamassel wieder herauskommen soll. Dennoch bin ich dankbar für den Themenwechsel.

Erwartungsvoll sieht Jase mich an. »Ich *was*?«

Ich atme einmal tief durch. Noch bevor ich mir sanftere Worte zurechtlegen kann, blubbern meine Gedanken einfach so aus mir heraus. »Du bist normalerweise derart in deiner Musikwelt gefangen, dass du von Themen wie Politik so gut wie nichts mitbekommst. Ist nicht böse gemeint!«

»Soll heißen?«, fragt er mich. Und auf mich wirkt es, als müsse er sich das Grinsen verkneifen. Jase gibt sich sehr viel Mühe, ernst zu bleiben.

»Das soll heißen, dass du, zumindest was Politik angeht, der so ziemlich unwissendste Typ bist, den ich kenne.«

Nun steht Jases Mund offen. Perplex sieht er mich an, als würde er überlegen, ob ich diese Worte eben wirklich ausgesprochen habe. »Du nennst mich *unwissend?*«, fragt er schockiert und greift sich theatralisch an die Brust, um seine Worte zu untermalen.

»Nur auf diesem Gebiet«, versuche ich, mich herauszureden, als er mir bereits immer näher kommt. »Dafür kennst du dich aber super mit Musik aus. Du spielst so gut Gitarre wie niemand sonst und …« Ich beobachte Jase dabei, wie sich die Finger seiner Hände, die auf seinem Schoß liegen, gefährlich spreizen und immer mehr die Form von Klauen annehmen. Und plötzlich weiß ich genau, was als Nächstes kommt.

»Jase, ich warne dich …«, beginne ich, doch er scheint gar keine Notiz von meinen Worten zu nehmen. Stattdessen breitet sich zunehmend ein Grinsen auf seinem Gesicht aus, als er die Hände langsam in die Luft hebt.

Ich reagiere sofort, stoße ein kurzes Kreischen aus, springe von seinem Bett auf und laufe in mein Zimmer. Jase springt ebenfalls hoch und rennt mir hinterher, während er die Geräusche eines Dinosauriers imitiert.

»Ich werde dich kriegen, kleine Mira«, presst er zwischen seinen Zähnen hervor und klingt dabei genauso gefährlich wie vor zehn Jahren. In diesem Moment ist Jase das Kitzel-Monster, eine Figur, die er erfand, als wir noch klein waren. Immer wenn ich etwas gesagt habe, das ihn wütend machte oder ihn einfach nervte, verwandelte er sich in das Kitzel-Monster und krabbelte mich so lange, bis ich vor Lachen kaum noch Luft bekam. Diese Tradition konnte er bis heute nicht ablegen.

Mit einer Mischung aus Lachen und Kreischen werfe ich meine Zimmertür hinter mir zu und stemme mich mit aller Kraft dagegen. Da wir drei uns blind vertrauen, haben wir nach unserem Einzug beschlossen, dass keine Zimmerschlüssel nötig sind. Außerdem war Finn damals der Meinung, es wäre zu gefährlich. Man könne sich ja verletzen und dann eingesperrt sein, sodass man die Tür aufbrechen müsse, um zueinander zu gelangen.

Ich hasse dich, Finn, schießt es mir durch den Kopf, als Jase von außen gegen meine Tür drückt. Noch immer imitiert er die Geräusche eines Dinos und obwohl ich mich mit aller Kraft gegen die Tür stemme, ist er wie zu erwarten stärker als ich.

Die Tür schwingt auf, wodurch ich zur Seite gedrückt werde. Schnell weiche ich zurück. Jase erscheint in meinem Zimmer und geht mit noch immer erhobenen Händen auf mich zu. »Bereit für eine Kitzel-Runde?«, fragt er mich, vor Wahnsinn grinsend. Ich schüttle den Kopf, gerade in dem Moment, als meine Schienbeine gegen mein Bett stoßen. Sofort falle ich nach hinten, Jase wirft sich auf mich und kitzelt mich von oben bis unten durch. Ich kann mich kaum wehren.

»Ich hasse dich!«, brülle ich schallend. »Hör sofort auf, du Monster!«

»Bist du immer noch der Meinung, ich sei unwissend? Oder nimmst du das zurück?«, fragt er in einer kurzen Atempause für mich.

»Ich denke gar nicht daran …«, setze ich an, als er mich erneut kitzelt. Ich weiß, dass ich nachgeben muss. Es ist das Einzige, was mich retten kann. »Okay, okay. Ich nehme alles zurück«, presse ich lachend hervor. »Aber hör sofort damit auf, mich zu quälen! Du bist doch mein Bruder und musst mich beschützen, nicht bestrafen«, appelliere ich an ihn und seine Vernunft.

Augenblicklich löst Jase seine Hände von mir und hebt sie ergeben in die Luft. »Geht doch, Schwesterherz«, sagt er, noch immer sichtlich amüsiert. »Ich wusste doch, dass du wieder zur Besinnung kommst und erkennst, welch allumfassendes Wissen dein Bruder in sich trägt.«

Ich schiebe ihn von mir und erhebe mich. Vom vielen Lachen habe ich Tränen in den Augen. Jase legt einen Arm um mich, als wir das Zimmer verlassen. Ich bin glücklich, einen so liebevollen Bruder wie ihn zu haben. Schon immer waren wir eine Einheit, haben zusammengehalten, egal, wie sehr wir unter den Vorschriften unserer Eltern litten und auch heute noch leiden. Das wird sich nie ändern. Doch als ich Jase spielerisch gegen die Brust schlage und er im Flur so tut, als würde er deshalb zusammenbrechen, verspüre ich nicht nur Glück. In diesem Moment erfüllt mich auch ein unglaublich schlechtes Gewissen.

Weil ich mit seinem größten Feind zusammenarbeite und weiß, wie viel Schmerz mein Bruder mit Zac verbindet.

Weil Zac für mich kein schlechter Mensch ist, auch nach allem nicht, was er meinem Bruder angetan hat.

Weil ich für diesen Mann keinen Hass empfinde. Vor Jahren habe ich es mal versucht, aber es ging einfach nicht. Gegen Gefühle ist man machtlos.

Und weil ich meinen Zwillingsbruder, meine zweite Hälfte, belüge. Ich belüge ihn, um ihn vor diesem großen Schmerz zu bewahren, den er fühlen würde, würde er die Wahrheit erfahren. Und vielleicht belüge ich ihn auch, um mich selbst zu schützen. Davor, dass mich sein Schmerz genauso stark trifft wie ihn. Nichts fühlt sich für mich schlimmer an, als meinen Bruder leiden zu sehen.

Mit meiner Lüge schütze ich uns beide, ja, genau so ist es, versuche ich mir einzureden.

Doch ist das wirklich der richtige Weg?

Zac

Von den Bässen des Lautsprechers begleitet, der mir »Best of You« von den Foo Fighters entgegenbrüllt, schlage ich auf den Boxsack vor mir ein. Das heutige Freitagstraining mit den Kindern lief gut und konnte mich von all dem ablenken, was in letzter Zeit in meinem Kopf herumgeistert. Doch sobald der letzte meiner Schüler das Studio verlassen hatte, spürte ich all die Emotionen wie eine Welle über mich hereinbrechen. Genau deswegen bin ich noch immer hier, um all das rauszulassen.

Die Wut auf meinen Dad, die Trauer um meine Mom und all das Chaos, das ich immer dann empfinde, wenn ich mit Mira zusammen bin. All diese Gedanken sammle ich jetzt in meinem Inneren und lasse mit jedem Schlag, den ich ausführe, ein Stück davon los.

Genau wie das Motorradfahren ist auch das Boxen eine Art Ventil für mich. Das, was ich den Kindern jedes Mal aufs Neue versuche beizubringen, setze ich auch selbst in meinem eigenen Leben um. In den letzten Wochen haben Mira und ich uns schon dreimal für unser Projekt getroffen und ich ziehe viel Kraft aus der Arbeit an dieser Sache, die mir so viel bedeutet. Obwohl alles in mir danach schreit, meinen Dad zu suchen und so lange auf ihn einzuschlagen, bis er so gebrochen ist wie meine Mom, gebe ich diesem Drang nicht nach. Niemals. Ja, am liebsten würde ich Gewalt anwenden, um es ihm heimzuzahlen. Aber ich weiß es besser: Statt meine Wut wirklich an ihm auszulassen, schlage ich eine Stunde lang auf diesen dämlichen Boxsack ein, bis meine Arme schwer werden. Mir ist natürlich klar, dass Gewalt keine Lösung ist, sondern nur noch mehr Probleme mit sich bringen würde.

Irgendwann lasse ich mich auf die Matte unter mir fallen. Der Schweiß brennt in meinen Augen, als ich die Handschuhe von meinen

Händen streife. Ich greife nach meiner Trinkflasche und leere sie zur Hälfte, danach erhebe ich mich und laufe zur Dusche.

Ich bin wieder wie neu, als ich fertig umgezogen nach meiner Sporttasche greife und die Halle schließlich hinter mir abschließe. Das Semester läuft nun schon wieder einige Wochen und manchmal macht es mir Angst, wenn ich daran denke, wie schnell die Zeit an uns vorbeirennt. Für heute Abend bin ich mit Mira verabredet. Bei dem Gedanken daran, den blonden Engel wiederzusehen, breitet sich ein Lächeln auf meinem Gesicht aus. Das Projekt und Mira sind das Einzige, was mir momentan Freude bereiten kann. Sie scheint wirklich ernsthaft an meine Ideen zu glauben und gibt mir nicht das Gefühl, zu viel zu wollen.

In diesem Moment fällt mir auf, dass sie der erste Mensch seit einer langen Zeit ist, der wirklich an mich glaubt. Von meiner Mom abgesehen. Dieses Wissen löst ein warmes Gefühl in mir aus, ein angenehmes Kribbeln, das mich auf eine schöne Art erschaudern lässt. Noch immer lächelnd steige ich auf mein Motorrad und fahre zurück nach Starfall, mit der Vorfreude im Hinterkopf, dass ich sie gleich wiedersehen werde.

Zwei Stunden später sitzen Mira und ich noch immer in unserer Ecke im **C&C**. Gemeinsam recherchieren wir im Internet nach möglichen Anhaltspunkten für unsere Projektidee, die wir in der letzten Stunde besprochen haben. Wir planen, einen Ort zu schaffen, an dem Kinder eine Perspektive haben. Einen Ort, wo sich jeder willkommen fühlt, unabhängig von seiner Herkunft. Eben haben wir schon eine Mail an die ***Starfall Elementary School*** verfasst, die wir für unser Projekt gern mit ins Boot holen würden. Dieser Schule fehlt schon seit Jahren ein außerschulisches Angebot, was es sowohl den Kindern als auch den berufstätigen Eltern nicht gerade leicht macht. Schon am frühen Nachmittag endet der Unterricht und die Eltern der Kinder sind somit gezwungen, ihre Kleinen meist schon gegen vierzehn Uhr am Nachmittag abzuholen. Nur die wenigsten Familien können sich eine private Kinderbetreuung für diesen Zeitraum leisten. Da Starfall aber eine wirklich sehr kleine Kleinstadt irgendwo im Nirgendwo ist, gibt es hier nur diese eine örtliche Grundschule, allerdings eben ohne entsprechende Nachmittagsbetreuung. Mira und ich möchten das ändern, indem wir ein ausgereiftes Konzept für den Bau eines Kinderhorts planen, inklusive der Inbetriebnahme, der Mitarbeitervergütung und auch der Instandhaltung. Es wird eine Menge Arbeit auf uns zukommen, doch wir sind beide motiviert. In Starfall gibt es nur wenige Einwohner und bisher sah die Stadtverwaltung eine Art Hort oder Ähnliches für die außerschulische Betreuung der Kinder als nicht notwendig an. In den letzten Jahren sind vermehrt Kinder hinzugekommen, aber das Budget schien einfach nicht ausreichend für die Errichtung eines Gebäudes und alles, was damit zusammenhängt, zu sein. Dieser Aufgabe wollen wir uns nun selbst annehmen, immerhin könnten wir durch die Fördermittel der *Keeping Hope*-Organisation all diese Dinge ermöglichen. Natürlich müssen wir überzeugend sein und einen genauen Kosten-Nutzen-Plan erstellen, doch ich bin mir sicher, dass uns das gelingen wird.

»Kann ich euch etwas zu trinken bringen?« Das plötzliche Auftauchen des Kellners lässt Mira und mich zur selben Zeit zusammenzucken. Vor lauter Schreck klappt sie ihren Laptop zu und mir rutscht der Kugelschreiber aus der Hand und fällt zu Boden.

Lachend sieht Mira erst mich an und dann den Mann, der uns eben seine Frage gestellt hat. Bei meinen letzten Besuchen im Café ist er mir aufgefallen, einige Male hat er mich und die Jungs auch schon bedient, jedoch haben wir bisher noch kein direktes, gar längeres Gespräch miteinander geführt. Er muss etwa um die fünfzig Jahre alt sein und wirkte bisher immer sehr sympathisch auf mich.

»Brian!«, ruft sie ihm lachend zu. »Musst du uns so erschrecken?«

»Entschuldige«, murmelt er grinsend. »Das wollte ich sicher nicht. Nur sitzt ihr bereits seit einiger Zeit hier hinten und seht so konzentriert aus. Da dachte ich, ein Getränk könnte nicht schaden.«

Als ich den liebevollen Umgang der beiden wahrnehme, fällt mir wieder ein, dass Mira ja auch in diesem Café arbeitet. Es muss sich bei Brian also um ihren Chef handeln.

»Das ist lieb von dir«, sagt Mira lächelnd, deutet kurz zwischen Brian und mir hin und her und stellt uns einander vor.

»Es freut mich, Sie kennenzulernen«, sage ich und strecke ihm meine Hand entgegen. Doch statt mir die seine ebenfalls zu reichen, blickt er mich aus ernsten Augen an und verschränkt die Arme vor seinem leicht hervorstehenden Bauch.

»Du bist also Miras Partner?«, fragt er mich, mit einem prüfenden Unterton.

Ich nicke. »Ja, Sir. Wir arbeiten gemeinsam an …«

»Bist du das Schneemonster?«

Perplex schaue ich ihn an. »Wie bitte?«, frage ich wie der letzte Idiot.

»Oh mein Gott!«, murmelt Mira neben mir, aber so laut, dass ich sie trotzdem hören kann. Sofort drehe ich mich ihr zu.

»Schneemonster?« Ich ziehe eine meiner Augenbrauen nach oben und warte auf eine Erklärung. Doch statt mir diese zu liefern, blickt Mira Brian nur aus ihren blauen Augen an. Irgendeine stumme Unterhaltung scheint zwischen den beiden stattzufinden, von der ich kein unausgesprochenes Wort verstehe.

»Das war nur ein Spaß«, meint Brian schließlich lachend. »Vergiss das mit dem Schneemonster. Ich bin Brian.« Endlich streckt er mir seine Hand entgegen.

Noch immer etwas verwundert, lege ich meine Hand in seine. »Zac«, stelle ich mich noch mal kurz vor.

»Ich hätte gern eine heiße Schokolade«, bestellt Mira dann, als würde sie unbedingt das Thema wechseln wollen. Das eben muss ihr echt peinlich gewesen sein. Ich beschließe, die Schneemonster-Sache erst einmal ruhen zu lassen und sie später noch einmal danach zu fragen. In den letzten zwei Minuten hatte ich definitiv genug Fragezeichen in meinem Kopf.

Fragend wendet sich Brian an mich, einen kleinen weißen Notizblock in der Hand.

»Ich nehme einen grünen Tee, bitte.«

Miras Chef dreht sich nickend um und verschwindet dann hinter der Theke.

»Du trinkst Tee?«, fragt Mira mich und wirkt nun ihrerseits überrascht.

Ich zucke mit den Schultern. »Warum nicht?«

»Ich weiß nicht. Es ist nur so, dass Bier besser zu dir passt.«

Sofort breche ich in Lachen aus. »Aber doch nicht in einem Café«, stelle ich klar.

Beinahe erwarte ich schon, dass Mira mir erneut eine schlagfertige Antwort gibt, doch stattdessen beugt sie sich nach vorn, das Gesicht auf ihre Hände gestützt.

»Sag du mir doch lieber, wer du bist«, fordert sie mich mit ernstem Blick auf. »Wer du *wirklich* bist«, fügt sie hinzu, ein Leuchten in den Augen.

In diesem Moment würde ich sie so gern küssen. Meine Lippen auf ihre legen, meine Zunge mit ihrer tanzen lassen. Sie schmecken, fühlen, sie so nah wie möglich bei mir haben.

Geschockt von meinen eigenen Gedanken, blinzle ich und setze mich wieder aufrechter hin. Erst jetzt bemerke ich, wie nah ich ihr tatsächlich gekommen bin. Dass unsere Nasenspitzen sich beinahe berührt hätten. Und in Miras Augen lese ich, dass sie sich dieser Nähe ebenso bewusst ist wie ich.

»Lass uns hier anrufen«, sage ich schließlich und deute auf die Adresse eines Gebäudes im Internet, in der Hoffnung, uns somit wieder auf neutralen Boden zurückzuholen.

»Meinst du, sie wären interessiert?«, fragt Mira mich zweifelnd.

Entschlossen nicke ich. »Diese Anzeige ist seit mittlerweile fast zwei Jahren online. Der Kaufpreis ist für dieses Gebäude viel zu hoch. Jeder Interessent ist sich bewusst, wie viel zusätzliche Kosten die Sanierung bedeuten würde, aber ...«

»... aber bei uns spielt das keine Rolle«, beendet Mira meinen Satz. Ihre Augen strahlen, als sie meinen Gedanken errät. »Wir müssen uns über die Finanzierung keine Gedanken machen, weil die Organisation die Kosten tragen würde. Trotzdem ist es an uns, sie zu überzeugen, immerhin ist das eine wirklich große Summe, die *Keeping Hope* investieren müsste. Unser Konzept muss also wirklich genial sein, sodass dieser finanzielle Aspekt nicht ganz so schwer wirkt.«

»So ist es«, sage ich. »Wir müssen die Inhaber von uns überzeugen und dafür sorgen, dass sie uns die Halle reservieren, bis feststeht, wer das Projekt gewonnen hat. Es ist ja nicht so, dass sie viel zu verlieren hätten. Vermutlich sind wir die ersten Interessenten seit Langem. Und *Keeping Hope* müssen wir mit unserem Konzept und einer fundierten Kalkulation für unsere Idee gewinnen.«

»Ob sie damit einverstanden sind?«, fragt Mira unsicher.

Ich zucke mit den Schultern. »Wir können es nur versuchen. Vielleicht sind sie froh, endlich einen Interessenten gefunden zu haben.«

Für einen kurzen Augenblick sehen wir uns an. Wieder scheine ich mich für einige Sekunden im klaren Blau ihrer Augen zu verlieren, bis ich meinen Blick zu ihrem Mund nach unten gleiten lasse.

Ich beobachte ihre Lippen dabei, wie sie die nächsten Worte formen.

»Du hast recht: Lass es uns versuchen.«

Mira

Während ich zurück in der WG die Mail mit all unseren Vorschlägen an die Inhaber des Gebäudes schreibe, für das Zac und ich uns interessieren, läuft einer meiner liebsten Songs im Radio: »Like I love you« von Nico Santos, einem deutschen Musiker, der sich mittlerweile auch hier in Amerika einen Namen gemacht hat.

Leise mitsummend versuche ich, all unsere Vorstellungen in diese Mail zu bringen und dabei möglichst überzeugend zu klingen. Nachdem Zac heute die angegebene Telefonnummer gewählt hatte, baten die Inhaber uns um eine Mail, in der wir alle Gedanken zu unserem geplanten Projekt für sie schriftlich zusammenfassen. Ihnen liegt offensichtlich sehr viel am Gebäude, weshalb sie absolut sicher sein möchten, dass es in die richtigen Hände gelangt. Dass sie uns eine Chance geben, obwohl wir den Kauf noch nicht garantieren können, hat uns positiv überrascht. Wenn sie mit unseren Ideen zufrieden sind, können wir das Gebäude demnächst besichtigen. Anhand unserer Mail werden sie entscheiden, ob es zu diesem Treffen kommen wird. Sie wollen wirklich gute Menschen für dieses Projekt finden.

Ich drücke gerade auf *senden*, als mein Handy klingelt. Es ertönt die Stimme von Taylor Swift. Der Refrain von »You Need To Calm Down« ertönt, mein Signal dafür, dass meine Mom versucht, mich zu erreichen.

Verdammt.

Bevor ich auf den grünen Hörer tippe, atme ich noch einmal tief durch. Wenn Mom mich anruft, bedeutet das meist nichts Gutes. Entweder quetscht sie mich über mein Studium aus, oder sie will mich mit irgendeinem ihrer Anwaltskollegen bekannt machen, die mir dann Praktika anbieten, auf die ich ohnehin keine Lust habe.

»Hallo, Mom«, begrüße ich sie schließlich.

»Mira. Wie schön, dass ich dich erreiche. Wie geht es dir?«

»Mir geht es gut. Und euch?«, frage ich sie und setze mich auf mein Bett.

»Uns geht es auch gut, Liebling. Du fragst dich sicher, weshalb ich anrufe.« Ich nicke, obwohl ich weiß, dass sie mich ohnehin nicht sehen kann. »Du erinnerst dich mit Sicherheit an unser Gespräch in den Weihnachtsferien?« Ohne meine Antwort abzuwarten, spricht sie weiter: »Dein Dad hat seinen Freund Marcus erwähnt, weißt du noch? Wir haben ihn und seine Familie zum Essen eingeladen, in zwei Wochen, am Samstag.«

»Das ist aber nett von euch«, sage ich. »Ich wünsche euch ganz viel Freude bei diesem Essen. Es wird sicher schön!«

»Du bist natürlich ebenfalls zum Essen eingeladen.«

»Was?«, spreche ich mein Staunen aus, bevor ich mich zurückhalten kann. Etwas ruhiger frage ich sie dann: »Wieso bin ich eingeladen?«

»Marcus ist ein enger Freund deines Vaters. Es erscheint uns richtig, dass du ihn einmal kennenlernst. Vielleicht arbeitest du später mit ihm zusammen. Er ist ebenfalls Anwalt und hat eine eigene Kanzlei und wahnsinnig gute Kontakte, wir teilen uns häufig die Fälle mit ihm auf und arbeiten eng zusammen.«

Nach ihrer Erklärung erinnere ich mich auf einmal an Marcus. Vor etwa einem Jahr habe ich ein dreiwöchiges Praktikum in der Kanzlei meiner Eltern absolviert. Mein Dad hielt es für eine ausgesprochen tolle Idee, mich schon einmal in einige Arbeitsabläufe einzuführen. Dabei machte ich einundzwanzig Tage lang gute Miene zum bösen

Spiel und rannte mit einem Dauergrinsen im Gesicht von Büro zu Büro. Ich meine, in einem von Dads Telefongesprächen den Namen Marcus schon einmal aufgeschnappt und ihn auch auf einigen Akten gelesen zu haben.

Wie war noch gleich sein Nachname?

»Smiller«, antwortet meine Mom auf die Frage, von der ich dachte, sie mir nur in meinem Kopf gestellt zu haben. Scheinbar muss ich sie laut ausgesprochen haben.

»Ich erinnere mich an seinen Namen.«

»Wie schön. Also kommst du zum Essen?«

»Wieso ist Jase nicht eingeladen?«, frage ich sie. Immerhin sind wir Geschwister, noch dazu Zwillinge. Bei solchen Veranstaltungen, zu die mich meine Eltern zwingen, ist er immer meine Stütze. Ich kann mir nicht vorstellen, solch ein Essen ohne ihn und seine Scherze, die die verkrampfte Stimmung etwas auflockern, zu überleben.

Kurz ist es still am anderen Ende der Leitung, dann räuspert Mom sich. »Bei den Gesprächen wird es in erster Linie um die Kanzlei und berufliche Angelegenheiten gehen. Du könntest dort einiges über deinen zukünftigen Beruf erfahren. Jase würde sich nur langweilen.«

Wieso kaufe ich ihr diese Erklärung nicht ab? Was hat sie wirklich vor, frage ich mich stumm.

»Wer ist denn beim Essen noch dabei?«, hake ich alarmiert nach.

»Dein Vater, Marcus, seine Frau Marielle, du, ich und …«

»Und?«, unterbreche ich sie verwundert. Irgendetwas stimmt doch hier ganz und gar nicht. Wenn Mom die Worte fehlen, muss die Sache einen Haken haben.

»… und Luis«, schließt Mom dann endlich ihre Aufzählung.

»Wer ist Luis?«, frage ich sie. *Und warum wolltest du mir seinen Namen erst nicht nennen?*, füge ich in Gedanken an. Mom hat eindeutig gezögert.

»Luis ist der Sohn von Marielle und Marcus. Ein wirklich sympathischer junger Mann in deinem Alter. Im nächsten Jahr wird er …«

»Mom?«, rede ich dazwischen, da ich nichts Gutes ahne. »Ihr habt doch nicht das vor, was ich glaube, oder?«

»Wir wollen euch beide lediglich einander vorstellen«, bestätigt sie meine Vermutung.

Genervt atme ich einmal tief durch. »Das ist doch nicht euer Ernst, oder?«

»Aber Mira, wieso reagierst du denn so? Luis ist ein wirklich netter Mann. Weshalb möchtest du ihn nicht kennenlernen?«, fragt Mom mich empört, und sofort fühle ich mich schlecht. Wenn sie auf diese belehrende Art und Weise mit mir spricht, gebe ich meist klein bei. Ich habe wirklich keine Lust auf eine Verkupplungsaktion von meinen Eltern, doch gerade fehlt mir jeder Nerv, diese Sache mit Mom auszudiskutieren. Sie würde ohnehin so lange gegen mich argumentieren, bis mir meine eigenen Argumente ausgehen.

»Was macht Luis denn beruflich?«, frage ich also nur, obwohl ich die Antwort bereits kenne.

»Er studiert ebenfalls Jura«, antwortet Mom. Ich kann sie direkt vor mir sehen, ein fettes Grinsen im Gesicht. »Ihr könntet euch austauschen. Und wer weiß, was sich daraus entwickelt.«

Ein sarkastisches *Juhu* schießt mir durch den Kopf. Na, das kann ja heiter werden. Dennoch sage ich Mom, dass ich zum Essen kommen werde, um einer anschließenden Diskussion über mein Nicht-Kommen zu entgehen, die auf jeden Fall folgen würde. Ich kenne sie einfach zu gut. Ein Ablehnen ihrer Einladung würde Mom nicht so einfach hinnehmen. Über eine Stunde Fahrt hin und zurück, nur um zwei Stunden lang bei einem Essen zu sitzen, auf das ich keine Lust habe, ist verrückt. Trotzdem sage ich Mom, ich würde mich darauf freuen, dass wir uns in zwei Wochen sehen und ich eingeladen wurde.

Wieder eine Lüge, die sich so schwer auf meiner Zunge anfühlt und auch auf meinem Herzen.

Wir verabschieden uns, dann lege ich auf.

Das Drücken des roten Hörers fühlt sich befreiend an. Irgendwie erlösend.

Zac

Es ist schon nach Mitternacht und ich liege immer noch hellwach in meinem Bett. Das heutige Treffen mit Mira hat mich ganz schön aufgewühlt. Wir haben uns nun schon einige Male getroffen, um gemeinsam am Projekt zu planen, und jedes Mal bin ich im Anschluss an unser Treffen dieses Kribbeln in meinem Bauch einfach nicht mehr losgeworden.

Wir haben nun wirklich ein Gebäude gefunden. Sind dabei, ein grandioses Konzept auszuarbeiten und es gefällt mir, wie sehr auch Mira mittlerweile für diese Sache brennt. Zu Beginn hatte ich das Gefühl, dass sie eher weniger Lust auf die Zusammenarbeit mit mir hat. Generell wirkte es zu Beginn auf mich, als läge ihr nicht besonders viel an unserer Aufgabe und daran, sie erfolgreich umzusetzen. Doch das heutige Treffen hat mich einmal mehr vom Gegenteil überzeugt.

Aber das ist es nicht, was mir den Schlaf raubt. Es ist nicht nur ihre Begeisterung für das Projekt, die mich ganz verrückt macht. Es ist ihr Lachen, wenn ich einen meiner blöden Witze gerissen habe. Es ist das Leuchten in ihren Augen, das sich immer dann zeigt, wenn sie die gleiche Euphorie zu spüren scheint, die ich in mir fühle. Es sind die vielen kleinen Momente, in denen wir beide an einem Strang ziehen. Zwar bringe ich die meisten Ideen für das Projekt ein, doch auch Mira hat einige Vorschläge beigesteuert. Außerdem ist sie viel besser darin,

Dinge zu ordnen und aufzuschreiben. Mira kann sehr gut formulieren, weshalb ich es auch ihr überlassen habe, eine Mail an die Baufirma zu schreiben. Wir haben uns gemeinsam die wichtigsten Fakten überlegt, die sie nun an die Firma übermittelt. Ich vertraue darauf, dass sie unsere Idee überzeugend in ihren Worten zusammenfassen kann.

Wir haben ein gutes Konzept, doch mein eigenes kann kaum noch standhalten. Mira bringt mich total aus dem Konzept. Sie verdreht mir den Kopf, weckt Sehnsüchte in mir, von denen ich niemals gedacht hätte, dass sie existieren können. Schon seit Beginn des Semesters hatte ich keine Frau mehr hier in meinem Bett. Ich könnte mir einreden, dass das einfach ein Zufall ist. Dass ich zu eingespannt bin mit dem Projekt und der Uni, zu abgelenkt von der Situation mit meiner Mom. Doch ich weiß, dass das nicht stimmt.

Ich hatte seit Wochen keine Frau mehr bei mir, weil ich mir nur eine ganz bestimmte Frau an meiner Seite wünsche. Ich wünsche mir Mira. Nicht nur neben mir auf der Bank im **C&C**, vertieft in Unterlagen und am Laptop, sondern hier in meinem Bett, an mich gekuschelt, während sich ihre Haare auf meinem Kopfkissen ausbreiten … Oder zumindest erst mal in meiner Wohnung. Ich könnte mich näher an Mira herantasten, versuchen herauszufinden, wo wir beide stehen, was sie empfindet. Für mich, für uns.

Irgendwann gelingt es mir endlich, meine Gedanken loszulassen und in den Schlaf zu finden.

KAPITEL 8

Vier Fragen

Zac

Während sich die Mittagssonne einen Weg durch die Wolken bahnt, lehne ich an der Hauswand neben dem **C&C** und warte auf Mira. Als sie um die Ecke kommt, winke ich kurz und laufe ihr entgegen. Gestern haben wir uns noch einmal geschrieben und beschlossen, uns heute gleich wieder für das Projekt zusammenzusetzen. Wir haben beide einen freien Tag, den wir nutzen möchten, und ich habe mir für heute vorgenommen, Mira zu fragen, ob wir unseren Treffpunkt nicht mal an einen anderen Ort verlegen wollen.

»Hey«, begrüße ich sie.

Mira bleibt direkt vor mir stehen. »Hey«, erwidert sie zaghaft. Vermutlich wissen wir beide nicht so recht, wie wir uns gegenüber dem jeweils anderen verhalten sollen.

Ich bin mir immer noch unsicher, was wir jetzt sind: Freunde? Bekannte? Sind wir vielleicht wirklich nur Projektpartner? Oder ist da doch mehr?

Welche Begrüßung wäre angepasst? Eine Umarmung? Sollten wir uns die Hand geben? Ja, oder? Immerhin haben wir uns inzwischen ein paarmal getroffen.

Bei dem Gedanken an die letzte Möglichkeit muss ich grinsen.

»Was ist so lustig?«, fragt Mira mich amüsiert.

»Ach nichts«, winke ich ab. Dann unterbreite ich ihr den Vorschlag, über den ich beinahe die gesamte letzte Nacht gegrübelt habe. »Sag mal, wollen wir heute lieber bei mir am Projekt arbeiten? Wir hätten dort viel mehr Ruhe und die Möglichkeit, offener über unsere Ideen zu sprechen. Was meinst du?«

Überrascht sieht Mira mich an und zieht sich ihre Mütze zurecht. Der dunkelbraune Stoff hüllt ihre Haarpracht ein und ich frage mich, weshalb sie bei diesem sonnigen Wetter heute überhaupt noch eine Mütze trägt. Seit drei Tagen haben wir März und schon seit über einer Woche ist auch das letzte bisschen Schnee verschwunden. In Starfall gehen die Jahreszeiten genauso schnell, wie sie kommen. Der Frühling steht vor der Tür und wartet nur darauf, endlich einzutreten. Die Temperaturen sind bereits deutlich milder geworden, aber wer weiß, vielleicht friert Mira schnell. Irgendwie würde ich sie jetzt gern wärmen und … *Halt! Stopp!* Ich versuche, mich davon abzuhalten, schon wieder solche Dinge zu denken. Ich muss wirklich darauf achten, was mir so durch den Kopf geht, wenn ich in ihrer Nähe bin.

»Ich weiß nicht …«, setzt Mira schließlich zu einer Antwort auf meine Frage an und holt mich damit wieder zurück ins Hier und Jetzt, stoppt sich dann aber selbst.

»Wir hätten dort mehr Ruhe und könnten uns besser absprechen«, begründe ich meinen Vorschlag noch einmal. Ich bin selbst überrascht, welche Überzeugungskraft in meinen Worten liegt. Tief in mir verspüre ich den Wunsch, mich in Ruhe mit Mira zu unterhalten, ohne den ständigen Blicken von Brian ausgesetzt zu sein, der mich immer mit Argusaugen beobachtet, wenn wir im **C&C** arbeiten. Zudem bemerke ich natürlich stets ihre Angst, dass Jase uns entdecken oder einer seiner Kumpels auftauchen und sich wundern könnte, weshalb wir zwei an einem Tisch sitzen. Ich möchte mit Mira am Projekt arbeiten, aber sie auch besser kennenlernen – ganz ohne diese Ängste und Unsicherheiten.

»In Ordnung, du hast recht«, stimmt sie mir schließlich zu und wirft rasch einen Blick zum Café hinter sich, ehe sie mich wieder ansieht. »Hast du heiße Schokolade?« In ihrem warmen Blick liegt so viel Hoffnung, dass ich sie am liebsten an mich ziehen würde. Natürlich tue ich es nicht. Das wäre viel zu früh. Außerdem genieße ich Miras Gesellschaft viel zu sehr und das Projekt ist mir zu wichtig, als dass ich etwas wegen einer unbedachten Reaktion zunichtemachen wollen würde. Das darf nicht geschehen.

»Habe ich«, antworte ich ihr also nur grinsend.

»Dann bin ich dabei.«

Einige Minuten später sitzt Mira auf dem Teppich neben meinem Bett und sieht sich interessiert in meinem Apartment um. Nun bin ich froh darüber, in den letzten Tagen endlich auch die letzten Umzugskartons ausgeräumt zu haben. Ich habe es eine Zeit lang – viel zu lange! – vor mir hergeschoben, hier wirklich richtig anzukommen. Das schlechte Gewissen meiner Mom gegenüber nagt noch immer an mir, doch nun habe ich alle Kisten ausgeräumt und es fühlt sich überraschend gut an. Vielleicht, aber nur vielleicht habe ich es auch in der Hoffnung getan, Mira würde zu mir kommen.

»Du hast eine wirklich schöne Wohnung«, meint sie anerkennend.

»Danke«, sage ich, während ich Milch in einen Topf gebe. Ich stelle die Herdplatte an und drehe mich in meiner offenen Wohnküche zu ihr um.

»Wo hast du vorher gewohnt?«, fragt sie mich interessiert.

»Bei meiner Mom«, antworte ich knapp.

»Also ist das hier deine erste eigene Bleibe?«

»Jepp.« Während ich die Milch erhitze, rühre ich sie mit der rechten Hand um und greife mit der linken nach der Dose mit dem Kakaopulver. »Ich bin eher der chaotische Typ«, gebe ich dann zu. »Bis vor wenigen Tagen herrschte hier noch das reinste Chaos.«

Mira lacht, als ich die mittlerweile heiße Milch in die Tasse fülle und das Pulver unterrühre. »Chaos ist nicht immer schlecht«, erwidert sie.

Ich schalte den Herd aus, gehe zu ihr und reiche Mira die hellblaue Tasse mit dem dampfenden Kakao. »Vorsicht, er ist noch heiß.«

»Danke«, murmelt sie und umschlingt die Tasse mit ihren Händen, als müsse sie sich wärmen. Einen Moment lang sitzen wir schweigend nebeneinander. Keiner von uns beiden macht Anstalten, die Unterlagen für das Projekt hervorzuholen. Schließlich bricht Mira das Schweigen.

»Wir kennen uns gar nicht richtig«, platzt es aus ihr heraus. »Nicht *mehr*, meine ich.« Ihr ist deutlich anzusehen, dass sie diese Worte gar nicht laut aussprechen wollte. Um ihr die Situation nicht noch unangenehmer zu machen, gehe ich auf ihre Feststellung ein.

»Das stimmt. Lass uns das doch ändern.«

Mira schenkt mir ein Lächeln, was wieder dieses angenehme Kribbeln in meinem Magen zur Folge hat, das ich immer in ihrer Nähe verspüre. »Ich bin dabei. Was schlägst du vor?«

Ich entscheide mich für einen spielerischen Weg, um den Druck herauszunehmen. »Jeder darf dem anderen vier Fragen stellen. Drei davon müssen wir jeweils beantworten, das bedeutet, jeder hat einen Joker und darf einmal passen, wenn es zu persönlich wird.«

»Klingt fair.« Mira nickt und scheint über meinen Vorschlag nachzudenken, dann sieht sie mir wieder in die Augen. »Du fängst an.«

Im Schneidersitz setzen wir uns auf meinem Teppich so, dass wir einander anschauen können. Mira gibt mir eine Minute, damit ich mir meine erste Frage überlegen kann. Ich würde am liebsten so vieles fragen, doch ich versuche, meine Gedanken zu ordnen, um das Beste aus meinen vier Möglichkeiten herauszuholen.

»Wen auf der Welt liebst du am meisten?«, frage ich sie schließlich.

»Das ist einfach.« Mira lächelt und ihre Augen strahlen regelrecht. »Meinen Bruder.«

Ich nicke, weil ich mit dieser Antwort schon fast gerechnet habe. Mira und Jason waren schon immer unzertrennlich. Noch im selben Moment verfluche ich mich dafür, keine andere Frage gewählt zu haben. Damit hole ich genau das hervor, was die größte Hürde zwischen uns beiden sein könnte. Doch wir müssen uns ja steigern. »Du bist dran«, sage ich also nur.

Im Gegensatz zu mir muss Mira gar nicht lange überlegen und bringt sofort ihre erste Frage hervor. »Welches deiner Tattoos bedeutet dir am meisten?«

Verdammt. Bereits mit ihrer ersten Frage trifft sie genau ins Schwarze. Ich beschließe, mir dennoch meinen Joker aufzuheben. Wer weiß, was sie sonst noch alles wissen will. Also entschließe ich mich dafür, ihr einen Teil von mir zu zeigen, dessen Bedeutung nur die wenigsten kennen. Ich greife nach dem Ärmel meines Pullovers und schiebe in bis zu meiner Armbeuge nach oben, um meinen rechten Unterarm freizulegen. Mira rutscht ein Stück näher zu mir, um mein Tattoo genauer betrachten zu können. »Dieses hier bedeutet mir am meisten«, antworte ich leise und lege den Zeigefinger meiner linken Hand neben die schwarzen Linien auf meiner Haut, die wie eine Pflanze die vier Buchstaben in der Mitte umranken. Nur, wenn man genau hinsieht, erkennt man den Namen zwischen ihnen.

»Rose«, spricht Mira den Namen meiner Mom aus. Ich bin mir sicher, dass noch nie ein Mensch diese vier Buchstaben so unendlich liebevoll aneinandergereiht hat. »Wer ist sie?«

»Du schummelst«, erwidere ich grinsend, doch dann entschließe ich mich dazu, es ihr durchgehen zu lassen. »Rose ist meine Mom.«

Obwohl ich Mira gut genug kenne, um zu wissen, dass sie nie einen anderen Menschen verurteilen würde, fürchte ich mich nun dennoch davor, dass sie mich auslachen könnte. Der coole Typ, der die Frauen nur so abschleppt, hat den Namen seiner Mom auf den Unterarm tätowiert. Das wäre für viele Menschen Grund genug, schnell zu urteilen.

Doch sofort nimmt Mira mir die Angst. »Das ist wunderschön und irgendwie so … tiefgründig«, murmelt sie, den Blick noch immer auf mein Tattoo gerichtet. Sie lässt ihn über meine Haut wandern, die unter ihrer Beobachtung zu kribbeln beginnt. Ein angenehmer Schauer läuft mir über den gesamten Körper, doch ich möchte den Moment nicht zu intim werden lassen, also versuche ich, meine Aufmerksamkeit auf etwas anderes zu lenken – vergeblich. Mira streckt die Hand aus und legt ihre zarten Finger auf die schwarzen Linien.

»Darf ich?« Fragend sieht sie mich an.

Ich nicke. Mit ihrem Zeigefinger fährt sie jeden einzelnen Buchstaben nach, was mir eine Gänsehaut bereitet.

Ich schlucke. »Danke«, bringe ich nur hervor. Ihre Berührung raubt mir den Atem, ihre Haut auf meiner, nichts mehr zwischen uns auf diesem Stück meines Körpers. Das ist … unglaublich intensiv.

Irgendwann räuspert Mira sich und zieht ihre Hand sanft wieder zurück. »Du bist dran«, sagt sie. Ihr Lächeln wirkt auf mich zugleich scheu und erwartungsvoll.

»Was ist deine Leidenschaft?«, frage ich sie. »Genauer: Wofür brennst du?« Sofort färben sich ihre Wangen rot. »Nicht kneifen, Mira«, fordere ich sie vorsichtig auf. »Dir muss nichts peinlich sein. Nicht vor mir, nie.«

Sie nickt und strafft ihre Schultern. »Ich backe«, antwortet Mira schließlich.

»Wie cool«, antworte ich ehrlich. »Ich kann überhaupt nicht backen. Kochen ebenso wenig.«

Mira lacht. »Kochen kann ich auch nur die Standardgerichte, bei denen man wenig falsch machen kann.«

Ich stimme in ihr Lachen mit ein. »Nudeln und Tiefkühlpizza sind meine Hauptgrundnahrungsmittel.« Wir grinsen uns an, als würden wir uns ohne Worte verstehen, dann beschließe ich, dass ich noch mehr über ihr Hobby erfahren möchte. »Was backst du denn so?«, frage ich sie und breche damit nun selbst die Regeln.

»Kuchen, Muffins, Cupcakes, Torten, auch für das Café«, zählt Mira lächelnd auf. »Einfach alles. Meistens sieht es in der Küche danach aus, als hätte eine Bombe eingeschlagen. So oft streite ich mich deshalb mit Jase und Finn. Insgeheim glaube ich aber, dass die beiden viel mehr von meinen Kreationen profitieren, als sie zugeben. Meckern können sie, doch genauso viel naschen sie dann von meinen Leckereien.« Plötzlich hält sie inne. »Entschuldige, ich plappere schon wieder einfach drauflos.«

»Das macht mir nichts aus«, versichere ich ihr. »Ich habe gefragt. Es interessiert mich. Und ich frage mich, ob das Stück Torte, das ich letztens im **C&C** verputzt habe, vielleicht aus deiner Küche stammt. Es hatte solche kleinen Erdbeerstücke im Teig und …«

»Au ja!«, ruft sie begeistert aus. »Das ist ein Stück meiner berühmten Erdbeer-Sahne-Torte gewesen, da bin ich mir sicher.«

»Das war superlecker.«

Mira lächelt mich an. »Danke«, sagt sie. Stolz liegt in ihrem Blick. »Bin ich wieder dran?«, fragt sie schließlich.

Ich nicke und Mira denkt über ihre nächste Frage nach. Sie nimmt einen Schluck von ihrem Kakao, dann stellt sie die Tasse neben sich ab. »Wieso bist du so anders, wenn wir allein sind?«

Diese Frage überrascht mich, lässt mich regelrecht staunen. »Bin ich das?«, stelle ich ihr prompt die Gegenfrage. Mira nickt und ich entscheide mich für die halbe Wahrheit. Ich fühle mich einfach noch nicht dazu bereit, ihr mehr anzuvertrauen. »Ich bin eher der verschlossene Typ, doch wenn ich Menschen mag, kann ich auch anders sein. Dann öffne ich mich vorsichtig.«

»Also magst du mich?«, fragt Mira grinsend und zieht dabei eine ihrer Augenbrauen nach oben.

Ich habe ihre Frage beantwortet, also lasse ich diese einfach unkommentiert. »Weshalb machst du einen Bachelor in Law, wenn deine Leidenschaft so offensichtlich woanders liegt und Brian dich deine Backwerke auch verkaufen lässt?«, lenke ich unser Gespräch dann in eine andere Richtung.

Der plötzlich wechselnde Ausdruck in ihrem Gesicht lässt mich meine Frage sofort bereuen. Fasst rechne ich damit, dass sie ihren Joker zieht und passt, als sie den Mund für eine Antwort öffnet. »Weil ich ohne nicht Anwältin werden kann. Und weil meine Eltern es sich wünschen«, antwortet sie mir. Das Leuchten, das eben in ihren Augen lag, als wir über das Backen gesprochen haben, ist nun verschwunden.

Scheiße, das wollte ich nicht, rast es durch meine Gedanken. Ich will sie wieder lächeln, ja glücklich sehen.

»Entschuldige, Mira«, setze ich an und lege wie von selbst meine Hand auf ihr Knie. »Ich wollte dir nicht zu nahe treten.«

»Schon okay, bist du nicht«, winkt sie ab, doch ich sehe ihr an, dass ihre Eltern ein Thema sind, das ihr sehr zusetzt. »Unsere Eltern sind … kompliziert.«

Ich nicke. »Sind Eltern das nicht immer auf ihre Weise?«

»Sind es deine Eltern denn? Kompliziert, meine ich.« Sie beugt sich etwas zu mir, betrachtet mich … forschend.

»Ist das deine dritte Frage?«

Mira nickt. »Du stellst mir eine intime Frage, ich stelle dir eine zurück.«

»Ich passe«, schießt es sofort aus mir hervor. Ich habe mich schon viel mehr geöffnet, als ich es bei den meisten Menschen tue. Doch mir hätte klar sein müssen, dass Mira es nicht dabei belässt.

»Wirst du nicht, Zac«, sagt sie entschlossen. »Du kennst meine letzte Frage noch nicht. Ich würde mir den Joker lieber aufheben, wenn ich du wäre.«

Verdammt.

Wieder habe ich den Kürzeren gezogen. Sie droht mir spielerisch und ich kann nicht anders, als das anzuerkennen. Ich atme einmal tief durch und sammle die nächsten Worte in meinem Kopf. »Mein Dad ist ein Arsch.« Sofort breitet sich wieder diese unglaubliche Wut in mir aus, die ich immer verspüre, wenn ich an ihn denke. Ich versuche deshalb, meine Gedanken zu meiner Mom zu lenken, um die Wut im Zaum zu halten und mein Herz stattdessen mit Liebe anzufüllen. »Meine Mom ist der wichtigste Mensch in meinem Leben. Ich liebe sie über alles.« Kurz zucke ich zusammen, geschockt von meinen aufrichtigen Worten. Noch nie habe ich so offen mit einem anderen Menschen über meine Gefühle gesprochen, nicht einmal mit Steve, der so ziemlich der Einzige ist, dem ich überhaupt etwas erzähle. Ich bin so überrascht von meiner Offenheit, dass ich erst jetzt wirklich die Bedeutung meiner Worte begreife. Für einen kurzen Moment verschwindet alles um mich herum.

Ich bin wieder zehn Jahre alt und schwach.

Nichts als schwach.

Zwölf Jahre zuvor – 2009, September

»Unser Sohn hat sich geprügelt, Malcolm«, höre ich Mom sagen.

»Richtig so«, erwidert Dad. »Soll der andere Kerl ruhig merken, dass mein Sohn nicht alles mit sich machen lässt.«

Schon seit einer gefühlten Ewigkeit stehe ich im Flur und belausche meine Eltern, die sich in der Küche streiten. Vor einigen Stunden musste Mom mich von der Schule abholen. Meine Hand tut noch immer weh, weil ich Jason gehauen habe. Es tut mir leid, was ich getan habe. Dabei wollte ich doch nur stark sein und mich verteidigen – so, wie Dad es von mir verlangt hat. Ich wollte ihn stolz machen und war so wütend auf Jason, weil Dad wegen ihm nicht mit meiner Note zufrieden war. Weil Jason mir die Show gestohlen hat, wie Dad meinte. Nun stehe ich im Flur und höre Mom und ihm beim Streiten zu, obwohl ich eigentlich in meinem Zimmer bleiben sollte, doch ich konnte nicht anders. Ich möchte einfach wissen, worüber die beiden sprechen.

»Wie kannst du so etwas sagen?«, fragt Mom. »Es ist doch keine Lösung, sich zu prügeln. Gewalt ist nie gut. Zac hat eine Zwei bekommen, Malcolm. Das ist eine tolle Note ... Warum reicht dir das nicht?«

»Willst du mir jetzt etwa vorschreiben, wie ich meinen Sohn zu erziehen habe?«, ruft Dad aufgebracht.

Für einen kurzen Moment hoffe ich, dass Mom sich wehrt. Dass sie ihn auch anschreit und sich stark macht. Doch ich weiß, dass sie genauso schwach ist wie ich. Dabei ist sie doch meine Mom. Müsste sie mich nicht eigentlich beschützen? *Wieso habe ich dann das Gefühl, dass ich sie* beschützen muss?

»Nein, natürlich nicht«, sagt sie also nur.

Enttäuscht drehe ich mich um und laufe wieder nach oben in mein Zimmer. Ich weiß, dass Dad Mom nichts tun wird. Er hat uns noch nie verletzt, jedenfalls nicht körperlich. Aber dafür schreit er immer wieder, und das tut mir genauso weh. Besonders, wenn er Mom gegenüber so laut wird wie eben. Sie ist eine tolle Mom, die beste Mutter, die es gibt. So etwas hat sie nicht verdient.

Später am Abend legt Mom sich zu mir. Sie glaubt, dass ich schon schlafe, und kuschelt sich neben mich unter meine Decke. Sie und Dad sind schon vor einer Stunde ins Bett gegangen. Das weiß ich, weil ich bis jetzt noch nicht einschlafen konnte. Ich mache mir Sorgen um Mom und fühle mich schlecht, weil ich Jason wehgetan habe. Aber ich musste es doch tun. Dad hat mir zwar nicht vorgeschrieben, ihn zu schlagen, doch was sollte er sonst damit gemeint haben, als er sagte, ich müsse stärker sein? Außerdem klang er vor Mom vorhin sogar stolz, als er meinte, ich hätte das Richtige getan.

Ich fühle mich schlecht dabei, meinen Klassenkameraden zu schlagen. Doch wenn es Dad glücklich macht, werde ich es wieder tun. Ich brauche den Stolz meines Dads. Heute ist er zum ersten Mal zu mir gekommen, nach dem Streit mit Mom, und hat mir anerkennend auf die Schulter geklopft. »Gut gemacht, Junge. Ich bin stolz auf dich, mein Sohn«, hat er gesagt. »Solchen Idioten muss man zeigen, wo es langgeht.« Ich habe nur genickt und das Gefühl genossen, dass er mich endlich mal nicht anschrie, sondern lobte.

Nun liegt Mom neben mir und streichelt über meinen Kopf. Ich bin zwar kein Baby mehr, aber trotzdem genieße ich es, dass sie bei mir ist. »Du bist ein guter Junge, Zac«, höre ich sie leise murmeln, während sie mich weiterstreichelt. »Lass dir das nicht wegnehmen.«

Die Augen noch immer geschlossen, frage ich mich, wieso Mom und Dad nie einer Meinung sind. Wieso sagt Dad mir, es sei richtig, mich zu schlagen? Und wieso meint Mom, es sei falsch? Was stimmt denn nun?

Ich verstehe, dass ich es nie beiden gleichzeitig recht machen kann. Aber ich weiß auch, dass Dad lieber zu Mom ist, wenn ich ihn nicht verärgere. Um sie zu beschützen, werde ich mich so verhalten, wie er es möchte.

Irgendwann schlafe ich ein und träume von einem großen Mann, der neben mir steht und in seine Hände klatscht, während ich einen Jungen schlage. Er ruft mir zu, dass er stolz auf mich ist, und ich fühle mich gut deshalb. Später im Traum ist der Mann weg und ich bereue, was ich getan habe. Als wäre mit ihm all die Anerkennung verschwunden und hätte nichts als mein schlechtes Gewissen zurückgelassen.

So ist es immer, nicht nur im Traum.

»Zac. Hey.« Miras sanfte Stimme reißt mich aus meiner Trance. Aus besorgten Augen sieht sie mich an, ihre Hand auf meinem Arm.

Wann hat sie die dort hingelegt? Wie lange war ich weg? Fragen über Fragen stürmen meinen Kopf.

»Ist alles okay?«

Ich nicke und richte mich auf. »Klar. Wollen wir weiter an unserem Konzept arbeiten?«

»Natürlich.« Mira greift sofort nach ihrer Tasche und kramt ihren Laptop daraus hervor. Ich erhebe mich, laufe zu meinem Schreibtisch und greife mir dort meine Unterlagen, die ich dann vor uns auf dem Teppich ausbreite.

In der nächsten Stunde arbeiten wir an unserem Projekt. Mira liest mir die Mail vor, die sie an die Inhaber der Immobilie geschickt hat, und ich lobe sie für ihre passenden Formulierungen. Ich setze viel Hoffnung auf und in dieses Gebäude, es wäre ein Traum, daraus einen Ort zu machen, wie Mira und ich ihn uns vorstellen. Dafür müssen wir allerdings dieses Projekt gewinnen, das wissen wir beide. Umso konzentrierter arbeiten wir nun an gezielten Programmideen und stellen all das Private und unsere noch offenen Fragen hintan.

Immer wieder bemerke ich, wie Mira mir verstohlene Blicke von der Seite zuwirft. Jedes Mal aufs Neue ertappe ich mich dabei, wie ich mich einige Sekunden zu lang in ihren Augen verliere, wenn wir uns ansehen.

Mitten in unserer Ausarbeitung vibriert mein Handy. Es ist eine

Textnachricht von Mom, in der sie fragt, ob ich in einer Stunde zum Kaffee zu ihr kommen möchte. Sie hat Kuchen gebacken und würde gern mit mir quatschen. Die guten Phasen werden immer weniger, die schlechten halten immer länger an. Es fühlt sich so an, als würden die guten deshalb umso mehr wiegen.

»Ist es für dich okay, wenn wir für heute Schluss machen?«, frage ich dann Mira.

»Oh, na klar«, meint sie. »Ist alles okay?«

Ich nicke. »Ja, ich muss nur schnell zu einem Termin.«

»Kein Problem«, winkt Mira ab. »Wir sind heute sehr weit gekommen und haben sogar schon einige Programmideen besprochen.«

Nachdem ich sie zur Tür gebracht habe, verabschieden wir uns und ich schaue ihr hinterher, wie sie die Straße entlanggeht. Bevor sie um die Ecke biegt, dreht sie sich noch einmal um. Sofort zucke ich von meinem Fenster zurück, in der Hoffnung, dass sie mich nicht gesehen hat.

Während ich später am Kaffeetisch bei meiner Mom sitze, fällt mir auf, dass wir unser Spiel nicht bis zum Ende gespielt haben. Wir schulden einander noch jeweils eine Frage und ich bin fest entschlossen, mir diese gründlich zu überlegen, bevor ich sie ihr stelle.

Diese Chance darf ich nicht verschenken.

»Weshalb grinst du denn so?«, reißt Mom mich aus meinen Gedanken. Heute ist ein guter Tag, wie ich schon vermutet habe. Das hat sich auch bestätigt, als ich eben zur Tür hereinkam. Ein sanftes Lächeln umspielt auf Moms Lippen.

»Der Kuchen schmeckt ausgezeichnet«, antworte ich nur und nehme ein weiteres großes Stück auf meine Gabel, das ich mir anschließend in den Mund schiebe.

Vielleicht erzähle ich Mom bald mal von Mira. Sie würde sich bestimmt freuen, aber noch … noch behalte ich sie für mich allein.

KAPITEL 9
Die Angst vertreiben

Mira

»Das kann doch nicht dein Ernst sein, Dad!«, höre ich Jase rufen, just in dem Moment, als ich am Freitagvormittag die Haustür hinter mir zuziehe. Die heutige Vorlesung in der Uni war wirklich langweilig. Vor zwei Tagen habe ich mit Zac zum letzten Mal am Projekt gearbeitet und ich kann es kaum erwarten, dass wir uns wiedersehen und ich meine Zeit in etwas wirklich Spannendes investieren kann. Doch mein laut rufender Bruder stoppt mich jäh in meiner Vorfreude.

Leise, um sein Telefonat nicht zu stören, stelle ich meine Tasche neben der Kommode im Flur ab und schäle mich aus meiner Jacke und den Schuhen.

»Ich werde ja wohl noch selbst entscheiden können, womit ich mir mein Studium finanziere.« Jase klingt aufgebracht, als ich das Wohnzimmer betrete. Mit dem Handy am rechten Ohr läuft mein Bruder neben der Couch auf und ab, mit der linken Hand rauft er sich die Haare. Nun vernehme ich deutlich die Stimme meines Dads am anderen Ende der Leitung. Obwohl ich nicht genau verstehen kann, was er sagt, scheint auch er sehr aufgeregt zu sein.

»Natürlich weiß ich es zu schätzen, dass ihr einen Teil des Geldes beisteuert. Ich dachte nur, ihr würdet euch freuen, dass ich endlich etwas gefunden habe, womit ich euch unter die Arme greifen kann.«

Wieder spricht Dad, mein Bruder gibt einen ungläubigen Laut von sich.

»So weit würdet ihr gehen?«, ruft Jase schließlich entsetzt. »Ich bin euer Sohn, verdammt noch mal! Ihr wisst, was ich mir für meine Zukunft wünsche. Noch nie habt ihr mich spielen hören, wie wollt ihr also wissen, ob ich …«< Plötzlich bricht die Stimme meines Bruders. In wenigen Schritten bin ich bei ihm. Als ich meine Hand auf seinen Arm lege, zuckt er kurz zusammen. Erst jetzt scheint er mich zu bemerken. Tränen stehen in seinen Augen. Am liebsten würde ich ihm das Handy aus der Hand reißen und meinen Dad dafür anschreien, dass er Jase mit seinen Worten so sehr verletzt. Doch ich nehme mich zurück, bleibe neben meinem Bruder stehen. Nun höre ich jedes Wort unseres Vaters laut und deutlich. »Nimm dir doch endlich ein Beispiel an deiner Schwester«, fleht er regelrecht. »Im Gegensatz zu dir tritt sie diese Familie und ihre Werte nicht mit Füßen!«

Plötzlich zuckt Jase zurück. »Das ist es also, was ihr von mir denkt?«, fragt er ruhig. »So wenig glaubt ihr an mich?«

»Woran sollen wir denn bitte glauben, Jason?«, fragt Dad aufgewühlt. »An irgendwelche Noten und lapidare Songs, die du mit deiner Band klimperst? Damit verdient es sich keinen Lebensunterhalt, mein Sohn! Weißt du, wie viele Menschen das versuchen und kläglich scheitern und schließlich in der Gosse landen? Und gerade du willst der eine sein, der sich durchsetzt? Mach dich bitte nicht lächerlich. Was sollen denn da meine Mandanten denken?« Kurz sind beide still, dann ergreift mein Vater erneut das Wort. »Miranda steht hinter dieser Familie. Sie weiß es zu schätzen, was wir ihr ermöglichen. Eine gesicherte Zukunft, ein festes Einkommen, einen Sinn im Leben!«

Aus seinen Augen, die genauso blau sind wie meine, sieht Jase mich entsetzt und enttäuscht zugleich an. Wie immer verstehe ich ihn blind und weiß genau, was meinem Zwillingsbruder durch den Kopf geht. Er weiß, dass ich ebenso wenig für die Kanzlei meiner Eltern brenne, wie er es tut. Er ist sich bewusst, dass ich nur Jura studiere, um den letzten Frieden aufrechtzuerhalten, der in unserer Familie noch existiert.

Wir Summers geben nicht auf.

Wir leiten ein erfolgreiches Familienunternehmen.

Unsere Kinder werden unsere Nachfolger.

All diese Floskeln, die unsere Eltern uns immer wieder einbläuen, seit wir klein sind. All die vielen Worte, die uns beiden so unglaublich wenig bedeuten. Erwartungen statt Respekt, Enttäuschung statt Akzeptanz. Vorschriften statt freier Entfaltung.

Am liebsten würde ich meinem Dad endlich sagen, wie egal mir dieses Unternehmen ist und dass auch ich andere Träume habe, als meine Eltern es annehmen. Wie wenig sie mich, ihr eigenes Kind, doch kennen müssen, wenn sie das nicht selbst merken. Doch wieder traue ich mich nicht. Aufs Neue stehe ich einfach nur da und halte mich zurück, um es nicht noch schlimmer zu machen. Meine Versuche in der Vergangenheit, unseren Eltern begreiflich zu machen, dass ich gern einen anderen Weg einschlagen würde, haben sie strikt abgeblockt. Vergeblich gab ich mir Mühe, ihnen zu erklären, was mich wirklich begeistert, in welchem beruflichen Bereich ich mich in meiner Zukunft sehe. Doch jeder Moment des Muts von mir wurde mit Unverständnis und verbaler Anklage bestraft.

Während Dad Jase weitere Vorwürfe entgegenschleudert, nehme ich vorsichtig das Smartphone aus der Hand meines Bruders und drücke den roten Hörer, der das Gespräch beendet. Ich stelle sein Handy auf stumm und werfe es hinter uns auf das Sofa. »Jase …«, beginne ich vorsichtig.

»Es ist okay, Mira«, sagt er und klingt gefasst, doch ich weiß, dass es in ihm ganz anders aussieht.

»Es tut mir so wahnsinnig leid.« Auch mir treten nun die Tränen in die Augen. »Weshalb habt ihr telefoniert? Was ist passiert?«

Mein Bruder atmet einmal tief durch, dann sieht er mich an. Noch immer liegt meine Hand auf seinem Unterarm, nun lasse ich sie weiter nach unten wandern, bis wir uns an den Händen halten. »Die Band und ich haben einen Gig im April«, erzählt er mir dann stolz.

»Was?!«, rufe ich aufgeregt. »Oh mein Gott, Jase, das freut mich so für dich! Für euch!«

Jase nickt und lächelt knapp, dann wird seine Miene wieder ernst. »Du weißt, dass ich schon ewig nach einem Nebenjob suche. Es fühlt sich einfach falsch an, dass unsere Eltern mein Studium finanzieren. Sie stecken Geld in meinen Traum, den sie ohnehin nicht unterstützen. Einen nicht zu studierenden Sohn zu haben, wäre für Mom und Dad schlimmer als der Status quo.«

Ich nicke verständnisvoll. Wir beide wissen, dass unsere Eltern sein Musikstudium nur finanzieren, damit er überhaupt etwas studiert. Ohne die Hilfe der beiden könnte er sich sein Studium niemals leisten, ich ebenso wenig. Wir waren beide gut in der Schule, doch nie so ausgezeichnet, dass wir die Chance auf ein Stipendium gehabt hätten, so wie Finn. Für unsere Eltern wäre es undenkbar gewesen, wenn unser Bekanntenkreis mitbekommen hätte, dass mein Bruder nicht studiert. Alle Mitglieder der Summers-Familie haben die Universität besucht. Ihnen ist es lieber, Jase studiert etwas, das sie eigentlich nicht unterstützen, als einen Sohn zu haben, der keinen akademischen Werdegang verfolgt. Diese Oberflächlichkeit hängt mir zum Hals heraus, aber so waren unsere Eltern schon immer: Der Schein, den unsere Familie nach außen wirft, muss gewahrt werden. Die Arbeit im Café macht mir Spaß, doch reich werde ich damit natürlich auch nicht. Im Gegensatz zu meinem Bruder jedoch stecken Mom und Dad gern ihr Geld in mein Studium. Einfach, weil es ihren Erwartungen entspricht, während sie Jase ihren Unwillen über seine Wahl bei jeder Gelegenheit hören lassen. Das muss zermürbend für ihn sein.

»Ich dachte ehrlich, die beiden würden sich freuen«, erzählt mein Bruder weiter. »Wie konnte ich so blöd sein? Ich habe wirklich gehofft, dass sie stolz auf mich sind. Zumindest einmal in meinem Leben. Ein Gig, das ist eine große Sache für mich.«

»Scheiße, Jase«, sage ich und drücke seine Hand liebevoll. »*Ich* bin es. Ich bin *verdammt* stolz auf meinen Bruder!«

Jase schenkt mir ein kurzes Lächeln, dann verfinstert sich seine Miene erneut. »Sie wollen mir das Studiengeld streichen.«

Ich halte die Luft an. »Nein«, sage ich bestimmt. »Das können sie nicht machen. So herzlos sind nicht einmal Mom und Dad. Das …«

»Dad war sehr deutlich.«

»Ich rede mit den beiden«, schlage ich bestimmt vor. »Wir finden einen Weg, Jase.«

In seinen Augen sehe ich, dass er mir nicht glaubt. Dennoch nickt er und setzt ein Lächeln auf, von dem ich weiß, dass es gespielt ist. Sanft löse ich meine Hand aus seiner, lege sie stattdessen an seine Hüfte und ziehe meinen Bruder an mich heran. Er erwidert die Umarmung sofort.

So stehen wir eine Weile da und genießen die Nähe des jeweils anderen. Jase und ich sind Zwillinge, wie Yin und Yang, eine unzertrennliche Einheit. Wie zwei Puzzleteile passen wir perfekt zueinander, wenn wir uns in den Armen liegen. Ich atme den Duft meines Bruders ein, vergrabe meine Nase in seinem weißen Shirt und murmle beruhigende Worte an seine Brust, während ich mit der Hand sanfte Kreise auf seinem Rücken ziehe.

»Ich war es schon immer«, meint er irgendwann leise.

»Was meinst du?«, frage ich ihn, mein Kopf noch immer an seiner Brust.

Jase atmet tief ein und wieder aus. »Zu schwach.«

Sofort schüttle ich den Kopf. »So ein Quatsch. Du bist der tollste Bruder der Welt. Du hast Träume, für die du kämpfst. Du bist nicht schwach, rede dir das bloß nicht ein.«

»Das ändert nichts daran, dass ich mich noch nie behaupten konnte«, erwidert er. »Nicht gegen die Jungs in der Schule, die mich verprügelt haben«, fährt er fort, und sofort läuft es mir eiskalt den Rücken herunter. »Nicht gegen dieses Arschloch, das mir das Leben zur Hölle gemacht hat, einfach weil ich ich war und bessere Noten bekam.« Ich weiß genau, von welchem Menschen er gerade spricht, und wieder überkommt mich das schlechte Gewissen in einer unglaublich starken Welle, von der ich hoffe, dass sie mich nicht verschlingen wird. »Und auch nicht gegen unsere Eltern.«

Nun bin ich diejenige, die einmal tief durchatmet. »Stärke bedeutet nicht immer körperliche Kraft, Jase«, murmle ich. »Wahre Stärke kommt von innen. Du glaubst an dich und deine Träume. Du lebst für die Musik. Allen Widrigkeiten zum Trotz, und das ist so was von mutig. Ich bewundere dich dafür.« Ich löse mich von ihm, um meinem Bruder direkt in die Augen schauen zu können. Er soll jedes Wort, das ich jetzt sage, in sich aufnehmen und erkennen, wie ernst ich es meine. »Du bist der beste Bruder der Welt. Du hast die unglaublichste Stimme, die ich kenne. Du und deine Gitarre, ihr seid eine Einheit. Wenn du singst, vergesse ich alles um mich herum. Du bringst mir und vielen anderen damit so viel Glück und echte Freude.« Ich lächle ihn aufmunternd an. »Du *bist* stark, Jase«, ende ich. »Du bist stärker als sie alle zusammen.«

Eine Stunde später schmeiße ich die Haustür hinter mir zu und renne durch das Treppenhaus, bis ich auf der Straße vor unserem Wohnhaus keuchend zum Stehen komme. Noch immer weiß ich nicht, wohin ich überhaupt will. Nach dem intimen Gespräch mit Jase ist mir zu Hause einfach die Decke auf den Kopf gefallen. Ich bin unglaublich wütend und weiß gar nicht wohin mit mir und meinen Gefühlen.

Ich sorge mich um meinen Bruder. Jase tut immer so, als würde ihm der ständige Streit mit unseren Eltern nicht besonders nahegehen, doch ich kenne meinen Bruder in- und auswendig. Ich weiß, wie verletzt er ist, was mich noch viel wütender macht. Wütend auf meine Eltern, die einfach nicht verstehen, wie wundervoll ihr Sohn ist. Wütend auf mich selbst, weil ich sie im Glauben lasse, dass ich ihre Vorstellungen zu meiner Zukunft inzwischen teile. Wütend auf Zac, weil er unter anderem Schuld daran trägt, dass mein Bruder glaubt, schwach zu sein. Doch die Wut, die ich gegen mich selbst richte, ist von allen die größte.

Ich ziehe mein Handy aus meiner Jackentasche, während mich meine Füße wie von selbst durch die Straßen von Starfall tragen. Nicht einmal das Backen konnte mich eben von meinen Sorgen ablenken. Stattdessen habe ich die Schüssel mit dem fertigen Kuchenteig einfach auf der Anrichte stehen lassen und bin wie eine Furie aus der WG gestürmt.

Nach dreimaligem Klingeln hebt Enna ab. »Mira«, begrüßt sie mich freudig. Meine beste Freundin verbringt den heutigen Tag mit Finn. Als sie vor einigen Tagen zum Abendessen bei uns gewesen ist, haben mir die beiden freudig von ihrem heutigen Skiausflug erzählt. Sie sind für ein paar Stunden in die Berge rausgefahren, dort, wo auch jetzt noch Schnee liegt, der hier in Starfall schon längst geschmolzen ist. Heute Abend wollen sie wieder zurück sein.

»Meine Eltern sind Idioten«, lasse ich meiner Wut sofort freien Lauf. »Hat dein Dad vielleicht Lust, Jase und mich zu adoptieren?«

Kurz lacht Enna, dann ist sie wieder ernst. »Was ist passiert?«, fragt sie mich behutsam. Im Hintergrund ist das Lachen von Kindern zu hören.

»Entschuldige«, bringe ich schließlich hervor. »Jetzt störe ich dich auch noch bei eurem Pärchentag.«

»So ein Quatsch!«, ruft Enna. »Du kannst mich immer anrufen, das weißt du doch.« Kurz ist es still am anderen Ende der Leitung, dann flüstert sie: »Außerdem rettest du mich so für einige Minuten aus einer wirklich peinlichen Situation.«

»Wieso das denn?«, frage ich. Automatisch heitert sich meine Stimmung auf.

»Finn hat mich auf den Skilift für Kinder geschleift, weil ich mich eben auf dem großen dreimal auf die Nase gelegt habe«, erklärt sie mir, noch immer leise flüsternd.

Ich kann gar nicht anders, als laut zu lachen. »Auweia.«

»Was ist los, Mira?«, fragt mich meine beste Freundin erneut.

Also erzähle ich ihr von Jases Telefonat mit unseren Eltern. Ich beschreibe ihr, wie es in mir aussieht und welche Vorwürfe ich mir mache. Nachdem ich ihr vor einigen Wochen endlich erklärt hatte, weshalb ich Zac nicht mögen darf, kann ich offen mit ihr darüber sprechen.

»Verdammt«, meint Enna, als ich geendet habe. »Eure Eltern sind wirklich nicht gerade einem Bilderbuch entsprungen.«

»Das kannst du laut sagen.«

»Wo bist du jetzt?«

Ich lasse meinen Blick über den Campus wandern. Wie bin ich hergekommen? »Ich laufe ziellos umher. Keine Ahnung, weshalb ich überhaupt losgegangen bin.«

»Bleib mal kurz stehen«, fordert Enna mich auf und ich tue wie geheißen, was ich ihr dann mitteile. »Jetzt machst du deine Augen zu.«

»Ähm … Enna? Was …«, setze ich an, doch sie unterbricht mich sofort.

»Mach es einfach«, meint sie nur, also schließe ich meine Augen.

»Man geht meistens nicht einfach ohne Ziel los, auch wenn es sich zunächst so anfühlt«, erklärt Enna mir. »Atme einmal tief durch und sag mir dann, was du siehst.«

»Ich habe die Augen zu, schon vergessen?«

»Was du *in dir* siehst, du Nuss. Wo wärst du jetzt gern? Mit wem möchtest du sprechen?«

Ihr Ansatz klingt interessant und ich habe nichts zu verlieren, daher lasse ich mich auf das Spiel ein, das meine beste Freundin mir vorschlägt. Ich atme tief ein und aus, mehrmals, und konzentriere mich auf all die Gefühle, die in mir toben. All die Vorwürfe, den Schmerz und die Schuldgefühle. Und plötzlich entsteht ein Bild auf der schwarzen Wand vor meinem inneren Auge. Das Bild eines Mannes, der mich aus seinen grauen Augen ansieht.

»Verdammt«, entfährt es mir.

»Was siehst du?«, fragt Enna gespannt.

»Das, was ich nicht sehen sollte.«

»Mira«, mahnt meine beste Freundin. »Es gibt kein richtig oder falsch. Ich bin leider nicht da, um dich aufzufangen, das heißt aber nicht, dass du fallen musst. Also, wohin willst du?«

»Zu Zac«, spreche ich dann endlich meine Gedanken aus. Und in dem Moment, in dem sein Name meine Lippen verlässt, weiß ich, dass es die Wahrheit ist. Ich kann nichts für meine Gefühle, kann es nicht verhindern, dass ausgerechnet er mir in den vergangenen Tagen und Wochen offenbar so wichtig geworden ist. Dass ich den wahren Zac kennengelernt habe und er mir gefällt. Etwas in mir berührt.

»Auf was wartest du dann noch?«, fragt Enna.

»Was ist nur los mit mir?« Verzweifelt fahre ich mir durch meinen blonden Pony, den ich dringend mal wieder schneiden müsste, weil er mir schon beinahe in den Augen hängt. »Meinem Bruder geht es dreckig und ich will ausgerechnet zu dem Typen, der dazu beigetragen hat?«

Enna entfährt ein Stöhnen, nicht genervt, aber verzweifelt. »Es ist Jahre her, Mira. Zac ist kein Monster. Ihr seid alle erwachsen geworden. Du lernst ihn gerade auf eine Art kennen, auf die ihn niemand sonst je kennengelernt hat. Nach allem, was du mir in der letzten Zeit erzählt hast, ist er alles, aber sicher kein schlechter Mensch.«

»Ich weiß«, gebe ich zu und atme noch einmal tief durch. »Also gut.«

»Na endlich«, meint Enna lachend. »Du schaffst das. Stell dir vor, er wäre ein Cupcake, den du noch verzieren musst, und …«

»Das werde ich nicht tun, Enna!«, rufe ich entgeistert. Dieses Bild ist wirklich verquer, aber irgendwie auch süß und vielleicht sogar verführerisch …

»Ich muss auflegen. Finn kommt gerade mit einem Po-Rutscher vom Verleih zurück«, erklärt sie schließlich und klingt dabei gleichzeitig amüsiert und verzweifelt.

»Dann rutsch mal schön«, meine ich noch, ehe wir uns voneinander verabschieden.

Also gut, sage ich mir in Gedanken. *Auf zum tätowierten Cupcake.*

Zac

Scott McCall jagt gerade in der Gestalt eines Wolfes durch den Wald, als es an der Tür klingelt. Ich erhebe mich von meinem Bett, auf dem das absolute Chaos herrscht, und stoppe die Folge der Serie, die ich eben geschaut habe. Seit Stunden sitze ich an dieser dämlichen Aufgabe zur Unterhaltsberechnung. Mathe war noch nie mein Ding, doch hin und wieder ist es Teil meines Studiums, also muss ich da durch. Mit der Serie, die nebenbei läuft, versuche ich, nicht zu prokrastinieren, sondern dennoch motivierter voranzukommen, doch so richtig gelingt es mir nicht. *Teen Wolf* ist einfach wesentlich spannender als die Aufgabe vor mir. Umso gelegener kommt mir nun die zusätzliche Ablenkung durch das Klingeln.

In meiner schwarzen Jogginghose und dem weißen Shirt, das ich trage, schleppe ich mich zur Wohnungstür und drücke auf den Öffner, ohne die Gegensprechanlage zu nutzen. Ich öffne und lehne mich an den Türrahmen, warte auf meinen Besuch. Kurz darauf fällt die Haustür unten ins Schloss und aufgeregte Schritte erklingen im Hausflur, die immer schneller in Richtung meiner Wohnung wandern. Wenige Sekunden später springt Mira die letzten Stufen bis zu meinen vier Wänden nach oben. Wie immer erinnert sie mich sofort an einen Engel mit ihren seidig blonden Haaren.

Direkt vor mir bleibt sie schwer atmend stehen, die Wangen leicht gerötet. Ich frage mich, weshalb sie zu mir gekommen ist. *Habe ich eine Verabredung mit ihr vergessen? Wollten wir heute am Projekt arbeiten? Wir haben uns doch erst vor zwei Tagen getroffen.* Eigentlich kann das nicht sein, immerhin muss ich gleich los zum Training. Doch ein Blick in Miras geweitete Augen reicht, um all die Fragen aus meinem Kopf zu verbannen.

»Was ist los?«, frage ich sie sofort, weil ich genau weiß, dass ein Sturm in ihr tobt. Ich sehe es im Blau ihrer Augen, an ihrem ganzen Körper. Sie wirkt viel unruhiger, irgendwie getrübter als sonst. Bebt sie etwa?

Mira atmet einmal tief durch, bevor sie zu erzählen beginnt, und zwar in einem unglaublichen Wirrwarr, aber immerhin so, dass ich das Wichtigste davon verstehen kann. »Meine Eltern sind los«, sagt Mira. »Wie kann man nur so kalt sein, Zac? Sie können ihren eigenen Sohn nicht so akzeptieren, wie er ist. Die beiden sind derart verblendet durch die Scheinwelt, in der sie leben, dass sie gar nicht realisieren, was für ein wundervolles Kind sie haben.« Mit ihren zarten Händen rauft sie sich die Haare, lässt sie dann wieder fallen und stampft wütend mit ihrem rechten Bein auf. Heute trägt sie mal keine Mütze, was irgendwie ungewohnt ist. Läge nicht so eine unendliche Verzweiflung in ihren Worten, hätte ich darüber vielleicht sogar gelacht. Doch nicht jetzt. Nicht, wenn dieser Sturm in Mira tobt und all die Worte aus ihr strömen.

»Sie denken allen Ernstes, ich sei das bessere Kind. Weil ich mich an ihre Vorstellungen halte. Weil ich etwas studiere, das mich eigentlich gar nicht erfüllt. So wenig kennen sie mich, dass sie nicht einmal bemerken, dass ich all das nur für ihr Glück tue und nicht für mein eigenes.« Ohne sie zu unterbrechen, lasse ich Mira weitersprechen. Manchmal müssen erst alle Worte gesagt sein, damit man neue aufnehmen kann. Ich kenne das Gefühl nur allzu gut. »Und weißt du, was das Schlimmste ist?«, fragt sie mich schließlich. Es ist eine Frage, die sie ironisch lachend stellt und die sie mir gleich selbst beantworten wird. »Ich habe absolut keine Ahnung, weshalb ich jetzt hier bin. Wieso ich zu *dir* gekommen bin. Ausgerechnet!« Sie dreht sich zur Seite, noch immer schwer atmend, stützt die Hände in ihre Hüften und atmet einmal tief durch. »Cupcake«, sagt sie dann, als würde das alles erklären, und dreht sich wieder zu mir. »Du bist einfach nur ein Cupcake.«

Nun kann ich doch nicht anders, als zu schmunzeln. »Ähm … danke?«, erwidere ich belustigt. »Ich nehme das jetzt einfach mal als Kompliment.«

Auch Mira muss lachen und ich finde, das steht ihr viel besser als die Verzweiflung von eben. »Entschuldige«, sagt sie schließlich mit ruhigerer Stimme.

»Du musst dich nicht entschuldigen.« Kurzerhand greife ich nach ihrer Hand und halte sie fest. »Reden ist *immer* der richtige Weg.«

Für einen winzigen Augenblick sieht Mira auf unsere Hände, dann wieder mir in die Augen. »Danke«, sagt sie leise. »Ich weiß einfach nicht wohin mit meiner Wut und all den Gedanken, die in meinem Kopf kreisen.«

Ich treffe meine Entscheidung im Bruchteil einer Sekunde. »Ich habe da eine Idee«, sage ich entschlossen, lege meine Hand auf Miras Schulter und schiebe sie sanft durch die noch immer offen stehende Tür in meine Wohnung. Verwirrt sieht sie mich an, sagt aber nichts. Ich schnappe mir meinen Trainingsrucksack, den ich bereits gepackt habe. Einem schnellen Gedanken folgend, laufe ich noch mal zu meinem Kleiderschrank und greife in der Schublade für meine Sportklamotten nach einer weiteren Trainingshose und einem Shirt. Beides halte ich abwechselnd vor mir in die Höhe, lasse meinen Blick von der Kleidung zu Mira und wieder zurück wandern, dann packe ich alles in den Rucksack zu den anderen Sportklamotten.

»Was hast du denn vor?«, fragt Mira mich nun doch und wirkt dabei sichtlich irritiert.

Ich schlüpfe in meine Stiefel, werfe mir eine Jacke über und schultere den Rucksack. Mit dem Motorradschlüssel in der Hand wende ich mich Mira zu, meine Mundwinkel wandern wie von selbst nach oben.

»Wir werden jetzt deine Wut vertreiben.« Ich greife mir den Zweithelm für meine Maschine, der an der Garderobe baumelt und den ich in weiser Voraussicht vor einiger Zeit besorgt habe, und ziehe Mira hinter mir her aus der Wohnung. Für Mathe ist auch später noch Zeit.

KAPITEL 10
Gegenseitiges Stützen

Mira

Bäume, Wiesen und Felder fliegen an uns vorbei, während ich Zac mit meinen Armen umschlungen halte. Mein Kopf steckt in einem dicken Helm und liegt an seiner Schulter, ich trage einen Rucksack mit den Sachen auf dem Rücken, die Zac vorhin noch zusammengepackt hat. Immer wieder zeigt sich die Sonne, bis sie sich wieder hinter den Tannen des Waldes versteckt. Ich atme tief ein und aus und genieße jede Minute unserer Fahrt.

Ich bin niemand, der anderen Menschen schnell vertraut. Zac kenne ich kaum und die Dinge, die ich über ihn weiß, sollten mir vielleicht Angst machen. Zumindest der Teil von ihm, den ich bis vor wenigen Wochen noch zu kennen geglaubt habe. Doch all die Seiten an Zac, die er mir in der letzten Zeit gezeigt hat, all die innigen Gespräche, die wir seitdem immer wieder führen und die intimen Momente, die wir so oft miteinander teilen – nichts davon lässt mich Angst empfinden. Stattdessen spüre ich jetzt – so eng bei ihm, die Kontrolle in seinen Händen – nichts als Vertrauen zwischen uns.

Zac hat seine Maschine stets im Griff, behält die volle Kontrolle über sich, das Motorrad und uns, sodass ich mich sicher fühle und keine Angst verspüre. Ich frage mich, ob er das öfter macht – durch die Wälder fahren und diese unendliche Freiheit spüren.

Irgendwann biegt er von der Landstraße ab und wir fahren in ein kleines Örtchen. Ich schätze unsere bisherige Fahrzeit auf etwa zwanzig Minuten. Noch immer bin ich völlig ahnungslos und habe keine Ahnung, wohin Zac uns bringt. Doch sein Angebot, meine Wut loswerden zu können, habe ich dankend angenommen, ohne es näher zu hinterfragen. Denn gerade möchte ich nichts mehr, als dieses beklemmende Gefühl in mir loslassen zu können.

Vor einem alten Backsteingebäude bremst Zac ab und lenkt die Maschine auf den Parkplatz daneben. Er befreit sich von seinem Helm und hängt ihn vorn über den Lenker, bevor er sich zu mir nach hinten dreht. Seine Haare sind etwas zerzaust, doch für mich macht ihn das noch attraktiver, als er ohnehin schon ist. Bei dem Gedanken daran, wie gerne ich jetzt durch sein Haar wuscheln würde, wird mir heiß und ich merke, wie meine Wangen zu glühen beginnen. Zum Glück trage ich noch den Helm, der mein Erröten hoffentlich verdeckt.

Ich bin so in meine Gedanken versunken, dass ich erst jetzt bemerke, wie Zac mich amüsiert mustert. Nun zieht er eine seiner Augenbrauen nach oben.

»Was ist?«, frage ich ihn verwundert.

Zac lacht. »Du musst zuerst absteigen, sonst müsste ich mich sehr verrenken, um von dieser Maschine zu kommen«, sagt er und deutet auf sein schwarzes Motorrad.

Wie peinlich. Prompt steigt mir noch mehr Hitze ins Gesicht.

»Klar«, entgegne ich und versuche, dabei so locker wie möglich zu klingen. Gerade will ich mein rechtes Bein über die Maschine schwingen, als Zac mich zurückhält.

»Pass auf, dass dein Bein beim Absteigen nicht das Motorrad berührt«, warnt er mich. »Du könntest dich verbrennen.«

»Also mit Schwung, verstehe« sage ich dankbar für seinen Hinweis und danke mir gleich selbst noch dafür, dass ich es elegant wieder auf den Boden schaffe.

Zac steigt ebenfalls von der Maschine und stellt sich dann vor mich. Seine eine Hand legt er auf meinen Helm, mit der anderen löst er in einer fließenden Bewegung die Schnalle unter meinem Kinn. Mit beiden Händen umfassend zieht er mir die schwarze Schale vom Kopf – und lacht.

»Was ist so lustig?«, frage ich ihn, doch Zac kriegt sich gar nicht wieder ein. Sein lautes Lachen erfüllt den gesamten Parkplatz und aus dem Augenwinkel nehme ich wahr, wie sich einige der Menschen zu uns drehen, die neben ihren Autos stehen. »Zac!«, zische ich. »Die Leute starren schon!«

»Entschuldige«, erwidert er, noch immer lachend, doch nun etwas leiser. »Deine Haare sehen nur aus, als hätte ein Vogel darin genistet.«

»Na, vielen Dank auch«, erwidere ich, doch kann mir selbst ein Lachen nicht verkneifen, während ich verzweifelt versuche, durch meine blonden Strähnen zu fahren, um sie zu bändigen.

»Gib dir keine Mühe«, meint Zac nur, während er mir den Rucksack vom Rücken zieht, den ich während der gesamten Fahrt getragen habe. »Wenn wir hier fertig sind, werden deine Haare ohnehin alles andere als frisch sein.«

»Was …«, setze ich zu einer Frage an, werde aber von einer Kinderstimme unterbrochen.

»Zac!«, ruft ein kleiner Junge aufgeregt. Von einem roten Wagen aus läuft er über den Parkplatz zu uns.

Zac geht vor ihm in die Hocke und wuschelt dem Kleinen durch das blonde Haar. »Na, Sportsfreund«, begrüßt er den Jungen. »Bereit fürs Training?«

Der Kleine nickt grinsend, dann lässt er seinen Blick zu mir wandern. »Ist das deine Freundin?«, fragt er Zac, während er mich weiterhin ansieht.

Ich werfe einen Blick zu Zac, der noch immer neben mir hockt, und traue meinen eigenen Augen kaum.

Wird er gerade etwa rot?

»Nein, Kumpel«, beantwortet er schließlich mit Verzögerung die Frage des Jungen, allerdings ohne mich dabei anzusehen. »Mira trainiert heute mit uns.«

»Tue ich das?« Fragezeichen schwirren durch meinen Kopf, doch das Bild von Zac mit diesem unglaublich süßen Kind ist in diesem Moment viel präsenter als all meine Verwirrung.

Aus einem Impuls heraus gehe ich ebenfalls in die Hocke. »Wie heißt du denn?«, frage ich den Jungen, der mir daraufhin ein strahlendes Lächeln schenkt. Einer seiner Schneidezähne muss kürzlich ausgefallen sein, weshalb er eine niedliche Zahnlücke hat. *Wie süß.*

»Ich bin Marvin«, stellt er sich vor und streckt mir seine kleine Hand entgegen, die ich sofort ergreife.

»Hey, Marvin«, sage ich. »Ich bin Mira.« Mein Blick fällt auf den Rucksack, den er auf dem Rücken trägt. Ich beuge mich an ihm vorbei, um das Motiv darauf besser erkennen zu können. »Ist das ein *Biene Maja*-Rucksack?«, frage ich den Kleinen begeistert.

»Ja!«, antwortet Marvin grinsend. »Den hat mir Mom zum Geburtstag geschenkt. Magst du *Biene Maja*? Ich finde, auch Jungs dürfen das gucken.«

»Mögen? Ich *liebe* sie«, antworte ich ihm ehrlich. Früher habe ich diese Serie unglaublich gern geschaut.

Über das gesamte Gesicht vor Stolz strahlend, wendet Marvin sich wieder Zac zu. »Du kannst deine Freundin öfter mal mitbringen, Zac.«

»Mira ist nicht …«, setzt Zac zu einer weiteren Erklärung an, doch noch im selben Moment dreht Marvin sich von uns weg und hüpft auf den Eingang des Gebäudes neben uns zu.

»Der ist ja niedlich«, sage ich zu Zac, während wir dem Jungen dabei zuschauen, wie er sich gegen die Tür stemmt und kurz darauf im Gebäude verschwindet.

»Das sind sie alle«, meint Zac daraufhin bloß, was ein weiteres Fragezeichen in meinem Kopf auftauchen lässt.

Die Arme vor der Brust verschränkt, drehe ich mich zu ihm um. »Verrätst du mir jetzt endlich, was du mit mir vorhast?« Langsam werde ich ungeduldig.

Zac lacht, dann deutet er auf das große Backsteingebäude neben uns. »Wir beide werden jetzt da reingehen«, erklärt er schließlich. »Dich erwarten in etwa sieben sportbegeisterte Kinder, die dich auf andere Gedanken bringen werden. Plus ein Boxsack.«

»Ein Boxsack«, wiederhole ich das Ende seines Satzes ungläubig. »Wie soll denn ein … Oh, verdammt. Nein!«

»Oh, verdammt, doch!«, meint Zac nur, legt seine Hände auf meine Schultern und schiebt mich in Richtung Eingang. »Du wirst heute boxen.«

»Aber ich habe das noch nie gemacht!«, rufe ich panisch. »Ich bin eine absolute Niete in Sport. In der Schule damals war ich immer die, die zuletzt ins Team gewählt wurde, und …«

»Mira, du tust es schon wieder.«

»Was denn?«

»Na, brabbeln. Lass dich einfach darauf ein.«

»Wie es aussieht, habe ich keine andere Wahl.«

»Stimmt. Du bist vor meiner Tür aufgetaucht und hast nach Ablenkung verlangt. Hier sind wir nun also«, sagt er zwinkernd und zuckt dabei mit den Schultern.

Kurz vor der Tür bleiben wir noch einmal stehen. »Ich habe doch gar keine Sportsachen dabei«, starte ich einen neuen Versuch, aus der Sache hier doch noch herauszukommen. Vergebens.

»Ich habe dir Klamotten von mir eingepackt. Die müssten dir passen«, stellt Zac mich vor vollendete Tatsachen.

Gerade frage ich mich, wie das denn sein kann, immerhin ist er viel größer und muskulöser als ich, doch dann schiebt er eine Erklärung hinterher. »Die sind mir beim Waschen letztens eingegangen. Ich habe meine neue Waschmaschine noch nicht so lange und bei meinen ersten Versuchen das falsche Programm gewählt. Aber hey, immerhin muss ich nicht mehr in einen Waschsalon.«

Ich kann mir ein Grinsen nicht verkneifen.

In Zacs Augen sehe ich, dass er dafür brennt, mich in dieses Gebäude zu bekommen. Nachdem ich meine Lider geschlossen und einmal tief durchgeatmet habe, entschließe ich mich dazu, ihm heute noch ein zweites Mal zu vertrauen. »Also gut«, höre ich mich selbst sagen. »Dann werde ich heute boxen.«

Eine Viertelstunde später trete ich aus der Umkleidekabine, vor der Zac mich bereits erwartet, an der linken Hand halte ich die kleine Lilly, die mir beim Umziehen Gesellschaft geleistet hat. Sie muss auch zu den Kindern gehören, von denen ich dank ihr jetzt weiß, dass Zac sie im Boxen trainiert. Wieder etwas, das ich bisher noch nicht von ihm wusste.

Mit was er mich noch alles überraschen wird? Ich bin gespannt.

»Bist du bereit?«, fragt er mich und lässt seinen Blick einmal über meinen gesamten Körper schweifen. Ich meine, ein kurzes Leuchten in seinen Augen zu sehen, seine Miene ist jedoch konzentriert, während er mich mustert. Nervös, aber auch von einer gewissen Vorfreude begleitet.

»Ist sie«, antwortet Lilly für mich. »Ich habe Mira schon alles erklärt!«

»Jeder fängt mal klein an«, sage ich schulterzuckend.

Noch immer lässt er seinen Blick über meinen Körper wandern, bis er mir schließlich wieder in die Augen sieht. »Also gut, dann mal los.«

Lilly rennt zu den anderen Kindern, die sich bereits in der großen Halle versammelt haben. Dieser Raum scheint einzig und allein für das Boxen gemacht zu sein. In der Mitte befindet sich ein großer Ring, wie man ihn von richtigen Boxveranstaltungen kennt, rundherum liegen Matten verteilt, über denen Boxsäcke von der Decke hängen. Ganz im hinteren Teil des Raumes stehen noch einige Geräte für das Krafttraining.

Ich setze mich zu den Kindern auf den Boden und höre Zac dabei zu, wie er den Kleinen den Ablauf der kommenden Trainingsstunde erklärt. Er möchte mit einer Aufwärmübung beginnen, anschließend sollen die Kinder in kleine Gruppen an den Boxsäcken ihre Schläge trainieren. Am Ende werden Mannschaften gebildet, die in einem kleinen Kampf gegeneinander antreten.

Bisher wusste ich gar nicht, dass auch Kinder diesen Sport bereits in so jungen Jahren erlernen können. Dem Boxen gegenüber war ich immer sehr negativ eingestellt. Dad hat sich früher einige Kämpfe im Fernsehen angeschaut. Manchmal saß ich daneben und hielt mir die Augen zu, weil ich den riesigen Kerlen auf dem Bildschirm nicht dabei zusehen wollte, wie sie sich gegenseitig schlugen. Dennoch bin ich auf die kommende Stunde gespannt. Es ist immer gut, seinen Horizont zu erweitern. Und dem Gesichtsausdruck der Kinder nach zu urteilen, die Zac allesamt anstrahlen, scheinen sie viel Freude am Training zu haben.

Kurz darauf eröffnet Zac die Stunde. Er macht den Kids, die inzwischen mit Abstand verteilt vor ihm stehen, Übungen vor, die sie ihm nachmachen. Auch ich versuche mein Bestes, um mich aufzuwärmen. Während wir uns dehnen und die verschiedensten Figuren ausführen, spüre ich seinen Blick immer wieder auf mir. Auch als ich mit den Kindern fünf Runden durch die Halle laufe, lässt er mich kaum aus den Augen, was ein dauerhaftes Kribbeln in meinem Bauch auslöst. Es gefällt mir, wenn Zac mich ansieht.

Nach etwa zehn Minuten Aufwärmen verteilen sich die Kids an den Boxsäcken und stecken ihre kleinen Hände in ebenso kleine Boxhandschuhe. Zac kontrolliert, ob jeder eine Gruppe gefunden hat, und die Kinder beginnen selbstständig mit ihren Übungen. Sie kennen das Ganze schon und wissen Bescheid. Grinsend kommt er auf mich zu und deutet auf den einzigen noch freien Boxsack. »Jetzt bist du dran«, sagt er nur, legt seine Hände auf meine Schultern und schiebt mich in Richtung unseres Trainingsgeräts. Dort angekommen, reicht er mir zwei Handschuhe und zeigt mir, wie ich sie öffnen und schließen kann. Schließlich positioniere ich mich vor dem Sack, meine Hände stecken inzwischen in den unglaublich klobigen Handschuhen. Sie passen mir überraschend gut, doch sie fühlen sich einfach sehr ungewohnt an. Fremd.

Aus einem Impuls heraus hole ich aus und schlage mit meiner rechten Faust so intensiv einmal gegen mein Ziel, wie ich nur kann. Zu meiner Enttäuschung bewegt sich das Ding keinen Millimeter. Es fühlt sich an, als hätte ich auf eine Mauer aus Stein eingeschlagen.

»War das auch nur ansatzweise richtig?«, frage ich Zac, der neben mir steht und sich sichtlich das Lachen verkneifen muss.

»So schlecht war es gar nicht«, sagt er leise. »Dennoch muss ich dir erst mal einige Tipps geben und Grundlagen erklären, bevor es losgehen kann.«

Ohne Vorwarnung tritt Zac hinter mich. »Jeder Boxer hat eine

Führ- und eine Schlaghand«, erklärt er mir schließlich. Während Zac spricht, spüre ich seinen Atem auf der nackten Haut meines Nackens. Es fällt mir schwer, seinen Worten zu folgen, weil er mir so nahe ist. Ich ermahne mich selbst, mich anzustrengen und gut zuzuhören, auch wenn es mir schwerfällt. »Du bist Rechtshänderin, also ist die rechte deine Schlaghand, die linke ist demnach die Führhand.« Kurz zucke ich zusammen, als Zac sich von hinten gegen mich drückt und mein linkes Bein mit seinem Knie sanft nach vorn schiebt. »Für die richtige Ausgangsposition müssen deine starke Hand und das Bein der anderen Seite etwas weiter vorn stehen«, fährt Zac fort, während er meinen Körper mit seinem in die richtige Position rückt. Dabei geht er so unglaublich sanft vor, dass sich eine Gänsehaut auf meinem gesamten Körper ausbreitet. Ich spüre Zacs Wärme in meinem Rücken, während er weiterspricht. »Wenn du so stehst, befinden sich deine Schlaghand und dein linkes Bein in circa fünfundvierzig Grad abgewandter Position. Jetzt hast du eine optimale Balance. Okay?«

»Verstanden«, bringe ich hervor, meine Stimme ist nur noch ein Flüstern. Tatsächlich merke ich schon jetzt, wie mein Stand viel fester ist als eben.

»Wir beginnen einfach«, bestimmt Zac. »Du versuchst, einen möglichst geraden Schlag mit rechts auszuführen und dabei auf Augenhöhe die Mitte des Sacks zu treffen, aber achte darauf, dass du deinen Arm nicht ganz durchstreckst, sondern eine leichte Beugung bleibt.«

»Alles klar«, sage ich selbstsicher. Zac geht einmal um den Sack herum und hält diesen von hinten fest. »Glaubst du wirklich, dass das nötig ist?«, frage ich ihn lachend. »Eben hat der Sack sich keinen Zentimeter bewegt.«

»Glaub mir, der richtige Stand macht viel aus.« Mit einer Geste gibt er mir zu verstehen, dass ich zuschlagen soll.

Also tue ich es. Mit aller Kraft schlage ich zu und versuche, genau den Punkt zu treffen, den Zac mir empfohlen hat. Und tatsächlich muss er sich dabei etwas gegen den Sack stemmen.

»Krass«, entfährt es mir. »Wie cool!« Innerlich juble ich über das Erfolgserlebnis.

»Das war gut«, lobt er mich. »Gleich noch mal!«

Ich tue wie geheißen, und in den kommenden Minuten trainieren wir meine Schlaghand. Es fühlt sich gut an, etwas richtig zu machen, und obwohl mich die Übung noch nicht allzu sehr anstrengt, versuche ich, in jeden Schlag möglichst viel meiner Wut zu legen, die sich heute Vormittag in meinem Bauch gesammelt hat.

Während Zac reihum nach den Kindern sieht, sie korrigiert und ihnen Tipps gibt, beobachte ich ihn dabei. Es ist unglaublich, wie viel Liebe er in seine Arbeit als Trainer steckt und wie sehr die Kinder ihn schätzen. Er hat ein dauerhaftes Grinsen im Gesicht, scheint wirklich mit vollem Herzen dabei zu sein. Anschließend trainiert er mit mir noch ein paar andere Schlagtechniken, bevor wir den Kindern in der zweiten Hälfte der Trainingsstunde bei ihren Teamkämpfen zusehen. Die ganze Zeit über beobachtet Zac die Kleinen, um sicherzugehen, dass sie die richtige Haltung einnehmen und sich nicht verletzen. Ich schaue begeistert dabei zu, wie viel Spaß die Kinder beim Boxen haben. Bin überrascht, dass sie das Ganze als ein Spiel sehen und dennoch darauf achten, ihrem Gegenüber nicht wehzutun. Die Zeit, in der Zac neben mir steht und wir die Kämpfe beobachten, nutze ich, um ihm ein paar Fragen zu stellen. Ich bin unendlich neugierig geworden.

»Wie bist du zu all dem hier gekommen?« Mit einer Handbewegung fange ich den gesamten Raum ein.

Zac scheint kurz über meine Frage nachdenken zu müssen, dann dreht er sich mir zu, hält den Blick jedoch weiterhin auf den Ring gerichtet. »Mit dem Boxen habe ich in meiner frühen Jugend begonnen«, erzählt er mir seine Geschichte. »Es gab viele Dinge in meinem Leben, die mich sehr wütend gemacht haben.« Während er spricht, wird seine Stimme zunehmend rauer und leiser, als wäre er mit seinen Gedanken woanders und doch irgendwie noch im Hier und Jetzt. Bei mir. »Ich wusste damals nicht, wohin ich mit all meiner Wut sollte«, sagt er schließlich und wir beide wissen, was diese Worte bedeuten. Ich war dabei, als er damals die Kontrolle verloren hat. Mehrmals. Doch in diesem Moment, hier in dieser Halle, an diesem Tag, an dem Zac mir ein Stück seines Lebens gezeigt hat, verdient er es, dass ich ihm zuhöre. Dass ich seine Seite der Geschichte verstehen lerne. Ich höre ihm zu, ohne ihn zu verurteilen, wie auch er es bei mir getan hat.

»Und deshalb hast du mit dem Boxen begonnen«, äußere ich meine Vermutung. »Um deine Wut auf einem guten Weg freilassen zu können.«

Zac nickt und sucht endlich meinen Blick. Ich meine, ein leichtes Glänzen in seinen Augen zu erkennen, Tränen, die ihren Weg aber nicht hinausfinden. »Ich habe viele Fehler gemacht, Mira.« Er klingt aufrichtig. »Deinen Bruder anzugreifen, ist einer davon.«

»Zac, wir müssen nicht …«, setze ich zu sprechen an, doch er unterbricht mich, bevor ich meinen Gedanken laut beendet habe.

»Doch, müssen wir«, bestimmt er und seiner Stimme entnehme ich, wie wichtig ihm seine nächsten Worte sind. »Ich will, dass du weißt, dass ich mich geändert habe. Ich bin nicht mehr der Kerl, der andere Kinder verprügelt. Nie wieder möchte ich ein Mensch sein, der andere verletzt, nur um …« Zac hält plötzlich inne, als würde er es nicht über sich bringen, seinen Satz zu beenden. Dabei würde ich es so gern hören. Ich will wissen, weshalb er damals auf meinen Bruder losgegangen ist. Was der Grund für seine Wut gewesen ist. Warum er immer häufiger aus der Schule abgeholt werden musste, weil er ein anderes Kind geschlagen oder geärgert hatte. Doch ich weiß, dass es nichts bringt, ihn zum Reden zu drängen. Er muss es von sich aus wollen.

»Es ist bewundernswert«, sage ich also nur. »Du hast diesen Kindern einen gesunden Weg gezeigt. Einen Weg, den du früher nicht gefunden hast.«

Zac nickt, während er wieder die Kleinen im Ring beobachtet. Er ruft einem Jungen Tipps für dessen Fußstellung zu, dem anderen, dass er auf die Haltung achten soll, dann ist er gedanklich wieder bei mir. »Für mich ist es eine Art Wiedergutmachen. So kann ich etwas Gutes tun, um all das Schlechte, was ich getan habe, zumindest ansatzweise auszugleichen.«

Ich weiß nicht, was ich darauf erwidern soll, also bin ich den Rest der Trainingsstunde still. Zac schickt die Kleinen irgendwann in die Umkleide, sodass wir nur noch zu zweit in der großen Halle stehen. »Bist du bereit, deine Wut loszuwerden?«, fragt er mich verheißungsvoll.

»Ich dachte, das hätten wir eben schon getan«, erwidere ich und deute mit dem Kopf in Richtung Boxsack, an dem Zac mir vorhin die Schläge gezeigt hat.

Er lacht laut auf. »*Das* war doch kein Frustabbau. Das war höchstens ein erweitertes Aufwärmen.« Belustigt sieht er mich an, ein Funkeln in den Augen. »Um die Wut und all den Zorn wirklich gehen zu lassen, brauchst du keine Regeln.«

»Das bedeutet …?«

»Das bedeutet, dass wir jetzt wieder zu diesem Sack gehen, du dich hinstellst, wie ich es dir vorhin gezeigt habe. Und dann schlägst du mit beiden Armen so lange auf diesen Sack ein, bis du nicht mehr kannst.«

Ich schaue zwischen besagtem Boxsack und Zac hin und her, dann sehe ich ihn entschlossen an. »Also gut«, sage ich und laufe auf die Stelle zu, an der ich bereits zu Beginn der Stunde trainiert habe. Zac stellt sich hinter den Sack und hält ihn fest, während ich meine Füße in die richtige Position bringe. Mit einem Nicken zeigt er mir, dass ich richtig stehe.

Ich beginne mit einem Schlag, wie er ihn mir vorhin gezeigt hat. Einen zweiten und dritten lasse ich folgen. Werde immer schneller dabei.

»Gib mir mehr, Mira«, fordert Zac mich auf. »Oder ist das alles, was du draufhast?« Herausfordernd sieht er mich an und schafft es tatsächlich, mich mit seinen Worten anzustacheln. Also schlage ich wieder zu, diesmal noch schneller hintereinander und kräftiger als eben.

»An wen denkst du?«, fragt er mich, während ich mit aller Kraft gegen den Sack boxe. Normalerweise hätte ich auf diese Frage nicht einfach geantwortet, doch in diesem Moment höre ich nur *seine* Stimme in meinem Kopf, spüre ich nur die Kraft in mir, nichts als Stärke.

»An meinen Dad«, antworte ich ihm und lege all meine Wut in jeden Schlag, den ich ausführe. Mit jeder Sekunde wird mir wärmer, werden meine Arme schwerer, doch ich bin noch lange nicht fertig. »Was für ein absolutes Arschloch er mal wieder zu meinem Bruder war. Wie wenig Vertrauen er in seinen Sohn setzt«, presse ich zwischen zusammengebissenen Zähnen hervor. Der Schweiß läuft mir das gesamte Gesicht herunter, während ich einfach weiter drauflosrede. Diesmal ist es jedoch kein Plappern. Ich wähle jedes Wort bewusst, lege all meine Verzweiflung in meine Sätze. »Und ich denke an meine Mom, die sich nie traut, ihm zu widersprechen.« Schlag. »An all die gemeinsamen Essen, bei denen ich mich verstellen musste.« Schlag. »Daran, dass ich nie ich selbst sein kann, weil Jase und ich ja doch nicht genug sind.« Schlag. »Nicht gut genug.« Schlag. »Nicht schlau genug.« Schlag. »Nicht talentiert genug.« Schlag. »Einfach *nie* genug.«

»Gut so«, motiviert Zac mich. »Lass alles raus.«

»Ich hasse sie manchmal«, presse ich hervor, während ich weiter auf den Sack einschlage. »Ich liebe sie und doch hasse ich sie für das, was sie uns antun. Was sie meinem Bruder antun. Scheiße!«

Irgendwann geht mir die Kraft aus, also lasse ich erschöpft meine Arme sinken. Ich spüre in mich hinein, fühle, wie schnell mein Herz schlägt und wie sehr meine Muskeln schmerzen.

»Mira …«, sagt Zac sanft, lässt den Boxsack los und kommt langsam zu mir. »Ist es okay?«

»Nichts ist okay«, bringe ich gebrochen hervor. »Gar nichts.«

Für einen Moment blicken wir uns an. In seinem Blick liegen Sorge und Wärme, etwas unglaublich Intensives, das es in mir kribbeln lässt. Etwas läuft meine Wange hinunter. Etwas, das ich bisher für Schweiß gehalten habe. Doch das deutlich spürbare Brennen meiner Augen lässt mich wissen, dass es Tränen sind, die über mein Gesicht strömen.

Besorgt mustert Zac mich. »Verdammt«, murmelt er schließlich, überbrückt die letzte Distanz zwischen uns und zieht mich in seine Arme.

Und ich lasse es geschehen.

Wie von selbst legen sich meine Arme um ihn. Ich vergrabe mein Gesicht an seiner Brust und weine. Ich weine, weil mir meine Eltern den letzten Nerv rauben, weil ich meinen Bruder so sehr liebe und es einfach nicht ertragen kann, wie unglücklich er ist. Ich weine, weil ich mich in den Armen des Mannes, der Mitschuld am Leid von Jase trägt, so unglaublich geborgen fühle. Und während ich meinen Gefühlen freien Lauf lasse, streichelt Zac mir behutsam über den Kopf. Es scheint ihm egal zu sein, wie verschwitzt ich bin, er schenkt dem gar keine Beachtung. Stattdessen murmelt er mir beruhigende Worte ins Ohr. Und lässt mich nicht los.

Im Hintergrund nehme ich wahr, wie die Kinder die Halle verlassen. Immer wieder hebt Zac kurz die Hand, um sich von ihnen zu verabschieden. Ein kleines Mädchen fragt ihn, warum ich so traurig bin, doch Zac meint bloß, ich sei nur ausgepowert vom Boxen. Irgendwann sind wir wieder allein. Obwohl ich hier noch Stunden in seinen Armen stehen könnte, löse ich mich langsam von ihm. Mittlerweile habe ich mich beruhigt und merke, wie gut es getan hat, den Tränen einfach mal zu erlauben, meine Augen zu verlassen.

»Danke«, sage ich zu Zac, während meine Arme auf seinen Schultern liegen, er ganz dicht vor mir steht. »Du hattest recht. Es tat unglaublich gut.«

»Du kannst immer mitkommen, wenn du die Wut rauslassen musst«, sagt er bestimmt. »Hier ist jederzeit ein Platz für dich.«

»Bei den Löwen?«, frage ich ihn, ein sanftes Lächeln auf den Lippen. Natürlich ist mir das Logo der Gruppe nicht entgangen.

Kurz überlegt Zac, dann legt er seine Hände an meine Wange. »Du *bist* eine Löwin, Mira. Eine kleine Kämpferin. Und viel stärker, als du selbst glaubst.«

Würde Zac grinsen, würde ich es ihm gleichtun. Ich kenne seinen Humor und seine Worte sind unglaublich süß. Doch er sieht mich mit einer solchen Ernsthaftigkeit an, dass es mir den Atem raubt. In diesem Moment würde ich ihn so gern küssen. Einfach, weil er ein liebenswerter Mensch ist und ich ihm etwas bedeuten muss. Sonst hätte er mir heute nicht geholfen. Weil er mir hiermit einen Teil seines Lebens gezeigt hat, einen verletzlichen. Weil er mich so gut versteht wie sonst keiner. Und obwohl er seinen Kopf zu mir neigt, sein Blick auf meinen Lippen ruht und er meinem Gesicht mit seinem immer näher kommt, weiß ich, dass ich noch nicht so weit bin. Nicht jetzt. Nicht, wenn diese Stimme in meinem Kopf mir zuschreit, dass ich damit meinen Bruder verliere. Dass ich diese Grenze nicht überschreiten darf.

Das Klingeln von Zacs Handy unterbricht den intimen Moment. Er erstarrt mitten in der Bewegung, als er den Klingelton hört. Innerhalb einer Sekunde hat er das Smartphone aus der Tasche seiner Trainingshose gezogen und den Anruf angenommen.

»Hallo?«, fragt er den Anrufer, wirkt dabei beinahe übervorsichtig. Als würde er mit etwas Schlimmem rechnen. Ich erinnere mich an sein Telefonat im **C&C**, nachdem er so fluchtartig gehen musste. Er entfernt sich einige Schritte von mir.

Ich nehme jede seiner Gesten deutlich wahr. Wie er sich mit seiner Hand durch die Haare streicht. Wie seine starken Arme zu zittern beginnen, so sanfte Bewegungen, doch ich erkenne sie alle. Ich höre ihn murmeln.

»Verdammt. Scheiße. Ich komme sofort.«

Dann dreht er sich zu mir um. Als er das Telefonat beendet hat, steckt er das Handy wieder zurück in seine Hosentasche. Er sieht zwischen der Tür, der Halle und mir hin und her, der Schock und die Verzweiflung stehen ihm deutlich ins Gesicht geschrieben.

»Ich muss los, Mira«, bringt er schließlich hervor. »Meiner Mom geht es nicht besonders gut und ich … Verdammt. Ich habe dich mit hergenommen. Wir sind in diesem Kaff, ohne Auto brauchst du mindestens zwei Stunden bis nach Starfall …«

»Ich komme mit, wenn das okay ist«, höre ich mich sagen. Meine Stimme klingt entschlossen und ich bin es auch. »Gib mir zwei Minuten zum Umziehen, dann begleite ich dich.«

»Mira, ich …«, beginnt Zac, doch ich lasse ihn nicht weitersprechen.

»Nein, Zac«, sage ich bestimmt, gehe auf ihn zu und lege nun meinerseits eine Hand an seine Wange. Er lässt es zu, sieht mich an, noch immer liegt Panik in seinen Augen. »Du hast mir geholfen, jetzt helfe ich dir. Ich lasse dich nicht allein. Du wirst mich jetzt nicht los.«

Er mustert mich und scheint endlich zu verstehen, wie ernst es mir damit ist. Sein Blick klärt sich. »Also gut«, erwidert er, auch wenn ich ihm ansehe, dass ihm die Sache nicht ganz geheuer ist.

Doch es ist mir egal. In diesem Moment will ich einfach für ihn da sein. Ich begleite ihn nicht, weil ich keine Lust darauf habe, mir ein Zugticket kaufen und in die blöde Bahn steigen zu müssen. Ich will mit ihm fahren, um ihm die Stütze sein zu können, die er in den letzten Stunden für mich gewesen ist.

KAPITEL 11
Hand in Hand

Zac

Wie in Trance ziehe ich mich um. In wenigen Sekunden habe ich meine Sportklamotten gegen Jeans, Shirt und Bikerjacke getauscht. Vor der Frauenumkleide lehne ich mich an die Wand und warte auf Mira, während ich versuche, mich weitestgehend zu beruhigen.

Schon als ich Dannys Namen auf dem Display meines Handys gesehen habe, wusste ich, dass etwas nicht stimmen kann. Er ruft mich immerhin nie grundlos an. Allerdings hatte ich bei meinen letzten Besuchen das Gefühl, es würde Mom inzwischen besser gehen. Sie würde Fortschritte machen und eine gute Phase haben. Eine Phase, von der ich hoffte, sie würde länger anhalten als nur wenige Tage. Doch so ist es mit Depressionen. Ich habe mich natürlich zu diesem Thema belesen, um bestmöglich für meine Mom da sein zu können. Sie durchläuft verschiedene Episoden und es ist ganz typisch, dass es ihr in einer Woche sehr gut geht und in der nächsten wieder sehr schlecht. Nur wünsche ich mir für sie eher ein anhaltendes Bergauf als eine Achterbahnfahrt der Emotionen.

Dannys Beschreibung war sehr vage. Scheinbar war er mit meiner Mom auf einen Kaffee verabredet, doch sie hat ihm nicht die Tür geöffnet. Da sie häufig sehr labil ist, besitzt er einen Ersatzschlüssel. Aus lauter Sorge hat er sich mit diesem Zugang zum Haus verschafft. Mom muss sich seinen Worten nach im Schlafzimmer eingeschlossen haben und wollte seit gut einer Stunde nicht mehr rauskommen, weshalb er mich schließlich kontaktiert hat. Es ist kein gutes Zeichen, dass sie sich wieder so einigelt. Und es zerreißt mir das Herz, sie so leiden zu sehen.

»Wir können los«, reißt Mira mich aus meinen Gedanken. In Jeans und einem Top steht sie vor mir und schält sich in ihre Jacke.

Ich nicke nur, dann gehe ich voraus bis zur Tür. Mira folgt mir nach draußen. Die Klamotten, die ich ihr für den Sport geliehen habe, stopfe ich draußen vor der Halle zu meinen in den Rucksack. Mira nimmt ihn mir wie selbstverständlich aus der Hand und schultert ihn, wie auch schon bei der Hinfahrt. Ich schließe das Gebäude ab, dann laufen wir zu meinem Motorrad und setzen unsere Helme auf.

Mit einem Ruck schwinge ich mich auf die Maschine, Mira bleibt für einen Moment neben mir stehen. »Kannst du fahren?«, fragt sie mich dann. Nicht ängstlich, aber ernst. »Ich meine, kannst du *so* fahren?«

»Kann ich«, sage ich bestimmt, weil ich es weiß. Ich bin ein wahnsinnig guter Fahrer, immer konzentriert. Ich habe gelernt, während der Fahrt meine Emotionen und Aufruhr im Zaum zu halten. Wenn sie mir zu viel werden, halte ich an. Bisher bin ich unfallfrei, habe stets die Kontrolle behalten. Und mit dieser wundervollen Frau auf der Maschine werde ich umso behutsamer fahren, wie ich es auch auf dem Hinweg schon getan habe. »Vertrau mir. Ich würde dich nie gefährden.«

»Das weiß ich«, stellt Mira klar. »Ich mache mir Sorgen um *dich*, nicht um mich.« Dann schwingt auch sie sich hinter mir auf die Maschine, rückt sich in die passende Position und schlingt ihre Arme um mich.

Sofort werde ich ruhiger. Ich kann mich selbst nicht davon abhalten, meine Hände, die in meinen Schutzhandschuhen stecken, für einen kurzen Moment auf ihre zu legen, die sich vor meinem Bauch kreuzen. Mit ihren kleinen Daumen streicht Mira sanft über meine Handrücken. Vermutlich hat sie gemerkt, dass ich diesen Moment brauche, um meine Kraft zu sammeln. Mir ist immer noch nicht wohl dabei, sie mitzunehmen. Ihr diesen Teil von mir zu zeigen, fühlt sich an, als würde ich nackt vor ihr stehen. Wenn sie vom Zustand meiner Mom erfährt, von meiner verkorksten Familie, dann gibt es nichts mehr, was sie nicht von mir weiß. Und das macht mir eine Scheißangst. Weil es mich angreifbar macht. Es fühlt sich an, als würde mir diese Sache meine Stärke nehmen. Ich schäme mich nicht für meine Mom, doch ich möchte nach außen hin stark wirken, die Kontrolle behalten. Doch leider habe ich genau diese Kontrolle verloren. Und ich erkenne langsam, dass genau in diesem Kontrollverlust eine meiner größten Baustellen liegt, weil sich immer alles darum dreht.

Doch ich vertraue Mira. Und gerade jetzt, in diesem Moment, in dem sie mich umschlungen hält, gibt sie mir den Halt, den ich brauche. Das ist alles, was zählt. Also atme ich einmal tief durch, starte die Maschine und lenke sie auf die Straße.

Meine Hände zittern, während ich versuche, den Schlüssel in die Haustür zu bekommen. Mira steht hinter mir und aus dem Augenwinkel kann ich sie dabei beobachten, wie sie sich interessiert umsieht, um den Garten und das Haus zu betrachten. Bisher hat sie keine Fragen gestellt, wofür ich ihr sehr dankbar bin. Mira ist einfach nur da, und das ist genau das, was ich brauche.

»Lass mich das machen«, sagt sie schließlich und nimmt mir behutsam den Schlüssel aus der Hand. Kurz darauf springt die Tür auf und ich murmle ein leises »Danke«.

Wir betreten den Hausflur und streifen unsere Schuhe ab. Vor dem Treppenaufgang zur oberen Etage bleibe ich unsicher stehen. Ich weiß nicht, ob ich Mira dort oben dabeihaben möchte, immerhin ist sie Mom völlig unbekannt. Vor den Kopf stoßen will ich sie aber auf keinen Fall.

Mira bemerkt meinen unsicheren Blick. »Ich warte hier unten«, sagt sie leise und lächelt zaghaft.

»In Ordnung.« Dankbar schaue ich sie an, ehe ich mich umdrehe und nach oben laufe, immer zwei Stufen auf einmal nehmend.

Am Ende des Flurs steht ein verzweifelter Danny an die Wand gelehnt, die dem Schlafzimmer meiner Mom gegenüberliegt. »Hallo, Zac«, begrüßt er mich und zieht mich für eine kurze Umarmung zu sich.

»Danke, dass du geblieben bist, Danny«, sage ich leise zu ihm. »Wie geht es ihr?«

»Ich habe nicht die geringste Ahnung, aber ich mache mir wahnsinnige Sorgen.«

Verständnisvoll nicke ich. »Tust du mir einen Gefallen?« Danny nickt. »Unten wartet eine Freundin. Ihr Name ist Mira. Wir waren zusammen, als du angerufen hast. Vielleicht leistest du ihr Gesellschaft, während ich …«

Danny lächelt liebevoll. »Natürlich, Zac«, sagt er und wendet sich zur Treppe hin. Ich will gerade an Moms Tür klopfen, als er sich noch einmal zu mir umdreht. »Ein Mädchen also, ja?« Seine Mundwinkel heben sich leicht nach oben. Bevor ich etwas erwidern kann, läuft er schon die Treppe runter.

Mira

»Du bist Mira, richtig?«

Erschrocken fahre ich herum. Vor mir steht ein Mann mittleren Alters. Ich schätze ihn spontan auf Mitte fünfzig. Er trägt ein Hemd und eine Jeans, seine kurzen Haare sind leicht ergraut, sein Lächeln wirkt sehr herzlich.

»Die bin ich«, antworte ich ihm schließlich auf seine Frage. »Und wer sind …«

»Ich bin Danny«, stellt er sich mir vor und reicht mir die Hand, die ich sofort ergreife. »Ein Freund von Zac und Rose.«

»Es freut mich, Sie kennenzulernen«, sage ich ehrlich.

Danny lacht. »Du kannst mich gern duzen. Sonst fühle ich mich immer so alt.«

»In Ordnung, Danny.«

Wir lächeln uns an, dann deutet er auf einen Raum direkt zu meiner Rechten. »Wollen wir uns im Wohnzimmer einige Minuten setzen?«

»Gern«, erwidere ich und folge ihm in den großen, geräumigen Raum. An der rechten Wand befindet sich eine beträchtliche Schrankwand mit einem eingebauten Fernseher. In der Mitte des Wohnzimmers steht ein gemütlich aussehendes cremefarbenes Sofa, daneben ein Kamin, unter dem sich in einem Korb einige Holzscheite stapeln. Augenblicklich fühle ich mich wohl in diesem Zimmer.

Danny und ich setzen uns auf die Couch, er rechts an den Rand und ich links, aber ihm zugewandt. Eine Weile schweigen wir, dann wendet auch er sich mir zu. »Woher kennt ihr zwei euch denn, du und Zac?«, fragt er mich. Ich bin froh, dass er das unangenehme Schweigen bricht. Ich bin ihm dankbar, dass er mit einer einfachen Frage beginnt. Ihm und mir ist klar, dass wir nicht darüber sprechen werden, was Zac oben tut und wie es seiner Mom geht. Und obwohl mir so viele Fragen auf der Zunge brennen, spüre ich, dass sie mir nur ein Mensch beantworten sollte. Und das ist Zac selbst.

»Zac und ich studieren zusammen«, beantworte ich Dannys Frage dennoch ehrlich. »Momentan arbeiten wir an einem gemeinsamen Projekt.«

»Ah«, meint Danny wissend. »Davon hat er neulich etwas erzählt. Scheint eine wirklich wichtige Sache zu sein.«

Ich nicke. »Ihm liegt viel am Projekt und ich freue mich, dass wir zusammen daran arbeiten können und ich ihn unterstützen darf.«

Danny lächelt, wirkt aber kurz nachdenklich. »Zac ist ein fleißiger Junge. Er arbeitet hart für die Zukunft, die er sich wünscht.« Kurz lässt er seinen Blick durchs Fenster nach draußen schweifen. »Ich bewundere ihn dafür, dass er so stark ist, nach allem, was er durchgemacht hat.«

Sofort bekomme ich eine Gänsehaut, entschließe mich aber, nicht weiter nachzufragen. Das ist zu persönlich. »Wohnen Zac und seine Mom allein hier?«, frage ich stattdessen.

»Seit einigen Jahren, ja«, antwortet Danny.

»Und du kommst oft zu Besuch?«

Wieder ein Nicken. »Ich wohne direkt im Haus neben den beiden. Mir liegt viel an Rose und auch an Zac. Die beiden sind für mich in den letzten Jahren zu einer Art Familie geworden.«

»Lebst du allein?«

Für den Bruchteil einer Sekunde huscht ein trauriger Ausdruck über sein Gesicht. »Meine Frau ist vor einigen Jahren ums Leben gekommen. Sie hat den Kampf gegen den Krebs verloren. Kinder hatten wir leider nie.«

»Das tut mir sehr leid«, sage ich ehrlich, denn sein Schicksal berührt mich tief.

»Danke, Mira.« Liebevoll sieht Danny mich an. »Ich versuche, stets das Positive im Leben zu sehen. Ich kann mich glücklich schätzen, hier ein zweites Zuhause gefunden zu haben.«

»Du und Rose seid …«, beginne ich damit, meine nächste Frage zu formulieren.

»Wir sind kein Paar«, klärt Danny mich direkt auf. »Nur gute Freunde.« In seinem Blick sehe ich Bedauern darüber, doch kurz darauf lächelt er wieder. Vielleicht habe ich es mir auch nur eingebildet, wer weiß. »Und Zac und du, ihr seid …«, startet er nun seinerseits mit der Gegenfrage.

»Ich schätze, wir sind auch Freunde«, antworte ich ihm lächelnd. »Wir kennen uns von früher. Damals war unser Verhältnis … sehr angespannt. Ich habe das Gefühl, jetzt einem völlig anderen Zac gegenüberzustehen. Bisher hatte ich viele Vorurteile ihm gegenüber, aber …«

»Aber er ist doch ein guter Kerl, stimmt's?«

Ich nicke. Es fühlt sich gut an, mit Danny zu reden. Er ist freundlich und wirklich interessiert. »Das ist er«, pflichte ich ihm bei.

»Hör mal, Mira«, wird er mit einem Mal ernster. Seine nächsten Worte müssen ihm wichtig sein, das sehe ich ihm deutlich an. Also drehe ich mich noch ein Stück weiter zu ihm, gebe ihm das Gefühl, wirklich zuzuhören. »Zac hatte es nicht immer leicht, selbst wenn das auf dich bisher anders gewirkt hat«, sagt er eindringlich. »Aber Zac ist einer jener Menschen, die sich wirklich geändert haben. Er ist ein kluger und guter Junge, der seine Mutter über alles liebt, denn das kann er.« Eine kurze Pause folgt, in der ich mich frage, was er damit meint, dann spricht er weiter: »Zac kann lieben. Und wenn er es tut, dann aus vollem Herzen.«

Wieder breitet sich eine Gänsehaut über meinem Körper aus. Er scheint Zac wirklich gut zu kennen und ein ähnliches Bild von ihm zu haben wie ich. Zac gehört zu den Menschen, die man wirklich kennenlernen muss, um hinter ihre Fassade blicken zu können, und ich habe das Gefühl, dass mir das Stück für Stück etwas besser gelingt. Mit jedem Treffen offenbart sich mir eine neue Seite an ihm.

»Das glaube ich auch, Danny«, sage ich schließlich vorsichtig.

»Was glaubst du auch?«, höre ich plötzlich Zacs Stimme hinter mir und fahre erschrocken zusammen.

Ich komme nicht dazu, ihm zu antworten, weil Danny sofort aufspringt und auf Zac zugeht. »Wie geht es ihr, Junge?«

»So weit ist alles wieder gut«, beruhigt Zac Danny und legt ihm eine Hand auf die Schulter. »Mom wollte einen Kuchen für euch beide vorbereiten und hat anstelle des Zuckers Salz genommen. Das hat sie etwas zurückgeworfen.« Mehr erklärt Zac nicht, doch Danny scheint die Bedeutung hinter seinen Worten auch so zu verstehen und dreht sich mir zu.

»Oh, verdammter Mist«, sagt er nur.

Zac nickt, dann wird seine Stimme weicher. »Ich habe sie beruhigt und Mom würde sich freuen, wenn du morgen noch einmal vorbeikommst.«

»Sehr gern.« Erleichtert blickt Danny ihn an. »Dann bringe ich wohl lieber einen Kuchen mit?«

Zac lächelt ihm aufmunternd zu. »Mom würde sich bestimmt freuen. Sie erwartet dich um die gleiche Zeit, die ihr für heute vereinbart habt.«

»Ist gut. Ich danke dir, mein Junge«, meint Danny, dann wendet er sich mir zu. »Es hat mich gefreut, dich kennenzulernen, Mira.«

»Gleichfalls, Danny«, erwidere ich.

Die beiden verabschieden sich voneinander, dann stehen Zac und ich allein im Wohnzimmer. Er sieht mir an, wie viele Fragen ich habe, das steht ihm deutlich ins Gesicht geschrieben. Doch ich werde ihn zu nichts drängen.

Kurz scheint er über etwas nachzudenken, dann kommt er auf mich zu und greift nach meiner Hand. »Mom geht es besser«, sagt er, während er mit seinem Daumen sanfte Kreise über meinen Handrücken zieht. »Sie wird jetzt etwas schlafen.«

Ich nicke, obwohl ich mich noch immer frage, wie viel mehr hinter seinen Worten und den Geschehnissen von eben steckt.

»Hast du Lust auf einen kleinen Ausflug?«

»Wohin denn?« Fragend, aber neugierig zugleich sehe ich Zac an.

»Ich würde dir gern meinen Lieblingsplatz zeigen.« Bei der Euphorie in seinen Augen kann ich gar nicht anders, als aufgeregt zu nicken.

»Dann mal los.«

Hand in Hand verlassen wir das Haus und lassen uns erst wieder los, als wir vor seiner Maschine stehen und uns die Helme aufsetzen.

Zac

Mira sitzt auf der Maschine hinter mir, die Arme um meine Taille geschlungen. An das Gefühl von ihr an meinem Rücken könnte ich mich gewöhnen. Zwar fahre ich mit ihr hinter mir langsamer als sonst, doch das stört mich seltsamerweise gar nicht. Viel wichtiger ist mir, dass ich sie bei mir habe. Und obwohl es mir Angst einjagt, wie schnell ich mich an sie als Teil meines Lebens gewöhnt habe, beschließe ich, das Gefühl einfach zu genießen. Jede Sekunde mit ihr auszukosten.

Mom geht es wieder besser. Nachdem sie den Kuchen versalzen hat, katapultierte sie dieser Fehler zurück in die Vergangenheit, doch zum Glück konnte ich für sie da sein und ihr helfen. Wie so oft, gelang es mir auch heute, sie ins Hier und Jetzt zurückzuholen. Obwohl ich sie schon mehrfach darauf angesprochen habe, dass ihr eine Therapie helfen könnte, habe ich mich heute dazu entschieden, es nicht schon wieder zu tun. Mom ist der Meinung, dass sie nicht krank ist und ihre Dämonen allein besiegen muss. Und ich habe gelernt, dass es sinnlos ist, ihr etwas anderes klarmachen zu wollen. Sie muss es selbst erkennen, nur so kann sich dauerhaft etwas ändern.

Doch nun lasse ich den Gedanken an sie gehen. Ich will Mira meinen Lieblingsort zeigen, meine Stelle, an die ich flüchte, wann immer mir alles zu viel wird. Sie ist die Erste, die ich an diesen besonderen Platz mitnehme. Die Erste, bei der ich das Bedürfnis habe, ihr diesen Teil von mir zu offenbaren. Also lenke ich meine Maschine sanft durch die Kurven, bis ich an der kleinen Abzweigung links abbiege. Es holpert, als wir über den unebenen Feldweg fahren, an dessen Ende sich unser Ziel befindet. Mira klammert sich noch intensiver an mir fest. Und ich genieße es. Verdammt, ich genieße ihre Nähe so sehr.

»Halt dich gut fest!«, rufe ich ihr nach hinten zu, den Kopf zur Seite gedreht. Ich fahre so langsam, dass sie mich verstehen kann. »Hier holpert es immer ein bisschen.«

»Was du nicht sagst.« Mira lacht und ich stimme mit ein, während ich mich wieder nach vorn drehe.

Wie immer parke ich die Maschine auf einem kleinen Schotterplatz am Rand des Feldweges. Mira und ich setzen unsere Helme ab. Diesmal steigt sie von selbst zuerst ab, ich tue es ihr nach und verstaue ihren Helm in der kleinen Box am hinteren Teil meiner Maschine, meinen eigenen hänge ich locker über den Lenker.

Ich drehe mich zu Mira, die einige Schritte von mir entfernt steht, die Arme in die Hüften gestemmt. »Bist du bereit?«, frage ich sie.

Mira wendet sich mir zu, ein süßes Lächeln auf den Lippen. »Das bin ich.«

Nebeneinander laufen wir den Feldweg entlang, während es um uns immer dunkler wird und der Abend anbricht. Eine Weile schweigen wir, doch es ist keine unangenehme Stille, die zwischen uns herrscht. Vielmehr habe ich das Gefühl, dass wir jeweils unseren eigenen Gedanken nachhängen, sie ordnen, um den Kopf für das freizubekommen, was gleich folgt.

»Also, wohin gehen wir?«, fragt Mira mich schließlich. Und ich kann ihre Neugier regelrecht spüren, aber ein bisschen muss sie sich noch gedulden.

Schelmisch grinse ich sie von der Seite an. »Das wirst du gleich sehen.«

Mira macht große Augen. »Du könntest mich sonst wohin bringen«, empört sie sich gespielt. »Vielleicht bist du ja ein Werwolf wie Scott und willst mich …«

»Du schaust *Teen Wolf*?«, frage ich sie begeistert, und Mira nickt, also spreche ich weiter. »Ich liebe diese Serie. Aktuell bin ich in Staffel …«

»… zwei«, vollendet sie meinen Satz.

»Woher weißt du, wie weit ich bin?« Schockiert sehe ich sie an.

»Eine meiner Lieblingsfolgen lief, als ich vorhin zu dir gekommen bin.«

»So ist das also«, sage ich schmunzelnd. »Mein TV scheint spannender zu sein als ich.«

»Wenn *Teen Wolf* läuft, ist der TV *immer* spannender als alles andere.«

»Leider muss ich dir recht geben.«

Prustend laufen wir nebeneinanderher. Irgendwann taucht das kleine Waldstück links von uns auf. »Hier entlang.« Mit meiner Hand weise ich Mira den Weg zwischen den Bäumen hindurch. »Wir sind gleich da.«

Während wir durch den kleinen Forst laufen, zieht Mira den Reißverschluss ihrer Jacke wieder zu. Während des Spazierens eben hatte sie ihn geöffnet. Auch mich überkommt eine Gänsehaut, jedes Mal, wenn ich hier entlanglaufe. Es ist kühl, doch mich stört es nicht mehr. Ich weiß, was mich auf der anderen Seite erwartet. Mit meinem Handy leuchte ich uns den Weg.

Wenig später treten wir aus dem kleinen Waldstück heraus und betrachten das Gebäude, das nun vor uns liegt. Wie ein Golfball hebt sich die weiße Kuppel vor uns direkt aus dem Boden, leuchtet beinahe im Dunkeln. Sofort breitet sich ein Lächeln auf meinem Gesicht aus und ich greife wie von selbst nach Miras Hand.

Mit geweiteten Augen steht sie neben mir. Sie scheint gar nicht zu bemerken, dass ihre Hand in meiner liegt. Kein Wunder: Bei dieser Aussicht erscheint alles andere nebensächlich.

»Ist das …?« Fragend dreht sie sich zu mir. Sie strahlt, ihre Augen leuchten.

Ich nicke. »Das ist eine Sternwarte.« Mein Blick ruht auf unseren ineinander verschlungenen Händen, dann lasse ich ihn wieder nach oben gleiten, um Mira in die Augen zu sehen.

In ihrem Blick liegt eine unglaubliche Wärme. Nun dreht sie sich nach vorn, scheint in einer Erinnerung zu versinken, wie mir ihre nächsten Worte zeigen. »Finn ist oft in der großen Sternwarte, meistens mit seinem Astronomie-Kurs. Er hat Jase und mich einige Male mitgenommen, doch hier waren wir bisher nie.«

»Das wundert mich nicht«, erkläre ich ihr. »Nur die wenigsten wissen, dass diese alte Sternwarte überhaupt noch existiert. Deshalb bin ich so gern hier. Meistens bin ich mutterseelenallein, und genau das ist es, was ich oft brauche. Zeit für mich. Einen echten Rückzugsort.«

Es fühlt sich mittlerweile beinahe normal an, mich Mira so sehr zu öffnen, wie ich es sonst bei keinem anderen Menschen tue. »Die Sterne haben einfach eine beruhigende Wirkung auf mich. Am liebsten komme ich her, wenn es sonst keiner tut, um einfach mal …«

»Abzuschalten?«, fragt Mira mich.

Ich nicke. »Genau.«

Und in diesem Moment, mit dieser unglaublichen Frau an meiner Seite, sehe ich meine innere Mauer vor mir. Ich beobachte, wie Stück für Stück die Steine aus ihr fallen und auf dem Boden zerbrechen. In Miras Augen erkenne ich alles, was ich sehen muss, um zu wissen, dass sie es wert ist, sie einzulassen.

Sie ist jeden Stein wert, der sich aus der Mauer löst.

Sie verdient meine Ehrlichkeit, dass ich mich ihr komplett öffne.

Und überrascht stelle ich fest, dass mir der Gedanke daran keine Angst mehr macht. Nicht jetzt. Nicht an diesem Ort und mit ihrer Hand in meiner.

»Gehen wir rein«, sage ich schließlich glücklich und voller Vorfreude. »Bald wird es richtig dunkel.«

KAPITEL 12

Leben im Hier und Jetzt

Mira

»Ich hatte eine schöne Kindheit«, erzählt Zac mir. Nebeneinander sitzen wir auf zwei Sesseln in der Sternwarte und schauen durch das Dachfenster in den Himmel über uns, der immer dunkler wird – mit jeder Minute, die vergeht. Eben hat er mir erklärt, dass man an das große Teleskop nur unter Aufsicht darf, doch der Himmel ist heute so klar, dass wir auch durch das Dachfenster eine tolle Sicht auf den Nachthimmel haben. Zac hat die Kuppel aufgekurbelt, damit wir in den Himmel schauen können. Ich liebe Starfall dafür, dass die Menschen hier einander vertrauen. Diese kleine Sternwarte, so hat Zac es mir erzählt, steht den Besuchern immer offen, lediglich die teuren und wertvollen Gerätschaften werden verschlossen, sobald keine Aufsichtspersonen mehr vor Ort sind.

Über sein plötzliches Bedürfnis, sich mir zu öffnen, war ich zunächst verwundert. Bisher ist Zac zwar immer nett zu mir gewesen, dennoch aber eher verschlossen. Scheinbar hat unser Besuch im Haus seiner Mutter etwas in ihm verändert, neben unseren Fragen von neulich. Was auch immer es sein mag, das ihn jetzt dazu bringt, mit mir zu sprechen – ich bin dankbar dafür.

»Meine Eltern waren ein verdammt kitschiges Pärchen«, erklärt er weiter, ein entrücktes Lächeln im Gesicht. »Ständig hielten sie Händchen und küssten sich, wann immer sich die Gelegenheit dazu ergab. Mich hat das in den ersten Jahren tierisch genervt, vor allem, wenn es vor meinen Freunden geschah. Kannst du dir bestimmt vorstellen.«

Bei dem Gedanken an den kleinen Zac, der seinen Eltern beim Knutschen zusieht, muss auch ich grinsen. Dennoch lasse ich ihn weitersprechen, ohne etwas zu erwidern.

»Alles war toll. Ich hatte Freunde, wir waren glücklich. Natürlich krieselte es immer mal, die beiden stritten sich auch oftmals, aber generell war alles gut.« Plötzlich verfinstert sich seine Miene. Mit seinen Gedanken ist er mit einem Mal genauso weit weg, wie die Sterne von uns entfernt sind. »Irgendwann hat mein Dad einen neuen Job angenommen. Vorher arbeitete er als Maler, freiberuflich. Er liebte seinen Beruf, das wussten wir alle. Durch einen Kunden, dessen Firma er renovierte, wurde ihm ein anderer, aus seiner Sicht besserer Job angeboten. Er wurde der Abteilungsleiter einer Vertriebsfirma.« Zac lacht auf, nicht freudig, sondern sarkastisch. »Natürlich nahm er den Job an. Die Bezahlung war um Welten besser und obwohl es uns an nichts mangelte, waren meine Eltern alles andere als wohlhabend.«

»Was hat deine Mom damals beruflich gemacht?«, entscheide ich mich nun doch dazu, eine Frage einzuwerfen.

Für einen kurzen Moment kehrt das Lächeln auf sein Gesicht zurück. »Sie war Aushilfskraft in einer großen Küche. Schon immer hat sie gern gekocht und gebacken, doch eine Ausbildung zur Köchin konnte sie sich nie verwirklichen und so …«

»… war sie zumindest mit in der Küche. An dem Ort, an dem sie sich wohlfühlt«, beende ich seinen Satz und nicke lächelnd.

»Genau«, bestätigt Zac meinen mit ihm geteilten Gedanken. »Mein

Dad nahm den Job also an. Anfangs lief alles gut, doch nach dem ersten Jahr spürten wir, wie er sich dadurch veränderte.«

»Inwiefern?«, frage ich vorsichtig. Die Art, wie seine Stimme sich senkt, und sein Blick zeigen mir deutlich, dass gleich der unangenehme und entscheidende Part seiner Erzählung kommt.

»Zu Beginn kam er immer total fertig von der Arbeit. Er war es bisher gewohnt, sich seine Arbeitszeiten selbst einzuteilen. Nun hatte er einen vollen Terminplaner und haufenweise Aufgaben. Er kam zwar gut zurecht, doch ihm war deutlich anzumerken, dass er extrem gestresst war.« Zac atmet einmal tief durch, bevor er weiterspricht. »Wenn er am Abend nach Hause kam, waren seine Nerven zum Zerreißen gespannt, er war absolut überreizt. Er war extrem schnell genervt, auch von Kleinigkeiten, über die er sonst hinweggesehen oder sogar gelacht hätte. Keine einfache Zeit für uns als Familie.«

Verständnisvoll nicke ich. »Glaub mir, gestresste Eltern kenne ich zu gut«, werfe ich ein. Mir ist wichtig, dass Zac sich verstanden fühlt. Doch was er mir als Nächstes eröffnet, lässt mich diesen Gedanken wieder verwerfen. Es zeigt mir nur, dass ich unsere Familien nicht im Geringsten miteinander vergleichen kann.

»Seine Wut über den neuen Job schien mit jedem Tag größer zu werden. Irgendwann konnte er sie nicht mehr gezielt auf das richten, was der Auslöser für seinen Frust gewesen war. Er brachte all die angestaute Wut von der Arbeit abends mit heim.« Seine Stimme bricht, instinktiv greife ich nach seiner Hand. Fast rechne ich damit, dass er seine wegzieht, doch das tut er nicht. Stattdessen umschlingt er meine Hand mit seiner und scheint sich dadurch etwas zu beruhigen. Als würde er sich an mir festhalten, um sich nicht zu verlieren. »Mira, er hat all die Wut mit sich gebracht und sie schließlich an uns ausgelassen.«

Schockiert ziehe ich die Luft ein. »Oh mein Gott, Zac, das … das ist unfassbar und es tut mir unglaublich leid.« Seinen kurzen Moment des Schweigens nutze ich, um ihm die Frage zu stellen, die mir auf der Zunge liegt, auch wenn ich mich schon jetzt vor seiner Antwort fürchte. Ich drehe mich noch ein Stück weiter zu ihm, das eine Bein ausgestreckt, das andere auf dem Sessel angezogen. »Hat er euch wehgetan?«, frage ich ihn schließlich so behutsam wie möglich.

Zu meiner Erleichterung schüttelt Zac den Kopf. »Er hat uns nie geschlagen, falls du das meinst, nicht ein einziges Mal«, stellt er klar und sieht mir dabei tief in die Augen. »Es gab für ihn andere Wege, uns zu verletzen. Schmerz muss nicht immer körperlich sein.« Er lässt seinen Blick wieder nach oben zur geöffneten Kuppel und in die Ferne wandern, als fiele es ihm leichter, die schlimmen Dinge auszusprechen, wenn er mich dabei nicht ansehen muss. Das ist okay für mich. Solange er mir diese Dinge überhaupt anvertraut, bin ich dankbar dafür. Das *Wie* spielt dabei keine Rolle.

»Es gab gute und schlechte Tage. An den guten ließ er seiner Wut freien Lauf, indem er sich einfach über Kleinigkeiten aufregte. Manchmal hob er kurz die Stimme, fuhr Mom oder mich grob an und beruhigte sich dann wieder.«

»Und an den schlechten Tagen?«

Zac dreht sich wieder zu mir, meidet aber meinen Blick, meine Hand liegt noch immer in seiner. »An schlechten Tagen schrie er so laut, dass es die ganze Straße mitbekommen haben muss. Es fielen Beleidigungen, schlimme Ausdrücke. Alles, von dem er wusste, dass es uns tief verletzt, schrie er uns entgegen. Besonders meine Mom litt darunter unglaublich. Sie hat meinen Dad geliebt, das tut sie wahrscheinlich heute noch. Aber sein Verhalten hat sie gebrochen, ihre Seele zu sehr verletzt, ihre Träume zerplatzen lassen.«

»Du hast auch gelitten«, stelle ich fest. Es ist keine Frage, ich weiß es einfach, kann es ihm anhören. »Wie alt warst du, als es begann?«

»Etwa neun«, antwortet er. »Kurz darauf kam ich in Jase Klasse.«

»In Jasons Klasse.« Wieder eine Feststellung, etwas, das uns beiden klar ist. Und so langsam ahne ich, was Zac zu seinen Ausbrüchen in der Jugend gebracht hat. Kein Kind sollte unter den eigenen Eltern leiden müssen oder davon gar gebrochen werden.

»Richtig«, presst Zac hervor, scheint kurz seine Gedanken zu ordnen, dann sieht er mir zum ersten Mal seit Minuten wieder in die Augen. »Mein Dad trichterte mir immer wieder ein, wie schwach ich doch sei. Dass ich mich wehren, meinen Platz in der Welt behaupten müsse.« Tränen schimmern in seinen Augen. Am liebsten würde ich ihn in den Arm nehmen, doch ich halte mich zurück, lasse ihn aussprechen. »Er war nur stolz auf mich, wenn ich die Wut, die auch er in sich fühlte, nach außen trug. Er war mein Vorbild. Ich sah zu ihm auf und wollte einfach nur, dass er stolz auf mich ist. Verstehst du?«

»Also hast du um dich geschlagen.« Ich erwidere seinen intensiven Blick. »Er hat dir beigebracht, dass du dich nur mit Fäusten wehren kannst.«

»Mein Dad hat es nie von mir verlangt, wie gesagt, er ist uns gegenüber nicht handgreiflich geworden«, sagt er ehrlich. »Aber ich wusste einfach, dass es das war, was er von mir wollte. Ich konnte es in seinen Augen sehen, wann immer Mom ihm erzählte, dass sie mich wieder wegen einer Prügelei aus der Schule holen musste. Und ich las es in seinen Worten, wenn wir darüber sprachen.«

»Wie kann aus einem liebenden Vater so ein Mensch werden?«

»Druck verändert die Menschen«, antwortet Zac, und erst jetzt merke ich, dass ich meine Frage laut ausgesprochen habe. »Und den hatte er zur Genüge auf der Arbeit. Nur wusste er nicht, wie er damit umgehen soll.« Wieder starrt Zac in die Ferne. »Manchmal glaube ich, dass er selbst gern auf jemanden eingeprügelt hätte. Er hat es nicht getan, also dachte er, es sei besser, mich zu einem *starken* Mann zu erziehen. In seinen Augen war er schwach, selbst wenn er für uns immer der Starke war. Da durfte doch sein Sohn nicht auch schwach sein.«

»Ich finde es bemerkenswert, wie du darüber denkst«, sage ich ehrlich. »Du nimmst ihn nicht in Schutz, aber du hinterfragst sein Verhalten.«

Zac nickt, dann wendet er sich wieder mir zu. Eine Träne bahnt sich ihren Weg seine Wange hinunter. »Als ich klein war, habe ich es nicht verstanden.« Seine Stimme bricht, er schluckt hart. »Es war die Hölle, Mira. All die Streitereien, die Beleidigungen. Ich habe nur darauf gewartet, dass es erneut knallt, wann immer er nach Hause kam.«

»Hey«, sage ich mitfühlend und lege meine Hand auf sein Knie. »Brauchst du eine Pause? Wir können …«

Zac unterbricht mich, indem er den Kopf schüttelt. »Es ist okay.« Er atmet einmal tief durch, wirkt nun wieder gefasster. »Es tut gut, darüber zu reden. Nach all den Jahren.«

Mit meinem Daumen streiche ich über sein Knie, meine andere Hand hält er weiterhin fest und ich hoffe, dass ihm diese Berührung vielleicht Kraft gibt. »Was ist dann passiert?«, frage ich ihn schließlich.

»Einige Jahre später wartete ich einmal vor der Schule auf ihn. Er sollte mich abholen, doch er kam nicht. Ich muss etwa vierzehn oder fünfzehn gewesen sein«, antwortet er. »Als Danny vor mir stand, wusste ich, dass etwas nicht stimmen konnte.«

»Euer Nachbar hat dich abgeholt?«, frage ich unsicher nach.

Zac nickt. »Mom hat ihn geschickt, damit er mich erst einmal mit zu sich nimmt. Sie und Dad …« Zac macht eine kurze Pause, dann höre ich wieder sein tiefes Einatmen. »An diesem Tag hat sie erfahren, dass er sie betrogen hat.«

»Scheiße«, entfährt es mir. »Was für ein …«, setze ich zu sprechen an, doch unterbreche mich selbst. So kann ich vor Zac nicht über seinen Vater reden.

»Arschloch, du kannst es ruhig sagen«, nimmt er kein Blatt vor den Mund.

»Ich wollte nicht …«

»Es ist okay, Mira«, sagt Zac bestimmt. »Eine passendere Bezeichnung fällt mir auch nicht ein. Ich habe so lange versucht, ihn zu verstehen. Habe an das geglaubt, was er mich glauben ließ. Verdammt noch mal, ich habe mich sogar geprügelt, obwohl ich mich dabei beschissen fühlte, und das alles nur …«

»… damit er stolz auf dich ist.«

Wieder nickt Zac. »Mehr wollte ich nicht.«

»Er hat euch also einfach sitzen lassen. Ist er zu dieser Frau gezogen?«, frage ich so behutsam wie möglich. Ich kann dennoch nicht verhindern, dass meine Wut in meiner Stimme mitklingt.

Wie kann ein Mensch so etwas tun? Seinem eigenen Sohn antun?, frage ich mich in Gedanken.

»Es wurde ihm, ich zitiere, *zu anstrengend mit uns*. Seine neue Flamme bekam ein Jobangebot in Italien. Ihre Familie lebt dort, musst du wissen, sie ist Italienerin. Mein Dad zögerte keine Sekunde und entschied, mit ihr zu gehen.«

»Er hat für sich den leichten Weg gewählt und euch damit im Stich gelassen.« Die Wut in mir wird mit jeder Sekunde größer, doch ein Blick in Zacs Augen reicht aus, um sie gegen unglaubliches Mitgefühl zu tauschen. »Deshalb hast du dich so oft geprügelt«, stelle ich fest. »Nicht, weil du es wolltest, sondern einzig und allein, weil du es dank ihm für den richtigen Weg hieltest.«

»Es ist keine Entschuldigung für das, was ich getan habe.« Er richtet den Blick auf seinen Schoß. Es ist ihm sichtlich unangenehm, wie er sich früher verhalten hat.

»Nein«, gebe ich ihm recht. »Aber es ist nicht *dein* Fehler, Zac. Du warst ein Kind. *Seine* Werte wurden dir mitgegeben, nach ihnen hast du gehandelt. Es waren *seine* Einstellungen, die du verkörpert und vor allem verinnerlicht hast.« Ich löse meine Hand aus seiner, lege beide Hände an seine Wangen. Sanft hebe ich seinen Kopf an. Noch immer erkenne ich Tränen in seinen Augen. »Es ist *nicht* deine Schuld, Zac, war es nie«, versuche ich, es ihm klarzumachen.

»Doch, Mira. Ich …«

»Nein!«, sage ich selbstsicher. Es ist wichtig, dass er mir glaubt. »Hör auf damit, dir das einzureden.«

»Meine Mom ist krank, Mira«, spricht er das aus, was ich bisher nur vermutet habe. »Seit er gegangen ist, verfolgen sie ihre eigenen Dämonen. Sie hat eine schwere Depression. Hätte ich mich damals nur gegen Dad aufgelehnt …«

»Niemand hätte das in deiner Situation gekonnt!«, sage ich und umfasse sein Gesicht noch etwas fester. »Ein Erwachsener vielleicht, aber kein Kind. Verdammt, Zac, du warst noch ein Junge!«

»Sie ist krank, Mira«, wiederholt Zac. Eine zweite Träne löst sich aus seinem Auge. »Scheiße, ich habe keine Ahnung, was ich tun soll.«

Nun ist jede Distanz zwischen uns eine zu viel. Ich nehme meine Hände von seinem Gesicht, klettere aus einem Impuls heraus auf seinen Schoß und lege meine Arme um seine Taille. Ich umschließe ihn – mit meinen Armen, meinen Beinen, mit allem, was ich habe. Mein Kopf liegt an seiner Brust, direkt über seinem Herzen. Nach einigen Sekunden legen sich Zacs Arme ebenfalls um mich. Er hält mich ganz fest und ich halte ihn, als könne er jeden Moment verschwinden, sich in Luft auflösen. Als würde nur ich ihn im Jetzt halten.

Und während wir einander umarmen, löst sich auch der letzte Stein aus der Mauer, die er sich in der Vergangenheit errichtet haben muss. Ich kann beinahe spüren, wie sie in sich zusammenstürzt, wie er loslässt, wie er *zu*lässt. Sein Kopf legt sich auf meinen, seine Arme halten mich fest umschlungen. Ich weiß nicht, wie lange wir so dasitzen und uns an diesem wundervollen Ort aneinander festhalten. Um uns herum ist es mittlerweile stockdunkel geworden, die Sterne stehen über uns am Himmel und hüllen unsere ineinander verschlungenen Körper in einen leichten Schimmer, der durch die geöffnete Kuppel fällt. Ich habe jegliches Zeitgefühl verloren, lebe und atme einfach mitten im Moment.

Im Hier und Jetzt.

In seinen Armen.

Im Einklang mit seinem Herzen.

Zac

»Sag mal«, murmelt Mira irgendwann an meiner Brust. »Hast du nächsten Samstag schon was vor?«

Dankbar für die unverfängliche Frage nach unserem intensiven Gespräch löse ich mich sanft von ihr. Mittlerweile sind die Tränen auf meinem Gesicht getrocknet und seltsamerweise war es mir nicht unangenehm, vor ihr zu weinen. Es tat sogar gut, all den angestauten Tränen freien Lauf zu lassen und über alles mit jemandem zu sprechen. »Nein«, antworte ich ihr schließlich. »Weshalb fragst du?«

»Ich würde dich gern um etwas bitten.« Aus großen Augen sieht sie mich an, in ihrem Blick liegt Unsicherheit. »Meine Eltern haben mich zu einem Essen eingeladen.«

»Was für ein Essen?«, frage ich interessiert nach.

»Sie haben die Familie von einem Freund meines Dads zu sich eingeladen. Er leitet ebenfalls eine eigene Kanzlei, genau wie meine Eltern. Und ...«

»Und?«, frage ich lächelnd, weil Mira die Röte ins Gesicht steigt und das unglaublich süß aussieht. Das kann ich sogar erkennen, obwohl es mittlerweile dunkel um uns geworden ist. Hin und wieder erlaubt mir das Sternfunkeln einen Blick in ihr unglaublich süßes Gesicht. Nun bin ich aber gespannt, was als Nächstes kommt.

»Und der Freund meines Dads hat einen Sohn in meinem Alter«, sagt sie nur, wahrscheinlich in der Hoffnung, dass ich mir den Rest selbst zusammenreimen kann. Und das kann ich sofort.

»Die beiden wollen dich verkuppeln«, äußere ich meine Vermutung. »Mit diesem Schnösel.«

Damit entlocke ich Mira ein Lachen. »So ist es«, sagt sie. »Selbst wenn meine Mom das nie zugeben würde.«

»Wie heißt er?«, frage ich sie grinsend. »Nein, warte. Lass mich raten.« Kurz überlege ich und nenne ihr den ersten Namen, der mir einfällt. »Brandon.«

»Brandon?«, fragt Mira prustend. »Wieso denn ausgerechnet Brandon?«

»Das war der schnöseligste Name, der mir spontan einfallen wollte.«

»Er heißt Luis«, antwortet sie schließlich auf meine Frage. »Und er studiert ebenfalls Jura. Seine Eltern sind genauso wohlhabend wie meine.«

»Ich entnehme deiner Stimme, dass du keine Lust auf dieses Essen hast.«

Mira nickt. »Ich habe keine Lust auf eine Stunde, in der ich mich absolut perfekt benehmen und gute Miene zum bösen Spiel machen muss.«

»Okay, und ich nehme an, jetzt komme ich ins Spiel?« Verschmitzt zwinkere ich ihr zu.

»Genau«, meint Mira nun schüchterner. »Ich dachte, wenn du mich vielleicht begleitest, könntest du ein Puffer zwischen meinen Eltern und mir sein. Außerdem könnte ich den beiden so gleich signalisieren, dass zwischen diesem Luis und mir nichts laufen wird. Weißt du, ich kenne ihn nicht und vielleicht ist der ganz nett. Dennoch will ich mit keinem Kerl etwas anfangen, den meine Eltern auf mich angesetzt haben. Und außerdem kommt Jase nicht mit, ich wäre also ganz allein und …«

»Mira!«, unterbreche ich sie lachend und greife nach ihren Händen. Mittlerweile mache ich das ganz automatisch, als wäre es das Selbstverständlichste der Welt. »Ich komme gern mit.«

»Wirklich?«, fragt sie erleichtert.

»Na klar.« Ich lege den Kopf schief. »Mit diesem Typen kann ich dich doch unmöglich alleine lassen, vor allem, wenn Jase nicht dabei ist.« Letzteres hat mich wirklich kurz verwundert. Wäre Jase dabei, dann … Ich will lieber gar nicht weiter drüber nachdenken.

»Danke!«, ruft sie begeistert und schlingt ihre Arme um mich.

»Keine Ursache. Aber eins solltest du wissen.«

Sie löst sich von mir und sieht mich erwartungsvoll an. Noch immer sitzt sie auf meinem Schoß, doch das scheint keinen von uns beiden zu stören.

»Ich bin gern dein Fake-Date, aber ich habe absolut keine Erfahrungen mit den Eltern meiner vergangenen Dates. Was vielleicht daran liegt, dass ich bisher noch keins hatte, aber …«

»Du hattest noch nie ein Date?«, fragt Mira erschrocken.

»Nope«, erwidere ich und zucke mit den Schultern. »Ich bin kein Typ für feste Sachen«, sage ich und frage mich noch im selben Moment, wieso sich diese Worte so falsch auf meinen Lippen anfühlen, obwohl sie doch bisher immer so gut zu mir gepasst haben. »Dates sind nicht mein Ding. Zumindest nicht solche Treffen, die man wirklich als Verabredung bezeichnen kann.«

Langsam haben sich meine Augen an die Dunkelheit gewöhnt und ich meine, kurz so etwas wie Enttäuschung in Miras Blick zu erkennen, die sie hinter einem vorgeschobenen Lächeln versteckt, das ich ihr nicht abnehme. Dafür wirkt es zu aufgesetzt.

»Du musst einfach nur du selbst sein«, erklärt sie dann.

»Das bekomme ich hin.« Plötzlich verwandelt sich meine Erheiterung in Sorge. »Sag mal, kennen deine Eltern mich? Ich meine …«

»Ich weiß, was du meinst.« Mira klingt ein wenig geknickt.

Natürlich kann sie sich denken, dass ich von Jase spreche. Von all den Malen, die ich gemein zu ihm war. All den Prügeleien, die ich angezettelt habe.

»Du brauchst dir keine Gedanken zu machen. Wenn du Pech hast, kennen die beiden maximal noch deinen Namen.«

»Haben sie nie nachgefragt?« Verwundert sehe ich sie an. »Wenn Jase nach Hause kam, hat er da nie etwas erzählt?«

»Jase war kein Kind, das andere verpetzt. Abgesehen davon waren die beiden meistens zu beschäftigt, um es zu bemerken. Und wenn doch, erfand er eben Ausreden.«

Bei dem Gedanken daran, dass ich ihn damals so sehr verletzt habe, läuft es mir eiskalt den Rücken herunter. Jetzt weiß ich, dass er mich trotz allem nicht verraten hat, das rechne ich ihm hoch an. Er hat es einfach auf sich sitzen lassen, was meine ohnehin schon riesigen Schuldgefühle ins Unermessliche steigert.

Mira scheint mir meinen Gedanken vom Gesicht ablesen zu können. »Du hast dich geändert, Zac. Du hast gelernt, deine Energie und deine Kraft in etwas Gutes zu stecken. Darauf kannst du stolz sein. Denk nur an all die Kinder, denen du hilfst.«

»Es tut mir leid, dass du deinen Bruder wegen mir belügen musst«, sage ich ehrlich, weil mich diese Sache einfach nicht loslässt. »Das solltest du nicht tun müssen.«

»Es war meine Entscheidung, es zu tun.« Ernst sieht Mira mich an.

»Es tut weh und ich fühle mich schrecklich deswegen, aber nicht, weil ich so gern mit dir zusammen bin.«

»Nicht?«, frage ich sie stutzig.

»Nein«, sagt Mira selbstsicher. »Ich fühle mich wohl bei dir. Unser Projekt wird toll, das weiß ich. Du bist ein guter Mensch, Zac, es ist nur …«

»Die einfache Tatsache, dass du nicht ehrlich zu ihm bist, schmerzt dich. Ich verstehe.«

Mira nickt, dann wechselt der besorgte Ausdruck auf ihrem Gesicht wieder zu einem zaghaften Lächeln. »Er wird es verstehen. Irgendwann.«

Ich erwidere ihr Lächeln, auch wenn ich ihren Worten nur wenig Glauben schenken kann. »Bestimmt«, sage ich nur, um ihr den Mut nicht zu nehmen.

Während wir später nebeneinander zurück zu meinem Motorrad laufen, hängen wir wieder unseren eigenen Gedanken nach. Obwohl ich heute so viel von mir preisgegeben habe, fühle ich mich gut. Ich vertraue dieser Frau. Sie löst Gefühle in mir aus, die ich seit Jahren zu verdrängen versuche oder so noch nie verspürt habe. Zumindest nicht so intensiv. Mira Summers verdreht mir den Kopf und ich frage mich, welchen Menschen sie in den letzten Wochen aus mir gemacht hat. Was ich jedoch ganz sicher weiß, ist, dass ich den Zac mag, der ich bin, wenn wir zusammen sind.

Ich liebe es, wie ich bei ihr sein kann.

KAPITEL 13
Wahrheiten

Mira

Neben Zac laufe ich über den Feldweg zurück zu der Stelle, an der wir seine Maschine geparkt haben. Wir schweigen, doch ich genieße jede Sekunde, die vergeht. Dass er sich mir heute anvertraut hat, macht mich so glücklich, dass sich ein dauerhaftes Lächeln auf meinem Gesicht ausgebreitet hat, das ich mir einfach nicht verkneifen kann. Dass er mich sogar zu diesem blöden Essen bei meinen Eltern begleiten wird, erfüllt mich mit Erleichterung und Glück. Ich liebe es, dass wir uns allein mit unseren Blicken so unendlich viel sagen können.

Ich liebe es einfach, Zeit mit ihm zu verbringen. Mit Zac fühle ich mich so frei wie seit Jahren nicht mehr. Zum ersten Mal in meinem Leben fühle ich mich bei einem Mann unendlich wohl. Bei Zac kann ich ganz ich selbst sein. Ich habe keine Angst davor, mich ihm zu öffnen, denn ich fühle mich angekommen. Dass er seine Mauer in meiner Gegenwart Stück für Stück zu Fall gebracht hat, macht mich stolz. Ja, auch er scheint mir zu vertrauen, erzählt mir immer mehr von sich. Und dennoch ist da dieses kleine Gefühl in mir, das unglaublich schmerzt und an mir nagt – der Gedanke daran, dass ich mein Glück mit meinem Bruder nicht teilen kann.

Sobald ich später die Haustür hinter mir zuwerfe, greife ich in meiner Hosentasche nach meinem Handy. Während der Rückfahrt nach Starfall habe ich eine Entscheidung getroffen. Ich fühle mich richtig wohl mit Zac und halte es für falsch, meinen Bruder, meine zweite Hälfte, deswegen anzulügen. Ich erwarte keine Freudensprünge von ihm, von mir aus kann er mich auch fassungslos anschreien. Die Lüge schmerzt mich momentan mehr, als jede Reaktion von ihm es je könnte. Wir sind immer ehrlich zueinander gewesen und daran soll sich auch jetzt nichts ändern. Bevor ich doch noch den Mut verliere, schreibe ich Jase eine Nachricht über WhatsApp, in der ich ihn um ein Gespräch bitte. Freitags hat er immer sehr lange Uni und geht danach meistens mit seiner Band noch etwas trinken, doch seine Antwort kommt bereits wenige Minuten später.

Ich bin in einer halben Stunde zu Hause. Alles okay?

Schnell antworte ich ihm, dass es mir gut geht und ich nur über etwas mit ihm sprechen möchte. Ich ziehe gerade meine Schuhe aus, als mein anderer Mitbewohner und Enna aus Finns Zimmer gestolpert kommen, beide bereits in ihren Schlafsachen.

Wie viel Zeit ist denn schon vergangen? Wie spät ist es überhaupt? Mit Zac war ich wie in einer Blase. Sollten die beiden nicht noch auf ihrem Skiausflug sein?

»Mira!«, ruft Enna begeistert und kommt auf mich zu. Wir umarmen uns fest, bevor sie sich wieder von mir löst. »Wo kommst du denn her um diese Zeit?« Skeptisch mustert sie meine Frisur, die mittlerweile mit Sicherheit einem richtigen Vogelnest gleicht.

»Ich war boxen«, antworte ich knapp.

»Du hast *was* getan?«, fragt Enna entgeistert und sieht mich voller Verwunderung an.

»Sehr witzig, Mira«, meint Finn lachend. »Der war gut!«

»Wieso ist dieser Gedanke so abwegig?«, frage ich die beiden, obwohl mir die Antwort darauf selbst klar ist. Ich bin bekannt als der größte Sportmuffel überhaupt. »Okay, sagt einfach nichts mehr«, füge ich augenrollend hinzu. »Was macht ihr denn schon wieder hier? «

»Der Schneeausflug war toll, aber ich habe sehr schnell gemerkt, dass aus mir keine begeisterte Skifahrerin wird, also haben wir beschlossen, den Tag gemeinsam hier ausklingen zu lassen«, meint Enna und lehnt sich an Finn. »Du hattest also auch einen schönen Tag?«, fragt sie mich dann weiter. «Ich nicke und kann mir ein verträumtes Lächeln nicht verkneifen.

»Sie war boxen«, stellt Finn noch einmal fest und wirkt dabei total kritisch.

»Richtig«, bestätigt Enna ihm. »Und sie grinst.«

»Ebenfalls richtig.«

Finn und sie werfen sich einen bedeutungsvollen Blick zu, drehen sich dann gleichzeitig wieder zu mir um. »Du warst mit Zac unterwegs.«

»Woher …«, beginne ich, doch die beiden unterbrechen mich sofort.

»Du strahlst über das ganze Gesicht. Und ich erinnere mich an unser Telefonat«, meint Enna lachend.

»Und du hast das Sex-Lächeln drauf.« Finn wackelt mit seinen Augenbrauen.

»Das *was*?«, rufen Enna und ich entsetzt und wie aus einem Mund.

»Na, das Sex-Lächeln eben«, erklärt Finn uns, als müssten wir darüber Bescheid wissen. »Das setzt man immer dann auf, wenn man jemanden gefunden hat, mit dem man am liebsten …«

»Okay, Finn, das reicht!«, ruft Enna gespielt empört. Ich bin ihr dankbar dafür, dass sie ihn damit davon abhält, den Satz zu beenden.

Meine Miene wird wieder ernster, als ich beschließe, meine Freunde in meinen Plan einzuweihen. »Ich werde gleich mit Jase sprechen«, offenbare ich ihnen. »Er verdient die Wahrheit.«

»Scheiße«, entfährt es Finn, dann sieht er mich mitfühlend, dennoch zweifelnd zugleich an. »Meinst du, dass er schon so weit ist?«

»Ich nehme Zac mit zum Essen mit meinen Eltern nächsten Samstag«, erkläre ich ihm. »Er würde es spätestens von den beiden erfahren.«

»Ich finde es toll, dass du ehrlich sein willst, Mira«, stellt Finn klar. »Echt. Es ist nur … Er hat noch immer sehr daran zu knabbern. Vor allem deshalb, weil ihr zusätzlich diesen Stress mit euren Eltern habt.«

»Das weiß ich«, murmle ich. »Doch meine Lüge macht es nicht besser, ich …«

»Du magst ihn, so richtig«, stellt Enna fest und greift nach meiner Hand. »Du hast Gefühle für Zac. Deshalb willst du Jase davon erzählen.«

»Ich habe keine …«, setze ich zu einer Erwiderung an, doch noch im selben Moment realisiere ich, dass ich damit die nächste Lüge aufstellen würde. »Ich mag ihn, ja«, gebe ich also ehrlich zu. »Keine Ahnung, was das mit uns beiden ist, aber ich mag ihn.«

»Wenn das so ist, musst du es Jase sagen«, schlussfolgert nun auch Finn.

Enna nickt. »Du tust das Richtige.«

»Außerdem wäre ich dir sehr verbunden, wenn ich Jase nicht länger anlügen muss«, wirft Finn noch ein. »Ich mische mich nicht gern ein, das weißt du, aber er ist sicher nicht begeistert, wenn er erfährt, dass ich Bescheid wusste. Dass *wir* Bescheid wussten.« Er deutet zwischen Enna und sich hin und her.

Verständnisvoll nicke ich. »Ich setze der Lüge gleich ein Ende, versprochen.« Ich habe bisher gar nicht bedacht, dass Enna und Finn durch mein Handeln gezwungen sind, Jase ebenso anzulügen. *Oh Mann … Ich muss das wieder geradebiegen.*

Enna legt ihre Hand auf meine Schulter. »Brauchst du uns?«

Sofort schüttle ich den Kopf. »Das schaffe ich allein. Vielleicht wird es gar nicht so schlimm, wie ich denke.«

Die beiden werfen mir ein ermutigendes Lächeln zu, doch mir ist bewusst, dass wir alle drei genau wissen, dass die Situation alles andere als einfach werden wird. Ach, wem mache ich hier eigentlich etwas vor? Vermutlich wird sie vollkommen eskalieren. Aber es ist wie mit einem Pflaster: Es muss schnell ab, dann verebbt der Schmerz auch zügig.

Etwa eine halbe Stunde später sitze ich auf dem Sofa und spiele nervös mit meinen Händen. Enna und Finn haben sich noch mal umgezogen und sind in Ennas Wohnung gefahren, um uns den nötigen Freiraum für unser Gespräch zu geben, wofür ich den beiden sehr dankbar bin. Als die Tür endlich aufgeht, Jase im Flur auftaucht und sie mit einem lauten Knall wieder hinter sich zuwirft, sammle ich all meinen Mut.

»Schwesterherz?«, ruft er.

Ich räuspere mich. »Im Wohnzimmer!«

In wenigen Schritten ist er bei mir und lässt sich neben mich auf das Sofa fallen. »Wen muss ich verprügeln?«, fragt er mich todernst.

»Wie kommst du darauf, dass du jemanden verprügeln sollst?«

»Die letzten Male, als du mit mir *über etwas sprechen* wolltest, ging es entweder um unsere Eltern oder irgendeinen Typen, der Scheiße gebaut hat«, erklärt er, ein wissendes Lächeln auf den Lippen. »Wenn es um Mom und Dad ginge, hättest du mir nicht geschrieben, es sei dringend, weil …«

»Weil wir es schon gewohnt sind. Ich weiß, Jase, es geht auch nicht um die beiden.«

»Also doch um einen Typen«, schlussfolgert mein Bruder und betrachtet mich eingehend. »Du siehst traurig aus, irgendwie angespannt. Ich war noch was trinken mit den Jungs, habe mir nach deiner Nachricht aber Gedanken gemacht, also bin ich direkt aufgebrochen. Was ist passiert?«

Ich habe absolut keine Ahnung, wie ich dieses Gespräch beginnen soll, also sage ich einfach das Erste, was mir durch den Kopf geht. »Es gibt da jemanden, mit dem ich schon seit einigen Wochen viel Zeit verbringe.« Wie von selbst bewegen sich meine Mundwinkel nach oben. »Wir sind Freunde. Das denke ich zumindest. Er ist wirklich nett, obwohl ich das bisher nicht dachte. Ich hatte immer ein sehr schlechtes Bild von ihm, aber in der letzten Zeit habe ich Seiten an ihm kennengelernt, von denen ich vorher gar nicht wusste, dass sie existieren, und …«

»Luft holen, Mira!« Jase sieht mich lachend an. »Das ist doch schön«, sagt er dann, scheint aber zu spüren, dass etwas nicht stimmt. »Aber da ist noch mehr. Schieß los.«

Ich bringe nur ein Nicken zustande. Dann atme ich ein paarmal tief durch. »Es ist so …«, starte ich einen neuen Versuch und spüre, wie sich eine Gänsehaut auf meinem gesamten Körper ausbreitet. Es ist seltsam, Jase etwas zu erzählen, was mich so glücklich macht und von dem ich zugleich weiß, dass es ihn verletzen könnte. Unweigerlich verletzen wird. »Du kennst ihn«, bringe ich noch hervor.

»Woher?«, fragt Jase mich verwundert. »Moment«, sagt er dann spöttisch. »Du hast etwas mit einem aus der Band am Laufen?«, mutmaßt mein Bruder. »Druckst du deshalb so rum? Mira, das wäre kein Problem für mich, wirklich. Klar, es wäre vielleicht zu Beginn komisch für mich, aber es ist doch total egal, solange du glücklich bist, weil …«

»Es ist Zac!«, sage ich laut, schreie die Worte beinahe aus mir heraus, um ihn zu unterbrechen. Ich muss schlucken, richte meinen Blick auf die Küche hinter ihm, schaue überallhin, nur nicht meinem Bruder in die Augen.

»Zac?«, fragt Jase verwundert. Er scheint gar nicht erst daran zu denken, dass ich den Menschen meine, der diese unglaublich große Rolle in seinem Leben gespielt hat. Mein Bruder rechnet einfach nicht damit, dass ich ein Verhältnis zu dem Kerl aufbaue, der früher sein persönliches Monster war. »Ich kenne nur einen Typen mit diesem Namen, den kannst du aber nicht meinen, denn der …«, setzt er zu einer Vermutung an, dann gefriert seine Miene. »Scheiße.«

»Hör mir erst einmal zu, okay?«, bitte ich. »Ich verstehe, dass du enttäuscht bist. Am Anfang hatte ich wirklich keine Lust darauf, dieses Projekt mit ihm zu machen, aber mit der Zeit …«

»Welches Projekt?«, fragt Jase mich und verzieht dabei noch immer keine Miene. Sein Gesicht ist ausdruckslos, beinahe kalt. Ich fühle mich, als hätte jemand einen Eimer Eiswasser über mir ausgekippt.

»Das Projekt in der Uni, von dem ich dir zu Beginn des Semesters erzählt habe«, erkläre ich ihm. »Er ist mein Partner und ich habe mich nicht getraut, es dir eher zu sagen. Ich wollte nicht, dass du dir Sorgen um mich machst. Wir hatten keine Wahl, wurden einander zugeteilt und …«

»Du verschweigst mir diese Sache seit *Wochen*?«, fragt er entgeistert. Nun spiegelt sich deutlich ein Gefühl auf seinem Gesicht wider. Doch zu meiner Überraschung ist es nicht die von mir erwartete Wut über meine Lüge, sondern einfach nur Enttäuschung und Fassungslosigkeit.

»Ich weiß, was er dir angetan hat, Jase. Glaub mir, ich habe ihn dafür gehasst, ebenso sehr wie du. Ich stand so oft dabei und musste mit ansehen, wie er auf dich eingeprügelt hat. Wie unsere Eltern nicht gemerkt haben, dass ihr eigenes Kind Probleme hat. Wie sie die blauen Flecken nicht gesehen haben oder einfach nicht sehen wollten. Wie sie den Schein dieser Familie wahren wollten, der ihnen noch heute immer über alles geht«, erkläre ich mich. Es gibt so viel, was ich ihm sagen will. So unendlich viel. »Doch in der letzten Zeit habe ich ihn besser kennengelernt. Den Menschen, der er jetzt ist. Er hat viel durchgemacht, Jase, und …«

»*Er* hat viel durchgemacht?«, ruft Jase entrüstet und springt vom Sofa auf. Seine Stimme klingt bitter und mir läuft ein Schauer über den Rücken. »War ich derjenige, der auf ihn eingeschlagen hat, oder war es andersherum? Sag es mir, Mira!«, stellt er mir die Frage, deren Antwort uns beiden ohnehin klar ist. »Du meinst also, er hätte sich geändert?«

»Das hat er. Würdest du ihn so erleben, wie ich es tue …«

»Scheiße, Mira!«, empört sich Jase. »Dieser Typ legt die Frauen reihenweise flach. Im Club ist er der Kerl mit den ganzen Weibern, die nur so lasziv um ihn herumtanzen, um seine Aufmerksamkeit zu erhaschen, während es er auskostet, und du willst mir erzählen, dass er ein guter Mensch ist?«, fragt er mich entgeistert, als könne er nicht glauben, dass Zac sich seit damals auch nur ein Stück gewandelt hat. »Er war ein Arsch damals, ja«, meint er dann etwas leiser, aber nicht weniger aufgewühlt. »Aber er war ein Kind. Mir ist bewusst, dass Kinder Scheiße bauen. Ich hätte mich auch wehren können, doch das habe ich nicht getan. Doch *früher* ist auch nicht der entscheidende Punkt in dieser Sache. Das *Heute* schon!«

»Ich dachte zunächst ja selbst genau das Gleiche, Jase«, versuche ich, mich zu erklären. »Auch ich hätte nie geglaubt, dass er so anders sein kann. So …«

»So *was*?«, fährt Jase mich an, rauft sich die blonden Haare.

Bei meinen folgenden Worten steigen mir Tränen in die Augen. Tränen der Verzweiflung, weil ich so sehr versuche, ihm begreiflich zu machen, was ich fühle, und es mir einfach nicht gelingt. »So ein guter Mensch«, sage ich also das, was mir als Erstes in den Sinn kommt, wenn ich an Zac denke. An all das, was er erlebt hat, und an den Kerl, der er trotz all der Rückschläge in seinem Leben geworden ist. »Du weißt nicht, wie er aufgewachsen ist, Jase. Du hast nicht gesehen, wie er sich geändert hat«, starte ich einen neuen Versuch, Zac vor meinem Bruder zu rechtfertigen. »Du hast keine Ahnung, wie es in ihm aussieht, gegen welche Dämonen er noch heute kämpft.«

»Du hast recht!«, ruft Jase aufgebracht. »Und weißt du, was? Es interessiert mich auch nicht im Geringsten!«

Mit diesen Worten dreht er sich von mir weg und läuft in den Flur. Dort greift er in Sekundenschnelle nach seiner Jacke, zieht seine Schuhe wieder an, ohne ein weiteres Wort zu verlieren.

»Jase, lass uns weiter miteinander sprechen«, versuche ich, seine Flucht aufzuhalten. »Es tut mir leid, dass ich ihn mag. Glaub mir, ich habe versucht, es nicht zu tun. Aber …«

»Du glaubst noch immer, das sei das Problem?«, fragt er mich, während ich auf ihn zulaufe. »Dass du diesen Typen magst, ist verrückt, aber darum geht es hier doch nicht!«

»Worum dann?«, frage ich verwundert. Ich dachte, nichts könnte meinen Bruder schlimmer verletzen als die Tatsache, dass ich Gefühle für seinen größten Feind habe. Welche Art von Gefühlen das auch immer sein mag.

»Du hast mich angelogen«, sagt Jase. Nun schreit er nicht mehr, stattdessen kann ich in jedem seiner ruhigen Worte hören, wie unglaublich verletzt er ist. »Meine Schwester hat mir über Wochen etwas verschwiegen, mich in vollem Bewusstsein belogen. Der Mensch, dem ich am nächsten stehe, hat mich enttäuscht«, klärt er mich auf. »Dieser Vertrauensbruch verletzt mich mehr als alles andere.«

»Jase, es tut mir leid. Ich hätte es dir sagen müssen, ich …«

»Hast du aber nicht getan«, beendet er nun endgültig das Gespräch. Innerhalb von drei Sekunden hat er die Wohnungstür aufgezogen, den

Flur betreten und sie mit einem lauten Knall wieder hinter sich zugezogen.

Nun strömen all die angestauten Tränen haltlos meine Wange hinunter. Vielleicht weine ich auch schon länger, keine Ahnung, ich bin wie betäubt. Verzweifelt schlinge ich meine Arme um mich, beginne zu zittern. Noch nie haben Jase und ich uns so schlimm gestritten. Es hieß schon immer: *Wir gegen unsere Eltern, gegen die Kanzlei und all die Menschen, die uns nichts Gutes wollen.*

Jase und Mira gegen den Rest der Welt.

Eine unglaubliche Angst breitet sich ganz plötzlich in mir aus. Angst davor, meinen Bruder von mir gestoßen zu haben, obwohl ich tief in mir weiß, dass unser Band nichts durchtrennen kann. Der Knall der Haustür schmerzte nicht nur in meinen Ohren, sondern auch in meinem Herzen. Er klingt nach. Und das tut umso mehr weh.

Weinend laufe ich in mein Zimmer und suche verzweifelt nach meinem Handy, das ich irgendwo abgelegt haben muss. Schließlich finde ich es auf meinem Bett, greife danach und wähle die erste Nummer, die mir in den Sinn kommt – die meiner besten Freundin.

Nach wenigen Sekunden hebt Enna ab. »Mira?«

»Enna«, bringe ich unter Schluchzern hervor, kann kaum sprechen, weil ich noch immer am ganzen Leib zittere. »Er ist weg. Einfach gegangen.« Wieder entfährt mir ein Schluchzen. »Ich weiß nicht, was ich machen soll.«

»Wir kommen zurück«, beschließt Enna. Kurz spricht sie mit jemandem, ich höre ihre Stimme währenddessen nur noch gedämpft durch das Handy, dann ist sie wieder bei mir. »Finn und ich sind in zehn Minuten bei dir.«

»Danke«, murmle ich nur, bevor Enna das Gespräch beendet. Ich bin so dankbar für ihre Unterstützung, denn es ist schon so spät und dennoch kommen sie für mich zurück.

Exakt zehn Minuten später öffnet sich die Haustür. Ich liege auf meinem Bett und höre Enna und Finn, die leise miteinander sprechen. Die Tür zu meinem Zimmer öffnet sich und das Nächste, was ich spüre, ist Enna an meinem Rücken, die mich mit ihren Armen umschlingt. »Ich bin hier, Mira«, murmelt sie in mein Ohr, vergräbt ihren Kopf in meinen Haaren. »Beruhige dich erst mal«, flüstert sie. »Und dann erzählst du mir, was passiert ist.«

Und das tue ich. Eine halbe Stunde brauche ich, um mich zumindest insoweit zu beruhigen, dass ich wieder klare Sätze formulieren kann. Also erzähle ich meiner besten Freundin, wie das Gespräch mit Jase gelaufen ist. Ich lasse alles los, was in mir ist, alle Gefühle, Zweifel und Ängste, und Enna versucht, mir jede einzelne davon zu nehmen.

»Jase liebt dich«, sagt sie, während sie mir weiterhin sanft über den Rücken streichelt. Ihr Blick ist eindringlich.»Du bist das Wichtigste für ihn und er wird dir vergeben. Gib ihm Zeit, das alles zu verdauen.«

Ich nicke unsicher, versuche aber, ihren Worten Glauben zu schenken. »Wo ist Finn?«, frage ich dann schniefend.

Enna reicht mir das mittlerweile schon fünfte Taschentuch aus der Box, die zwischen uns steht. Wir sitzen uns inzwischen auf meinem Bett gegenüber, beide im Schneidersitz. »Er sucht Jase, um mit ihm zu sprechen. Es ist auch für deinen Bruder nicht einfach und er braucht sicher einen engen Freund zum Reden.«

»Das ist gut, oder?« Hoffnungsvoll sehe ich sie an.

Enna nickt. »Dein Bruder muss mit jemandem reden, der einen klaren Kopf behält. Finn tut das. Er kennt dich und Jase, ihr seid seine Familie.«

»Und du auch«, erwidere ich, ein zaghaftes Lächeln auf den Lippen.

Wieder nickt sie. »Richtig.«

Enna und Finn haben so viel zusammen erlebt. Mussten so viele Hürden nehmen, um ihrer Liebe eine Chance geben zu können. Noch immer freue ich mich unglaublich für die beiden, dass aus ihrer Freundschaft in der Kindheit nun eine richtige Beziehung geworden ist. »Das ist etwas ganz Großes mit euch beiden«, spreche ich meinen Gedanken schließlich aus. Enna schenkt mir ein dankbares Lächeln, also rede ich weiter. »Ihr habt es so sehr verdient, glücklich zu sein.«

»Und du hast das ebenso sehr verdient«, erwidert Enna und greift erneut nach meinen Händen. »Gib die Hoffnung nicht auf, Mira. Es ist zu Beginn nicht immer leicht. Schau dir Finn und mich an. Was wir alles durchmachen mussten, bevor wir zueinanderfinden konnten. Nicht alles ist immer rosarot.«

»Du hast nur keinen Bruder, der den Typen, den du magst, hasst«, stelle ich fest.

»Ich glaube nicht, dass Jase dazu fähig ist, jemanden zu hassen.« Enna sieht mich an, in ihrem Blick liegt nichts als Offenheit. »Zac war ein Arsch zu ihm. Er hat sich falsch verhalten, hat ihn verletzt, aber das alles liegt schon eine lange Zeit zurück.«

»Das macht es aber nicht ungeschehen.«

»Da hast du recht«, meint Enna. »Aber viel mehr als seine Vergangenheit bedeutest du deinem Bruder etwas. Jase will, dass du glücklich bist, und scheinbar hat Zac sich geändert. Wenn du ihn magst, muss er einfach ein guter Mensch sein. Er braucht nur die Gelegenheit, Jase zu zeigen, dass er nicht mehr der Mensch ist, der er damals war. Vielleicht würde auch eine ehrliche Entschuldigung helfen.«

»Glaubst du, Jase gibt ihm irgendwann die Chance dazu?«

Enna nickt. »Ich bin mir ganz sicher. Das Schweigen der letzten Jahre muss aufhören. Die beiden müssen miteinander sprechen. Und zwar bald.«

»Ach, Enna …«, versuche ich erneut, meiner Verzweiflung freien Lauf zu lassen. »Wie soll ich das wieder geradebiegen? Ich fühle mich, als würde ich zwischen den Stühlen stehen.«

Eine Weile sagt keiner von uns etwas. Enna schaut aus dem Fenster meines Zimmers, hängt ebenso wie ich ihren eigenen Gedanken nach.

»Okay, das reicht«, sagt sie schließlich, greift nach meinen Händen und zieht mich von der Matratze zum Boden. »Wir zwei werden uns heute Abend amüsieren. Einfach für ein paar Stunden dieses blöde Gedankenkarussell stoppen!«, ruft sie entschlossen.

»Was hast du vor?«, frage ich sie verwundert. So viel Enthusiasmus bin ich von meiner besten Freundin gar nicht gewohnt. »Schauen wir einen Film? Kochen wir etwas? Wobei, jetzt noch den Herd anzuwerfen …«

»Heute nicht«, unterbricht mich Enna, stemmt die Hände in die Hüften und sieht mich entschlossen an. »Wir gehen heute feiern.«

Perplex starre ich sie nun meinerseits an, mein Mund muss mir dabei offen stehen. »Du magst es nicht, feiern zu gehen«, erinnere ich sie an ihre eigene Angst. »Da sind haufenweise Menschen und es wird laut sein und …«

»Das weiß ich«, klärt sie mich auf. »Ich *mag* es nicht besonders, aber ich weiß, dass es *dich* am besten ablenkt. Außerdem waren wir dieses Semester noch gar nicht feiern, es ist mal wieder an der Zeit!« Meine Mundwinkel heben sich. Enna kennt mich einfach so unendlich gut. Im Gegensatz zu ihr liebe ich das Tanzen, mich ganz der Musik im Club hinzugeben und mich dabei in der Menge zu bewegen. Doch ebenso gut, wie sie mich kennt, kenne ich auch Enna, weshalb ich weiß, dass eine Party sie mit all ihren Ängsten konfrontieren wird. Dieses Opfer muss sie für mich nicht bringen.

»Enna«, sage ich also. »Du musst das nicht für mich tun. Du bist bestimmt noch erschöpft und müde vom Skiausflug …«

»Ich möchte es aber«, stellt sie klar. »Würde ich es mir nicht zutrauen, würde ich es ehrlich sagen, das weißt du.« Ich nicke. »Aber heute fühle ich mich danach, einen Abend mit meiner besten Freundin zu verbringen. Eine Nacht voller Spaß und mit ganz viel guter Laune. Es ist Freitag, na, komm schon!«

»Das könnte ich wirklich gut gebrauchen«, gebe ich schließlich zu. »Nächste Woche am Samstag muss ich zu diesem dämlichen Essen bei meinen Eltern, etwas Ablenkung vorher kann also nicht schaden.«

»Also ist es beschlossen«, meint Enna freudestrahlend. »Du hast dich heute getraut, Jase gegenüber ehrlich zu sein. Und ich traue mich in diesen Club mit dir. Das wird toll, vertrau mir!«

Ich werfe einen letzten detektivischen Blick in ihre Augen, erkenne aber nichts als Mut darin. Enna ist immer ehrlich zu mir und weiß, dass sie nichts machen muss, wobei sie sich unwohl fühlt, nur um mir einen Gefallen zu tun. Aber sie hat gute und schlechte Tage, vermutlich ist heute einer der guten, an denen sie etwas wagen will. Und ich bin die Letzte, die sie davon abhalten oder es ihr ausreden wird. Also ziehe ich meine beste Freundin einfach nur in meine Arme und murmle ein leises »Danke« in ihre Haare.

KAPITEL 14
Genau jetzt

Zac

Nachdem die Wohnungstür hinter mir ins Schloss gefallen ist, ist alles anders. Manchmal macht es mir Angst, wie schnell sich meine Stimmung innerhalb von Minuten ändern kann. Doch es passiert schon wieder. Etwas, das sich vor wenigen Sekunden noch so unglaublich richtig angefühlt hat, macht mir jetzt eine Scheißangst …

Der Tag mit Mira heute war der Wahnsinn. Wir haben so unglaublich viel erlebt, so viel miteinander geteilt. Es hat sich gut angefühlt, einfach richtig, ihr von meiner Familie zu erzählen. Von der Krankheit meiner Mom und meinem verkorksten Dad. Sie hat mich verstanden. Ohne mich belehren zu wollen, hat sie mir zugehört, mich aufgebaut – und das mit so wenigen Worten. Sie ist einfach unglaublich. Schon lange habe ich mich nicht mehr so sehr wie ich selbst gefühlt, aber heute schon – dank ihr.

Und jetzt? Jetzt stehe ich in meiner Wohnung, die sich noch immer so absolut gar nicht nach meinem Zuhause anfühlt, und bekomme Panik. Langsam schleicht sie sich in meinen Kopf, nimmt an Fahrt auf, schießt durch meinen Körper und setzt sich fest, überall. Und ich kann nichts dagegen tun.

Ich habe so viel von mir preisgegeben. Mira kennt jede Seite von mir, auch all die verletzlichen. Jede meiner Ängste, einfach alles. Ich habe zugelassen, dass sie diesen Teil von mir erforscht, dass ich mich ihr öffne und dabei auch mein gottverdammtes Herz, dem ich so lange Zeit keinerlei Beachtung geschenkt habe. Die letzten Jahre habe ich damit verbracht, mir eine meterhohe Mauer aufzubauen, die diese Frau innerhalb weniger Wochen in Schutt und Asche gelegt hat. Und neben all den guten Gefühlen, die sie in mir auslöst, sind jetzt wieder all die schlechten da. Ich kann sie nicht länger wegsperren oder verdrängen. Nein, ich befürchte, ich muss mich ihnen stellen. Doch ich habe keine Ahnung, ob ich schon bereit dazu bin.

Ich sehe meinen Vater vor mir, wie er vor all den Jahren vor mir stand, ehe er uns verließ. In seinen Augen stand nichts als Enttäuschung. Und jetzt, in diesem Moment, fühle ich in mir den gleichen Schmerz wie damals. Ich laufe zum Spiegel, der an der Wand in meinem Badezimmer hängt, stütze meine Hände auf das Waschbecken und betrachte mich einige Minuten lang selbst. In meinem Kopf wandelt sich mein Ebenbild Stück für Stück, bis ich meinem Vater in die Augen blicke. Und plötzlich realisiere ich, welche Angst es ist, die mir die Luft abzudrücken droht.

Ich habe Angst, so zu werden wie er.

Bei dem Gedanken daran, dass ich einem Menschen antun könnte, was er Mom und mir angetan hat, wird mir speiübel. Ich habe Angst davor, dass auch nur ein Funke seiner negativen Energie in mir stecken und sich zu einem Flächenbrand entzünden könnte. Damals war ich das Schlägerkind, das andere mit Fäusten verletzte. Mein Dad war der Mann, der es mit Worten tat, die aber mindestens genauso sehr schmerzten wie körperliche Gewalt, nur eben auf eine andere Art und Weise. Ist er heute immer noch so?

Ich weiß, dass ich mich geändert habe. Meine Aggression habe ich im Griff, habe durch das Boxen gelernt, damit umzugehen. Doch die Angst, dennoch einen anderen Menschen zu verletzen – Mira zu verletzen! –, auf welche Art auch immer … diese Angst bleibt.

Steves Anruf kommt daher wie gerufen. Ich greife in meine Jackentasche, ziehe mein Handy heraus und nehme das Gespräch entgegen.

»Hey, Steve!«

»Hey, Zac! Ich wollte mal hören, wie's dir geht.«

»Ganz okay, die üblichen Sorgen …«, antworte ich meinem besten Freund, der natürlich sofort bemerkt, in welcher Stimmungslage ich mich befinde.

»Was hältst du von einem Abend im Club heute? Tanzen, gute Musik?«

Ich bin sehr froh, dass er nicht genauer nachfragt und dennoch gut zu wissen scheint, was ich heute brauche: Ablenkung.

»Bin dabei«, sage ich also zu. »Alles klar, ich hole dich später ab. Übliche Uhrzeit.«

»Danke, Steve.«

»Jederzeit, Mann.«

Zwei Stunden später bewege ich mich im Club zu den Beats von »Dangerous Night«, einem meiner absoluten Lieblingssongs. Thirty Seconds to Mars ist eine unglaubliche coole Band, deren Songs es immer wieder schaffen, mich in andere Welten zu manövrieren, immer höher und höher.

In meiner Hand halte ich ein Bier, von dem ich bisher nur wenige Schlucke getrunken habe. Der Alkohol ist normalerweise immer mein Antrieb, obwohl ich weiß, dass ich so nicht denken sollte. Er gibt mir die Energie, die ich in den Abend und die Nacht stecke, die ich nach dem Club meistens mit irgendeiner Frau verbringe, deren Namen ich bereits am nächsten Morgen wieder vergessen habe. Auch heute tanzt wieder eine Blondine an meiner Seite und versucht, mit all ihrem weiblichen Charme meine Aufmerksamkeit zu erlangen, doch es interessiert mich nicht die Bohne – weder der Alkohol noch diese Frau. Mit meinen Gedanken bin ich ganz woanders. Bei einer Frau, die mich an einen Engel erinnert und mir gehörig den Kopf verdreht hat.

Scheiße. Seit wann geistert nur noch sie durch meine Gedanken?

Steve ist schon vor einer Weile mit irgendeiner Tussi auf dem Klo verschwunden. Ich mache mir gar nicht erst die Mühe, nach ihm zu suchen. Ich weiß, dass ich die beiden nur stören würde, denn so lange, wie sie schon weg sind, kann ich mir ohne Probleme ausmalen, was sie auf dem Klo treiben. Normalerweise würde ich mir ebenfalls die Blondine zu meiner Rechten klarmachen, eine Weile mit ihr tanzen, ihr einen Drink spendieren und irgendwann mit ihr an meiner Seite verschwinden. Doch heute ist alles anders. Seit einer Weile schon ist nichts mehr *normal*.

Das Gefühl, nicht mehr Herr meiner Sinne zu sein, trifft mich völlig unvorbereitet. Es löst Panik in mir aus, dass ich so gar nicht mehr der Kerl zu sein scheine, der ich noch vor wenigen Wochen war. Mit einem Mal sind all die Dinge, die immer selbstverständlich für mich waren, genau das nicht mehr. Diese Frau neben mir ist unglaublich heiß, keine Frage. Sie hat blonde Haare, die mir normalerweise gefallen würden, doch ich erwische mich dabei, wie ich sie vergleiche.

Ihre Augen sind grün und nicht blau.

Sie trägt ihr blondes Haar aus der Stirn gestrichen, hat keinen Pony, der ihr so süß ins Gesicht fällt.

Sie hat ein schönes Lächeln, aber keins, das mich verzaubert.

Krieg dich wieder ein, Zac. Werde endlich wieder normal!, fordere ich mich in Gedanken selbst auf. *Nimm dir das, was dir auch sonst immer Ablenkung verschafft hat.*

Und das versuche ich. Von einem plötzlichen Impuls getrieben tanze ich der Blondine entgegen, lege ihr meine Hand auf die Schulter und frage sie nach ihrem Namen. Wenige Minuten später bewegen wir uns gemeinsam zur Musik, ihre Lippen an meiner Bierflasche, meine Hand auf ihrer Taille. Unsere Körper pressen sich immer enger aneinander, während wir tanzen. Wir wechseln dabei nur wenige Worte und diese Tatsache stört mich, obwohl es früher genau das war, was ich wollte: Frauen, die nicht quatschen, sondern nur genießen wollen. Etwas Unverfängliches. Doch jetzt sehnt sich mein Herz nach Tiefe, nach einer anderen Art der Verbindung, einer *echten* Verbindung. Und das erschreckt mich mehr als alles andere.

Ich schließe meine Augen und presse mich enger an sie, doch in meinen Gedanken erscheint ein anderes Gesicht, das ich vor mir sehe. Es sind die Hände einer anderen Frau, die über mein Shirt wandern, eine andere Hüfte, an der meine Hand liegt.

Es fühlt sich einfach nur falsch an, jetzt und hier mit diesem Mädchen zu tanzen. Jede ihrer Berührungen fühlt sich fehl am Platz an, ebenso meine eigenen. Und dennoch gebe ich mich dem Ganzen hin, in der Hoffnung, wieder das zu spüren, das ich auch sonst immer empfunden habe: elektrische Spannung in der Luft, einladende Lust in meinem Unterleib. Etwas Hartes in meiner Hose, das auf eine lange Nacht hoffen lässt. Doch ich warte vergebens.

Irgendwann öffne ich meine Augen wieder. Mittlerweile hat sich die Blondine gedreht, presst ihren Po an meinen Schritt, in dem sich noch immer nichts regt. Ihr Hinterkopf liegt auf meiner Brust, in der auch jetzt noch kein Kribbeln zu spüren ist. Ich fühle nichts, einfach gar nichts, während sie sich an mich schmiegt, noch immer ihren Körper zur Musik bewegend.

Ich lasse meinen Blick über die tanzende Menge durch den Club schweifen, bis er in blauen Augen hängen bleibt. Und plötzlich fühle ich wieder etwas, doch es sind nicht die Emotionen, auf die ich gehofft habe. Keine Ekstase, keine Lust, kein Glücksgefühl.

Der Moment, als sich mein Blick in Miras legt, lässt mich zu Eis gefrieren. Alles, was sich eben noch so falsch angefühlt hat, tut es jetzt noch mehr. Und in diesem Moment, als ich diese wundervolle Frau betrachte – in ihrem Blick nichts als Enttäuschung und Entsetzen bei meinem Anblick mit einer anderen Frau –, weiß ich es: Der Grund für mein Empfinden ist sie. Einzig und allein sie ist es, die sich an mich schmiegen sollte. Wegen Mira hat sich alles verändert.

Meine Hände sollten auf ihrem Körper liegen, auf keinem anderen.

Doch noch bevor ich mich von der Blondine vor mir lösen kann, um zu *ihr* zu gehen und *ihr* all das zu sagen, was ich empfinde, es *ihr* zu zeigen, dreht sie sich zur Seite. Ihr lilafarbenes Kleid wippt auf und ab, während sie immer schneller wird, beinahe zum Ausgang rennt. Ihr hinterher läuft eine Frau mit schulterlangen braunen Haaren, die ihren Namen ruft. Ich kenne sie. Wir haben uns vor einigen Monaten hier im Club kurz gesehen, sie ist eine Freundin von Mira, doch ich habe keine Zeit, länger darüber nachzudenken. Denn ich bin es, der Mira nachlaufen sollte. Das spüre ich tief in mir.

Wie von selbst löse ich mich endlich von der Frau vor mir, drücke ihr mein Bier in die Hand, das sie ohnehin zu ihrem eigenen gemacht hat, und lasse sie einfach stehen. Nicht die feine Art, aber das kümmert mich absolut null. Ich beschleunige meine Schritte Richtung Ausgang, habe nur noch ein Ziel vor Augen, nur noch einen Gedanken, der mich leitet.

Mira.

Mira soll wissen, was sie in mir auslöst.

Nicht irgendwann, sondern genau jetzt.

Mira

Ich stehe da wie festgefroren, kann nicht glauben, was ich da vor mir sehe. Wut und Enttäuschung strömen durch meinen gesamten Körper, ich spüre, wie meine Knie weich werden.

Zac tanzt dort drüben mit einer anderen Frau. Sie schmiegt sich an ihn, seine Hand liegt auf ihrer Taille, gemeinsam bewegen sie sich zur Musik. Dieses Bild hat sich mir in der Vergangenheit schon unendlich viele Male geboten. Es ist nichts Neues für mich, ihn mit einer Frau zu sehen, so intim. Und doch verletzt es mich heute noch viel mehr als all die Male davor. Denn heute ist es anders.

Weil ich dachte, dass da mehr zwischen uns ist, auch wenn es nie einer von uns angedeutet hat.

Weil ich wollte, so sehr wollte, dass er mich einmal auch so ansieht wie eines dieser heißen Mädels, die so oft mit ihm tanzen.

Weil ich glaubte, ihn wirklich zu kennen, seine Mauer eingerissen zu haben, nach diesem wundervollen Tag heute.

Doch das, was ich nun vor mir sehe, belehrt mich eines Besseren.

Sein Blick trifft auf meinen, er schaut mich aus geweiteten Augen an. Wirkt erschrocken, doch das kann nicht sein. Enna folgt meinem Blick, das kann ich aus dem Augenwinkel sehen. Sie spricht mit mir, doch ich höre ihr nicht zu, bin gefangen in einer Blase aus Enttäuschung und Hilflosigkeit, geschockt über die heftige Reaktion meines Körpers auf Zac mit dieser anderen Frau. Überfordert mit der Situation will ich nur noch eines: raus hier. Weg von allem, was mich so sehr verletzt.

Also drehe ich mich zur Seite, laufe zum Ausgang, immer schneller und schneller. Ich nehme nur noch wie nebenbei wahr, dass Enna meinen Namen ruft, mir nacheilt.

Ich wollte Zac mit zu meiner Familie nehmen, verdammt. Wir haben einander Dinge anvertraut, die kein anderer von uns weiß. Er hat mich mit zu seiner Mom genommen, in sein Zuhause, zu seinem Lieblingsort. Das war doch nicht nichts. Hat all das wirklich nichts für ihn bedeutet? Will er nur Freundschaft? Und warum verletzt mich dieser Gedanke bloß?

Weil ich *mehr* will.

Weil ich mir mehr *erhoffe*.

Weil ich *ihn* will.

Weil ich ihn eben nicht nur mag, sondern mehr als das.

Voller Enttäuschung stürze ich aus dem Club, Enna läuft weiterhin hinter mir her. »Mira!«, ruft sie mich zum gefühlt tausendsten Mal. »Jetzt warte doch!«

Und das tue ich. Auf der Stelle bleibe ich stehen, einige Meter vom Eingang des Clubs entfernt. Ich drehe mich zu ihr um und werfe die Hände in die Luft, während Enna vor mir steht und sich ihre Strickjacke überzieht, darauf wartet, dass ich etwas sage.

»Ich …«, setze ich zu sprechen an, während ich mit meinen Armen wild in der Luft herumfuchtele. »Ich kann es einfach nicht fassen. Wie kann er … Habe ich mich so in ihm getäuscht?«

Enna will mir gerade antworten, als eine weitere Stimme meinen Namen ruft. Ich schaue an meiner Freundin vorbei zum Eingang, aus dem nun Zac stürmt, sich suchend umsieht, bis sein Blick auf mich fällt. Mit wenigen großen Schritten ist er bei uns, bleibt neben Enna stehen und schaut zwischen mir und ihr hin und her.

»Ich gehe mal wieder rein«, meint Enna nur und wirft Zac einen grimmigen Blick von der Seite zu. Meiner Meinung nach hat er den definitiv verdient. »Eben habe ich Harlow mit einigen anderen aus unserem Literatur-Kurs an der Bar entdeckt, ich sage mal Hallo«, sagt sie dann an mich gewandt.

In ihrem Blick sehe ich dabei ein Fragezeichen, als würde sie sich vergewissern wollen, dass ich allein mit Zac zurechtkomme. »Alles klar«, erwidere ich und bringe ein kleines Lächeln zustande, bevor Enna sich umdreht und zum Club zurückmarschiert.

Ich schaue ihr hinterher, unfähig, meinen Blick zu heben und Zac anzusehen. In mir brodelt es, ich bin unglaublich verletzt und wütend, am meisten auf mich selbst. Weil ich mich mit meinem Bruder gestritten und ihn belogen habe, um Zeit mit einem Typen zu verbringen, der sich offensichtlich nicht für mich interessiert. Zumindest nicht so, wie ich es mir erhofft habe. Die Verbindung zwischen uns beiden, die ich in den letzten Wochen immer wieder gespürt habe, das Band, das uns zusammenhält, miteinander verbindet … Das alles fühlt sich noch immer echt an, und doch so anders als noch vor wenigen Minuten.

»Mira«, reißt Zac mich schließlich aus meinen Gedanken, doch ich starre weiterhin auf die Stelle, wo Enna eben noch stand. Bin nach wie vor unfähig, ihm in die Augen zu schauen.

»Bitte, sieh mich an.«

Verdammt, er hat bemerkt, dass ich ihm ausweiche.

»Ich kann nicht«, bringe ich hervor, muss meine Tränen zurückhalten. Ich will vor ihm nicht zusammenbrechen, nicht nach diesem wahnsinnigen Tag, nach dem Streit mit Jase und all den Gefühlen, die in mir toben.

»Es tut mir leid, dass du das eben gesehen hast«, setzt er zu einer Erklärung an, die ich nicht hören will.

»Du bist mir keine Erklärung schuldig«, presse ich hervor und realisiere, wie recht ich damit habe. Wir sind kein Paar, zwischen uns ist nie etwas gelaufen. Nie mehr als Gespräche, die sich für mich viel intensiver anfühlten als jeder Kuss, den ich bisher bekommen habe. Noch nie bin ich einem Mann auf diese Weise nahegekommen, nicht sexuell, sondern einfach emotional. Doch er kann tun und lassen, was er will. »Ich habe mich nackt gemacht«, spreche ich meinen Gedanken schließlich aus, bevor ich mich selbst daran hindern kann.

»Was?«, fragt Zac und schiebt allen Ernstes ein kurzes Lachen hinterher. Zaghaft, aber dennoch vorhanden.

»Ich habe mich nackt gemacht«, wiederhole ich nun noch viel wütender als eben. Endlich hebe ich meinen Blick, verschränke die Arme vor meiner Brust, sehe ihm direkt in die Augen, während ich weiterspreche: »Ich habe mich dir auf eine Weise geöffnet, wie ich es noch nie bei einem Mann getan habe. Habe dir so viel von mir erzählt, so viel Intimes. Wahrscheinlich bin ich selbst schuld, Zac. Für mich fühlte sich das hier ...« – dabei deute ich mit dem Finger zwischen ihm und mir hin und her – ... echt an. Als wären wir auf irgendeine Art und Weise verbunden, mehr noch, als Freunde es sind.« Seine Augen werden groß, er sieht mich geschockt an. »Doch wie es aussieht, habe ich mich getäuscht, zu viel hineininterpretiert. Und es ist okay«, sage ich dann versöhnlicher. Zac kann nichts für meine Gefühle. Es hat mich verletzt, ihn so innig mit dieser Frau tanzen zu sehen, doch Schuld daran trägt er nicht.

Aus seinen großen grauen Augen sieht er mich an. Sein Mund öffnet sich, schließt sich dann aber wieder und ich kann die Stille zwischen uns nicht länger ertragen, also drehe ich mich zur Seite und laufe davon. In diesem Moment wünsche ich mir nichts sehnlicher, als dass er mich vom Gehen abhält, mit mir spricht und einfach *irgendetwas* zu dem sagt, was ich ihm eben anvertraut habe, egal was. Und zu meiner Überraschung komme ich tatsächlich nur ganze sieben Schritte weit, bis sich eine Hand auf meine Schulter legt.

Sanft dreht Zac mich zu sich um – die Dunkelheit des Abends um uns herum, links neben uns die Mauer des Clubgebäudes, rechts die Weiten des Feldes und dahinter die Tannen, die den Rand des Waldes schmücken. Mein Blick ruht auf seinem, in Zacs Augen scheint ein Sturm zu toben, den ich sofort in meinem Bauch spüre – gewaltig und alles mit sich reißend, obwohl er noch immer kein Wort von sich gegeben hat.

»Sie ist da«, sagt er dann nur, muss mir meine Verwunderung jedoch ansehen. »Die Verbindung. Du hast sie dir nicht eingebildet. Ich fühle sie auch.«

»Du musst nicht …«, beginne ich, unterbreche meinen Satz aber, als sich auch seine zweite Hand auf meine andere Schulter legt. Während er spricht, schiebt Zac mich sanft immer näher an die Mauer heran. Seine Hände auf mir, der sanfte Druck seiner Kraft, die mich nach hinten schiebt – all das ist so wahnsinnig präsent, dass es in mir kribbelt. Verräterischer Körper.

»Ich meine es ernst, Mira«, sagt er, seine Stimme klingt tief und rau, ist beinahe ein Flüstern. »Scheiße, verdammt, diese Verbindung ist da. Ich kann sie sehen, hören, riechen.« Er unterbricht sich kurz, legt seinen Kopf seitlich an meinen und atmet einmal tief ein. »Einfach überall spüren. Und es macht mich wahnsinnig, weil es sich so gut, so richtig anfühlt.«

Mir stockt der Atem und ich bin nicht sicher, ob die plötzlich zu spürende kalte Wand in meinem Rücken oder Zacs Worte dafür verantwortlich sind. Ich schlucke, als Zac seine Hände von meinen Schultern nimmt und sie stattdessen an meine Wangen legt. Und wie immer, wenn ich wahnsinnig aufgeregt bin, beginne ich zu plappern, kann mich selbst nicht stoppen.

»Ich wollte dich nicht in Verlegenheit bringen, echt nicht. Es ist total okay, wenn du andere Frauen treffen möchtest. Du sollst wissen, dass ich etwas für dich empfinde. Ich habe keine Ahnung, was es ist, aber nachdem ich dich da drinnen mit dieser Frau habe tanzen sehen, kann ich dir zumindest versichern, dass es über Freundschaft hinausgeht. Aber ich weiß, dass du dich nicht bindest, immerhin hattest du noch nie ein richtiges Date und …«

»Mira?«, unterbricht er mich lachend, noch immer diesen Sturm in den Augen, der jetzt noch stärker zu sein scheint. »Halt den Mund«, sind seine letzten Worte, bevor sich seine Lippen auf meine legen.

Ein überraschtes Stöhnen entfährt mir, ich bin unfähig, mich auch nur einen Millimeter weit zu bewegen. Seine Lippen liegen auf meinen, doch keiner von uns beiden tut etwas. Zac scheint darauf zu warten, dass ich ihn einlasse, und bevor ich weiß, was ich da tue, öffne ich mich ihm noch mehr, als ich es bisher getan habe. Wie von selbst gleiten meine Lippen auseinander und seine Zunge in meinen Mund. Zac stöhnt, lässt seine linke Hand zu meiner Taille wandern und umschlingt mich dort, während seine rechte noch immer auf meiner Wange liegt. Während er mich küsst, unsere Zungen miteinander tanzen, liegt seine Stirn an meiner. Mein Pony kitzelt mich an meiner Nase, weil Zac ihn ganz platt drückt, doch das macht diesen Moment noch mal schöner, als er ohnehin schon ist. In meinem Bauch explodiert ein Feuerwerk, eine Mischung aus Freude, Überraschung und Lust strömt durch jede Faser meines Körpers.

Irgendwann, ich kann nicht sagen, ob Minuten oder Stunden vergangen sind, löst Zac sich ein wenig von mir, streicht mit seiner Nase sanft über meine. »Diese verdammte Verbindung«, presst er hervor. »Ich kann sie sogar schmecken.«

Seine Worte entlocken mir ein Lächeln. Meine Knie werden weich, sind es wahrscheinlich schon die ganze Zeit – so fest, wie er mich umschlungen hält. »Schmeckt sie gut?«, frage ich grinsend, halte meine Augen aber noch immer geschlossen.

»Sie schmeckt fantastisch«, flüstert Zac. »Ich bin mir nur noch nicht sicher, welche Geschmacksrichtung genau sie hat.«

Nun öffne ich doch meine Augen und sehe, dass er mich amüsiert angrinst. So nah wie jetzt waren wir uns noch nie. Hier geht es nicht mehr nur um Worte. In diesem Moment lassen wir Taten sprechen: Blicke, Berührungen, Zeichen.

»Lass uns noch mal kosten«, füge ich an und sehe dabei zu, wie seine Mundwinkel sich noch weiter heben.

Ich habe Zac Avens noch nie zuvor so grinsen sehen, so lustvoll, bemerke ich, bevor ich schon zum zweiten Mal an diesem Abend nicht mehr klar denken kann, während wir uns in einem erneuten Kuss verlieren.

Völlig erschöpft von diesem aufregenden Tag lasse ich mich zwei Stunden später zu Hause auf mein Bett fallen, total verschwitzt und überglücklich. Dieser Tag war so aufregend, es ist so unfassbar viel geschehen und nun ist bereits der Samstag in seinen frühen Morgenstunden angebrochen. Ich denke an Zac. Unserem ersten Kuss folgten viele weitere, bis Zac und ich uns irgendwann voneinander lösen mussten, um zu Enna und Harlow in den Club zurückzugehen. Dort haben wir dann noch einige Zeit ausgelassen zusammen getanzt. Heute habe ich auch Steve, Zacs besten Freund, kennengelernt. Er ist ein sehr spezieller Typ, redet nicht viel und scheint ein wahrer Frauenheld zu sein, dennoch mag ich ihn. Steve hat mich nett begrüßt und wir haben uns gut unterhalten, als wir später noch einen Drink an der Bar des **Stardust** genommen haben.

Nun liege ich hier, grinsend und absolut überfordert mit den vielen Gefühlen, die mich durchströmen. Die Küsse mit Zac haben mir den Atem geraubt. Zu wissen und mir nun ganz sicher sein zu können, dass auch er mehr für mich empfindet als nur Freundschaft, stimmt mich glücklich und ängstlich zugleich. Zweiteres deshalb, weil ich absolut keine Ahnung habe, wie ich meinem Bruder erklären soll, dass Zac und ich …

Ja was, Mira? Seid ihr jetzt ein Paar?, schießt es mir plötzlich durch den Kopf. Wir haben die Sache mit uns bisher nicht definiert, dem Ganzen noch keinen Namen gegeben. Ich beruhige mich, indem ich mir sage, dass es in Ordnung ist, den Dingen Zeit zu geben. Nicht immer braucht alles direkt eine Definition. In wenigen Tagen sind Zac und ich bei meinen Eltern. Wir werden davor und danach Zeit zusammen verbringen. Während der Autofahrt wird sich bestimmt eine Gelegenheit ergeben, ihn darauf anzusprechen und mir Klarheit zu verschaffen. Während unserer Treffen für das Projekt möchte ich mich ganz auf unsere Planung konzentrieren und auch in der Uni möchte ich ihn darauf nicht ansprechen.

Völlig in meine Gedanken versunken, höre ich das leise Klopfen an meiner Zimmertür beinahe nicht. Doch kurz darauf schiebt sich auch schon Jases Kopf herein. »Mira?«, flüstert er leise. »Schläfst du?«

»Jase«, flüstere ich und bin wahnsinnig erleichtert, dass er das Gespräch mit mir sucht. Statt zu ihm zu rennen, setze ich mich vorsichtig auf, unsicher, wie ich mich meinem Bruder gegenüber verhalten soll. »Komm doch rein«, murmle ich.

Jase tut wie geheißen, zieht meine Zimmertür leise hinter sich zu und setzt sich neben mich aufs Bett. Eine Weile hocken wir unsicher und schweigend nebeneinander, bis wir dann zur selben Zeit losplappern.

»Es tut mir leid …«

»Entschuldige, dass ich …«

Und plötzlich ist das Eis gebrochen. Jase zieht mich in seine Arme und ich umschlinge ihn mit meinen. Ich atme den Duft meines Bruders ganz tief ein und noch im selben Augenblick sammeln sich Tränen in meinen Augen. »Ich wollte dich nie verletzen, Jase.«

»Das weiß ich doch«, murmelt er, während er mir sanft über den Kopf streichelt. »Ich hätte nicht so hart zu dir sein dürfen.«

»Dazu hattest du jedes Recht!« Ich löse mich von ihm, schaue beschämt auf meinen Schoß. »Ich habe dich angelogen.«

»Trotzdem gibt mir das nicht das Recht, so schroff mit dir umzugehen. Entschuldige. Du hast mir etwas verschwiegen, weil du Angst vor meiner Reaktion hattest. Und das tut mir am meisten leid.«

»Schon verziehen«, meine ich ehrlich und sehe Jase nun wieder in die Augen. Meine nächsten Worte fallen mir alles andere als leicht. So unendlich groß ist die Angst, dass sie Jase wieder ein Stück von mir stoßen. Und dennoch weiß ich, dass ich ehrlich zu ihm sein muss, wenn unsere enge Bindung weiterhin Bestand haben soll. »Wir haben uns heute geküsst. Im Club. Ich war da, um mich abzulenken von unserem Streit.«

Jase zuckt kurz zusammen, fängt sich dann aber wieder. Er schließt die Augen, atmet einmal tief durch und greift dann nach meinen Händen. »Hör zu, Mira«, sagt er ernst. »Du weißt, dass ich diesen Typen absolut nicht ausstehen kann.«

Sofort nicke ich. »Das ist mir klar. Aber glaub mir …«

»Ich weiß, dass er sich scheinbar verändert hat«, fällt er mir ins Wort. »Das ist schön für ihn. Schön für dich. Für *euch*, wenn es denn wirklich so ist. Aber es ändert nichts an den Erinnerungen, die ich mit ihm verbinde.«

»Natürlich nicht.«

»Dennoch kannst du nichts für deine Gefühle. Das ist mir nun klar«, meint er. »Finn und ich haben lange gesprochen und ich sehe die Dinge jetzt deutlicher.«

»Was bedeutet das?« Unsicher sehe ich ihn an.

»Das bedeutet, dass ich versuchen werde, ein besserer Bruder zu sein.«

»Jase, du bist der allerbeste Bruder auf der Welt!« Ich bewundere seine Größe in dieser Situation.

Er schmunzelt. »Ich weiß. Aber ich muss lernen, zu akzeptieren, dass du ein eigenständiger Mensch bist, Mira. Du bist meine Schwester und ich möchte dich beschützen, wo und wann immer es geht. Aber die Liebe ist etwas, das stärker ist als meine Fähigkeiten als weltbester Bruder. Und der darf ich nicht im Weg stehen.«

»Ich bin mir sicher, wenn du Zac erst mal näher kennengelernt ...«

»Warte!«, unterbricht Jase mich erneut. »Eine Sache ist mir enorm wichtig.« Er setzt sich etwas gerader hin und schaut mich ernst an. »Es ist okay für mich, wenn du Zeit mit ihm verbringst. Aber ich möchte das nicht. Ich will ihn nicht in meiner WG haben und ich möchte auch nicht, dass er Zeit mit unserer Clique verbringt. Das ist zu viel, Mira. Bitte verlang das nicht von mir.«

Seine Worte verletzen mich, doch zugleich kann ich ihn verstehen. Natürlich kann ich das: Die beiden verbindet eine schwere Vergangenheit. Zac war früher Jases größter Albtraum, hat ihn so oft verletzt. Dennoch wünschte ich, er könnte den neuen Zac kennenlernen. Den Zac, der sich mir geöffnet hat, der diese zauberhaften Kinder im Boxen trainiert, sich so liebevoll um seine kranke Mutter kümmert. Doch ich beschließe, Jases Wunsch zu akzeptieren. Zumindest für den Moment. Ich werde die Hoffnung nicht aufgeben, dass er die Vergangenheit irgendwann ruhen lassen und sich einer friedlichen Zukunft öffnen kann. Mit Zac und mir.

»In Ordnung. Ich werde so gut wie möglich dafür sorgen, dass ihr euch nicht begegnet.«

Dankbar nickt Jase. »Okay.«

»Alles wieder gut?«, frage ich ihn schließlich, da ich es hören muss. »Hast du mich wieder lieb?«

Mit meinen Worten entlocke ich ihm endlich ein unbefangenes Lachen. »Ich habe dich immer lieb, Mira. Nichts könnte daran je etwas ändern.«

Erleichtert atme ich aus und umarme meinen Bruder ein weiteres Mal für heute. Und diesmal lassen wir uns eine ganze Weile nicht mehr los.

KAPITEL 15

Zu Besuch im Eispalast

Mira

»'Cause I don't care, when I'm with my baby, yeah. All the bad things disappear …!«, singe ich lauthals einen meiner absoluten Lieblingssongs von Ed Sheeran mit. Ich habe schon immer geahnt, dass er und Justin Bieber einfach perfekt in ihren Stimmen harmonieren, was dieses Lied mehr als beweist.

Meine Laune ist einfach fantastisch. Gestern hatten Zac und ich endlich unser persönliches Kennenlernen mit dem Vermieter des Gebäudes, in dem wir unseren Hort eröffnen möchten. Wir waren uns auf Anhieb sympathisch und es hat sich wieder einmal gezeigt, wie gut Zac und ich als Team funktionieren. Wir haben immer abwechselnd von unserer Idee geschwärmt, dem Besitzer alle Vorteile unseres Konzepts präsentiert und konnten gut auf seine Fragen antworten. Er konnte uns noch keine endgültige Zusage erteilen, weil er noch einige Dinge abklären will, möchte sich aber in den nächsten Tagen noch einmal bei uns melden. Ihm war es einfach wichtig, uns persönlich getroffen zu haben. Ich habe große Angst vor einer Enttäuschung, obwohl die Sterne gut stehen, dass wir die Zusage bekommen. Ich glaube, Zac und ich wollen beide unbedingt, dass wir die Zusage für dieses Gebäude erhalten. Ich bin mir sicher, wir würden auch aus den anderen Einrichtungen, die wir uns rausgesucht haben – für den Fall, dass es mit dieser hier nicht klappt –, das Beste herausholen. Der Besitzer konnte uns das Gebäude zwar noch nicht vor Ort zeigen, doch er hatte eine kleine Präsentation mit aktuellen Bildern für uns vorbereitet. Der Eindruck, den dieser Ort bei uns hinterlassen hat, ist mehr als positiv. Zac und ich haben uns im Anschluss lange unterhalten und waren uns direkt einig: Sollten wir die Zusage bekommen, wollen wir direkt mit der genauen Planung loslegen. Mit der Aufteilung der einzelnen Räume und konkreten Programmelementen. Das wird aufregend!

Es hat mich eben unendlich viel meiner Überzeugungskraft gekostet, um Zac dazu zu überreden, den Song lauter zu stellen, der gerade im Radio läuft, doch irgendwann hat er grummelnd eingewilligt und nun singe ich ihn aus vollem Herzen mit, weil ich einfach nur glücklich bin. Mit dem Fortschritt unseres Projekts, mit uns. Und das möchte ich so lange genießen, wie es geht. Denn bei meinen Eltern wird es gleich sicher anders werden.

Zac sitzt neben mir am Steuer seines Wagens, verdreht nur die Augen und versucht, stark zu bleiben. Eben hat er mir eröffnet, dass er Eds Musik überhaupt nicht leiden kann. Ich war kurz davor, das, was da zwischen uns ist, zu beenden, was auch immer es sein mag. Ed Sheeran ist einer meiner absoluten Lieblingsmusiker und es ist mir ein Rätsel, wie man seine Musik nicht mögen kann.

»Komm schon, Zac!«, rufe ich über die laute Musik hinweg. »Dieser Song ist doch einfach der absolute Wahnsinn!«

Ich entlocke ihm mit meiner Begeisterung ein Lachen. »Vergiss es, Mira. Mich wandelst du nicht zu einem Ed-Fan. Niemals!«

»Wir werden sehen!« So schnell gebe ich nicht auf. In meinem Kopf formt sich eine Mission: *Herausforderung angenommen.*

Ich lasse den Song laufen, lehne mich auf dem Beifahrersitz zurück und strecke meinen rechten Arm aus dem Fenster, spüre, wie die kühle Märzluft meine Hand streichelt. Heute ist ein unglaublich schöner und sonniger Tag. Der Frühling ist nun endgültig in Connecticut angekommen. Starfall haben wir bereits hinter uns gelassen und befinden uns nun auf der Landstraße auf dem Weg zu meinen Eltern. Ich bin froh, dass mich die Musik ablenkt, denn ich bin unglaublich nervös, trotz meiner anhaltenden Euphorie durch das Gespräch mit dem Gebäudebesitzer gestern. Immerhin ist Zac ein Überraschungsgast. Meinen Eltern habe ich selbstverständlich nichts davon erzählt, dass er mich begleitet. Moms Pläne, mich zu verkuppeln, möchte ich ganz spontan durchkreuzen, ihr keine Gelegenheit geben, sich schon im Vorfeld eine neue Strategie zu überlegen.

»Was geht dir gerade durch den Kopf?«, reißt Zac mich aus meinen Gedanken, den Blick weiter nach vorn auf die Fahrbahn gerichtet. Vor Kurzem habe ich nicht gewusst, dass er neben seiner Maschine auch noch ein Auto besitzt. Er hat mir erzählt, dass er es die meiste Zeit über bei seiner Mom parkt, weil er viel lieber Motorrad fährt. Für längere Fahrten wie die heutige setzt er sich dann aber doch hin und wieder hinters Steuer und tauscht seinen Helm gegen den gemütlichen Komfort seines Autos.

»Ich stelle mir gerade das Gesicht meiner Eltern vor, wenn wir zu zweit vor ihnen stehen.« Ein Grinsen legt sich auf meine Lippen. »Die beiden werden Augen machen!«

»Moment. Deine Eltern haben keine Ahnung, dass ich dich begleite?«, fragt Zac mich entsetzt.

»Natürlich nicht. Was hast du denn gedacht? Wir müssen die beiden völlig unvorbereitet treffen, um zu verhindern, dass sie mich mit diesem Luis …«

»Mira!«, entfährt es Zac. »Ich lerne heute deine Eltern kennen und die beiden wissen nicht einmal, dass ich beim Essen dabei bin? Bist du verrückt? Das wäre kein guter Start.«

»Entspann dich, Zac. Das heute ist immerhin kein offizielles *Ich-stelle-dich-meinen-Eltern-vor-Treffen.*« Ich werfe einen Blick zu ihm nach links, versuche, in seiner Miene zu lesen, was er denkt. »Oder?«, schiebe ich dann hinterher und überrasche mich selbst damit, wie hoffnungsvoll ich dieses Wort ausspreche.

Wünsche ich mir, dass es so ist? Dass ich Zac meinen Eltern heute offiziell als meinen festen Freund vorstellen darf?

Zac muss schlucken. Auch in ihm toben die Gefühle, da bin ich mir absolut sicher. »Vergiss es, Zac. Ich wollte nur …«

»Es wäre schön«, presst er schnell hervor, den Blick weiterhin starr nach vorn gerichtet. »Der Gedanke gefällt mir.«

Nun bin ich diejenige, die schlucken muss. »Also schön. Dann stelle ich dich heute meinen Eltern vor. So ganz offiziell.«

»Als …«

»Als einen sehr, sehr guten Freund. Mehr als das. Einen sehr attraktiven Freund, den ich hin und wieder küsse und …«

»… und der diesem Luis heute definitiv zeigen wird, dass er keine Chance bei dir hat.«

»Genau.«

Nun werfen wir uns doch einen verschwörerischen Blick zu und müssen beide lachen, was die angespannte Situation von eben deutlich entschärft. »Lass uns nicht jetzt schon krampfhaft nach einer Definition suchen«, schlägt Zac dann vor und greift damit meinen Gedanken von vor einigen Tagen auf. »Ich mag dich, Mira, sehr. Das tue ich wirklich! Mehr als eine gute Freundin. Aber …«

»Aber wir sollten unser Zusammensein genießen und den Dingen Zeit geben, bevor wir uns einen Stempel aufdrücken«, stimme ich ihm zu. »Das sehe ich genauso.«

Und dennoch ist da weiterhin der Wunsch in mir, Zac als *meinen festen Freund* zu bezeichnen. Eine wirkliche Beziehung mit ihm einzugehen, den Gefühlen, die zwischen uns sind, eine echte und ehrliche Chance zu geben. Aber diese Gedanken, so beschließe ich, hebe ich mir für später auf. Für den Moment ist es okay. Er ist bei mir, er begleitet mich zu diesem fürchterlichen Essen und ist an meiner Seite. Darüber bin ich heute, wo Jase nicht dabei ist, besonders dankbar. Mein Bruder war natürlich nicht begeistert, dass ausgerechnet Zac mich zu unseren Eltern begleitet, aber letztendlich überwog die Erleichterung darüber, dass ich dieses Essen nicht allein überstehen muss. Noch immer ist die Situation sehr angespannt zwischen uns. Es ist schwer für mich, diese unglaublich starken Gefühle für Zac zu haben und sie nicht mit meinem Bruder teilen zu können. Normalerweise teile ich einfach alles mit Jase, doch das Prickeln und das Glück in mir, das ich empfinde, wenn ich mit Zac zusammen bin, verstecke ich so gut es geht vor ihm. Auf keinen Fall möchte ich ihn ein weiteres Mal verletzen und ich respektiere seinen Wunsch, das von ihm fernzuhalten.

»Lass uns einen kurzen Abstecher machen, in Ordnung?«, fragt Zac mich plötzlich, kurz vor dem Örtchen, in dem meine Eltern wohnen. »Wir haben noch etwas Zeit. Hast du denn eine Idee, wo wir kurz halten könnten? Ich denke einfach, wir brauchen noch einen Moment für uns.«

»Klar. Da vorn gleich um die Ecke ist ein Eisladen, da waren wir früher oft …«

»Du willst jetzt ein Eis essen?«, fragt Zac mich entgeistert. »Wir sind gleich zum Essen bei denen Eltern eingeladen! Wollen wir nicht lieber …«

»Und?«, entgegne ich verständnislos. »Ich habe richtig große Lust auf Schokoeis. Eis kann man einfach immer essen!«

»In Ordnung«, gibt Zac sich lachend geschlagen. »Dann lass uns Eis essen gehen.«

»Ich kann es immer noch nicht fassen. Wie kann ein einzelner Mensch so viele Kugeln Eis auf einmal verdrücken?« Noch immer sieht Zac mich schockiert an. Wir sitzen uns im Eiscafé gegenüber, vor uns jeweils einen Eisbecher, meiner ist dabei doppelt so groß wie seiner.

»Die viel spannendere Frage ist, wie sich jemand ernsthaft für Vanille entscheiden kann, wenn es eine Auswahl von über zwanzig Sorten gibt! Zwanzig! Darunter Pistazie und Erdbeere und Schokolade!«

»Vanille ist ohne Zweifel die beste aller Eissorten!«, entgegnet Zac brüskiert. »Das kannst du nicht bestreiten.«

Ich lache. »Da irrst du dich aber gewaltig!« Um ihn zu provozieren, lasse ich einen weiteren Löffel Schokoeis elegant in meinen Mund wandern und seufze genüsslich auf. »Das ist der absolute Wahnsinn«, murmle ich und lasse meine Zunge anschließend in Zeitlupe über meine Oberlippe und zurück in meinen Mund gleiten. »Mhmm.«

Doch statt der erwarteten Belustigung zeichnet sich ein Lodern in Zacs Blick ab. »Du machst mich fertig«, meint er nur und schaut dabei ungeniert auf meinen Mund. Seine Stimme klingt rau dabei.

»Was fasziniert dich denn so?«, necke ich ihn. »Das Schokoeis oder meine Lippen?«

»Zweiteres. Definitiv Zweiteres.« Ohne lange zu zögern, beugt Zac sich über den Tisch und zieht mich sanft zu sich. Er legt seinen Mund auf meinen und nun scheint ihm das Schokoeis nichts mehr auszumachen, nach dem ich bestimmt schmecke. Seine Zunge lässt er in meinen Mund wandern, begleitet von einem leisen, lustvollen Stöhnen. Er schmeckt nach Vanille, ich nach Schokolade, und während wir uns küssen, verbinden sich diese beiden Gegensätze miteinander, ebenso wie wir es tun …

Zac löst sich langsam von mir. Er räuspert sich, lehnt sich dann auf seinem Stuhl zurück und blickt sich im Raum um. Plötzlich muss er sich deutlich das Grinsen verkneifen.

»Was ist so witzig?«

»Nun ja«, setzt er zu einer Erklärung an, deutet dabei unauffällig mit dem Kopf in Richtung Eistheke. »Wir hatten wohl einen Beobachter, dem die Situation sichtlich peinlich ist.«

Entsetzt fahre ich herum und blicke zum Kellner, der uns vor wenigen Minuten unser Eis serviert hat. Er scheint einige Jahre jünger zu sein als wir und steht nun mit hochrotem Kopf hinter der Theke, den Blick starr auf die Kaffeemaschine zu seiner Linken gerichtet. »Oh nein, der Arme!«

»Er wird es überleben«, meint Zac nur.

Ich drehe mich wieder zu ihm um. »Wir sollten uns in der Öffentlichkeit künftig zügeln.«

»Zügeln ist langweilig.« Wieder ein Lodern in seinen Augen. Und daraufhin ein Kribbeln in mir. »Leidenschaft ist aufregender.«

In den nächsten Minuten essen wir unser Eis auf und schweigen. Ich glaube, wir beide sind einfach unglaublich nervös. Zac hat genauso wenig eine Ahnung davon, wie meine Eltern darauf reagieren werden, dass er mich begleitet, wie ich. Ich weiß nur, dass ich ihm unendlich dankbar dafür bin, gleich nicht allein den Eispalast, der sich mein *Zuhause* schimpft, betreten zu müssen.

Zac

»Du hast wohl vergessen, mir gegenüber zu erwähnen, dass deine Eltern reich sind.« Wie zu Stein erstarrt, betrachte ich das Gebäude vor mir, das einem Film entsprungen scheint. Noch nie habe ich ein so mächtiges Anwesen gesehen. Natürlich wusste ich, dass Miras Familie gut aufgestellt ist, aber dass sie ein solches Anwesen bewohnen, war mir nicht klar. Unter wohlhabend habe ich eben nicht Wohlstand im

Überflüss verstanden. Mein Fehler. »Die Kanzlei deiner Eltern muss echt gut laufen, wenn sie sich das hier alles leisten können.«

»An Geld mangelt es den beiden nicht, das stimmt«, meint Mira trocken. »Dafür aber an einer Menge emotionaler Qualitäten.«

Noch immer kann ich meinen Blick nicht von dem lösen, was sich vor uns erhebt. Das Zuhause von Miras Eltern gleicht den Villen, die ich aus dem Fernsehen kenne, wenn von Millionären berichtet wird, die sich an den schönsten Orten der Welt niederlassen und alles Geld, was sie besitzen, in ihre Wohnungen stecken. Die Fassade des Gebäudes besteht aus grauem Stein, die Fensterfronten sind schwarz umrahmt und einfach riesig, wie so ziemlich alles an diesem Haus. Im Vorgarten reihen sich akkurat geschnittene Bäume aneinander, nichts wirkt fehl am Platz. Ein gepflasterter Weg schlängelt sich von uns bis zur Eingangstür, die beinahe so groß ist wie die unserer Uni. Ich entdecke mehrere Terrassen und Balkone, lasse meinen Blick dann nach links wandern. Die Sonne spiegelt sich in einem See, der seitlich hinter dem Haus liegt, aber dennoch gut zu sehen ist. Und trotz des beinahe märchenhaften Anwesens und der wunderschönen Natur um es herum wirkt es auf mich kalt und lieblos. Ich kann keine persönliche Note erkennen, nicht eine abgeknickte Blume oder andere Dinge, die dieses Grundstück wie ein Zuhause wirken lassen. Oder es mit Leben füllen.

»Gefällt es dir?«, fragt Mira mich und ich habe absolut keine Ahnung, was ich ihr antworten soll.

»Es ist …«, stammle ich. »Hübsch. Irgendwie steril, aber auf jeden Fall ein spannendes Gebäude.«

»Auf mich wirkt es immer erdrückend.«

Erleichtert atme ich aus, bevor ich mich davon abhalten kann, doch Mira lacht nur.

»Es ist okay, Zac. Das Haus darf dich einschüchtern. Ich habe Jahre hier gelebt und auf mich hat es noch heute diese Wirkung.«

»Irgendwie fehlt die persönliche Note«, spreche ich meinen Gedanken von eben ehrlich aus. »Es wirkt so kalt und unnahbar.«

»Nun hast du in etwa ein gutes Bild von meinen Eltern.« Miras Miene verfinstert sich für den Bruchteil einer Sekunde, doch dann fängt sie sich wieder. »Bist du bereit?«

Sofort schüttle ich den Kopf. »Nicht im Geringsten.«

»Dann reißen wir das Pflaster mal ab.« Mira greift nach meiner Hand und sofort nehme ich sie in meine. »Willkommen im Eispalast der Summers.«

Hand in Hand laufen wir den Steinweg entlang bis zum Eingang des Hauses. Mira drückt die Klingel und ich bin mir sicher, jeden Moment vor lauter Aufregung tot umfallen zu müssen. Normalerweise wirft mich nichts so schnell aus der Bahn. Ich bin selbst überrascht darüber, aber ich spüre, dass es mir wirklich wichtig ist, einen guten Eindruck auf Miras Eltern zu machen.

Wenige Augenblicke später öffnet sich die Tür. Vor uns steht eine Frau, der Mira wie aus dem Gesicht geschnitten ist. Mrs. Summers hat blonde Haare, die sie zu einem hohen Dutt gebunden hat. Sie trägt ein eng anliegendes schwarzes Kleid und hohe Schuhe, die alles andere als bequem aussehen. Mira und sie ähneln sich sehr, doch das Leuchten, das ich oft in Miras Augen sehe, scheint der Frau mir gegenüber völlig zu fehlen. Stattdessen starrt sie mich ungeniert an, mustert mich einmal von oben bis unten. Doch es wirkt kühl. Und plötzlich bereue ich meine Entscheidung für Jeans und Shirt. Ich fühle mich, als sollte ich einen Anzug tragen. Oder noch besser: einen Smoking mit Schlips oder Fliege.

»Mira«, presst die Frau hervor, sieht dabei aber noch immer mich an. »Du bist nicht allein gekommen.«

»Mom, das ist Zac«, stellt Mira mich vor.

Ich erwache aus meiner Trance, löse meine Hand aus Miras

und strecke sie stattdessen ihrer Mom entgegen. »Es freut mich, Sie kennenzulernen, Ma'am.«

»Dann werde ich wohl noch ein zusätzliches Gedeck auflegen lassen«, meint sie nur, dreht sich um und verschwindet im Haus.

Ich schlucke. »Wow. Das ist also deine Mom.«

»Herzlich wie immer«, sagt Mira nur, greift dann wieder nach meiner Hand und zieht mich ins Innere des Hauses.

Während wir uns aus unseren Jacken schälen, lasse ich meinen Blick durch den Eingangsbereich gleiten. Direkt vor uns verläuft eine Marmortreppe in die erste Etage des Hauses. Der Boden zu unseren Füßen ist gefliest und an den Seiten des Treppenaufgangs stehen große Blumentöpfe mit frischen Schnittblumen, die aussehen, als wären sie in ihrer Perfektion extra für dieses Anwesen gezüchtet worden. Die Decken sind gefühlte zwanzig Meter hoch – ehrlich! – und ich entdecke Stuckverzierungen. Im Treppenaufgang hängen einige Gemälde, die wirklich teuer und hochwertig wirken. Ich habe zwar keine Ahnung von Kunst, doch ich kann mir vorstellen, dass es sich bei den meisten um Unikate handelt.

»Darf ich Ihnen die Jacken abnehmen?«, reißt mich eine freundliche Stimme aus meinen Gedanken. Zu unserer Linken steht eine kleine, zierliche Frau mittleren Alters. Die braunen Haare trägt sie zu einem Bob geschnitten, um ihre Taille hat sie eine weiße Schürze gebunden. Geduldig sieht sie zwischen Mira und mir hin und her. Kurzerhand nimmt Mira mir meine Jacke vom Arm und reicht sie, gemeinsam mit ihrer eigenen, der Frau vor uns. »Das ist sehr freundlich von Ihnen«, bedankt sie sich und gleich darauf verschwindet die Frau mit unserer Kleidung hinter einer der vielen Türen, die rechts vom Flur abgehen.

»Deine Eltern haben ein Hausmädchen?«, entweicht es mir völlig entgeistert, bevor ich mich zurücknehmen kann. Wirklich wie im Film.

»Nicht nur eins.« Mira dreht sich zu mir. »Kennst du *Gilmore Girls*?«

»Was bitte soll das sein?«

»Eine Serie«, antwortet Mira belustigt. »Enna hat mir vor einiger Zeit die ersten Episoden vorgespielt. Darin gibt es ein Ehepaar, das ebenso im Geld schwimmt, wie meine Eltern es tun. Die Frau stellt so ziemlich jede Woche ein neues Hausmädchen ein und hat mich damit sehr an meine Mom erinnert.«

»Verstehe.« Ich nicke. »Deine Mom wechselt also auch sehr oft das Personal?«

»Wie es ihr beliebt.« Mira zuckt mit den Schultern. »Die beiden haben so viel zu tun in der Kanzlei, dass es für sie undenkbar wäre, nebenbei auch noch den Haushalt schmeißen zu müssen, und …«

»Mira!«, unterbricht uns eine laute Stimme. Gleich darauf steht ein Mann vor uns, von dem ich annehme, dass es sich dabei um ihren Dad handelt. Er hat eine Glatze und trägt einen Anzug, der ihm perfekt auf den Leib geschneidert worden sein muss. Wieder bereue ich meine legere Kleiderwahl. Mira wird in eine Umarmung gezogen, dann wendet er sich mir zu. »Wen hast du uns denn mitgebracht?«, fragt er ruhig, kann jedoch sein Entsetzen über meine Anwesenheit dabei nur minimal weniger gut verstecken als seine Frau zuvor.

»Dad, das ist Zac«, stellt Mira mich vor. Auch ihr Vater mustert mich einmal skeptisch von oben bis unten, schaut mich konsterniert an. Schon jetzt fühle ich mich wie ein Eindringling in seinem Haus, doch Mira scheint genau zu wissen, was sie sagen muss, um die Situation zu entspannen. »Er studiert ebenfalls Jura.«

Kurz meine ich, so etwas wie Hoffnung in den Augen ihres Dad aufglimmen zu sehen. Zu hören, dass ich ebenfalls Jura studiere, entspannt ihn sichtlich. Es ist fast so, als ginge er nun davon aus, ich sei keine Gefahr für seine Tochter, sondern ein anständiger Kerl. Beinahe würde ich mich sogar darüber freuen, wäre dieses Verhalten nicht von so vielen Vorurteilen begleitet. Und wenn es etwas gibt, das ich auf den Tod nicht ausstehen kann, dann sind das vorschnelle Urteile über einen Menschen, den man gar nicht kennt.

»Wie schön, Sie kennenzulernen, Zac«, meint Miras Dad nur, streckt mir aber immerhin seine Hand entgegen. »Ich bin Kai.«

»Ich danke Ihnen, dass ich heute hier sein darf«, erwidere ich und wir schütteln uns kurz die Hände. *Obwohl sie mich, um genau zu sein, gar nicht eingeladen haben,* füge ich in Gedanken hinzu.

»Wir freuen uns immer über Gäste.« Freundlich lächelt er mich an, doch noch immer ist ihm deutlich anzumerken, wie wenig ihn mein Besuch begeistert. Er hat nur gelernt, die Fassung zu bewahren. »Lasst uns in den Salon gehen.«

Salon? Natürlich haben sie einen Salon. Warum wundert mich das überhaupt?

Während wir über den Flur auf eine große weiße Flügeltür zugehen, bin ich dankbar dafür, dass Mira mich weiterhin an der Hand hält, was ihr Vater mit einem stummen Blick kommentiert. Die ganze Situation löst ein unglaubliches Unbehagen in mir aus und schon jetzt kann ich die Bezeichnung dieses Anwesens als Eispalast unterschreiben. In diesem Haus fehlt es definitiv an Persönlichkeit, an Liebe und Geborgenheit. All dieser Pomp zeigt das nur zu deutlich. Auch die Umarmung von Mira und ihrem Dad wirkte eher beherrscht auf mich, von der Begrüßung ihrer Mom ganz zu schweigen. Darin lag nichts Herzliches.

Im Salon angekommen, sehe ich mich ein weiteres Mal staunend um und kann nicht verhindern, dass mir dabei der Mund offen stehen bleibt. Ein riesiger Flatscreen befindet sich an der Wand vor uns, die Fensterfronten sind bodentief und erstrecken sich über eine Seite des Zimmers, die bestimmt an die dreißig Meter lang ist. Hier wirkt einfach alles übertrieben. In der Mitte steht eine riesige cremefarbene

Couch aus Leder, zu unserer Rechten befindet sich ebenfalls mitten im Raum ein Kamin und in die linke Wand sind Bücherregale eingelassen. Davor stehen Leitern, die wahrscheinlich dazu dienen, an die Exemplare aus den obersten Reihen zu gelangen, die man aufgrund der Deckenhöhe sonst nicht erreichen könnte. Einige helle Teppiche liegen im Salon verteilt und ich bete schon jetzt zu Gott, dass meine Schuhsohlen sauber sind und ich hinter mir keine Spuren hinterlasse. Wäre es nicht zu auffällig, würde ich mich am liebsten umdrehen und nachsehen, doch ich halte mich selbst davon ab.

»Gefällt Ihnen, was Sie sehen?«, reißt Kai mich aus meinen Gedanken. Er lehnt im Türrahmen, hinter ihm muss sich das Esszimmer befinden, wie ich mit einem kurzen Blick registriere.

Ich nicke. »Sie haben ein wirklich schönes Haus, Sir.«

»Ich kann mir vorstellen, dass es einen sehr positiven Eindruck auf Sie macht, Zac«, kommt es daraufhin prompt von Miras Mom, die kerzengerade auf der Couch vor uns sitzt, ein Bein über das andere geschlagen. Sie war mir eben gar nicht aufgefallen. »Ist das eigentlich eine Abkürzung?«

»Wie bitte?«, frage ich sie peinlich berührt und zugleich verwirrt.

»Zac.« Beinahe ungeduldig sieht sie mich an. »Ist das eine Abkürzung? Ein Spitzname?«

»Nein«, antwortet Mira, bevor ich es tun kann.

Vollkommen durcheinander drehe ich mich zu ihr um. Sie weiß doch mit Sicherheit, dass mein voller Name …

»Einfach nur Zac«, stellt sie dann noch einmal klar.

»Verstehe.«

Ich schaue wieder zu ihrer Mom und beschließe, es einfach dabei zu belassen und Mira später nach dem Grund ihrer Lüge zu fragen.

Für einige Minuten legt sich ein unangenehmes Schweigen über uns, das vom Klingeln an der Tür unterbrochen wird.

»Das muss Luis sein, dem Himmel sei Dank!«, ruft Miras Mom begeistert, beinahe erleichtert. »Roberta, öffnen Sie bitte die Tür!«

Das Hausmädchen kommt augenblicklich aus dem Esszimmer geschossen und rennt beinahe zur Eingangstür. Wenige Augenblicke später betritt besagter Luis den Raum und sofort fühle ich mich noch unwohler als ohnehin schon seit unserer Ankunft.

»Kai, Charlotte, wie sehr ich mich freue, Sie beide zu sehen!«, begrüßt er Miras Eltern. Die beiden laufen zu ihm und ziehen ihn jeweils für eine kurze Umarmung zu sich.

»Wir freuen uns ebenso«, meint Kai und klopft seinem Gast auf die Schulter. »Gut siehst du aus, mein Junge«, meint er beinahe väterlich zu ihm.

»Ihr Anzug gefällt mir, Sir«, erwidert Luis. »Und auch Sie sehen einfach zauberhaft aus, Charlotte. Das Kleid steht Ihnen ausgezeichnet.«

Bei so viel Geschleime kommt mir beinahe das Eis von eben wieder hoch. Mira scheint es ähnlich zu gehen, denn als ich sie ansehe, rümpft sie die Nase, ist ebenso angewidert wie ich. Als Luis sie kurz darauf anspricht, zuckt sie jedoch augenblicklich zusammen.

»Miranda.« In wenigen Schritten ist er bei uns, nimmt Miras freie Hand und zieht diese zu sich. Bevor er weiterspricht, küsst er sie auf ihren Handrücken und automatisch drücke ich ihre andere Hand, die noch immer in meiner liegt, etwas fester. »Du bist noch genauso schön, wie ich dich in Erinnerung habe. Deine Eltern haben mir schon einige Male Fotos von dir gezeigt, immerhin sind sie schon lange mit den meinen befreundet.« Mit seinem durchdringenden Blick mustert er Mira, die eine enge Jeans und eine geblümte Bluse trägt.

Kotz. Wenn das so weitergeht, muss ich mich wirklich gleich übergeben. Doch neben dem Ekel steigt noch ein weiteres Gefühl in mir auf: blanke Eifersucht. Es passt mir so gar nicht, wie der Typ sich an Mira ranschmeißt, die sich sichtlich unwohl fühlt in seiner Gegenwart.

»Schön, dich kennenzulernen, Luis«, meint Mira nur, sieht dann schnell wieder mich an. »Das ist Zac, ein *sehr* guter Freund von mir. Wir studieren gemeinsam.«

Und schon zum dritten Mal an diesem Tag werde ich skeptisch beäugt. »Zac«, wiederholt Luis meinen Namen.

Irgendwie erinnert er mich an einen Prinzen. Wie in diesen furchtbaren Disney-Filmen steht er vor mir, wie aus dem Ei gepellt, in seiner ganzen Perfektion …

»Ist das eine Abkürzung?«, stellt er mir schließlich dieselbe Frage wie Charlotte eben.

Was zur Hölle ist so seltsam an meinem Namen?

Ich beschließe, Miras Lüge nicht aufzuklären. »Nein«, antworte ich ihm also und bemühe mich, zu lächeln und gute Miene zum bösen Spiel zu machen. »Einfach nur Zac.«

»Na dann«, meint Luis. »Schön, dich kennenzulernen, Einfach-nur-Zac.« Abermals mustert er mich von oben bis unten. »Spannendes Outfit.« Er muss sich deutlich ein Grinsen verkneifen.

Findet er das etwa witzig?

Ich beschließe gerade, dass es mit meiner Nettigkeit nun reicht, als Kais Stimme mich davon abhält, diesem Schnösel eine Beleidigung an den Kopf zu werfen. »Der Tisch ist gedeckt, lasst uns zum Essen nach nebenan gehen.«

Charlotte legt Luis eine Hand auf die Schulter und begleitet ihn ins Esszimmer, Kai ist bereits im Nebenraum verschwunden, zurück bleiben Mira und ich.

»Ich muss mich jetzt schon bei dir entschuldigen«, sagt sie leise und dreht sich zu mir um, greift nun auch nach meiner zweiten Hand. »Wahrscheinlich war es eine doofe Idee, dich mit herzunehmen. Meine Eltern sind immer so direkt und Luis ist …«

»… ein absoluter Schnösel«, beende ich ihren Satz. »Ich bin wahnsinnig froh, dass du nicht allein hier bist. Mach dir bitte keine Gedanken um mich, ich halte die *Eiszeit* hier schon durch.«

»Danke, dass du da bist.« Ehrlich erleichtert sieht sie mich an, dann wenden wir uns dem Esszimmer zu.

»Auf zur Henkersmahlzeit«, versuche ich, die Stimmung aufzulockern, und es gelingt mir tatsächlich, Mira ein kurzes Lachen zu entlocken.

Jackpot, denke ich. *Mehr braucht es nicht. Ihr Lachen ist genug.*

Mira

Noch nie zuvor habe ich mich so sehr für meine Eltern geschämt wie heute. Natürlich habe ich damit gerechnet, dass meine Begleitung die beiden zunächst überfordert. Immerhin wusste ich von ihrem Vorhaben, mich mit Luis zu verkuppeln. Jedoch hätte ich nicht gedacht, dass sie genau das weiterhin versuchen, trotz der Tatsache, dass Zac mit am Tisch sitzt. Seit einer geschlagenen halben Stunde schwärmen sie vor ihm von Luis, schenken Zac dabei keinerlei Beachtung, als wäre er gar nicht anwesend. Luis Eltern sind auch nicht dabei heute, was mich zu Beginn sehr verwundert hat, doch nun habe ich die Pläne meiner Eltern durchschaut. Sie versuchen so offensichtlich, mich mit Luis zusammenzubringen, dass die beiden hier nur gestört hätten. Wahrscheinlich hatte Dad die Befürchtung, dass sich die Gespräche am Tisch zu sehr um das Geschäft drehen könnten, wenn Luis Vater dabei wäre. Gerade ist mein Dad damit beschäftigt, mich bei Luis in den Himmel zu loben.

»Wir sind so stolz auf unsere Tochter«, erklärt er, natürlich an Luis gewandt. »Sie ist so engagiert in ihrem Studium, brennt mit voller Leidenschaft für das, was sie tut.«

Ich muss mir ein kurzes Auflachen verkneifen. Auch Zac wirft mir einen zweifelnden Seitenblick zu. Bisher haben wir noch nicht genauer darüber gesprochen, doch ich habe bereits mehrmals angedeutet, dass ich lieber etwas anderes tun würde, als Jura zu studieren und die Träume meiner Eltern zu verwirklichen. Dass meine Eltern mich so wenig kennen und wirklich davon ausgehen, dass ich Freude an meinem Studium habe, verletzt mich jedes Mal aufs Neue. Doch ich bin selbst schuld. Ich war den beiden gegenüber nie vollkommen ehrlich, habe immer gute Miene zum bösen Spiel gemacht und mich kleinreden lassen.

»Ich persönlich bewundere vielmehr Miras Talent für das Backen.« Erschrocken wende ich mich Zac zu. Das sind die ersten Worte, die er seit einer halben Stunde gesprochen hat. Er räuspert sich. »Ich konnte mich schon mehrmals davon überzeugen, dass Mira das leckerste Gebäck im Café anbietet, in dem sie jobbt. Ihre Kreationen sind unschlagbar.«

Dankbar lächle ich ihn an. In den letzten Wochen haben wir im Café mehrmals nicht nur am Projekt gearbeitet, sondern oft auch einfach nur miteinander geredet – über alles Mögliche. Nebenbei hat Brian uns immer wieder etwas von meinen mitgebrachten Backwaren serviert, damit wir nicht verhungern. Oft waren wir beide so vertieft in unsere Arbeit, dass wir gar nicht ans Essen dachten.

»Zum Backen gibt es Personal.«

Es ist wie ein Eimer kaltes Wasser, der sich über mir ergießt. Ich hätte damit rechnen müssen, dass Mom bereits eine spitze Bemerkung auf der Zunge liegt.

»Es ist absolute Zeitverschwendung, sich selbst in die Küche zu stellen. Vielmehr sollte sie sich auf die Inhalte ihres Studiums konzentrieren.«

»Das tut sie«, verteidigt Zac mich sofort, und wird endlich wieder aktiver Teil des Gesprächs. »Aktuell erarbeiten wir ein gemeinsames Projekt.«

»Ach ja?« Interessiert meldet sich nun Dad zu Wort. »Was für ein Projekt? Miranda, du hast uns gar nichts davon erzählt.«

Ich richte mich auf, lege mein Besteck beiseite und werfe einen letzten Blick auf den Lammbraten auf meinem Teller, von dem ich bisher nur wenige Bissen herunterbekommen habe, bevor ich antworte: »Zac und ich arbeiten zusammen an einem Hilfsprojekt für Kinder und Jugendliche. Wir wurden in Zweierteams eingeteilt und die Gewinner dürfen ihr Projekt in Kooperation mit der **Keeping Hope**-Organisation verwirklichen.« Ich erkläre noch kurz die Einzelheiten und die genauen Vorgaben, die Professor Johnson uns gegeben hat.

»Wieso Kinder und Jugendliche?«, wendet sich Luis fragend an mich.

»Wieso nicht?«

»Nun ja, wenn ich das eben richtig verstanden habe, dürft ihr euer Projekt komplett selbst planen und den Schwerpunkt auswählen?«

»Richtig«, meine ich nur. Mir ist immer noch nicht klar, worauf er hinauswill.

»Ich hätte die Chance genutzt, mich etwas wirklich Sinnvollem zu widmen. Es gibt bereits so viele Projekte, die sich auf junge Menschen aus der sozialen Unterschicht konzentrieren …«

»Aus sozial benachteiligten Familien«, wirft Zac dazwischen.

»Wie bitte?« Luis sieht ihn an, ist offensichtlich entgeistert darüber, dass er ihn unterbrochen hat.

»Man bezeichnet diese Menschen nicht als Unterschicht. Das klingt enorm abwertend und …«

»Oh, bitte verzeih. Ich hätte mir denken können, dass du einen persönlichen Bezug zu diesem Thema hast.«

Zacs Wut scheint ins Unermessliche zu steigen, er wird rot und zittert leicht, doch er zügelt sich. Schon stellt Dad die nächste Frage, diesmal überraschenderweise jedoch direkt an Zac gewandt. »Und Sie studieren also ebenso Bachelor of Arts in Law, sagten Sie vorhin, richtig?«

Zac nickt. »Ich bin im gleichen Semester wie Mira, habe vor, danach alles zu tun, um Anwalt zu werden. Der Bachelor of Arts in Law vermittelt mir dafür gute Grundlagen.«

»Wieso Jura?« Dad legt sein Besteck zur Seite, wischt sich mit der Serviette über den Mund und faltet seine Hände dann vor sich, die Arme auf dem Tisch abgestützt.

»Weil ich mir nichts Schöneres vorstellen kann, als etwas zu bewirken in dieser Welt«, erklärt Zac. »Es gibt so viele Baustellen, an denen gearbeitet werden muss. Ungerechtigkeiten, die ausgeglichen gehören. Deshalb freue ich mich, mit Ihrer Tochter durch unser Projekt eine Chance zu bekommen, etwas zu verändern.«

Dad nickt. »Wie schön.« Ehrliche Begeisterung sieht anders aus, doch es wundert mich nicht, dass Dad Zacs berührende Worte kaltlassen. Meine Eltern üben ihren Beruf nur des Geldes wegen aus, das haben sie mir in den letzten Jahren mehrfach verdeutlicht. Nie haben sie eine solche Leidenschaft verspürt wie Zac. »Ich wünschte, mein eigener Sohn würde die Chancen dieses Berufs ebenso erkennen.«

Oh nein, Dad. Bring jetzt bitte nicht Jase ins Spiel, denke ich traurig.

»Seine Musik verdreht ihm völlig den Kopf.« Natürlich muss nun auch Mom mit einsteigen. »Nicht einmal die Androhung, ihm das Studiengeld zu streichen, hat zu einem Umdenken bei ihm geführt.«

»Ich kann einfach nicht verstehen, weshalb er das Jurastudium so ablehnt«, mischt sich nun auch Luis ein. »In Ihrer Firma zu arbeiten, wäre eine Ehre für mich. Wie kann man diese Möglichkeit ausschlagen?«

Mom und Dad werfen sich daraufhin einen bedeutungsvollen

Blick zu. Nun grinsen sie sich an, scheinen sich auf eine Verkündung vorzubereiten. Ich erkenne die Zeichen.

Was zum …?

»Luis«, wendet sich Dad an ihn. »Charlotte und ich haben dich heute nicht nur des Essens wegen eingeladen. Wir möchten dir gern ein Angebot unterbreiten.«

Interessiert sieht Luis zwischen meinen Eltern hin und her, während Zac mich verwirrt anblickt. Ich versuche, ihm zu zeigen, dass ich darüber, was hier gerade vor sich geht, ebenso ratlos bin wie er.

»Wir würden dich gern einstellen«, klärt Mom uns alle schließlich auf. »Mit deinen Eltern haben wir bereits gesprochen. Du könntest bei uns einsteigen, parallel zur Uni, zudem würden wir dir ein Apartment ganz in der Nähe der Kanzlei zur Verfügung stellen. Es befindet sich im gleichen Häuserblock wie das, welches wir für Miranda gekauft haben.«

»Ihr habt mir ein Apartment gekauft?«, entfährt es mir schockiert, während Luis begeistert aufspringt.

»Charlotte, Kai, das ist ein so wunderbares Angebot. Natürlich nehme ich es sehr gern an!«, ruft er euphorisch und setzt sich dann wieder.

Dad lacht. »Das freut uns sehr, Luis. Du bist ein engagierter junger Mann, den wir gern unterstützen möchten. Miranda und du, ihr könnt dann gemeinsam in der Kanzlei …«

»Stopp!«, rufe ich dazwischen und augenblicklich legt sich Stille über den Tisch. »Ich werde nirgendwo hinziehen«, stelle ich mit ruhigerer Stimme klar.

»Natürlich wirst du das.« Mom nimmt einen großen Schluck von ihrem Rotwein. »Wenn du erst einmal Teil der Kanzlei bist, wirst du dein kleines Städtchen verlassen müssen.«

»Starfall ist mein Zuhause, Mom.«

»Dein Zuhause ist hier, Mira«, entgegnet sie nur. »Es reicht schon, dass dein Bruder in diesem Kaff bleiben möchte, um mit seiner Musik berühmt zu werden, da musst du nicht auch noch ...«

»Jetzt hört doch endlich auf!«, rufe ich aufgebracht, kann mich nun nicht mehr zurückhalten.

»Miranda!« Entsetzt sieht Dad mich an. »Was ist denn in dich gefahren? Zügele deinen Ton.«

»Was in *mich* gefahren ist?« Ich springe auf, gehe neben dem Tisch auf und ab, kann einfach nicht mehr still auf meinem Platz sitzen bleiben. Ich halte es einfach nicht mehr aus, ruhig zu sein. »Seit einer geschlagenen Stunde seid ihr nur damit beschäftigt, Luis in den Himmel zu loben und Jase schlechtzumachen! Euren eigenen Sohn, verdammt. Wie könnt ihr das nur?«

»Das stimmt doch gar nicht. Wir ...«

»Außerdem weiß ich nicht, ob es euch aufgefallen ist«, unterbreche ich meine Mutter. »Aber ich habe jemanden mitgebracht. Ihr habt Zac bisher kaum eines Blickes gewürdigt, abgesehen von eurem Verhör eben.«

»Miranda!«

»Und mein Name ist Mira!«, schreie ich regelrecht dazwischen. »Ich heiße Mira und ich bin es leid, dass ihr einen Menschen aus mir macht, der ich gar nicht sein will!«

»Was meinst du denn damit?« Entsetzt sieht Mom mich an.

Jetzt ist er gekommen. Der Moment, vor dem ich mich so lange gefürchtet habe. Zac scheint es auch zu spüren, denn augenblicklich erhebt er sich, stellt sich an meine Seite und greift nach meiner Hand. Luis passt das natürlich nicht, und auch Dad beäugt unsere ineinander verschlungenen Hände skeptisch, während Mom mich weiterhin mit offenem Mund anstarrt. Ich kann nicht mehr. Ich halte diese Lügen nicht mehr aus, möchte endlich ehrlich sein, zu meinen Eltern, aber vor allem mir selbst gegenüber. Also drücke ich Zacs Hand so fest wie möglich, halte mich an ihm fest, vergewissere mich, dass er neben mir steht und mir Halt gibt. Ein letztes Mal atme ich tief durch, dann spreche ich endlich die Wahrheit aus. »Ich bin absolut unglücklich mit meinem Studium, und das schon seit Monaten. Eigentlich würde ich viel lieber meine Leidenschaft zum Beruf machen und mit meinen Kuchen und Gebäcken mein Geld verdienen. Und das Letzte, was ich nach meinem Bachelor tun möchte, ist ein erweitertes Jurastudium anzuschließen, um Anwältin zu werden.«

Stille. Nichts als Stille hängt sich über den Raum, also spreche ich einfach weiter. Was habe ich jetzt noch zu verlieren? »Ich bin wirklich talentiert. Brian, mein Chef im Café, lässt mir völlig freie Hand. Den Gästen hat es bisher immer geschmeckt bei mir und ich denke, dass ich mein Talent nutzen sollte, um eine Ausbildung zur Konditorin zu machen.«

Stille. Immer noch nur Stille. Dann das plötzliche laute Auflachen meiner Mutter, das mich augenblicklich frösteln lässt. »Eine *Ausbildung.* Kai, hast du das gehört?«, wendet sie sich hysterisch lachend an Dad. »Deine Tochter möchte eine *Ausbildung* machen.«

»Das kann doch unmöglich dein Ernst sein«, wirft Dad ein. Er sieht mich so schockiert an, als hätte ich ihm eben eröffnet, einen Zirkus in sein Haus holen zu wollen. »Miranda …«

»Wenn ich auch etwas einwerfen darf …«, beginnt Luis, doch ich unterbreche ihn, bevor er seinen Senf dazugeben kann. Die Reaktion meiner Eltern hat mich schon genug verletzt. Mehr ertrage ich heute nicht.

»Halt die Klappe, Luis.«

»Miranda Summers!«, ruft Dad entgeistert. »So kannst du doch nicht mit deinem künftigen Kollegen sprechen …«

»Du verstehst es einfach nicht, oder, Dad?« Tränen sammeln sich in meinen Augen. »Er und ich werden nie Kollegen sein!«

»Wie meinst du das?«, fragt er mich verwirrt. Und ich weiß, dass ich es aussprechen muss. Ich muss die Worte aussprechen, um mich selbst daran zu erinnern, dass ich sie in die Tat umsetzen werde.

»Ich werde nicht in eure Kanzlei einsteigen«, traue ich mich endlich, meine Meinung zu sagen, und bin damit zum ersten Mal seit Jahren absolut ehrlich. Bekräftigend drückt Zac meine Hand, also gebe ich mir einen Ruck. »Ich werde mein Grundstudium beenden, aber ich werde im Anschluss nicht Jura weiterstudieren und später auch nicht als Anwältin arbeiten.«

Wieder Stille. Dad atmet scharf ein. Mom entfährt ein erschrockener Laut, Luis starrt mich entsetzt an.

»Raus aus meinem Haus.«

Da sind sie. Die Worte, die das Fass zum Überlaufen bringen. Die Tränen, die ich mit aller Macht habe zurückhalten wollen, bahnen sich einen Weg meine Wangen hinunter. Ich kann ein Schluchzen nicht unterdrücken, meine Knie werden wacklig. »Dad, ich …«

»Ich bin so enttäuscht von dir, Miranda. Bitte geh.«

Natürlich habe ich mit einer negativen Reaktion gerechnet. Damit, dass mein Dad mich anschreit, meine Mom in Tränen ausbricht und Luis über mich lacht. Doch niemals hätte ich gedacht, dass mein eigener Vater mich aus seinem Haus wirft, weil ich ehrlich zu ihm bin. Weil ich schlichtweg zu mir selbst stehe und ihm sage, wie ich wirklich fühle.

Schluchzend und völlig überfordert lehne ich mich an Zac, der noch immer neben mir steht. Ich vergrabe mein Gesicht an seinem Arm, möchte mich einfach nur verstecken, unsichtbar werden.

»Sie haben eine so wundervolle Tochter«, sagt Zac zu meinen Eltern, während er mir beruhigend über den Rücken streichelt. »Es ist mir ein Rätsel, wie eine so liebevolle Frau so kalte Eltern haben kann.« Nun wendet er sich mir zu. »Komm, Mira. Wir gehen.«

Und das tun wir. Zac stützt mich, während wir nebeneinander aus dem Esszimmer laufen. Roberta steht bereits im Flur, unsere Jacken vor sich ausgestreckt, einen mitfühlenden Ausdruck im Gesicht.

»Alles Gute für Sie«, meint Zac an sie gewandt, greift sich unsere Jacken und zieht dann die Haustür auf. Sanft schiebt er mich vor sich aus dem Haus, schließt die Tür hinter uns wieder. Wir gehen den Steinweg entlang in Richtung seines Wagens, doch ungefähr bei der Hälfte des Pfades angekommen, kann ich mich einfach nicht mehr auf den Beinen halten.

Ich falle.

Und Zac fängt mich auf.

KAPITEL 16
Hoffnungsschimmer

Zac

Sanft wiege ich Mira in meinen Armen hin und her, während ich behutsam auf sie einrede. »Alles wird wieder gut«, versuche ich, sie zu beruhigen, und merke dabei selbst, wie abgedroschen meine Worte klingen. Doch in diesem Moment finde ich einfach nicht die richtigen.

Das Essen war ein absolutes Desaster. Miras Eltern haben sich ihr gegenüber wirklich furchtbar verhalten, an Luis und seine schmachtenden Blicke mag ich gar nicht mehr denken. Was Mira in den letzten Stunden durchmachen musste, muss sich angefühlt haben wie die Hölle. Ich bin unendlich froh darüber, sie begleitet zu haben. Nicht auszumalen, wenn sie allein hätte an diesem Tisch sitzen und all die Demütigungen über sich ergehen lassen müssen. Die ganze Zeit über habe ich mir die größte Mühe gegeben, mich zurückzuhalten, doch am Ende ist es mir nicht gelungen, ruhig zu bleiben. Ich bin stolz darauf, dass Mira endlich ehrlich zu ihren Eltern war. Natürlich habe ich bereits bemerkt, dass ihre Leidenschaft woanders liegt. Dass ich das eher erkannt habe als ihre Eltern, die ihr Kind eigentlich viel besser kennen sollten, erschreckt mich zutiefst. Noch viel mehr habe ich mich aber vor der kalten Reaktion ihrer Eltern erschrocken.

»Danke«, murmelt Mira irgendwann, jedoch so leise, dass ich sie beinahe nicht gehört hätte. »Es tut mir so leid, Zac.« Sie setzt sich vorsichtig auf. Noch immer hocken wir auf dem Weg vor dem Anwesen ihrer Eltern. »Meine Familie hat sich dir gegenüber wirklich furchtbar verhalten. Sie haben dich kaum beachtet und Luis …«

»Mira«, unterbreche ich sie sanft. »Bitte, mach dir um mich keine Gedanken. *Du* bist diejenige, die am meisten gelitten hat. Es ist *deine* Familie. Deine Eltern sollten deine Träume unterstützen, ebenso die deines Bruders.«

»Das sollten sie. Nur leider wird das wahrscheinlich nie geschehen.« Mit den Ärmeln ihrer Jacke wischt sie sich die Tränen vom Gesicht. »Da müsste schon ein Wunder geschehen.«

Das Klingeln meines Handys holt uns in die Realität zurück. Wir rappeln uns auf und ich vergewissere mich, dass Mira nun wieder ohne Hilfe stehen kann.

»Geh ruhig ran«, meint sie nur und schenkt mir ein zaghaftes Lächeln.

Ich wische Mira sanft eine letzte Träne von ihrer Wange, greife dann widerwillig in die Tasche meiner Jacke und ziehe mein Smartphone heraus. Erleichtert stelle ich fest, dass es nicht meine Mom ist, die mich anruft. Stattdessen blinkt eine mir fremde Nummer auf. Kurzerhand nehme ich den Anruf an.

»Avens«, stelle ich mich vor, während ich mir den Dreck von der Jeans klopfe. Kurz darauf stockt mir der Atem.

»Wie schön, dass ich Sie erreiche, Mister Avens. Hier spricht der Besitzer des alten Fabrikgebäudes. Ich melde mich bezüglich Ihres Interesses an unserem Grundstück.«

»Ich danke Ihnen für den Anruf«, erwidere ich freundlich und klopfe Mira, die noch immer neben mir steht, auf die Schulter. Verwirrt sieht sie mich an, aber auch interessiert, ja neugierig.

»Es freut mich, Ihnen mitzuteilen, dass wir uns Sie beide als Käufer sehr gut vorstellen können. Natürlich vorausgesetzt, dass Sie noch immer interessiert sind und Ihr soziales Projekt in unserem Gemäuer verwirklichen wollen.«

Begeistert recke ich meine Faust in den Himmel und grinse Mira entgegen. »Natürlich sind wir noch interessiert. Wir freuen uns sehr!«

Nun scheint Mira endlich zu dämmern, wen ich hier am Telefon habe. Sie bedeutet mir, dass ich den Anruf auf laut stellen soll, und ich tue wie geheißen. »Miss Summers steht direkt neben mir«, erkläre ich dem Anrufer. »Wir danken Ihnen sehr für Ihr Vertrauen.«

»Und es stellt kein Problem für Sie dar, dass wir Ihnen noch keine hundertprozentige Zusage geben können?«, vergewissert sich Mira. »Es handelt sich ja um ein Uni-Projekt und nur, wenn wir den Wettbewerb gewinnen …«

»Wir haben eben eine Weile im Team darüber diskutiert, uns aber für Sie entschieden. Ihre Projektidee und das persönliche Treffen gestern haben uns überzeugt. Wir können uns keine schönere Perspektive für dieses Gebäude vorstellen, da warten wir sehr gerne noch etwas. Wir glauben an Sie und Ihre Idee. Also, hängen Sie sich rein.«

Erleichtert atmen wir zur selben Zeit die Luft aus, die wir zuvor wohl beide angehalten haben.

»Zudem«, fährt der Hausbesitzer fort, »gab es bisher aufgrund des großen Renovierungsbedarfs nur wenige andere Interessenten. Aber wenn wir das richtig verstanden haben, spielt das Geld bei Ihnen nur eine geringe Rolle?«

»Richtig«, werfe ich ein. »Der Umbau würde in Kooperation mit der Organisation *Keeping Hope* stattfinden, die bei Realisierung sämtliche Kosten trägt.«

»Wie schön. Wir freuen uns, in einigen Wochen von Ihnen zu hören, ob Sie gewonnen haben. Ich fasse Ihnen das Wichtigste noch einmal in einer Mail zusammen, dann melden wir uns die Tage mit einem ersten Vertragsentwurf.«

Mira springt neben mir begeistert auf und ab. Für den Moment ist der Schmerz von eben vergessen. Es ist so schön, sie nach dem Desaster bei ihren Eltern wieder so glücklich zu sehen. Ich verabschiede mich am Telefon, beende das Gespräch, stecke das Handy wieder in meine Tasche und hebe Mira vor lauter Begeisterung hoch, wirble sie einmal durch die Luft und hoffe dabei inständig, dass ihre Eltern uns durch eines der riesigen Glasfenster beobachten. Ich wünschte, die beiden könnten sehen, wie sehr ihre Tochter für etwas brennen kann, wie groß ihr Herz ist und dass sie alle Liebe dieser Welt verdient.

»Wer hätte gedacht, dass dieser Tag so schön endet?«, fragt Mira, als ich sie wieder vor mir absetze.

»Wir haben es wirklich geschafft.« Ich grinse ebenso breit wie sie. »Jetzt können wir endlich mit der detaillierteren Planung loslegen. Wir können die Raumaufteilung entwerfen, die Projekte ausarbeiten, die wir mit den Kindern und Jugendlichen umsetzen könnten. Entscheiden, welche Kurse wir anbieten …«

»Lass uns direkt loslegen!«, ruft Mira euphorisch. »Wir fahren sofort zurück nach Starfall und setzen uns dran, vielleicht können wir auch …«

Sie ist unendlich süß, wenn sie so aufgeregt ist und brabbelt wie jetzt. Ich finde es toll, dass sie so sehr für unser gemeinsames Projekt und unsere Ideen brennt, obwohl sie doch eigentlich viel lieber in eine andere Richtung gehen würde. Dennoch merke ich, wie viel ihr an unserer Zusammenarbeit liegt, und das macht mich glücklich. Kurzerhand ziehe ich Mira zu mir, lege meine Lippen auf ihre und stoppe ihren Redefluss. Wir verlieren uns in einem Kuss, der für einen winzigen Moment die letzten Stunden auslöscht. Ich hoffe, dass er die Kälte, die Miras Eltern in ihrem Kind hinterlassen haben, nun durch Wärme ersetzt.

»Ein Tischkicker! Wir brauchen unbedingt einen!«

Mit strahlenden Augen sieht Mira mich an. Seit bereits zwei Stunden sitzen wir auf dem Boden meiner Wohnung, unsere Laptops zwischen uns und all unsere Notizen und Unterlagen um uns herum verteilt. Hier herrscht das absolute Chaos, aber es macht unglaublich viel Spaß, nun endlich ein genaues Konzept für unseren Hort ausarbeiten zu können, zu wissen, dass unsere Ideen Wirklichkeit werden könnten.

»Wandert direkt auf die Liste«, nehme ich Miras Vorschlag an und setze den Tischkicker unter all die anderen Dinge, die wir den Jugendlichen ermöglichen möchten.

Wir planen noch einige Zeit weiter, bis irgendwann Miras Handy vibriert. Sie nimmt es zur Hand und wirft einen Blick darauf, liest vermutlich, was ihr geschickt wurde. Dann drückt sie auf das Display und nimmt eine Audionachricht auf. »Sieht super aus, Enna. Aber bitte streich den Kuchen von der Liste, den möchte natürlich ich beisteuern. Eigentlich sollte es eine Überraschung werden, aber die hast du mir gerade verdorben. Nicht schlimm.« Mira lacht. »Bis später.«

Fragend sehe ich sie an, neugierig, worum es eben ging.

»In einer Woche feiern Enna und Finn ihren Geburtstag in der WG. Sie hat mir eben ihre Einkaufsliste geschickt.«

»Verstehe. Und du wirst für die beiden backen?«

Und da ist es wieder. Das Leuchten in Miras Augen, das ich so sehr an ihr mag. Ihre Leidenschaft, wenn sie über das Backen spricht.

»Genau. Ich habe schon so viele Ideen, kann mich kaum entscheiden. Die Torte soll etwas ganz Besonderes werden. Bei meinem Vorhaben wird es aber schwierig. Ich bräuchte mehr Hände als meine eigenen, um das umzusetzen, was ich mir vorstelle.«

»Ich würde dir gern meine Hilfe anbieten, doch ich denke, ich wäre eher hinderlich als wirklich unterstützend«, erkläre ich entschuldigend. Und plötzlich taucht eine Idee in meinem Kopf auf. Eine Vorstellung, die ich schnell wieder verwerfe, weil sie mit Sicherheit nicht umsetzbar wäre. Doch Mira hat mein Zögern bemerkt.

»Woran denkst du?« Fragend sieht sie mich an.

»Ach, ich habe nur eben überlegt, ob ich jemanden kenne, der dir bestimmt gut helfen könnte. Und das tue ich.«

»Raus damit!«

Kurz überlege ich, ob ich meinen Vorschlag wirklich mit ihr teilen möchte, entscheide mich aber dafür. »Meine Mom kann wirklich gut backen.«

Mira lächelt mich an. »Du hast erwähnt, dass sie gern in der Küche arbeitet. Sie konnte ihren Traum, Köchin zu werden, nie verwirklichen, richtig?«

»Richtig.« Ich bin überrascht, dass Mira sich dieses Detail gemerkt hat. Meine Mom hat mir immer die leckersten und hübschesten Kuchen zum Geburtstag gebacken. Unter normalen Umständen würde sie Mira sicher gern helfen. Doch die Umstände sind schon lange nicht mehr normal. Es gibt Tage, an denen es ihr wirklich gut geht, und welche, die so schwarz für sie sind, dass sie kaum dazu fähig ist, das Bett zu verlassen. Als hätte diese Welt all ihren Glanz verloren. Außerdem kennen Mira und sie sich noch gar nicht. »Aber das ist eine doofe Idee«, winke ich also ab.

»Wieso?« Mira sieht mich an, noch immer scheint sie von meinem Vorschlag mehr als begeistert zu sein. »Ich würde mich freuen, wenn deine Mom mich unterstützt und ich sie kennenlernen könnte.« Kurz darauf wird auch ihr klar, dass die Sache nicht so einfach ist. »Es sei denn, du denkst, es wäre ihr vielleicht zu viel. Ich würde das absolut verstehen!«, rudert sie zurück.

Die Enttäuschung kann sie trotz ihres ehrlichen Verständnisses nicht aus ihrem Blick verbannen. Und die Vorstellung, dass meine Mom endlich wieder Freude an etwas empfindet, die gleiche Leidenschaft spüren kann, die auch Mira in sich trägt, gefällt mir sehr. Wie gern würde ich auch in den Augen meiner Mom wieder ein Leuchten sehen, wie es in Miras Blick liegt. »Ich kann sie ja mal fragen.«

»In Ordnung.« Mira lächelt.

Ich greife nach meinem Handy und tippe eine SMS an meine Mom. Ein Anruf würde sie vielleicht zu sehr überfordern, außerdem ist es schon spät, vielleicht schläft Mom schon und ich möchte sie nicht wecken. Ich weiß, dass sie Probleme mit Entscheidungen hat, und so kann sie meine Nachricht erst einmal in Ruhe lesen und sich die Zeit nehmen, die sie braucht, um es sich zu überlegen und mir zu antworten.

Wir arbeiten trotz der späten Uhrzeit noch eine halbe Stunde an unserem Projekt und sind gerade dabei, im Detail zu planen, wie ich meine Box-Stunden auch den Jugendlichen anbieten kann, als mein Smartphone mir eine neue Nachricht anzeigt. Ich greife danach und bin kurz darauf so glücklich wie schon lange nicht mehr.

Ich halte Mira die Antwort meiner Mom entgegen, und nun grinst auch sie bis über beide Ohren.

Ich würde mich freuen, deine Freundin Mira kennenzulernen und mit ihr zu backen. Das habe ich schon ewig nicht mehr getan.

»Es geht bergauf, Zac.« Mira legt eine Hand auf mein Knie und drückt es leicht. »Egal, wie doof manche Dinge sind, es gibt immer Licht am Ende des Tunnels.«

Lächelnd nicke ich, lasse mich von ihrer Euphorie anstecken. »Dann haben wir nun wohl ein Date mit meiner Mom.«

Ich antworte meiner Mutter, dass wir nächsten Freitag vorbeikommen und Mira alle nötigen Zutaten mitbringt. Schon jetzt bin ich mir sicher, dass dieser Kuchen der tollste wird, den die Welt je gesehen hat.

Mira

»Wie sehe ich aus?«, frage ich Zac nun schon zum gefühlt einhundertsten Mal, seit wir Starfall hinter uns gelassen haben. Ich sitze neben ihm auf dem Beifahrersitz seines Wagens, den er bereits vor dem Haus seiner Mom am Straßenrand geparkt hat. Wir hätten schon längst zu ihr reingehen können, doch ich bin so nervös, dass ich es einfach nicht schaffe, die Tür zu öffnen und aus dem geschützten Auto zu steigen. Zum Glück gibt mir Zac die paar Minuten, um mich zu sammeln. Schon die ganze Woche über war ich so aufgeregt, seine Mom zu treffen. Das ist ein wichtiger Schritt, viel wichtiger als bei meinen Eltern. Ich habe mir so oft ausgemalt, wie es sein würde, Rosemary kennenzulernen, dass selbst Brian es auf der Arbeit gemerkt hat, und auch in der Uni fiel es mir schwer, mich zu konzentrieren und dem Unterrichtsstoff zu folgen. Und jetzt ist er schon da, der entscheidende Moment. Den ersten Eindruck kann man nur einmal hinterlassen und es ist mir wichtig, dass Rosemary einen guten von mir hat.

»Du siehst super aus, Mira. Daran hat sich in den letzten Minuten nichts geändert.«

Ich drehe den Kopf nach links und begegne Zacs Grinsen.

»Ich finde es ja schon sehr niedlich, wie nervös du bist.«

»Ich kann es mir selbst nicht erklären.« Ich zucke mit den Schultern. »Normalerweise wirft mich nichts so schnell aus der Bahn, aber ich möchte einfach einen guten Eindruck bei deiner Mom hinterlassen.« Ein Lachen entfährt mir. »Zumindest ein Teil unserer Eltern soll sich darüber freuen, dass wir …« Mitten im Satz stoppe ich, bin unsicher, wie ich ihn beenden soll. Noch immer haben Zac und ich nicht definiert, was genau wir sind. Ein Paar? Sehr gute Freunde, die sich hin und wieder küssen?

Denn das tun wir. Oft. Sehr oft. Bei jeder Gelegenheit, die sich ergibt und bei der wir uns unbeobachtet fühlen. Und diese Gelegenheiten ergeben sich aktuell sehr oft, denn wir treffen uns fast jeden Tag in seiner Wohnung, um an unserem Projekt zu arbeiten. Außerdem sind wir dort völlig ungestört.

»Mira«, sagt Zac nun sanft und legt seine Hand behutsam auf mein Knie, drückt es kurz. »Versuch, deinen Kopf auszuschalten. Das da drin ist meine Mom, vor ihr musst du dich nicht fürchten.«

Ich atme einmal tief durch. »Also gut.« Bevor ich den Mut erneut verliere, drücke ich die Beifahrertür auf und steige aus dem Wagen. Sofort umhüllt mich die warme Aprilsonne. Morgen ist es schon so weit: Enna und Finn haben Geburtstag und unsere Party steigt. Dass ich die Torte beisteuern darf, bedeutet mir sehr viel, aber noch viel glücklicher macht mich der Gedanke, dass ich sie nicht allein zubereiten muss, sondern heute tatkräftige Unterstützung erhalte.

Zac steigt ebenfalls aus und öffnet den Kofferraum, aus dem er schließlich meinen Korb hebt, in den ich alle Zutaten gepackt habe, die wir gleich benötigen. Ich hoffe sehr, dass seine Mom mit dem Rezept einverstanden ist, das ich mir überlegt habe. Meistens entwickle ich meine Rezepte selbst, und dieses hier schwirrte mir schon seit einer ganzen Weile durch den Kopf. Natürlich bekommen Enna und Finn nicht irgendeinen Kuchen, sondern einen ganz besonderen.

Neben meinem Korb befindet sich noch seine Sporttasche im Kofferraum, weil er im Anschluss an das gemeinsame Backen direkt zum Training fahren möchte. Damit er keinen Umweg fahren muss, habe ich ihm angeboten, ihn zu begleiten und später beim Training zuzusehen, sodass wir danach gemeinsam zurück nach Starfall fahren können.

Als könne er meine Aufregung noch immer spüren, schließt Zac die Klappe des Kofferraums, nimmt den Korb in seine linke und greift mit seiner rechten Hand nach meiner. Wir laufen auf den Eingang des Hauses zu und ich werfe einen letzten prüfenden Blick an mir herunter. Meine Haare habe ich zu einem Dutt zusammengefasst, damit sie mir beim Backen nicht ständig ins Gesicht fallen. Heute habe ich mich für ein geblümtes Kleid entschieden, unter dem ich einen langärmligen, aber dünnen schwarzen Pullover und eine Strumpfhose trage. Ich freue mich schon jetzt auf die Sommermonate, in denen ich meine Kleider wieder ohne zusätzliche Schichten tragen kann. Dennoch fühle ich mich in meinem heutigen Outfit sehr wohl. Zacs Wahl ist auf eine Jeans und ein dunkelgraues Shirt gefallen, über dem er eine dünne Strickjacke trägt. Er sieht einfach umwerfend gut aus, so wie immer.

Zac drückt die Klingel, um unseren Besuch anzukündigen, und kurz darauf taucht auch schon seine Mom im Türrahmen auf. Sie hat ungefähr meine Größe und ist wahnsinnig hübsch. Jetzt weiß ich auch, woher Zac seine Augen hat, denn die seiner Mom sehen seinen zum Verwechseln ähnlich. Liebevoll sieht sie ihren Sohn an und zieht ihn dann direkt zu sich. »Wie schön, dass ihr da seid«, begrüßt sie uns, während sie Zac umarmt. Die beiden lösen sich voneinander, dann sieht sie mich neugierig an. Eine unglaubliche Herzlichkeit liegt in ihrem Blick. »Und du musst Mira sein.«

Ich nicke freundlich. »Es freut mich, Sie kennenzulernen, Miss Avens.«

»Du darfst mich gern Rosemary nennen«, bietet sie mir an, überlegt gar nicht lang, sondern zieht auch mich direkt in ihre Arme. Ich bin erleichtert, dass zwischen uns erst gar kein Eis entsteht, das es zu brechen gilt. Wir sind uns auf Anhieb sympathisch, ich habe direkt das Gefühl, sie schon ewig zu kennen. Das fühlt sich so schön an.

»Nun kommt aber erst mal rein, ihr zwei.« Mit ihrer Hand macht sie eine einladende Geste ins Innere des Hauses.

Zac und ich treten ein und ziehen unsere Schuhe aus, während Rosemary bereits in der Küche verschwindet. Ich erinnere mich an die grobe Raumaufteilung des Hauses, bin aber sehr gespannt auf die Küche, denn bei unserem letzten Besuch habe ich nur das Wohnzimmer von innen gesehen.

»Möchtet ihr etwas trinken?«, ruft Zacs Mom uns zu und taucht kurz darauf mit einer großen Teekanne im Türrahmen auf. »Ich habe mir eben einen Tee gekocht.«

»Ich nehme gern eine Tasse«, antworte ich ihr und Zac nickt.

»Gern, Mom.«

Wir setzen uns gemeinsam an den kleinen Tisch in der Küche, an dem vier Personen Platz finden können. Zac sitzt neben mir, seine Mom uns gegenüber. Eine Weile unterhalten wir uns, lernen uns ganz in Ruhe kennen. Rosemary fragt mich einiges zu meinem Studium und seltsamerweise fällt es mir ihr gegenüber gar nicht schwer, direkt ehrlich zu sein. Also erzähle ich Zacs Mom von meinem Studium, dass mir das gemeinsame Projekt mit ihrem Sohn wirklich Spaß macht, ich mir aber eigentlich eine andere Zukunft für mich vorstelle.

»Du würdest also gern mit Backen dein Geld verdienen?«, fragt sie mich schließlich. In ihrer Frage liegen weder Unglaube noch Spott – und das tut unendlich gut. Rosemary ist unglaublich freundlich, interessiert und scheint kein Mensch zu sein, der andere vorschnell verurteilt. Wieder finde ich eine Parallele zwischen ihr und ihrem Sohn. Auch Zac gegenüber konnte ich von Anfang an ehrlich sein, er hat mich nie ausgelacht oder meine Träume nicht ernst genommen. Im

Gegenteil. Und nun gibt auch seine Mom mir das Gefühl, dass absolut nichts falsch an meinen Träumen ist. Ich genieße das Gefühl, das ich von meinen Eltern nicht vermittelt bekommen habe.

»Genau«, antworte ich. »Am liebsten würde ich eine Ausbildung zur Konditorin machen, irgendwann meine eigene Bäckerei eröffnen, meine eigenen Kuchen verkaufen und einfach nur noch backen, bis ich alle Rezepte dieser Welt ausprobiert habe und …«

Begeistert lacht Rosemary und auch Zac muss grinsen.

»Ich habe wieder gebrabbelt, oder?« Ich spüre, wie sich meine Wangen rot färben. »Entschuldigt.«

»So ein Quatsch, Mira.« Rosemary greift über den Tisch nach meinen Händen. »Ich finde es bewundernswert, mit wie viel Leidenschaft du über das Backen sprichst.« Kurz scheint sie in einer Erinnerung zu versinken. »Du erinnerst mich an mich selbst.«

»Sie lieben es auch, richtig?«, frage ich sie. »Das Backen und das Kochen?«

Rosemary nickt lächelnd. »Sag bitte du zu mir, Mira. Und ja, es bedeutet mir sehr viel. Einst hatte ich die gleichen Träume wie du.«

Ich würde sie gern danach fragen, was geschehen ist. Was dazu geführt hat, dass sie ihren Traum nie verwirklichen konnte. Doch ich entscheide mich dagegen. Ich erinnere mich daran, was Zac mir erzählt hat, und spüre instinktiv, dass seine Mom heute einen guten Tag zu haben scheint. Diesen möchte ich jedoch nicht gefährden, indem ich ihr mit einer Frage zu nahe trete oder sie an Dinge erinnere, an die sie sich vielleicht nicht erinnern möchte. Ihre Augen strahlen so viel Herzlichkeit aus, doch ich erkenne auch eine Menge Schmerz und Trauer darin. Ein falsches Wort, und die Stimmung könnte kippen. Das möchte ich vermeiden.

»Lasst uns mit dem Kuchen beginnen!«, ruft sie schließlich und löst ihre Hände von meinen. Rosemary steht auf, verschwindet kurz in der Speisekammer und kommt dann mit drei Schürzen über dem Arm wieder zu uns.

»Ohhh nein«, meldet Zac sich zu Wort und wird auf seinem Stuhl immer kleiner. »Das Backen überlasse ich besser euch.«

»Ach, Zacory, jetzt stell dich nicht so an«, kommentiert Rosemary lachend.

»*Zacory?*«, wiederhole ich ungläubig den Namen, mit dem sie ihren Sohn eben angesprochen hat.

Er schlägt sich mit der Hand gegen die Stirn. »Na, vielen Dank auch, Mom. Das war mein Geheimnis.«

»Was bitte ist denn so schlimm an deinem Namen?«, fragt Rosemary, muss sich aber selbst das Lachen verkneifen. Und auch ich kann kaum noch an mich halten. Zac ist für mich einfach Zac. Mit seiner coolen Miene, den vielen Tattoos, seinen Muskeln und dem sportlichen Kleidungsstil. Zacory klingt viel zu … zu edel für einen coolen Typen wie ihn.

»Mira, ich warne dich.« Mit erhobenem Zeigefinger kommt er auf mich zu. Vermutlich sieht er mir an, wie sehr ich mich beherrschen muss. »Wenn du jetzt lachst, dann …«

»Stopp!«, ruft seine Mom lachend und stellt sich zwischen uns. Die Arme streckt sie zu den Seiten hin aus und hält uns jeweils eine ihrer Schürzen entgegen. »Erst wird gebacken und dann könnt ihr euch von mir aus eine Mehlschlacht liefern.« Sie wendet sich ihrem Sohn zu. »Und alle Anwesenden werden sich an der Torte beteiligen.«

Zac gibt nur ein kurzes Brummen von sich, greift dann aber nach der Schürze und bindet sie sich sichtlich unzufrieden um.

Und nun kann ich einfach nicht mehr anders, als in schallendes Gelächter auszubrechen. Zac steht vor uns, in einer rosafarbenen Schürze, die bunte Blumen schmücken.

»Mom, das kann unmöglich dein Ernst sein.« Zac wirft seiner Mom einen entgeisterten Blick zu.

Rosemary versucht, so ernst zu bleiben wie möglich. »Das ist meine Lieblingsschürze. Die bekommen nur ganz besondere Menschen.« Mit diesen Worten dreht sie sich zu mir um und zur selben Zeit prusten wir los.

»Na, das kann ja heiter werden«, kommt es leicht angesäuert von Zac, ehe er nach dem Korb mit den Backzutaten greift, den wir vorhin auf der Anrichte der Küche abgestellt haben. »Also los, ihr zwei Backexpertinnen. Wie kann ich helfen?«

In der darauffolgenden Stunde arbeiten wir an der Torte. Rosemary war direkt begeistert von meinem Rezept, was mich wirklich erleichtert hat. Sie hatte sogar einige kleine Änderungsvorschläge, wie wir die Torte noch etwas aufpeppen können. Ihre Ideen sind wirklich klasse! Man merkt sofort, dass sie Ahnung von ihrem Handwerk hat. Unsere Handgriffe in der Küche sind routiniert und nebenbei geben wir Zac immer wieder kleine Aufgaben, bei denen er nichts falsch machen kann.

Rosemary besitzt sogar eine echt praktische Küchenmaschine, die uns das Mischen der Zutaten enorm erleichtert. Wir geben die Zimtsterne und die Oreo-Kekse, die Finn so sehr liebt, hinein und mahlen sie fein. Anschließend geben wir geschmolzene Butter und etwas Kokosblütenzucker dazu und verarbeiten alles zu einer gleichmäßigen Masse. Zac schneidet in der Zwischenzeit das Backpapier zu einem Kreis und legt die Form damit aus. Danach füllen wir unseren Teig in die Form, drücken ihn zu einem Boden an und stellen ihn schließlich in den Kühlschrank.

Irgendwann sind bereits zwei Stunden vergangen und ich frage mich, wohin die Zeit verschwunden ist. Rosemary und ich führen die schönsten Gespräche, tauschen uns über unsere liebsten Kochsendungen aus und haben eine Menge Spaß dabei, Zac zuzusehen. Er gibt sich wirklich Mühe, scheint aber offensichtlich kein Talent für das Backen zu haben.

»Hey, du«, flüstert er mir irgendwann ins Ohr, plötzlich hinter mir stehend, während ich die ersten Backutensilien abspüle. Rosemary hat sich eben kurz auf die Toilette entschuldigt. »Wie fühlst du dich?«

»Beflügelt«, antworte ich ehrlich und lege instinktiv meinen Kopf an seine Schulter. »Deine Mom ist toll und es ist so schön, mit ihr zu backen.«

Zac legt seine Arme um mich und ich fühle mich augenblicklich noch wohler. »Das freut mich.« Eine kurze Weile stehen wir einfach so da. »Meinst du, ich kann euch beide eine Weile allein lassen? Es ist schon recht spät und ich muss ins Training fahren«, erklärt er mir nach ein paar Minuten. »Aber nur, wenn das für dich …«

»Klar.« Ich drehe mich zu ihm um, während ich die Stäbe des Mixers abtrockne. »Wir kommen zurecht und haben bestimmt noch eine Weile zu tun.« Plötzlich fällt mir auf, wie sehr ich mich in der Zeit verschätzt habe, denn eigentlich wollte ich ja mit zum Training.

Zac nickt. »Es ist nicht so, dass ich daran zweifle, nur …«

Verständnisvoll nicke ich. »Wir bekommen das schon hin. Deiner Mom scheint es heute wirklich gut zu gehen, außerdem sind wir beschäftigt.« Ermutigend sehe ich ihn an.

»In Ordnung«, stimmt er mir zu. »Dann hole ich dich nach dem Training hier wieder ab.«

»Warum fühle ich mich gerade wie deine Tochter?« Wir müssen beide lachen.

»Möchte die kleine Mira später aus dem Backparadies abgeholt werden?«, fragt Zac und verstellt dabei theatralisch seine Stimme. »Papa Zac wird gebeten, seine Tochter …«

»Lass das!«, rufe ich lachend.

Zac umschlingt meine Taille erneut mit seinen Armen, diesmal drückt er mich sanft an sich. Ich lege meine Arme um seinen Hals und kurz darauf zieht er mich zu sich, legt seine Lippen auf meine. Wir küssen uns – umgeben von leckerem Zimtgeruch, den ich so sehr liebe. Ein warmes Gefühl durchströmt mich, während ich meine Hand in seinen Haaren vergrabe und mich ihm ganz hingebe, mit allem, was ich bin. Ich versuche, eine Bezeichnung zu finden, die beschreibt, wie ich mich in diesem Moment fühle.

Zu Hause, schießt es mir durch den Kopf.

Ich fühle mich hier bei Zac und seiner Mom mehr zu Hause, als ich es bei meinen Eltern je getan habe. Und ich wünschte, Jase wäre hier. Ich wünschte, mein Bruder könnte sehen, wie liebevoll Zac mich im Arm hält. Ich wünschte, ich könnte mein Glück mit ihm teilen.

Ich habe gar nicht gemerkt, dass ich meine Lippen von Zac gelöst habe, mit den Tränen kämpfe. Doch jetzt schmecke ich sie, die Tränen.

»Hey, Mira«, murmelt er, als würde er ahnen, was mir durch den Kopf geht. »Alles wird gut.«

In seinen Augen liegt eine unglaubliche Zuversicht, also nicke ich. Wir lösen uns voneinander und kurz darauf ist Rosemary zurück.

»Bereit für die Cremefüllung, Mira?«

KAPITEL 17

Eine Chance auf Sonne

Zac

»Weiter so, Marvin! Heute hast du eine wirklich gute Schlaghand!«

Ich klatsche in die Hände, während ich meinen besten Schüler lobe. Seit einer Stunde läuft das Training und obwohl ich mit meinen Gedanken heute ganz woanders bin, genieße ich die Zeit mit den Kids wie immer sehr.

Während ich ihnen dabei zusehe, wie sie in kleinen Teams an den Säcken trainieren, lasse ich meine Gedanken nach Hause in die Küche meiner Mom schweifen, in der sie bestimmt gerade mit Mira den Kuchen verfeinert. Schon seit einer Weile habe ich meine Mom nicht mehr so glücklich und unbeschwert gesehen wie heute. Es freut mich riesig, dass Mira und sie sich so gut verstehen. Natürlich ist mir bewusst, dass auch der heutige Tag nur eine Momentaufnahme ist. Dass noch viele graue Tage folgen werden. Doch ich beschließe, die vergangenen Stunden als Lichtblick zu sehen.

Eine halbe Stunde später beende ich das Training, renne förmlich zu meinem Wagen und mache mich auf den Weg zurück zu den beiden.

Wenig später erreiche ich das Haus meiner Mom, springe aus dem Auto, das ich in derselben Lücke parke wie heute Mittag, sperre die Haustür auf und schäle mich aus meiner Jacke und den Sneakers. Augenblicklich umhüllt mich ein unglaublicher Geruch nach Zimt und Frischgebackenem.

Ich stecke meinen Kopf in die Küche und entdecke Mira und meine Mom, die gerade dabei sind, den Kuchen zu verzieren. Frisch gebacken steht er auf der Anrichte. Auf dem Tortenboden liegen sternförmige Ausstecher. Moms Augen leuchten, während sie Mira dabei zusieht, wie sie Kakao auf die Torte siebt. Neugierig trete ich näher, auf leisen Sohlen, weil die beiden mich noch nicht bemerkt haben. Ich warte, bis Mira fertig ist, um sie nicht zu erschrecken und ihr Meisterwerk dadurch zu gefährden, dann schlinge ich kurzerhand von hinten die Arme um sie.

Sie fühlt sich so gut an, denke ich. *Daran könnte ich mich gewöhnen.*

Ein erschrockenes Quieken entfährt ihr und auch Mom greift sich ans Herz. »Zacory!«, ruft sie entsetzt. »Du kannst uns doch nicht so erschrecken!«

»Genau, Zacory«, stimmt Mira ihr zu und nutzt die Gelegenheit, mich erneut mit meinem vollen Namen anzusprechen. Noch immer könnte ich Mom dafür verfluchen, dass sie ihn ihr verraten hat.

Spontan entscheide ich mich für den Gegenangriff. »Weißt du, Miranda, ich würde ja damit aufhören, aber …«

Lachend dreht Mira sich in meinen Armen und schlägt mir spielerisch auf die Schultern. »Nenn mich nie wieder so!«

»Nur, wenn das für uns beide gilt.«

»Aber dein voller Name ist so wahnsinnig schön und …«

»Miranda, treib es nicht auf die Spitze …«

»Ist ja gut, ist ja gut.« Ergeben hebt sie die Hände. »Du Zac, ich Mira. Deal?«

»Deal.«

Ich kann gar nicht anders, als sie für einen Kuss zu mir zu ziehen. Ich lege meine Lippen auf ihre und seufze, als ihre Zunge beginnt, mit meiner zu spielen.

»Ihr beide seid einfach zu süß.«

Um Himmels willen. Meine Mom habe ich komplett vergessen.

Schnell lösen wir uns voneinander und ich entspanne die Situation, indem ich die fertige Torte in Augenschein nehme. »Boah«, entfährt es mir begeistert. »Die sieht ja Hammer aus! Habt ihr gezaubert?«

»Wir haben uns Mühe gegeben«, erklärt Mom mir stolz, stellt sich neben mich und legt mir ihren Arm um die Schultern. »Deine Freundin hat wirkliches Talent beim Backen.«

»Sie ist nicht ...«

»Ich bin nicht ...«

Mira und ich schauen uns an, sind beide unsicher, wie und ob wir unseren Satz beenden sollen, doch Mom nimmt uns die Entscheidung bereits ab.

»Ach, ihr zwei, wartet mal ab. Bald wird es euch sicherlich nicht mehr schwerfallen, auszusprechen, was ihr füreinander empfindet.« Bevor auch nur einer von uns beiden etwas darauf erwidern kann, wendet sie sich Mira zu. »Bist du zufrieden mit unserer Kreation?«

»Mehr als das.« Mira beugt sich verträumt über die Torte. »Sie ist einfach perfekt geworden. Meine Freunde werden sie lieben.« Nun wendet sie sich Mom zu. »Vielen Dank für deine Hilfe, Rosemary.«

»Immer gern.« Mom erwidert ihr Lächeln. »Du kannst dich jederzeit bei mir melden, wenn du Hilfe brauchst.«

Dankbar nickt Mira, dann setzen wir uns noch für eine weitere Tasse Tee an den Tisch und unterhalten uns, während jeder von uns eins der kleinen Törtchen verputzt, die die beiden zusätzlich für uns drei gebacken haben. Irgendwann lenkt sich das Gespräch wie von selbst auf das Essen bei Miras Eltern vor einigen Tagen. Wieder staune ich, wie schnell sie sich meiner Mom anvertraut, doch ich kann es ihr nicht verübeln. Mom ist ein so liebenswerter Mensch, das spüren die meisten sofort. Auch mir fiel es nie schwer, ihr etwas zu erzählen. Außerdem freue ich mich, dass Mom Mira einiges an Last von den Schultern nehmen kann, denn das ist ihr deutlich anzusehen. Die Worte meiner Mom scheinen das wieder aufzubauen, was ihre Eltern eingerissen haben.

»Hör mal, Mira«, meint Mom schließlich. Wir stehen bereits im Hausflur, Mira fertig angezogen neben mir, während ich mir meine Schuhe überstreife. »Ich kenne deinen Bruder nicht, aber ich glaube an euch beide.« Sie tritt zu Mira und legt die Hände sanft auf ihre Schultern.

Meine Schuhe habe ich längst angezogen, schlüpfe aber kurzerhand aus einem wieder raus und ziehe ihn in Zeitlupentempo erneut an. Auf keinen Fall möchte ich die beiden unterbrechen. Dafür ist dieser Moment viel zu wichtig.

»Es ist so unglaublich wichtig, an den eigenen Träumen festzuhalten. Arbeite für deinen Traum, bevor es vielleicht irgendwann zu spät ist. Und lass dir von nichts und niemandem Steine in den Weg legen.«

Diese Worte solltest du selbst auch verinnerlichen, Mom, denke ich. *Denn du verdienst es auch, deine Träume leben zu können.*

»Vielen Dank, Rosemary. Deine Worte bedeuten mir sehr viel. Ich werde mir Mühe geben.« Mira drückt meine Mom kurz.

Zufrieden nickt Mom und ich traue mich endlich, mich zu erheben. »Können wir?«, wende ich mich fragend an Mira, die sich bereits die Torte in der Transportbox von der Kommode im Flur gegriffen hat.

»Wir können.«

Wenig später fahre ich Mira zurück zur WG. Ich parke den Wagen am Straßenrand und schalte den Motor aus, wende mich dann Mira zu, die neben mir auf dem Beifahrersitz sitzt und ihr Kunstwerk auf dem Schoß mit beiden Händen fest umklammert.

»Das war ein unglaublich schöner Tag.« Lächelnd sieht sie mich an. »Deine Mom ist zauberhaft.«

»Das ist sie«, stimme ich ihr zu. »Heute hatte sie einen guten Tag. Leider ist das nicht oft so, aber umso mehr freue ich mich, dass du sie glücklich machen konntest.« Ich beuge mich zu ihr und drücke Mira einen sanften Kuss auf die Stirn. »Danke dafür.«

»Ich danke dir, dass du mich in dein Leben gelassen hast.« Ernst sieht Mira mich an. »Das hat mir unglaublich viel bedeutet.«

»Du kannst dir sicher sein, dass ich dich da so schnell auch nicht mehr herauslasse.«

Wir verlieren uns in einem letzten Kuss für heute, lösen uns schließlich voneinander. Mira schnallt sich ab, öffnet die Beifahrertür, stoppt dann aber doch noch einmal. Bevor sie aussteigt, dreht sie sich zu mir. »Du solltest kommen.«

Verwirrt sehe ich sie an, ein riesiges Fragezeichen im Kopf und scheinbar auch im Gesicht.

»Zur Party morgen«, erklärt Mira mir, was sie meint. »Du solltest kommen und uns Gesellschaft leisten, meine Freunde kennenlernen.«

»Mira, ich weiß nicht, ob das so eine gute Idee ist. Dein Bruder …«

»Ich weiß«, gibt sie mir recht und seufzt. »Hör zu«, erklärt sie dann, eine plötzliche Entschlossenheit in ihrem Blick. »Ich habe in den letzten Wochen Rücksicht auf ihn genommen, an jedem einzelnen Tag. Es ist mir unfassbar wichtig, ihn nicht zu verletzen, aber ich kann dich nicht ewig vor ihm verstecken. Außerdem hast du beim Backen mitgeholfen und es wäre nur fair, wenn du auch ein Stück davon abbekommst.«

»Das ist schon okay für mich, wirklich. Ich verstehe …«

»Es ist aber nicht okay für mich.« Sie löst eine ihrer Hände von der Kuchenform und greift nach meiner, die noch immer auf dem Lenkrad liegt. »Du bist mir wichtig, Zac. Wenn ich dich verleugne, verleugne ich zugleich uns und somit auch einen Teil von mir selbst.« Nun liegt wieder Unsicherheit in ihrem Blick. »Ich weiß, wir wollen das mit uns noch nicht definieren und ich möchte unsere Leichtigkeit nicht zerstören, aber du bedeutest mir etwas und ich möchte, dass du meine Freunde offiziell kennenlernst. Ich möchte das Glück, das ich empfinde, teilen dürfen.«

Kurz denke ich über ihren Vorschlag nach. Mira muss es enorm wichtig sein, mich dabeizuhaben. Und obwohl ich alles andere als Jase begegnen möchte, nicke ich schließlich. Weil sie recht hat. Weil auch sie mir etwas bedeutet. Mehr, als ich mir selbst eingestehen möchte. »In Ordnung«, stimme ich schließlich zu. Mir liegt schließlich auch viel daran, die Sache mit Jase in eine bessere Bahn zu lenken. »Unter einer Bedingung.«

»Die da wäre?«

Ein schelmisches Grinsen breitet sich auf meinem Gesicht aus. »Ich bekomme das größte Stück ab, wie du es versprochen hast. Deal?«

Mira macht ein gespielt schnaubendes Geräusch, knickt dann aber ein.

»Deal.«

Mira

»Es wird mit Sicherheit nur halb so schlimm«, murmle ich und versuche damit, mich selbst zu beruhigen.

Seit einer geschlagenen halben Stunde laufe ich in meinem Zimmer auf und ab. Ich überlege, wie ich meinem Bruder am besten beibringen kann, dass Zac in wenigen Stunden hier auftauchen und mit uns gemeinsam feiern wird. Meine Entscheidung, ihn einzuladen, bereue ich keinesfalls, aber das macht es nicht leichter, Jase in mein Vorhaben einzuweihen. Bisher ist unsere Vereinbarung gut aufgegangen: Ich habe viel Zeit mit Zac verbracht, ihn aber von meinem Bruder ferngehalten. Natürlich habe ich weiterhin gespürt, dass Jase alles andere als begeistert darüber ist, dass wir zwei uns inzwischen so nahe sind, doch er schien bisher überraschend gut damit klarzukommen. Hoffentlich ändert sich das heute nicht.

»Mira?«, reißt mich Ennas Stimme aus meinem Gedankenkarussell. Ich habe total vergessen, dass sie sich mit mir im selben Raum befindet. Gemeinsam machen wir uns für die Party fertig, wobei Enna schon wesentlich ansehnlicher ausschaut als ich. Das liegt wahrscheinlich daran, dass ich kaum etwas anderes zustande bringe, als wie ein aufgescheuchtes Huhn durch mein Zimmer zu laufen und mir Sorgen zu machen.

»Entschuldige. Was hast du gesagt?«

Enna lacht. »Ich habe dich nach deiner Meinung gefragt. Welchen findest du passender?« Sie hält zwei verschiedene Lippenstifte vor sich in die Luft. Der eine ist dunkelrot, der andere rosafarben.

»Dunkelrot passt besser zu deinem Kleid«, antworte ich ihr und lasse meinen Blick über meine Freundin gleiten. Enna sieht einfach wunderhübsch aus in ihrem knielangen schwarzen Kleid. Es hat einen tiefen Rückenausschnitt und kleine Puffärmelchen, die ihre zarten Arme umspielen.

»Perfekt«, stimmt sie mir zu, dreht sich zum Spiegel und trägt den Lippenstift auf. Zufrieden betrachtet sie das Ergebnis, ehe sie sich wieder mir zuwendet. »Du machst dir viel zu viele Gedanken, Mira.«

»Ich möchte ihm einfach nicht wehtun«, erkläre ich Enna. »Jase bedeutet mir einfach alles und ich möchte nichts tun, was ihn verletzt.«

»Das verstehe ich.« Enna kommt auf mich zu und zieht mich mit sich auf mein Bett. Ernst sieht sie mich an. »Hör mal, Mira, ich verstehe, dass die Situation alles andere als einfach für Jase ist. Aber du darfst es dir nicht zur Aufgabe machen, für sein Wohlbefinden zu sorgen. Du hast einen anderen Zac kennengelernt, eine andere Version von ihm als dein Bruder. Dir liegt etwas an Zac und die Probleme, die Jase mit ihm hat, musst du nicht zu deinen eigenen machen.«

»Das klingt so einfach.« Verzweifelt seufze ich.

»Es ist nie einfach. Aber es ist unglaublich wichtig, dass du auf dein Herz hörst. Und es war absolut richtig, Zac heute einzuladen.« Enna greift nach meiner Hand und drückt sie liebevoll. »Finn und ich freuen uns jedenfalls sehr, ihn näher kennenzulernen.«

»Danke, Enna«, erwidere ich lächelnd. Es bedeutet mir sehr viel, dass die beiden vorurteilsfrei sind und Zac eine ehrliche Chance geben. Vor allem Finn, der Jases bester Freund ist. Jedoch ist Finn einer der loyalsten Menschen, die ich kenne, und er würde niemanden vorschnell verurteilen. Dafür schätze ich ihn sehr. »Dann springe ich mal ins kalte Wasser.« Bevor ich es mir anders überlegen kann, stehe ich auf, verlasse mein Zimmer und klopfe kurz darauf an die Tür meines Bruders. Auch ich trage bereits mein Outfit für die Party, bin jedoch noch ungeschminkt und habe mich noch nicht frisiert. Das muss warten. Erst einmal möchte ich dieses Gespräch hinter mich bringen, andernfalls wird mir niemals ein gerader Lidstrich gelingen.

»Schwesterherz«, begrüßt Jase mich grinsend, als er die Tür öffnet. »Bist du schon bereit für den großen Auftritt deiner Torte?«

Natürlich wollte er sie gestern direkt bestaunen, als ich wieder zurück in der WG war. Jase war direkt ganz verliebt in meine Kreation, auch dann noch, als ich ihm erzählt habe, dass ich die Torte gemeinsam mit Zacs Mom gebacken habe. Vielleicht reagiert er ja heute genauso lässig wie gestern.

»Ich habe Zac für heute eingeladen!«, platzt es aus mir heraus, bevor ich den Mut endgültig verliere. Ohne ihm die Möglichkeit einer Reaktion zu lassen, plappere ich sofort weiter. »Ich weiß, dass du ihm aus dem Weg gehen möchtest, aber es ist die Party von Enna und Finn und die beiden möchten ihn gern näher kennenlernen und ...«

»Okay.«

Abrupt stoppe ich in meinem Redefluss. »Okay?«, wiederhole ich ungläubig.

Jase sieht nicht begeistert aus, nickt aber. »Das heute Abend ist schließlich nicht *mein* Geburtstag. Und es werden einige Gäste kommen, so viele Freunde von uns, da werden wir uns sicher kaum sehen.«

»Okay«, stimme ich ihm zu. »Gut. Dann hast du also kein Problem damit?«

»Alles gut, Mira. Mach dir keine Gedanken. Ich reiße mich zusammen.«

Erleichtert atme ich die Luft aus, von der ich gar nicht bemerkt habe, dass ich sie angehalten hatte. »Dafür bekommst du sogar zwei Stücke ab.

Jase lacht. »Die anderen wollen sicher auch gern ein Stück verdrücken.«

»Mach dir da mal keine Sorgen, ich habe heute Morgen noch Cupcakes gebacken, gleich schneiden wir noch Obst auf und vergiss den Schokobrunnen nicht!«

»Wie könnte ich jemals den Schokobrunnen vergessen?« Jase liebt Schokolade in jeglicher Form. Ich kann mir vorstellen, wie groß seine Vorfreude auf das Snacken später ist. »Was meinst du?«, fragt er mich schließlich. »Wollen wir mit dem Dekorieren starten, solange Enna und Finn noch damit beschäftigt sind, sich fertig zu machen?«

Ich nicke. »Lasset die Spiele beginnen!«

In der darauffolgenden Stunde dekorieren Jase und ich das Wohnzimmer, nachdem ich mich endlich geschminkt habe. Wir hängen Girlanden auf, decken die Kücheninsel mit dem Büfett ein, richten meine Gebäcke an, verteilen Luftschlangen und Konfetti. Zufrieden betrachten wir unser Werk und befreien schließlich Enna und Finn, die wir in mein Zimmer verbannt haben, um die beiden zu überraschen.

Nun stehen die zwei grinsend im Wohnzimmer und schauen sich begeistert um. »Ihr seid die besten Mitbewohner der Welt«, lobt Finn uns. Enna stimmt ihm zu. »Das Büfett sieht unfassbar gut aus, Mira.«

»Nur das Beste für euch«, erwidere ich lachend. »Es fehlt nur noch eine Kleinigkeit.«

Begeistert von der Idee, die mir vor einigen Tagen noch in den Sinn gekommen ist, gehe ich in die Küche und öffne die Schublade, in der ich eine weitere Überraschung für die beiden versteckt gehalten habe. Da das hier mein Reich ist, war die Küche das sicherste Versteck für die beiden Kronen aus Pappe, die ich für Enna und Finn besorgt habe. Ich weiß, dass die zwei schon früher immer Prinz und Prinzessin gespielt haben, an ihrem gemeinsamen Geburtstag, und auch in diesem Jahr soll der Tag einfach märchenhaft kitschig werden.

Enna entfährt ein begeistertes Quietschen, als ich mit den Kronen auf sie zukomme. »Mira, du bist der Knaller!«

»Ach, du Heimatland«, meint Finn nur lachend. »Du hast doch nicht wirklich …«

»… diese supercoolen Krönchen für euch beide besorgt? Doch, das habe ich.« Stolz blicke ich die beiden an. »Bitte, verneigen Sie sich, Eure Hoheit, damit Sie gekrönt werden können.«

Enna und Finn tun wie geheißen, sodass ich ihnen die Kronen aufsetzen kann. Sie richten sich wieder auf und ich kann gar nicht anders, als über das ganze Gesicht zu grinsen. Jase bricht währenddessen in einen Lachanfall aus und irgendwann halten wir uns alle die Bäuche, vor allem Enna und Finn, nachdem sie sich selbst im Flurspiegel betrachtet haben.

»Das wird so richtig schön peinlich«, meint Finn, aber sein Blick wirkt dankbar. Dass er diesen Spaß für Enna auch jetzt noch mitmacht, finde ich einfach klasse.

Kurz darauf klingelt es an der Tür und die ersten Gäste trudeln ein. Zuerst empfangen wir Rachel und ihren Freund Fabio. Finn zieht sie in eine herzliche Umarmung und augenblicklich muss ich lächeln. Ich werfe Enna einen kurzen Blick zu, doch auch sie schaut den beiden fröhlich dabei zu, wie sie sich begrüßen. Dass Finn und seine Ex-Freundin nach den schweren letzten Monaten in ihrer Beziehung nun so entspannt miteinander umgehen können, macht uns alle sehr glücklich. Wir sind eine wirklich tolle Clique geworden. Die waren wir schon vorher, doch in den letzten Wochen hat Rachel sich uns allen mehr geöffnet als in der Zeit zuvor. Sie ist noch immer oft sehr launisch und eher zurückhaltend, doch die Trennung von Finn hat beiden sichtlich gutgetan und die Stimmung ist nun viel entspannter als vorher, bei uns allen.

Nach Rachel und Fabio klingelt es noch einige Male. Enna und Finn empfangen Harlow und weitere ihrer Mitstudenten. Die Stimmung ist schon jetzt sehr ausgelassen. Wir haben eine coole Playlist laufen, Jase und ich verteilen Getränke an die Gäste und bereiten uns darauf vor, das Büfett zu eröffnen.

»Hey, Mira!«, ruft Enna mich irgendwann. »Dein Ehrengast ist eben eingetroffen!«

Ich reiche einer Freundin von Enna die Bowle, die ich ihr eben eingegossen habe, und laufe dann zur Tür. Zac steht im Türrahmen und wippt unsicher von einem Bein aufs andere.

So verlegen kenne ich ihn ja gar nicht, schießt es mir durch den Kopf.

»Das ist für Finn und dich«, meint er kurz darauf und streckt Enna ein kleines Geschenk entgegen. »Ich habe es selbst eingepackt, daher sieht es so *wahnsinnig* professionell aus.« Die Ironie in seiner Stimme, kombiniert mit dem zerknitterten roten Geschenkpapier, in das sein Mitbringsel eingewickelt ist, bringt uns alle zum Lachen.

»Danke, Zac«, erwidert Enna lächelnd und nimmt das Geschenk entgegen. Während Zac sich aus seiner Jacke und den Schuhen schält, ruft sie Finn zu sich. Kurz darauf packen beide ihr Geschenk aus. Begeistert hält Enna ein Buch in die Höhe. »Neuer Lesestoff!«, zeigt sie sich aufgeregt.

»Mira hat erwähnt, dass ihr beide gern lest, also dachte ich, ein neues Buch könnte nicht schaden«, kommentiert Zac schulterzuckend seine Wahl, als wäre sein Geschenk nicht so unglaublich besonders. Dass er sich das gemerkt und sich so viele Gedanken gemacht hat, imponiert mir sehr.

»Vielen Dank, Zac«, meint Finn ehrlich. »Und du hast sogar eins ausgewählt, das wir noch nicht gelesen haben.«

»Welches ist es?«, frage ich neugierig und stelle mich neben meine Freunde, um den Buchtitel lesen zu können. »*Das unsichtbare Leben der Addie LaRue*«, lese ich ihn schließlich vor.

»Also, mir hat es wahnsinnig gut gefallen«, erzählt Zac begeistert. »Es geht um eine junge Frau, die einen Pakt mit dem Teufel eingeht. Anschließend lastet ein Fluch auf ihr, der verhindert, dass sich die Menschen an sie erinnern und … Was ist denn?«

Mit offenen Mündern starren wir ihn an. »Du liest?«, stelle ich ihm schließlich die Frage, die uns wohl allen auf der Zunge liegt.

»Hin und wieder, ja.«

»Du bist immer wieder für eine Überraschung gut«, lobt Enna nun grinsend. »Aber lesende Menschen sind hier stets willkommen. Und wir freuen uns sehr auf das Buch. Danke schön.«

»Gern geschehen.« Zac erwidert Ennas Lächeln. Während er den beiden noch etwas mehr von der Geschichte erzählt, sehe ich mich im Raum um und bleibe schließlich bei meinem Bruder hängen. Jase steht bei Harlow, lässt Zac aber keine Sekunde aus den Augen. Als er bemerkt, dass ich ihn ansehe, löst er seinen Blick von ihm und schenkt mir ein zaghaftes Lächeln.

»Wer hat Lust auf Torte?«, ruft Finn irgendwann laut in die Runde und schiebt mich kurzerhand in die Mitte des Raums. »Diese wunderbare Frau hier hat die tollste Torte der Welt gebacken!« Peinlich berührt verstecke ich mein Gesicht hinter meinen Händen.

Ein kleiner Jubel geht durch die Menge, und kurz darauf stehen Enna und Finn an der Kücheninsel und verteilen Kuchenstücke und andere meiner Gebäcke an alle. Die Teller und Tassen werden gefüllt und nur einen Augenblick später sind alle am Schmatzen und Seufzen. Meine Kreationen scheinen gut anzukommen, besonders für die Torte erhalte ich eine Menge Lob. Lächelnd schaue ich auf mein eigenes Stück. Die Torte in Weiß zu halten und dann mit Backkakao zu bestäuben, sodass ein Sternmuster entsteht, war eine fabelhafte Idee von Rosemary. Ich sitze auf dem Sofa, esse mein Stück Torte und sehe Zac dabei zu, wie er sich das nun schon dritte Stück auf den Teller hebt. Gott sei Dank haben wir die Stücke sehr schmal geschnitten, damit alle etwas davon abbekommen. Als Jase neben ihm auftaucht, um sich eine neue Bowle einzuschenken, halte ich kurz die Luft an. Ich will mich schon erheben, um zu den beiden zu gehen, als Enna mich mit einem sanften Drücken meiner Schulter zurückhält. »Lass die beiden, Mira. Das wird schon.«

Zac

»Der schmeckt fabelhaft, oder?«

Mit meinem neuen Stück Torte auf dem Teller drehe ich mich überrascht zu Jase, der sich zu meiner Linken ein weiteres Glas Erdbeerbowle einschenkt. Kurz sehe ich mich verwirrt um, doch abgesehen von uns befindet sich gerade niemand am Büfett, er muss also ohne Zweifel mit mir sprechen.

Ich nicke. »Das ist schon mein drittes Stück. Ich kann einfach nicht aufhören. Mira hat sich selbst übertroffen.«

»Das hat sie«, stimmt er mir zu. »Ich habe gehört, deine Mom hätte mitgeholfen?«

Wieder nicke ich, noch immer völlig verdattert darüber, dass wir tatsächlich ein normales Gespräch führen. »Hat sie, ja. Wir waren gestern bei ihr und die beiden haben sich in der Küche ausgetobt.« Ein Lächeln stiehlt sich auf meine Lippen bei der Erinnerung an die schöne Zeit, die Mira meiner Mom beschert hat.

Jase scheint mein Lächeln zu bemerken und augenblicklich verschwindet es wieder von meinem Gesicht. Ich möchte ihn nicht provozieren und ihm unter die Nase reiben, wie sehr ich die Zeit mit seiner Schwester genieße. »Hör zu, Jase. Ich wäre heute nicht hergekommen, hätte Mira mich nicht gebeten.«

Er nickt. »Das weiß ich.« Jase nimmt einen großen Schluck von seiner Bowle, stellt sie dann auf der Theke ab und verschränkt die Arme vor der Brust. »Mira ist mein Ein und Alles«, erklärt er mir schließlich und macht unmissverständlich klar, wer hier das Sagen hat. »Sie ist meine Schwester, mein Zwilling, meine zweite Hälfte. Und ich würde niemals zulassen, dass sie verletzt wird. Unter keinen Umständen. Dafür kämpfe ich mit allem, was ich bin.«

»Ich würde sie nie absichtlich verletzen, Jase. Es ist schwer vorstellbar für dich, das weiß ich, aber ich habe mich geändert. Ich …«

»Du sagst es schon selbst, Zac«, unterbricht er mich. »Es ist schwer vorstellbar, dass du dich geändert hast. Denn ich bin der festen Überzeugung, dass ein Mensch tief in seinem Inneren immer er selbst bleibt.« Kurz atmet er einmal tief durch, dann spricht er weiter. »Aber Mira liegt etwas an dir und sie hat eine wahnsinnig gute Menschenkenntnis. Also muss da ein Funke Hoffnung in dir stecken, etwas Gutes.«

»Ich bin nicht perfekt«, erwidere ich. »Aber ich gebe mir die größte Mühe, sie glücklich zu machen. Das Letzte, was ich vorhabe, ist, deine Schwester zu verletzen.«

»Das möchte ich dir auch nicht raten.« Jase macht eine Geste einmal quer durch den Raum. »In dieser WG befinden sich ziemlich viele Menschen, die dir dafür den Hals umdrehen würden. Mira wird hier in Starfall bedingungslos geliebt, in allererster Linie von mir. Also tu ihr nicht weh.«

Diese Warnung ist definitiv angekommen. »Wie gesagt«, wiederhole ich meine Worte von eben. »Das habe ich nicht vor.«

»Gut.« Jase nickt, will sich dann zum Gehen abwenden, scheint es sich aber doch noch mal anders zu überlegen. »Solange das so bleibt, haben wir beide kein Problem miteinander. Wir werden wohl keine Freunde, Zac, aber ich habe nichts dagegen, wenn du ab und an hier auftauchst. So habe ich immerhin ein Auge auf dich.«

Ein Lachen entfährt mir, bevor ich es stoppen kann, doch erleichtert stelle ich fest, dass auch Jase sich ein Grinsen verkneifen muss. »Mach sie glücklich«, meint er schließlich, nun wieder ernst. »Und fang am besten gleich damit an.«

»Wie meinst du das?«, frage ich verdutzt.

Jase deutet zum Lautsprecher, der neben der Balkontür auf dem

Boden steht und aus dem schon den gesamten Nachmittag über Musik erklingt. »Gerade läuft Miras Lieblingssong und sie liebt es zu tanzen. Also bringt doch mal ein bisschen Stimmung in die Bude und eröffnet die Tanzfläche, damit sich die anderen auch endlich trauen.«

Ich zwinkere ihm zu. »Klingt nach einem guten Plan.«

Mira

Wie von selbst wippt mein Fuß auf und ab, während einer meiner liebsten Songs aus dem Lautsprecher erklingt. Plötzlich wird die Musik lauter und ich unterbreche mein Gespräch mit Enna, weil wir uns nun kaum noch verstehen.

Ich werfe einen Blick in Richtung Balkon und entdecke Jase, der die Lautstärke eben aufgedreht haben muss. Nun steht er grinsend daneben und deutet mit dem Kopf in unsere Richtung. Ich folge seinem Blick und entdecke Zac, der seinen Teller kurzerhand auf der Küchentheke abstellt und dann mit schnellen Schritten auf mich zukommt. Ganz zielsicher bahnt er sich einen Weg durch den Raum, bleibt schließlich vor mir stehen und streckt seine Hand nach mir aus. »Ich habe gehört, du würdest diesen Song lieben.«

Unsicher nicke ich, starre auf seine Hand, unfähig, mich zu bewegen. »Stimmt.«

»Lass uns die Tanzfläche stürmen, Mira.« Zac grinst mich herausfordernd an.

»Welche Tanzfläche?«, frage ich verdattert und schließe mit einer Geste den gesamten Raum ein. »Hier ist doch niemand am Tanzen.«

»Eben. Dein Bruder hat mir eben die Aufgabe erteilt, für Stimmung zu sorgen. Also, komm schon!«

Jase hat Zac gebeten, mich zum Tanzen aufzufordern? Ich werfe meinem Bruder einen geschockten Blick zu. Der steht noch immer neben der Box, grinst mich schelmisch an und bedeutet mir mit einem Nicken in Zacs Richtung, dass ich mich trauen soll.

Ich bin so erleichtert darüber, dass die beiden sich scheinbar gut unterhalten haben, dass ich kurzerhand doch nach Zacs Hand greife und mich von ihm in die Mitte des Wohnzimmers führen lasse. Wir lösen unsere Hände voneinander und bewegen uns zu den Beats von »Love You Better«, einem meiner liebsten Songs von John de Sohn. Dieses Lied eignet sich einfach perfekt zum Tanzen. Ich liebe es, mich ganz der Musik hinzugeben, und obwohl wir uns in der WG und nicht im Club befinden, lasse ich auch hier einfach alles los. Mit geschlossenen Augen bewege ich mich ausgelassen im Rhythmus des Songs, lasse zu, dass Zac seine Arme um mich legt und mich eng an sich zieht. Irgendwann öffne ich die Augen wieder und stelle fest, dass es uns tatsächlich gelungen ist, viele unserer Freunde zum Tanzen zu motivieren. Finn legt sogar eine Soloeinlage aufs Parkett, während Enna danebensteht und begeistert in die Hände klatscht. Jase, Rachel, ihr Freund Fabio, Harlow und ihre Begleitung haben einen kleinen Kreis gebildet und bewegen sich passend zu den Beats. Die Stimmung ist freudig und entspannt, auch Enna und Finn amüsieren sich prächtig.

Nach einer Weile geht der Song in einen langsameren über. Einige unserer Freunde setzen sich daraufhin wieder auf die Couch oder machen sich zurück ans Büfett, um etwas zu trinken oder zu snacken. Ich will es ihnen gerade gleichtun, doch Zac hält mich mit seinen Armen fest umschlungen, will mich offensichtlich noch nicht gehen lassen.

»Du bleibst schön bei mir«, murmelt er liebevoll.

Aus dem Lautsprecher tönt »Naked« von Christopher, ein wahnsinnig intensiver Song. Er ist langsam und sexy, intim und beschert mir jedes Mal eine Gänsehaut, wenn ich ihn höre. Zu dieser Reaktion gesellt sich heute noch ein unglaubliches Kribbeln in meinem Bauch, von dem ich mir sicher bin, dass nicht nur das Lied es in mir auslöst.

Zac sieht mir tief in die Augen, scheint dabei bis auf den Grund meiner Seele zu schauen. Wir verlieren uns ineinander, während wir uns sanft zur Musik wiegen und seine Hände noch immer auf meinen Hüften liegen.

»Du machst mich verrückt«, murmelt er irgendwann, die Stirn an meine gelehnt. »Wie gern ich dich jetzt küssen würde.«

»Was hält dich davon ab?«, necke ich ihn.

»Wir werden beobachtet.« Er muss gar nicht erwähnen, dass es mein Bruder ist, der uns mit Argusaugen anschaut, das kann ich mir auch so denken.

»Das muss er aushalten.« Mutig strecke ich mich und lege meine Lippen auf Zacs. Kurz ist er überrascht, dann zieht er mich noch näher zu sich und erwidert den Kuss. Seine Zunge streicht sanft über meine, was mir ein leises Stöhnen entlockt. Unser Kuss wird intensiver, während meine Hände wie von selbst in sein Haar wandern und sanft daran ziehen.

»Mira, ich verliere die Beherrschung.«

»Das ist der Plan.«

»Seit wann bist du so …?«

»Was bin ich, Zac?« Noch immer liegt meine Stirn an seiner.

»Fordernd.«

»Ich weiß eben genau, was ich will.« Ich lege den Kopf in den Nacken, um ihm besser in die Augen schauen zu können.

»Was willst du, Mira?«, fragt er mich heiser, in seinem Blick lodert dabei eine unglaubliche Leidenschaft.

»Ich will dich.«

Zac zieht scharf die Luft ein und auch ich bin kurz geschockt über die Ehrlichkeit in meinen Worten. Zac will gerade etwas erwidern, als uns das Klingeln seines Handys unterbricht. Fluchend zieht er es aus der hinteren Tasche seiner Jeans und hält es zwischen uns. »Meine Mom, da muss ich rangehen.« Entschuldigend sieht er mich an.

»Mach schon, ich hole mir in der Zwischenzeit etwas zu trinken.« Nickend bedeute ich ihm, das Gespräch anzunehmen.

»Ich bin in einer Minute wieder bei dir«, sagt Zac noch, dreht sich dann in Richtung Balkon und verschwindet nach draußen.

In der Zwischenzeit laufe ich zur Mira Kücheninsel und schenke mir ein Glas Cola ein. Wenige Augenblicke später steht Enna neben mir, total verschwitzt vom Tanzen und ein breites Grinsen im Gesicht. »Das ist der tollste Geburtstag ever!«

Ich lache. »Es freut mich, dass dir die Party gefällt. Die Stimmung ist auch wirklich klasse!«

»Danke noch mal für die Torte, Mira. Leider ist nicht mehr viel davon übrig, aber Finn hat sie vorhin gemeinsam mit Rachel in allen möglichen Perspektiven fotografiert.«

»Das klingt toll«, erwidere ich und nehme einen großen Schluck von meiner Cola. »Vielleicht kann ich Zacs Mom ein Foto vorbeibringen.«

»Tolle Idee!« Enna sieht mich lächelnd an. »Du siehst glücklich aus, Mira.«

»Das bin ich auch.« Ich erwidere ihr Lächeln. »Jase und Zac haben sich vorhin unterhalten und es sind keine Fetzen geflogen. Das ist ein echter Fortschritt zu früher. Jase hat ihn wohl sogar gebeten, mit mir zu tanzen.«

»Es geschehen noch Zeichen und Wunder«, sagt Enna. »Ist dir eigentlich aufgefallen, wie oft dein Bruder neben Harlow steht?«, flüstert sie mir dann zu und beugt sich dabei leicht in meine Richtung. »Ich verrate dir mal was.« Gespannt warte ich auf ihre nächsten Worte. »Harlow hat mir neulich anvertraut, dass sie ein Auge auf Jase geworfen hat.« Bevor ich mich bremsen kann, entfährt mir ein leises Quietschen. »Pst!«, ermahnt mich meine beste Freundin. »Das hat sie mir im Vertrauen erzählt, aber du weißt, dass ich nichts vor dir verheimlichen kann, und es geht um Jase, also …«

»Ich werde natürlich Stillschweigen bewahren«, beruhige ich Enna. »Aber ich freue mich riesig darüber. Jase hat es mir zwar noch nicht erzählt, aber …« Nun wechsle auch ich in ein Flüstern und beuge mich noch enger in Ennas Richtung. »… er redet wirklich oft von ihr und ich habe das Gefühl, dass er sie auch sehr mag.«

Ohne uns abzusprechen, lassen Enna und ich zur gleichen Zeit den Blick durch den Raum schweifen. Und tatsächlich entdecken wir Jase und Harlow, die an der uns gegenüberliegenden Wand nebeneinanderstehen. Mein Bruder scheint ihr etwas wegen seiner Musik zu erklären, denn er spielt etwas auf einer imaginären Luftgitarre, was Harlow kurz darauf zum Lachen bringt. Sie legt ihre Hand auf seine Schulter und schubst ihn spielerisch. Jase grinst und die beiden schauen sich innig an. Enna und ich werfen uns einen bedeutungsvollen Blick zu.

»Bei Zac und mir hätte bestimmt auch keiner gedacht, dass wir mal zueinanderfinden. Ich würde mich jedenfalls sehr für meinen Bruder freuen. Er verdient es, jemanden zu finden, der ihn glücklich macht.«

»Apropos Zac, wohin ist er eigentlich eben so schnell verschwunden?«

»Er wollte auf den Balkon, um mit seiner Mom zu telefonieren«, erkläre ich Enna, die daraufhin nur mit dem Kopf schüttelt.

»Nein, Mira. Zac ist doch eben gegangen. Ich dachte, du wüsstest Bescheid.«

»Gegangen?«, frage ich sie verwirrt. Das kann doch nicht sein, oder? Ich laufe in den Flur, Enna mir nach – und tatsächlich: Weder seine Jacke noch seine Schuhe befinden sich noch dort, wo er sie vorhin abgelegt hatte.

Eine böse Vorahnung macht sich in mir breit. Zac würde nie einfach so verschwinden, ohne sich zu verabschieden. Der Anruf seiner Mom muss eine Bedeutung gehabt haben. Hoffentlich ist nichts Schlimmes passiert. Ich erinnere mich daran, dass er mir erklärt hat, wie schlecht es ihr an manchen Tagen geht. Vielleicht ist etwas vorgefallen und er musste plötzlich los, um ihr zu helfen.

Kurzerhand laufe ich in mein Zimmer und schaue auf mein Handy, in der Hoffnung, dass er mir eine Nachricht hinterlassen hat.

Enna taucht hinter mir auf, legt ihre Hand auf meine Schulter. »Nichts?«, fragt sie neugierig.

Ich schüttle den Kopf, wähle kurzerhand seine Nummer, doch es springt direkt die Mailbox an. »Da muss etwas passiert sein, Enna«, sage ich, nachdem ich aufgelegt habe.

»Wie komisch«, bestätigt sie mich in meiner Sorge. »Er würde doch nicht einfach so abhauen.«

»Was soll ich tun?« Verzweifelt sehe ich meine Freundin an und hoffe, dass sie eine Antwort für mich parat hat. Und die hat sie.

»Ich bitte Finn, dich zu fahren, er hat nichts getrunken«, entschließt sie spontan. »Vielleicht ist er zum Haus seiner Mom gefahren. Er sollte da nicht allein durch, wenn wirklich etwas passiert ist – und danach sieht es ja aus.«

Ich nicke dankbar. »Du hast recht. Ich muss wenigstens kurz vorbeifahren und mich versichern, dass er klarkommt.«

KAPITEL 18
Gewinner und Verlierer

Zac

Wie in Trance rase ich auf meiner Maschine durch den Wald, der Starfall vom Wohnort meiner Mom trennt. Ihr Anruf vor wenigen Minuten hat mich komplett aus der Bahn geworfen. Ich konnte kaum glauben, was sie mir am Telefon mit tränenerstickter Stimme erzählt hat.

›Er ist zurück, Zac‹, wiederholen sich ihre Worte in Endlosschleife in meinem Kopf. ›Eben stand er vor meiner Tür und ich wusste einfach nicht, was ich tun soll.‹

›Wo bist du jetzt, Mom? Und wo ist er?‹, habe ich sie aufgewühlt gefragt. Vollkommen fassungslos.

›Ich war so überrascht, dass ich ihn nicht hereingebeten habe. Ich habe die Tür wieder geschlossen und dich direkt angerufen, weil ich einfach nicht wusste, was ich tun soll. Keine Ahnung, ob er draußen wartet oder schon wieder gegangen ist.‹

›Scheiße, Mom. Was will er von dir? Weshalb ist er zurück aus Italien?‹

›Ich weiß es nicht, Zac.‹ Die Hoffnung in ihrer Stimme hat mich beinahe umgebracht. Noch immer liebt sie diesen Mann, auch nach all den Demütigungen und trotz der Tatsache, dass er sie betrogen und uns endgültig verlassen hat. Wieder und wieder gehe ich das Gespräch in Gedanken durch.

›Vielleicht hat er sich geändert. Vielleicht will er zu mir zurückkommen.‹

›Mom. Dass Dad gegangen ist, ist das Beste, was uns passieren konnte. Ich weiß, dass du das nicht so sehen kannst, aber ...‹

›Vielleicht sollte ich ihm aufmachen. Dann könnten wir reden und ...‹

›Auf keinen Fall, Mom. Du wartest, bis ich bei dir bin! Hast du gehört?‹

›In Ordnung, ich werde warten.‹

Ich beschleunige mein Motorrad, umklammere den Lenker immer fester, während sich eine nur allzu bekannte und nicht vermisste Wut in mir breitmacht. Seit Jahren hat er nichts von sich hören, geschweige denn sich auch nur ein einziges Mal bei uns blicken lassen. Wegen ihm ist Mom in ihre Depression verfallen, seit Monaten versucht sie, damit umzugehen, ihn zu vergessen. Und jetzt steht er einfach wieder da? Als sei nie etwas geschehen?

Was zum Teufel will er von ihr?

Wie von selbst lenke ich die Maschine an den Straßenrand, reiße mir meinen Helm vom Kopf und schalte den Motor aus. Und tatsächlich steht er noch immer vor dem Haus meiner Mom, geht vor der Haustür auf und ab. Er hat sichtlich abgenommen in den letzten Jahren, weniger Haar auf dem Kopf, doch sein Gesicht ist immer noch dasselbe. Ich springe von der Maschine und stürme auf ihn zu.

»Was zum Teufel machst du hier?«, brülle ich meinem Dad entgegen, während ich die letzten Meter hinter mich bringe, die noch zwischen uns liegen.

»Zacory.« Geschockt sieht er mich an, hat scheinbar nicht mit meinem plötzlichen Auftauchen gerechnet. »Es freut mich, dich zu sehen.«

Versucht er sich gerade tatsächlich an einem Lächeln? Ich kann nicht glauben, was ich da sehe.

»Es freut dich, mich zu sehen?« Ich lache auf, kalt. »Nun, ich würde gern sagen, dass die Freude ganz auf meiner Seite ist, aber das wäre gelogen.«

»Hör zu, mein Sohn ...«

»Oh nein«, unterbreche ich ihn. Nun stehen wir direkt voreinander und ich balle meine Hände zu Fäusten. Wie gern hätte ich in diesem Moment meinen Boxsack vor mir. »Diese Karte hast du bereits vor Jahren verspielt.« Ich speie ihm die folgenden Worte förmlich entgegen. »Du hast uns verlassen wie ein feiges Schwein. Bist einfach abgehauen zu deiner Neuen nach Italien, ohne in den Jahren davor auch nur eine Gelegenheit ausgelassen zu haben, uns zu tyrannisieren.«

Ich erwarte Widerspruch. Ich rechne mit seiner Wut, weiteren Beleidigungen und Maßregelungen, damit, dass er vollkommen ausflippt. Stattdessen scheint er unter meinen Worten immer kleiner zu werden, steht beinahe unsicher vor mir, als würde er sich tatsächlich schämen.

»Es tut mir leid«, presst er schließlich hervor. »Ich weiß, dass ich ein wirklich furchtbarer Ehemann war. Ein noch schrecklicherer Vater. Dieser neue Job hat mich so überfordert, aber das hätte ich niemals an deiner Mom und dir auslassen dürfen und ...«

»Du entschuldigst dich?«, frage ich ihn ungläubig. »Du willst mir wirklich weismachen, dass du dich geändert hast?« Wieder kann ich mir ein ironisches Auflachen nicht verkneifen. »Und du denkst echt, dass ich dir das abkaufe?«

»Ich habe in den letzten Jahren an mir gearbeitet. Alice hat mein Leben verändert. Sie hat mir gezeigt, was ich in der Zeit hier mit euch falsch gemacht habe, wie wichtig Familie ist und ...«

»Verflucht, halt deine verdammte Klappe!«, brülle ich ihn an, unfähig, ihm auch nur eine Sekunde länger zuzuhören. »Hast du auch nur im Geringsten eine Ahnung, wie sehr Mom in den letzten Jahren gelitten hat? Deinetwegen? Wie sehr sie daran zu beißen hatte, dass du einfach so verschwunden bist?«

»Es tut mir leid.«

»Es tut dir leid.«

»Ja, das tut es. Ich möchte mich deshalb bei deiner Mom entschuldigen, mich ihr erklären ...«

»Vergiss es! Du wirst keinen Fuß mehr in unsere Richtung setzen, geschweige denn in dieses Haus.« Ich deute auf die Haustür neben uns. »Ich will, dass du verschwindest. Du hast einen Menschen aus mir gemacht, der ich nie wieder sein will.«

Ich hoffe, er spürt, dass er keine Chance hat, die Mauer, die mich umgibt, zu durchbrechen. Denn während der letzten Minuten habe ich sie wieder hochgezogen: die dicke Mauer, die mich schützen soll. Schützen davor, wieder verletzt zu werden. Ich hätte niemals zulassen dürfen, dass sie sie einreißt. Zu groß ist die Gefahr, dass ich wieder der alte Zac werde. Dass ich die Menschen um mich herum verletze, dass ich *sie* verletze. Weil *er* zu tief in mir steckt. Mein Vater, seine Erziehung, die Werte, die er mir früher mitgegeben hat. Sie lagen in jedem Schlag, während ich meine Mitschüler verprügelte, in jeder Beleidigung, die ich anderen an den Kopf warf, nur um ihm zu imponieren. Seine Wut, seine schwarze Aura, all das steckt da irgendwo in mir. Und es war eine Illusion, auch nur zu glauben, ich könne mich dagegenstellen.

»Ich liebe euch, Zac«, startet er einen letzten Versuch, doch diese Worte geben mir den Rest.

Bevor ich weiß, was ich tue, strecke ich die Arme aus und stoße ihn von mir. Mein Vater gerät ins Taumeln, stolpert beinahe, kann sich aber im letzten Moment noch fangen. »Wage es nie wieder, das Wort *Liebe* mit Mom und mir in Verbindung zu bringen. Das verdienst du nicht.«

Geschockt sieht er mich an. Ich habe mich früher nie getraut, mich gegen ihn zu wehren. Ich war jung, klein und schwach, wusste, dass ich keine Chance gegen ihn hatte. Doch die Zeiten haben sich geändert. Ich bin nicht mehr der unschuldige Junge, der ich früher war. Doch wie es aussieht, bin ich heute leider genau der Mensch, den er immer hat aus mir machen wollen. Und meine Handlung eben ist der beste Beweis dafür, dass das Schlechte, das ich stets in meinem Vater gesehen habe, auch in mir zu Hause ist. Der Beweis dafür, dass die Änderung meines Verhaltens doch nur ein Trugbild ist. Ich bin geschockt von meinem Ausbruch, darüber, dass ich meine Wut nicht im Zaum halten konnte.

Es ist schwer vorstellbar, dass du dich geändert hast. Denn ich bin der festen Überzeugung, dass ein Mensch tief in seinem Inneren immer er selbst bleibt, schießen Jases Worte von eben durch meinen Kopf. Gedanklich gebe ich ihm recht. Ich muss mich von Mira fernhalten, um sie zu schützen. Vor dem Menschen, der tief in mir steckt und nur darauf wartet, abermals hervorzubrechen und alles mit sich zu reißen.

»Du hast gewonnen, Vater«, presse ich hervor. »Hier hast du den Sohn, auf den du stolz sein kannst.«

»Es tut mir leid«, murmelt er ein letztes Mal, wendet sich dann ab und verschwindet. Genau so, wie er vor Jahren einfach so verschwunden ist.

Und ich bleibe zurück, mit meiner Erinnerung an damals. Ich sehe meine Mom, wie sie einfach nur dasitzt und ihr Blick ins Leere geht. Ich höre sie murmeln, dass mein Vater uns verlassen hat. Dass er sein Leben nun mit einer neuen Frau verbringen wird, in Italien. Sie weint und spricht davon, dass sie ihn immer noch liebt. Und ich hasse es, sie so unendlich leiden zu sehen. Doch nur ich scheine zu erkennen, dass sein Verschwinden eine Chance für uns ist. Eine Chance auf Glück und Freude.

Eine Chance auf Sonne.

KAPITEL 19
Die Mauer ist zurück

Mira

»Da drüben ist es!« Ich deute auf das Haus von Zacs Mom und kurz darauf lenkt Finn seinen Wagen an den Straßenrand neben Zacs Maschine. Sofort entdecke ich Zac, der vor der Tür auf der Treppe hockt, das Gesicht in seinen Händen vergraben.

Verdammt.

»Ich warte hier auf dich«, sagt Finn und schaltet den Motor aus. »Lass dir Zeit, Mira. Sprich mit ihm und gib mir ein Zeichen, wenn ich helfen kann.«

»Danke, Finn.« Ich schenke ihm ein zaghaftes Lächeln, drücke die Beifahrertür auf und steige aus dem Wagen. Unsicher laufe ich auf Zac zu, möchte ihn nicht erschrecken, lieber behutsam herausfinden, was vorgefallen ist. Ich mache ihm keine Vorwürfe, dass er einfach so von der Party verschwunden ist. Stattdessen mache ich mir nur Sorgen um ihn.

»Hey«, murmle ich leise, kurz bevor ich bei ihm bin. Erschrocken fährt er hoch, sieht mich mit geweiteten Augen an. Und in diesem Moment erkenne ich es. Ich weiß es, noch bevor Zac den Mund aufmachen und etwas erwidern kann. Ich spüre die Distanz zwischen uns, ehe er sie mir vermitteln kann. Denn wie er mich gerade anschaut, macht klarer als Worte, dass er sich von allem zurückgezogen hat.

Sie ist wieder da. Die dicke Mauer, die ihn bis vor wenigen Wochen noch umgeben hat. Ich weiß nicht, wer oder was es ausgelöst hat, dass er sie wieder um sich herum errichten musste, aber er hat es getan. Dennoch bin ich so naiv zu glauben, er würde sich mir weiterhin öffnen. Ich muss einfach daran festhalten, ganz egal, wie klein mein Hoffnungsfunke sein mag. »Zac, was ist passiert?«, versuche ich, zu ihm durchzudringen, und setze mich neben ihn. Einem Impuls folgend lege ich meine Hand auf sein Knie und drücke es leicht. »Was es auch ist, wir schaffen das gemeinsam. Du kannst es mir sagen. Ich bin für dich da.«

Bisher hat er weder ein Wort gesagt noch sich auch nur einen Millimeter bewegt. Völlig zu Stein erstarrt, sitzt er neben mir, starrt nach vorn ins Leere.

Ich wage einen weiteren Versuch. »Geht es deiner Mom schlechter? Kann ich euch irgendwie helfen?«

»Nicht«, presst er irgendwann hervor, sieht mich aber immer noch nicht an. »Hör auf, Mira. Bitte.«

Seine kalten Worte lassen mich zusammenfahren, daran ändert auch das Bitte nichts. Es ist die Art, wie er es gesagt hat: abweisend. »Lass mich für dich da sein, Zac. Du kannst mir vertrauen. Das weißt du doch.«

»Aber mir selbst nicht.«

»Wie meinst du das?«, frage ich verwirrt. »Was ist denn nur passiert, Zac?« Nun kann ich meine Tränen kaum noch zurückhalten, muss mich regelrecht anstrengen, nicht vor ihm zu weinen. »Eben war doch noch alles gut. Wir haben getanzt, gelacht, sogar Jase schien besser mit der Situation klarzukommen. Wieso stößt du mich jetzt von dir?«

»Weil es so besser ist.« Seine Worte brennen sich in mein Innerstes, stoßen mich nach hinten, weg von Zac. »Du glaubst, mich zu kennen, doch das stimmt nicht. Ich bin ein Dreckskerl, Mira. Ein Schläger.«

Sofort schüttle ich den Kopf. Die Tränen laufen mir inzwischen unaufhaltsam über das Gesicht, ich konnte sie einfach nicht länger zurückhalten. Ihn selbst so schlecht über sich sprechen zu hören, verletzt mich noch mehr als die Tatsache, dass er mich von sich stößt. »Das stimmt nicht! Zac, ich kenne dich sehr wohl. Was du in den letzten Jahren erreicht hast …«

»… habe ich heute in einer Sekunde wieder zerstört«, beendet er meinen Satz. Noch immer starrt er ins Leere, würdigt mich keines Blickes. »Ich bin wie er. Das werde ich immer sein. Der Typ, der andere verletzt. Auch dich werde ich verletzen.«

»Das wirst du nicht«, versuche ich, ihn zu überzeugen. Ich glaube an Zac. Ich glaube an den Menschen, der er geworden ist. An den liebenden Sohn, der sich um seine Mom sorgt. An den Typen, der kleine Kids im Boxen trainiert. Der leidenschaftlich an einem sozialen Projekt arbeitet, die Welt verbessern will. »Du hast dich geändert.«

»Bitte, geh einfach.«

Abermals treffen mich seine Worte und ich entferne mich ein weiteres Stück von ihm. Von dem Mann, von dem ich glaubte, mich wirklich in ihn verlieben zu können. Und so sehr, wie seine Worte mich nun doch schmerzen, bin ich mir nicht einmal mehr sicher, ob das nicht bereits geschehen ist.

»Wir sollten uns nicht mehr sehen. Es ist besser so.«

»Glaubst du das wirklich?«, frage ich ihn leise. Ich habe keine Kraft mehr, ihn vom Gegenteil überzeugen zu wollen. Gerade kann ich kaum noch klar denken. Diesen Kampf kann ich nicht alleine gewinnen. Wenn er uns will, muss auch er kämpfen.

Zac nickt, weiterhin den Blick nach vorn gerichtet. Und in diesem Moment bin ich mir sicher, dass etwas in mir zerbricht. In meinem Herzen tobt ein Sturm, unaufhaltsam, den ich nicht mehr stoppen kann. Ich kann die Gefühle, die ich für diesen Mann empfinde, nicht mehr leugnen.

»Zac, ich …«, versuche ich es ein letztes Mal, bin bereit, ihm endlich zu sagen, was ich fühle. Doch augenblicklich unterbricht er mich und wahrscheinlich ist das auch besser so. Bevor ich etwas sagen kann, von dem es kein Zurück mehr gibt. Mich ihm noch mehr öffne, nur um dann umso schlimmer verletzt zu werden. Man kann nur eine bestimmte Menge Schmerz ertragen. Und wenn er mich nicht will, muss ich mich selbst schützen.

»Mira, geh schon. Ich will dich hier nicht mehr haben. Es geht hier schließlich wenigstens einmal nicht um dich! Sei nicht so egoistisch!«

Da sind sie, die Worte, vor denen ich mich gefürchtet habe. Erschrocken fahre ich zusammen. Und diesmal folge ich seinen Worten. Ich erhebe mich, laufe auf zittrigen Beinen zu Finns Wagen, öffne die Beifahrertür und lasse mich auf den Sitz fallen. »Fahr, Finn«, presse ich hervor.

»Mira, was …«, beginnt Finn, doch ich unterbreche ihn. Ich kann ihm unmöglich erklären, was eben geschehen ist, wenn ich es selbst noch nicht einmal verstehe.

»Bring mich einfach nach Hause, bitte.«

Er nickt, reicht mir wortlos ein Taschentuch, stellt aber keine weiteren Fragen und lenkt den Wagen kurze Zeit später auf die Straße. Wie in Trance starre ich aus dem Fenster, während die Wälder rund um Starfall an uns vorbeifliegen. Ich bekomme nur nebenbei mit, wie Finn Enna anruft und sie bittet, die Party aufzulösen.

»Entschuldige, dass ich euch eure Feier verdorben habe.«

»So ein Quatsch«, versucht Finn, mich zu beruhigen. »Das hast du nicht. Mach dir deshalb keine Gedanken. Wir fahren jetzt erst mal nach Hause.«

Ich nicke und lehne dann meinen Kopf an die Scheibe. Dann beginne ich haltlos zu weinen. Ich weine um Zac, um das, was zwischen uns hätte entstehen können. Ich weine um das, was er meinem Bruder angetan hat, aber vor allem um den Menschen, der er heute ist. Einen Menschen, auf den er so stolz sein könnte, den er aber verloren zu haben glaubt. Ich weine um die Party für Enna und Finn, die nun wegen mir ein Ende findet. Und ich weine, weil ich zum ersten Mal seit Jahren wirklich an mich und meine Träume geglaubt habe und sie nun wie eine Seifenblase vor mir zerplatzen sehe.

Zurück in der WG, stürme ich sofort in mein Zimmer, ziehe die Tür hinter mir zu und mir wenig später die Bettdecke über den Kopf. Ich bin Enna dankbar dafür, dass sie die restlichen Partygäste nach Hause geschickt hat, denn so konnte niemand mitbekommen, wie ich total verzweifelt und kaputt wieder aufgetaucht bin.

Finn war auf der Fahrt nach Hause wirklich rücksichtsvoll. Er hat mich meinen eigenen Gedanken nachhängen lassen und sich nur zweimal vergewissert, ob es mir so weit gut geht. Wahrscheinlich hat er nur darauf gewartet, dass ich jeden Moment endgültig zusammenbreche – vom vielen Weinen einmal abgesehen. Und es ist mir ein absolutes Rätsel, wie ich die letzte Stunde durchhalten konnte. Als Zac mich weggeschickt hat, ist etwas in mir zerbrochen, von dem ich mir sicher bin, dass es so schnell nicht mehr heilen wird. Ich bin entsetzt darüber, dass ich mich ihm wirklich so weit geöffnet habe, dass er so viel Macht über mein Herz hat. So unendlich viel habe ich ihm in den letzten Wochen anvertraut. Ich habe ihm vertraut. Ich habe mich für ihn gegen meinen eigenen Bruder gestellt, ihm seine damaligen Taten verziehen, ihm eine neue Chance gegeben.

Wie konnte ich nur so naiv sein, wirklich zu glauben, er hätte sich ge-ändert? Diese Frage fleht förmlich nach Antworten in meinem Kopf. Denn hätte er sich geändert, säße ich jetzt noch bei ihm. Seine Worte von eben haben mir mehr als deutlich gemacht, dass ich mich hier total verrannt habe. Vielleicht wollte ich etwas in ihm sehen, von dem ich hätte wissen müssen, dass es nicht vorhanden ist.

Noch immer stößt er jene Menschen von sich, die gut zu ihm sind. Warum tut er das? Was ist geschehen? Egal, wie sehr ich mich bemühe, ich kann mir sein Verhalten nicht erklären, und das macht es nur noch schlimmer. Wie kann er mich in der einen Minute im Arm halten und küssen, mit mir zu einem meiner Lieblingssongs tanzen, inmitten all unserer Freunde, nur um mich kurze Zeit später von sich zu stoßen und mich zu verletzen?

Irgendwann höre ich Enna und Finn vor meiner Tür flüstern. Ich kann heraushören, dass meine beste Freundin am liebsten die Tür ein-treten würde, um mit mir zu sprechen. Finn hält sie jedoch davon ab, wofür ich ihm wirklich dankbar bin. Ich liebe sie, doch mir ist gerade nicht nach Reden. Zuerst muss ich das Geschehene erst einmal selbst verarbeiten und brauche Zeit für mich allein.

Total erschöpft von der Party und dem Gefühlschaos in mir falle ich irgendwann in einen unruhigen Schlaf …

»Das war ja zu erwarten.« Mom steht vor mir, die Hände in die Hüften gestemmt, in ihrem Blick erkenne ich nichts als Spott.

Ich weiß nicht, mit welcher Reaktion ich gerechnet habe. Tief in mei-nem Inneren habe ich mir wohl erhofft, dass sie mich in den Arm nehmen würde, wenn ich ihr von meinem Streit mit Zac erzähle, doch nichts der-gleichen geschieht.

Hoffnungsvoll wende ich mich Dad zu, der direkt neben ihr steht. »Was erwartest du von uns, Miranda?« Ehrlich verwirrt sieht er mich

an, beinahe genervt. »*Verständnis dafür, dass du diesen Jungen Luis vor-
gezogen hast? Luis, der deine Werte teilt, mit dem du eine wirkliche Zukunft gehabt hättest? Eine Perspektive?*« *Dad lacht auf – doch es klingt
unendlich kalt – und sofort breitet sich eine unangenehme Gänsehaut auf
meinem Körper aus.* »*Dafür bekommst du unser Verständnis nicht. Du
bist für dein Unglück ganz allein verantwortlich. Sieh zu, dass du das wieder geradebiegst. Aber schnell. Nicht auszumalen, was die Leute denken,
wenn sie erfahren, dass unsere Tochter sich so verloren hat.*«*

»*Aber er hat gesagt, er hätte sich geändert*«, *versuche ich, den beiden
zu erklären, warum ich Zac so zugetan bin.* »*Ich glaube noch immer, dass
Zac ein guter Mensch ist. Wir hatten so viel Spaß in den letzten Wochen,
haben erfolgreich an unserem Projekt gearbeitet.*«*

*Wieder ein Auflachen, diesmal kommt es von hinter mir, also wirble
ich herum. Luis steht dort, ein dickes Grinsen im Gesicht.* »*Glaubst du
wirklich, ihr hättet eine Chance, gegen die anderen zu gewinnen?*« *Unglaube liegt in seinem Blick, nichts als Spott in seinem Gesicht.* »*Das kann
unmöglich dein Ernst sein. Ein Projekt für Jugendliche aus* sozial schwachen Familien …*« Die letzten drei Worte untermalt, indem er mit seinen
Fingern Gänsefüßchen in der Luft zeigt.*

»*Was ist so schlecht daran? Wir könnten wirklich etwas bewirken! Zac
liegt so viel an diesem Projekt und auch ich glaube an uns, an unsere Idee.*«*

»*Du solltest deine Zeit lieber sinnvoller investieren*«, *stimmt Mom Luis
zu, bewegt sich dann langsam in meine Richtung, beinahe bedrohlich.*
»*Siehst du dich wirklich in der Küche, Mira? An einem Herd?*« *Wieder
dieses hässliche Lachen, das Kälte durch meinen gesamten Körper schießen
lässt.* »*Verabschiede dich endlich von dieser Illusion! Du bist eine Summers. Wir haben einen Ruf zu wahren.*«*

»*Hör auf deine Mutter.*« *Nun geht auch Dad auf mich zu. Mit jedem
Schritt, den er sich mir nähert, weiche ich einen zurück. Jedes seiner Worte
versetzt mir einen Schubs nach hinten.* »*Du kannst unmöglich denken,*

dass du eine Chance hast mit deinen Backwaren. Dieses Hobby hat doch keinerlei Perspektive! Du gehörst in die Kanzlei, du gehörst zu uns, du gehörst ...«

Plötzlich pralle ich gegen Luis, der noch immer hinter mir steht und mich mit seinen Armen umfängt. Doch statt der Wärme und der Liebe, die mich stets umfing, wenn Zac mich so im Arm hielt, spüre ich jetzt nichts als Ekel und Furcht. »Du gehörst zu mir«, murmelt Luis mir ins Ohr. »Versteh doch endlich, dass deine Eltern nur das Beste für dich wollen.«

»Lass mich los«, presse ich hervor, finde aber kein Gehör. Stattdessen zieht Luis mich noch fester an sich. Flehend blicke ich meine Eltern an, doch ihnen ist vollkommen egal, wie unwohl ich mich in seiner Gegenwart und unter seinen Berührungen fühle. Sie kommen näher, treiben mich noch weiter zu ihm, im metaphorischen Sinn.

»Luis ist die bessere Wahl.« Dad.

»Deine Zukunft liegt in der Kanzlei.« Mom.

»Versteh das doch endlich!« Dad.

Ich winde mich in Luis Armen, presse meine Augen fest zusammen, versuche, mich freizumachen – von ihm und dem Zwang meiner Eltern. »Hört endlich auf!«, rufe ich mit aller Kraft, die ich aufbringen kann. »Lasst mich in Ruhe!«

»Verdammte Scheiße, Mira!«

Erschrocken fahre ich aus dem Schlaf und setze mich auf. Ich bin schweißgebadet, schaue an mir nach unten und stelle fest, dass ich noch immer das Kleid vom Vortag trage. Der Wecker auf meinem Nachttisch zeigt mir, dass es neun Uhr am Morgen ist. Ich versuche, meinen Atem zu beruhigen, wieder im Hier und Jetzt anzukommen, doch es gelingt mir nicht.

Wie aus weiter Ferne vernehme ich ein lautes Klopfen an meiner Zimmertür. »Mira, mach die Tür auf! Was ist denn los?«

Jase. Mein Bruder. Mein Fels in der Brandung – und alles, was ich noch an wirklicher Familie habe.

Langsam schwinge ich die Beine aus dem Bett, laufe zittrig zur Tür, sperre sie auf und sehe mich meinem erschrockenen und zugleich besorgten Bruder gegenüber. Ich muss schrecklich aussehen, nach dieser furchtbaren Nacht und diesem verdammten Albtraum.

»Was hat das Arschloch getan?« Jase ballt die Hände zu Fäusten, scheint gedanklich eins und eins zusammenzuzählen. »Ich schwöre bei Gott, wenn er dir auch nur ein Haar gekrümmt …«

»Kannst du mich bitte einfach in den Arm nehmen?« Ich habe keine Kraft, ihm jetzt zu erzählen, was geschehen ist. Ich kann mich aktuell kaum auf den Beinen halten, geschweige denn ein Gespräch führen.

Auch Jase scheint das zu bemerken, denn kurzerhand zieht er mich in seine Arme. Ich kann die Tränen nicht mehr zurückdrängen, lasse mich von ihm halten und weine alles raus.

»Alles wird wieder gut, Mira«, redet er beruhigend auf mich ein. »Ich bin ja da.«

Und das ist er. Jase ist immer noch da, trotz allem, was geschehen ist.

Zac

Das Boxen war immer mein Ventil. Meine Möglichkeit, all der Wut in mir einen Weg nach außen zu ermöglichen. Ohne jemanden zu verletzen. Ohne der Mensch zu werden, zu dem mein Vater mich immer machen wollte.

Und obwohl ich gescheitert bin, suche ich nun doch wieder Zuflucht an meinem Boxsack. In jeden meiner Schläge lege ich all die Verzweiflung in mir.

Du bist ein Versager, Zacory. Schlag.

Du bist zu weich, zu schwach. Schlag.

Jetzt nimm dein Leben endlich in die Hand, mein Sohn. Wehre dich!
Zeig ihnen, wer der Stärkere ist. Schlag.

Mach mich stolz. Schlag.

All die Erwartungen meines Dads, all die Schläge, die ich verteilt habe, nur um ihm zu gefallen. Damit er endlich stolz auf mich ist. Und jetzt? Jetzt steht er einfach wieder hier, mitten in meinem Leben und will mir auch noch erzählen, dass er sich geändert hat. Was erwartet er von mir? Dass ich ihm verzeihe? Einfach so?

Vielleicht hat er tatsächlich etwas verstanden. Möglicherweise möchte er sich einfach nur entschuldigen. Dein Vater ist kein schlechter Mensch, Zac.

Die Worte meiner Mom gehen mir ebenso durch den Kopf wie die meines Vaters. Nach meinem Aufeinandertreffen mit ihm, nachdem Mira mich verlassen hat, bin ich zurück ins Haus und habe mit ihr gesprochen. Meiner Mutter. Mir ist immer noch unbegreiflich, wie sie nach allem, was geschehen ist, ernsthaft glauben kann, dass wir ihm eine Chance geben sollten. Sie liebt ihn noch immer, das weiß ich. In ihren schwachen Momenten spricht sie immer wieder davon. Wenn sie das Hochzeitsfoto der beiden krampfhaft umklammert, weint und sich erinnert – an eine Zeit, in der er noch anders war. Ja, sich sogar förmlich an eine Zeit klammert, aber nicht versteht, dass diese nie wiederkommen wird.

»Scheiße!«, fluche ich laut, schlage weiter auf den Sack vor mir ein. Der Schweiß rinnt mein Gesicht herunter, mein Shirt ist bereits komplett durchnässt, ich habe kaum noch Kraft in den Armen. Und dennoch kann ich nicht aufhören.

Miras Gesicht taucht vor meinem inneren Auge auf. Aus ihren großen blauen Augen schaut sie mich an. Sie so zu verletzen, wie ich es heute getan habe, war nie meine Absicht. Aber ich musste und muss sie schützen. Am meisten vor mir selbst. Sie von mir zu stoßen, war der einzige Weg, sie vor dem Monster zu bewahren, das noch immer in mir schlummert. Ich habe solche Angst, dass es einmal vor ihr ausbricht. Die Seele meines Vaters, die auch in mir wohnt. All das Dunkle, das mich in den Abgrund ziehen will. Es darf sie nicht mit sich reißen. Dass ich ihn angegriffen habe, hat mir gezeigt, dass ich mir selbst nicht trauen kann. Ich bin der Mensch geworden, den er aus mir machen wollte. Es ist mir nicht gelungen, mich zu beherrschen. All die Jahre habe ich mich nur selbst belogen. Und ich kann mir nichts Schlimmeres vorstellen, als diese Beherrschung irgendwann vielleicht Mira gegenüber zu verlieren.

Wie ein Wilder schlage ich auf den Boxsack vor mir ein, bekomme kaum noch etwas um mich herum mit, bis mich irgendwann ein lautes Rufen in meinen Schlägen stoppt.

»Du verdammtes Arschloch!«

Sofort lasse ich die Fäuste sinken, fahre zum Eingang des Studios herum. Ein sichtlich aufgebrachter Jase stürmt mir entgegen, hat seinerseits beide Hände zu Fäusten geballt. »Ich habe gewusst, dass du sie verletzen wirst. Niemals hätte ich zulassen dürfen, dass sie Zeit mit dir verbringt!«

»Lass gut sein, Jase. Ich werde sie nicht mehr anrühren, das kann ich dir versichern.«

Direkt vor mir bleibt er stehen, lacht wütend auf. »Was zum Teufel ist eigentlich los mit dir?«, ruft er verzweifelt. »Du willst sie von dir stoßen? Einfach so?«

»Das ist es doch, was du von Anfang an wolltest.« Ich löse den Klettverschluss meiner Boxhandschuhe und lasse sie achtlos auf die Matte unter uns fallen. »Also freu dich doch einfach, dass ich deinem Wunsch jetzt nachkomme.«

»Du kapierst es einfach nicht, oder? Bist du wirklich so dumm?«

»Vielleicht bin das, ja.« Ich weiß, dass ich mich wie ein trotziges Kind verhalte, doch ich kann einfach nicht anders. Ich darf keine Schwäche zeigen, denn würde ich meine ehrlichen Gefühle zulassen, dann stünde ich schon lange nicht mehr hier. Dann säße ich auf meiner Maschine, auf dem Weg nach Starfall, um Mira zu sagen, wie unendlich viel ich wirklich für sie empfinde. Doch das würde bedeuten, dass ich sie in Gefahr bringe. Sie der Gefahr aussetze, dass das Monster in mir sie irgendwann zutiefst verletzt. Und das darf ich auf keinen Fall zulassen. Lieber jetzt ein bisschen Schmerz, als später daran zugrunde zu gehen.

Jase atmet einmal tief durch, sieht mich dann aus stürmischen Augen an. »Hör mal zu, Zac. Du bist wirklich der Letzte, den ich mir an der Seite meiner Schwester wünsche. Du bist das größte Arschloch, das ich kenne, und wenn du mich fragst, verdient sie nichts als Liebe und Glück. Mira ist der wichtigste Mensch in meinem Leben und ich wünsche ihr nur das Beste.« Seine nächsten Worte müssen ihn viel Überwindung kosten, denn plötzlich sieht er nicht mehr mich an, sondern den Boxsack neben uns, während er weiterspricht: »Aber Mira scheint etwas an dir zu liegen. Sie glaubt wirklich, dass du dich geändert hast.«

»Das habe ich auch geglaubt«, sage ich ehrlich, bevor ich mich davon abhalten kann. Ihren Bruder über sie sprechen zu hören, lässt mich schwächeln. Ihr Bild schiebt sich in meinen Kopf und ich spüre, wie ich mit jeder Sekunde immer schwächer werde. »Ich will ihr nicht wehtun, Jase. Echt nicht. Deshalb muss ich mich von ihr fernhalten.«

»Was faselst du denn da für einen Mist?«, ruft Jase entgeistert, sieht mich nun wieder direkt an. »Du weißt schon, dass du ihr nie mehr wehtun könntest als mit deinem aktuellen Verhalten, oder?«

»Du verstehst das nicht …«

»Dann erkläre es mir, du Idiot!«

»Ich bin wie er, verdammt!« Von meiner eigenen Offenheit geschockt, taumle ich nach hinten und lasse mich erschöpft auf die Matte fallen. Ich vergrabe mein schweißnasses Gesicht in den Händen. Jase läuft zu mir, setzt sich neben mich. »Wie wer?«

Kurz überlege ich, das Gespräch abzublocken. Ihn wegzuschicken, anzuschreien. Doch ich merke, dass ich das Bedürfnis habe, mit jemandem zu sprechen. Dass es ausgerechnet Jase ist, dem ich mich gleich öffnen werde, spielt jetzt keine Rolle. Er ist hier und ich muss endlich all die Worte aus mir herauslassen, die sich in den letzten Stunden angesammelt haben und die ich auch mit meinen Schlägen nicht vertreiben konnte.

»Wie mein Vater.« Ich löse die Hände von meinem Gesicht, stütze die Arme auf meine Knie und beginne zu erzählen. Ich erzähle Jase von meiner Familie, vom Jobwechsel meines Dads und wie dieser ihn damals verändert hat. Ich bin so offen und ehrlich, gehe so sehr ins Detail, wie ich es bisher nicht einmal Mira gegenüber getan habe. Und es tut unglaublich gut, ihm endlich zu erklären, weshalb ich damals so gehandelt habe. Es rechtfertigt keine einzige Beleidigung und Verletzung, die er wegen mir davongetragen hat. Aber vielleicht kann er so besser verstehen, weshalb ich Mira von mir stoßen musste.

»Heute stand er einfach wieder vor mir«, ende ich schließlich. »Nach all den Jahren des Kampfes.« Ich knete meine zitternden Hände in meinem Schoß. »Meine Mom hat eine schwere Depression. Sie hat gute und schlechte Tage, doch an allen liebt sie diesen Dreckskerl noch immer. Und ich habe eine Scheißangst, dass sie sich nun wieder auf ihn einlässt. Dass sie ihm wirklich glaubt, er hätte sich geändert. Ihm wieder vertraut, nur um dann erneut verletzt zu werden. Denn das wird er ganz sicher, denke ich.«

»Heilige Scheiße«, fasst Jase all das Gesagte passend zusammen. In der letzten halben Stunde hat er kein Wort von sich gegeben, mich einfach nur erzählen lassen. »Und ich dachte, meine Eltern seien schlimm.«

»Das sind sie auch«, stimme ich ihm zu, muss beinahe lachen, wäre die Situation nicht so unendlich ernst.

»Stimmt, du hast die beiden ja bereits kennengelernt.«

»Habe ich. Und das war keins meiner bisherigen Lieblingsessen.«

Eine Weile sitzen wir schweigend nebeneinander. »Hat dein Dad denn gesagt, dass er deine Mom zurückwill?«, fragt Jase mich irgendwann.

»Nein, zumindest nicht direkt. Er meinte nur, dass er sich entschuldigen und seine Fehler wiedergutmachen will.«

Jase überlegt kurz. »Du musst noch mal mit ihm sprechen«, entscheidet er schließlich.

»Ich weiß nicht, ob ich das kann. Er hat es nicht verdient, dass ich ihm zuhöre.«

»Stimmt, das hat er nicht«, gibt Jase mir recht. »Aber du hast es verdient, endlich mit deiner Vergangenheit abzuschließen.« Er dreht sich zu mir, sieht mich ernst an. »Manchmal müssen wir einem Menschen vergeben, jedoch nicht, um ihm einen Gefallen zu tun, sondern uns selbst. Du musst die Sache abschließen und dann ruhen lassen, um nach vorn blicken zu können.«

»Aber ich bin wie er«, wiederhole ich schließlich.

»Du bist nicht wie er, Zac. Du hast nach seinen Werten gelebt, aber nach allem, was du mir eben erzählt hast, kann ich dich nun besser verstehen. Und endlich macht es auch Sinn, was Mira mir seit Wochen zu erklären versucht. Du trainierst diese Kinder im Boxen, du gibst ihnen die Möglichkeit, auf gesundem Weg zu lernen, mit ihrer Wut umzugehen, und …«

»Ich habe ihn gestoßen«, unterbreche ich Jase. Er muss es wissen.

Er muss verstehen, weshalb ich nicht daran glaube, mich von meinem Dad lösen zu können. »Heute Abend, als er vor mir stand, konnte ich einfach nicht anders. Seit Jahren habe ich gegen niemanden mehr die Hand erhoben, aber eine Minute in seiner Gegenwart hat gereicht, um alles, was ich mir aufgebaut habe, wieder einzureißen.« Verzweifelt fahre ich mir durch das verschwitzte Haar. »Ich bin genau so, wie er mich immer haben wollte.« Und nun kann ich gar nicht mehr anders, als einfach alles, was ich denke und fühle, mit ihm zu teilen. Und noch den allerletzten Rest.

Ich stehe auf, tigere vor ihm auf und ab, während ich mich um Kopf und Kragen rede. »Mira bedeutet mir so unglaublich viel. Sie ist die Erste, die wirklich daran geglaubt hat, dass ich mich geändert habe. Ihr gegenüber konnte ich mich öffnen, wir verstehen uns so gut. Fast blind. Sie ist so wunderschön und stark, aber auch so zart und verletzlich. Und das ist das Letzte, was ich will. Sie verletzen. Aber heute hat sich wieder mal gezeigt, dass ich nicht so weit bin. Meine Aggression hatte ich wieder nicht im Griff und ich habe so eine verdammte Angst, dass ich ihr vielleicht irgendwann wehtun könnte. Vielleicht ist dieser Luis wirklich die bessere Wahl für sie, er …«

Jases Lachen unterbricht mich in meinem Redefluss. »Das kann unmöglich dein Ernst sein!« Nun steht auch er auf, stellt sich direkt vor mich, stoppt mich in meinem Auf- und Abgehen und legt seine Hände auf meine Schultern, sodass wir uns direkt in die Augen sehen. »Es war nicht richtig, deinen Dad zu stoßen. Gewalt ist nie eine Lösung. Niemals. Doch das weißt du.«

Ich nicke, doch bevor ich etwas erwidern kann, spricht er weiter.

»Aber genau das ist der entscheidende Punkt, Zac. Du weißt es. Du hast es gerade selbst ausgesprochen. Du hast erkannt, dass es ein Fehler war. Das hättest du früher nicht getan.«

Er hat recht. Ich habe noch in derselben Sekunde gewusst, dass ich ihm gegenüber nicht hätte handgreiflich werden dürfen. »Aber ich habe es getan.«

»Richtig. Aber das war eine Situation. Ein schwacher Moment gegen hundert starke Momente in den letzten Monaten. Du darfst nicht verleugnen, wie viel du erreicht hast, nur weil du nach vielen Schritten nach vorn mal einen Schritt zurück gemacht hast. Und außerdem: Wenn jemand diesen Schubser auch nur ansatzweise verdient hat, dann dein Dad.«

Mir entfährt ein Lachen. »Da hast du wohl recht. Aber Mira …«

»Du würdest ihr niemals wehtun«, versichert mir Jase, löst seine Hände von meinen Schultern, wirft sie stattdessen in die Luft. »Ich hätte nie gedacht, dass ich wirklich mal ins Team Zira eintrete …«

»In welches Team?«, frage ich ihn verdattert.

»Ins Team Zira. Enna hat euch beiden einen Ship Name verpasst. Du weißt schon, wie in diesen TV-Serien, wenn ein Pärchen …«

»Ich weiß, was ein Ship Name ist«, unterbreche ich ihn lachend. *Zira. Der gefällt mir.*

»Hör mal, Zac«, fährt Jase schließlich fort. »Was du mir eben erzählt hast, macht unsere Vergangenheit nicht ungeschehen. Ich vertraue dir noch immer nicht zu hundert Prozent, so schnell kann ich dir auch nicht verzeihen. Aber was ich möchte, ist, dir eine Chance zu geben. Was Mira angeht, weiß ich einfach, dass sie bei dir sicher ist.«

»Danke«, murmle ich und spüre, wie ein Stein von meiner Seele fällt, der dort seit vielen Jahren gelegen hat. Und dann spreche ich sie aus. Die Worte, die mir schon so lange auf der Seele liegen. »Es tut mir leid, Jase.«

Er atmet einmal tief durch, vermutlich hat er diese Worte ebenso sehr gebraucht wie ich. »Ich vergebe dir. Aber bitte, tu mir den Gefallen, und gib dir selbst auch eine Chance. Kläre den Mist mit deinem Dad, kümmere dich darum, dass deiner Mom endlich geholfen wird.

Und dann sprich mit meiner Schwester und lass sie zurück in dein Leben, denn da gehört sie offensichtlich hin. An deine Seite.«

Ungläubig sehe ich ihn an. Diese Worte von ihm zu hören, tut unendlich gut. Dass er mir zugehört hat und nun sogar möchte, dass ich mich Mira wieder annähere, mir selbst vergebe und mein Leben ordne, nach allem, was ich ihm angetan habe, bedeutet mir die Welt.

»Was hältst du davon, wenn wir unsere Versöhnung mit einem Box-Match besiegeln?«, frage ich ihn kurzerhand. Eben noch war ich komplett fertig von der letzten Stunde Training, doch jetzt spüre ich die neue Energie, die unser Gespräch in mir entfacht hat.

»Einverstanden.«

KAPITEL 20
Endlich wieder atmen

Mira

»Irgendwas fehlt.« Skeptisch betrachte ich die Unmengen an Muffins, die vor Enna und mir auf der Anrichte der WG-Küche stehen. »Ich kann dir nur noch nicht sagen, was es ist.«

»Also wenn du mich fragst, sehen die perfekt aus. Zum Anbeißen …« Enna streckt eine Hand gefährlich in die Nähe eines Muffins.

»Halt!«, rufe ich und halte sie davon ab, sich einen zu schnappen. »Die sind für den Band-Abend. Heute ist Samstag, der Tag der Tage, schon vergessen?«

»Aber wir müssen sie doch probieren!«, protestiert sie.

»Zweifelst du etwa daran, dass sie schmecken?« Ich ziehe meine rechte Augenbraue nach oben und verschränke die Arme vor meiner Backschürze.

»Natürlich nicht, aber …«

»Aber was?«, frage ich schroffer als beabsichtigt. »Entschuldige«, schiebe ich schnell hinterher. »Ich bin heute nicht so ganz ich selbst.«

Verständnisvoll nickt meine Freundin und legt mir ihre Hand auf die Schulter, drückt sie kurz. »Alles gut, Mira«, beruhigt sie mich. »Vielleicht lenkt dich der heutige Abend ja etwas ab.«

»Vielleicht«, murmle ich, bin aber nur wenig überzeugt. Heute Abend tritt Jase mit seiner Band im **Stardust** auf. Ich habe angeboten, ein paar Gebäcke beizusteuern. Normalerweise ist es nicht üblich, dass etwas zum Essen bei Konzerten verteilt wird, doch heute gibt es vor dem Konzert ein kleines Meet and Greet mit der Band für einige ausgewählte Konzertgäste, die dann etwas von mir Gebackenes bekommen. Außerdem konnte ich mich durch das Backen in den letzten Stunden mit etwas beschäftigen, das mir Freude bringt, nachdem ich in den letzten Tagen zu nichts zu gebrauchen war. Meine Vorlesungen habe ich alle sausen lassen; aus lauter Angst, Zac zu begegnen, habe ich mich krankgemeldet. Meine Schichten im Café haben mir nicht so viel Freude bereitet wie sonst, und das ist auch Brian aufgefallen. Allerdings war er so rücksichtsvoll, mich nicht auf meine schlechte Laune anzusprechen, wofür ich ihm sehr dankbar bin. Ich weiß, dass ich dringend wieder aus diesem dunklen Loch herausfinden muss, in dem ich seit gut zwei Wochen stecke, doch noch habe ich keine Ahnung, wie mir das gelingen soll. Die wenigen Telefonate mit Zac, zu denen ich mich des Projektes wegen durchringen konnte, haben mir wirklich den letzten Nerv geraubt. Ich habe mich aber dazu entschlossen, meine Gefühle zurückzunehmen und ihm erst mal reserviert zu begegnen. Zumindest virtuell, denn zu einem persönlichen Treffen konnte ich mich einfach nicht aufraffen. Zu tief sitzt der Schmerz, den er mit seinen direkten Worten in mir hat entstehen lassen. Zac selbst hatte nichts gegen meinen Vorschlag, alle weiteren Absprachen erst mal nur telefonisch zu treffen. Es ist besser so, da bin ich mir sicher.

»Alles wird wieder gut«, holt Enna mich zurück in die Gegenwart. »Ich kann zwar noch immer nicht verstehen, weshalb Zac dich auf einmal so mies behandelt, aber ich bin mir sicher, dass sich alles klären wird.«

Ungläubig lache ich auf. Es ist schön, dass Enna so optimistisch in meine Zukunft blickt. Sonst tue ich das auch immer. Für gewöhnlich glaube ich an mich, auch wenn meine Familie es nicht tut. Normalerweise wirft mich nichts so schnell aus der Bahn. Doch Zacs Verhalten hat mich wirklich tief verletzt und ich glaube nicht, dass er noch mal auf mich zukommen wird, um die Sache zu klären. Er hat mir mehr als deutlich gemacht, dass ich mich aus seinem Leben heraushalten soll. Er hat mich von sich gestoßen und ich habe einfach keine Kraft mehr, mich wieder in seine Richtung zu drehen und auf ihn zuzugehen. Wozu?

Ich werfe wieder einen Blick auf die Muffins und plötzlich fällt mir ein, was mit ihnen noch nicht stimmt. »Die Noten!«, rufe ich aufgeregt und drehe mich zu Enna. »Die Noten fehlen!«

»Welche Noten?« Verwirrt sieht sie mich an.

Kurzerhand drehe ich mich in Richtung Kühlschrank, öffne ihn und greife nach der kleinen Brotdose, die ich darin aufbewahrt habe. Ich stelle sie vor uns auf die Anrichte, öffne sie und zeige Enna die kleinen Musiknoten, die ich gestern aus Marzipanmasse geformt habe. Das hat mich ganze drei Stunden gekostet, doch immerhin etwas abgelenkt.

»Die sind ja zauberhaft. Eigentlich viel zu schade, um sie zu essen.« Enna lacht und nimmt sich einen kleinen Notenschlüssel.

»Ich schlage uns noch schnell ein Frosting auf und dann können wir die Muffins als Cupcakes damit dekorieren«, erkläre ich ihr und mache mich sofort ans Werk. Enna setzt sich währenddessen auf die Couch und checkt ihr Handy.

Eine halbe Stunde später sind die Cupcakes fertig. Wir verstauen sie bis heute Abend im Kühlschrank, damit das Frosting fest werden kann, und wollen gerade mit dem Aufräumen der Küche beginnen, als Jase auftaucht. Kreidebleich lehnt er am Türrahmen der Küche.

»Mädels«, presst er hervor und sieht aus, als würde er jeden Moment umkippen. »Mir ist kotzübel.«

»Lampenfieber?«, fragt Enna meinen Bruder, kann sich ihr Grinsen dabei kaum verkneifen. Jase ist immer ultranervös vor seinen Auftritten. Sobald er die Bühne betritt, so meint er, sei alles wieder in Ordnung. Wenn er singt und auf seiner Gitarre spielt, vergisst er alles um sich herum. Die Stunden davor sind jedoch immer die Hölle für ihn.

»Ihr werdet das **Stardust** rocken!«, versuche ich, ihn aufzuheitern. »Und wie immer sind wir alle an deiner Seite.«

Jase atmet einmal tief durch, nickt dann. »Dafür bin ich euch echt dankbar.« Er will sich gerade wieder umdrehen, als ihm noch etwas einfällt. »Harlow hat mich gebeten, ihr einen Muffin zu reservieren.«

»Geht klar«, antworte ich ihm. »Nur sind es jetzt doch Cupcakes geworden. Wir brauchten ein Frosting, um die coolste Deko der Welt auf ihnen drapieren zu können.«

»Die da wäre?« Neugierig sieht er mich an.

»Das bleibt vorerst eine Überraschung. Harlow kommt also auch heute Abend?« Ich kann mir ein Grinsen nicht verkneifen, freue mich für ihn. *Ob er diesmal noch aufgeregter ist als sonst, weil sie dabei sein wird?*

»Ja«, antwortet mein Bruder und sofort heben sich auch seine Mundwinkel an.

Ich mag Harlow wirklich sehr und würde mich freuen, wenn mein Bruder sein Glück in der Liebe findet. »Weißt du, was? Ich reserviere Harlow gleich zwei Cupcakes. Vielleicht könnt ihr die dann im Anschluss an den Auftritt zusammen essen.« Ich möchte nicht zu offensichtlich machen, wie gern ich die beiden als Pärchen sehen würde, um ihn nicht unter Druck zu setzen. Immerhin ist er gerade schon nervös genug.

»Du bist die Beste«, erwidert Jase und versucht sich an einem Lächeln, das aber gleich darauf wieder verschwindet. »Ich glaube, ich muss noch mal ins Bad. Verdammte Aufregung.« Lautes Magengrummeln untermalt seine Worte. Mein armer Bruder.

»Melde dich, wenn wir etwas tun können«, bietet Enna ihm nebenbei an, ist aber noch immer mit ihrem Smartphone beschäftigt.

Was macht sie denn da die ganze Zeit?, frage ich mich stumm.

Jase verschwindet im Flur und ich laufe zu meiner Freundin, lasse mich neben ihr auf die Couch fallen. »Was treibst du da?«, frage ich sie verwundert.

»Ach, Finn hat mir eine Auswahl an Fotos geschickt und ich soll entscheiden, welches er heute noch auf seinem Account postet.«

»Zeig mal her! Vielleicht kann ich helfen!«

»Wir sollten uns lieber überlegen, was wir heute Abend anziehen! Er kommt schon allein klar!«, ruft sie stattdessen und springt plötzlich vom Sofa auf, läuft schnurstracks in Richtung meines Zimmers. »Darf ich mir wieder etwas von dir borgen?«

»Klar«, antworte ich ihr verwirrt.

Irgendwas ist hier doch faul ..., beschleicht mich ein ungutes Gefühl.

Zac

»Und ihr seid euch wirklich sicher, dass das eine gute Idee ist?« Skeptisch schaue ich Finn an, der immer noch damit beschäftigt ist, die riesige Leinwand an der einen Seite meines Wohnzimmers zu drapieren.

»Glaub mir, Mira steht auf diesen romantischen Kram. Enna und sie sind sich in diesem Punkt sehr ähnlich.«

»Ich weiß nicht …« Zweifelnd laufe ich neben ihm auf und ab. Der heutige Abend soll perfekt werden. Ich möchte Mira endlich zeigen, wie gern ich sie habe, mich bei ihr entschuldigen. Nichts wünsche ich mir mehr, als sie zum Lächeln zu bringen und dazu, mir mein Verhalten zu verzeihen. Ich will diese Sache mit uns endlich definieren, will, dass sie sich wohlfühlt. Bei mir, mit uns. Lange habe ich überlegt, wie ich das am besten anstellen soll. Ich wollte etwas vorbereiten, eine Überraschung, mit der sie definitiv nicht rechnet. In den letzten Tagen habe ich ihren Wunsch nach Distanz respektiert, ihr den Freiraum gegeben, den sie zu brauchen schien, auch, wenn ich sie schrecklich vermisst habe.

»Sie liebt diesen Film abgöttisch«, versucht Finn weiter, mich von seiner und Jases Idee zu überzeugen. Mir war direkt klar, dass ich die beiden um Hilfe bitten muss. Sie kennen Mira in- und auswendig und wissen am besten, womit ich ihr eine Freude machen kann. Von Enna einmal abgesehen. Sie wollte ich persönlich nicht stören, damit sie ganz für Mira da sein konnte. Jase kam die Idee mit einem Filmabend, Finn hat daraufhin dann doch Enna ausgequetscht und in Erfahrung gebracht, welchen Film Mira am liebsten schaut. Ich habe von der romantischen Schnulze, die nun als DVD auf meinem Tisch liegt, noch nie etwas gehört, doch solange Mira den Film mag, ist der Rest sowieso egal.

»Können wir den Plan noch mal durchgehen?«, frage ich ihn. Keine Ahnung, weshalb ich so nervös bin. Wahrscheinlich, weil das hier mein erstes richtiges Date sein soll und Mira noch nicht mal eine Ahnung davon hat, dass sie den Abend mit mir verbringen wird. Was, wenn sie Nein sagt? Gar nicht kommt?

Bisher habe ich nie gedatet. Ich war feiern, habe die Frauen mit zu mir genommen und am nächsten Morgen wieder verabschiedet. Mit Mira soll es anders werden.

»Klar.« Finn steckt die letzten Kabel in den Beamer und schließt die Installation ab, während er mir den Ablauf für später noch einmal genau erklärt. »Wir treffen uns heute Abend alle im **Stardust**. Jase tritt mit seiner Band auf und ich locke Mira dann unter einem Vorwand aus dem Club. Anschließend fahre ich sie zum Café und du wartest unten. Ich werfe Mira raus, fahre zurück zu den anderen und du hast sie dann ganz für dich. Den Rest musst du allein regeln.«

»Dann muss ich sie nur noch überzeugen, mit mir nach oben zu kommen und nicht direkt auf dem Absatz wieder kehrtzumachen.«

»Glaub mir, Zac«, versucht Finn weiterhin, mich zu überzeugen. »Mira ist vielleicht noch verletzt und enttäuscht, aber sie hat genauso Redebedarf wie du. Sie verdient es, endlich zu erfahren, was mit deinem Dad geschehen ist und weshalb du seither so abweisend zu ihr bist … ähm … warst.«

Ich nicke. Es war mein Wunsch, Mira selbst von den Geschehnissen der letzten Tage zu erzählen, weshalb ich Jase gebeten habe, ihr erst einmal nichts zu erklären. Weder von meinem Aufeinandertreffen mit meinem Dad noch von unserer Aussprache im Boxstudio. Ich möchte ihr später in Ruhe alles erklären. Doch vorher muss ich dieses eine Gespräch noch hinter mich bringen, vor dem es mir bereits seit Tagen graut …

»Du sprichst heute mit deinem Dad, richtig?«, scheint Jase meinen Gedanken zu erraten.

Ich nicke. »Wir müssen reden. Ich habe absolut keine Lust darauf, aber ich höre auf deinen Rat.« Für uns beide und vor allem für mich selbst wiederhole ich seine Worte, um mich daran zu erinnern, dass ich das Richtige tue. »Er war ein absolutes Arschloch, aber ich muss endlich mit der Vergangenheit abschließen. Und ich muss wissen, was seine Absichten sind, um Mom und mich zu schützen.«

»Sie weiß, dass du heute mit ihm sprichst?«

»Ja. Ich habe ihr gesagt, dass ich das zuerst allein tun möchte und sie dann von mir aus auch mit ihm reden kann. Aber erst mal will ich mich versichern, dass er wirklich gute Absichten hat. Eher lasse ich nicht zu, dass er Mom begegnet.«

Jase nickt verständnisvoll. »Das klingt nach einem guten Plan.«

Wenige Stunden später parke ich mein Motorrad neben der Adresse, die mein Dad mir geschickt hat. Ich steige ab und stehe vor einem Diner etwas außerhalb von Starfall, in dem wir uns verabredet haben.

Den Helm hänge ich über den Lenker meiner Maschine, atme ein letztes Mal tief durch und trete dann ins Innere des Diners. Sofort umhüllt mich der Geruch von Frittenfett und Bier. Ich halte nach Dad Ausschau und entdecke ihn auf einer Sitzbank auf der rechten Seite. Er winkt mir kurz zu und ich laufe zu ihm, lasse mich ihm gegenüber auf die Bank fallen und komme direkt zur Sache. »Du hast eine Viertelstunde.«

Dad schluckt. Ihm nun direkt gegenüberzusitzen, fühlt sich absolut seltsam an. Wieder fällt mir auf, wie sehr er abgebaut hat. Unsicher knetet er seine Hände auf dem Tisch – und das ist es, was mich wohl am meisten überfordert. Er wirkt beinahe klein vor mir, völlig verändert.

»Ich möchte mich bei dir entschuldigen, Zacory«, beginnt er. »Es bedeutet mir wirklich viel, dass du heute gekommen bist …«

»Ich tue das hier nicht für dich«, unterbreche ich ihn, um das direkt klarzustellen. »Ich tue es für mich. Und für Mom.«

Dad nickt. »Das ist in Ordnung. Du schuldest mir rein gar nichts.«

Das hat er gut erkannt. Er räuspert sich, spricht dann weiter und ich beschließe, ihm einfach zuzuhören und ihn nicht mehr zu unterbrechen. Umso eher kann ich mich wieder aus dem Staub machen.

»Nichts, was ich dir jetzt erzähle, rechtfertigt mein Handeln auch nur im Geringsten. Es ist mir jedoch wichtig, dir zu erklären, wie es mir in den letzten Jahren ergangen ist.«

Unruhig rutsche ich auf der Sitzbank hin und her, halte aber weiterhin die Klappe, versuche, stark zu bleiben.

»Ich war damals absolut überfordert mit meinem neuen Job. Ich war überarbeitet und genervt, habe diese Gefühle an deiner Mom und dir ausgelassen. Heute weiß ich, dass das nicht richtig war. Ich hätte meine Emotionen auf der Arbeit lassen und nicht mit nach Hause bringen dürfen. Das war unfair, dir und deiner Mom gegenüber.« Noch immer schaut er auf seine Hände, scheint sich zu schämen und mich nicht ansehen zu können. »Als ich euch verlassen habe, sah ich genau darin eine Chance, neu anzufangen. In Italien habe ich mir ein neues Leben aufgebaut. Alice hat mir gezeigt, wie schön es sich anfühlt, unbeschwert zu sein, wieder Freude zuzulassen und die Dinge aus einem anderen Licht und Blickwinkel zu betrachten.«

Ich kann mir ein kurzes Auflachen nicht verkneifen.

»Ich weiß, dass es sich absolut lächerlich anhören muss, Zac. Aber es war richtig, zu gehen und neu anzufangen. *Wie* ich gegangen bin, war falsch, aber ich musste es tun, um ein besserer Mensch zu werden.« Ein Lächeln legt sich auf sein Gesicht. »Wir leben auf einer kleinen Farm, bauen unser eigenes Gemüse an und verkaufen es auf dem Wochenmarkt. Alice arbeitet zusätzlich als Kinderkrankenschwester und ich bewirtschafte den Hof. Es ist wirklich wunderschön bei uns. Wir sind glücklich. Und ich habe endlich eine Arbeit gefunden, die mich erfüllt. Dort verspüre ich keinen Druck mehr, bin mein eigener Chef.«

»Wie schön für dich.«

»Ich möchte mich von dieser Last befreien, mich bei euch entschuldigen und dass ihr wisst, wie leid es mir tut, dass …«

»Mom leidet an einer schlimmen Depression, seit du uns verlassen hast. Du hast doch keine Ahnung, was wir durchgemacht haben. Nicht die geringste! Du bist nicht wegen uns hier, sondern nur, um dein Gewissen zu erleichtern. Warum jetzt, nach all der Zeit?« Eine mir nur allzu bekannte Wut steigt in mir empor, unaufhaltsam, beängstigend. In mir brodelt ein regelrechter Vulkan, der nur darauf wartet, endlich auszubrechen. Doch ich darf das nicht zulassen.

Dad zuckt zusammen. »Das stimmt«, gibt er mir recht. »Ich wusste nicht, wie schlimm es um Rosemary steht. Aber ich kann die Vergangenheit nicht ungeschehen machen. Stattdessen kann ich nur dafür sorgen, dass es in Zukunft besser funktioniert.«

»Es wird keine gemeinsame Zukunft geben«, stelle ich klar, bevor er sich dieser Illusion hingeben kann. »Wir geben dir die Chance, dich zu erklären und dich zu entschuldigen, aber dann will ich, dass du wieder verschwindest.«

Traurig sieht er mich an, als hätte er sich eine andere Reaktion erhofft, doch diesen Wunsch kann ich ihm nicht erfüllen. Dafür ist zu viel geschehen. Zu viele Narben hat er hinterlassen, auf meiner Seele und auf der von Mom. Vor allem auf ihrer.

»Ich verstehe dich. Und ich bin dankbar dafür, dass du mir die Chance gibst, mit dir zu sprechen«, sagt er, doch es klingt gebrochen. »Auch wenn du es mir nicht glaubst, ich habe mich wirklich geändert, Zac. Ich habe verstanden, welche Fehler ich gemacht habe, ich besuche eine Therapie und ich arbeite an mir. Es war mir ein Bedürfnis, dass du das weißt.«

»Und das tue ich jetzt«, versuche ich, das Gespräch langsam zu beenden. Er hatte seine Chance, konnte mir die Situation erklären, doch es strengt mich wahnsinnig an, hier vor ihm zu sitzen, nach allem, was vorgefallen ist. »Mit Mom kannst du auch noch sprechen. Aber mach ihr keine falschen Hoffnungen. Ich warne dich.«

»Das würde ich nie. Auch bei deiner Mutter möchte ich mich einfach nur entschuldigen. Ich möchte, dass sie wieder nach vorn sehen kann. Das mit ihrer Depression tut mir unendlich leid. Ich hoffe, sie lässt sich helfen?« Fragend sieht er mich an.

Ich schüttle den Kopf. »Ich habe mehrmals versucht, sie zu einem Psychologen zu überreden, doch bisher hat sie immer abgeblockt. Sie hat immer gehofft, dass du irgendwann zurückkommst und alles wieder gut wird.« Ich kann nicht verhindern, dass meine Erklärung wie ein Vorwurf klingt.

»Verstehe«, meint Dad nur. »Umso wichtiger, dass ich mit ihr spreche und ihr klarmache, dass sie nach vorn schauen muss, dass es kein Uns mehr geben wird. Aber sie ein ganzes Leben vor sich hat, ein Leben voller Chancen. Vor allem muss sie verstehen, dass ihr Glück nicht von mir abhängig ist. Diese Welt hat ihr so viel zu geben und auch Rosemary kann ihre Träume leben.«

Erleichtert atme ich aus.

»Ich bin glücklich in Italien, Zac. Deine Mom und du, ihr werdet mir immer etwas bedeuten, aber es ist unendlich viel schiefgelaufen damals. Die Wunden sind zu groß und auch ohne meine neue Freundin könnten deine Mom und ich kein Paar mehr sein. Das wird sie auch noch erkennen.«

»Sie verdient es mehr als jeder andere, wieder glücklich zu sein.« Dads Worte zeigen mir, dass er versteht, dass er mir damit meine größte Befürchtung genommen hat.

Dad nickt, sieht mich dann ein letztes Mal ernst an. »Ich möchte dich gern noch fragen, wie es dir geht. Was fängst du an mit deiner Zeit?«

»Ich studiere Jura«, antworte ich ihm knapp. »Und bin Anfang des Jahres in meine erste eigene Wohnung gezogen.«

Dad lächelt und noch immer kann ich mich nicht an die Veränderung in seinem Gesicht gewöhnen. »Das klingt toll. Selbst wenn du es vielleicht nicht hören möchtest: Ich bin sehr stolz auf dich. Und ich habe dich lieb.«

Ich kann nicht verhindern, dass mir Tränen in die Augen steigen. Wie oft habe ich mir gewünscht, dass er genau diese Worte zu mir sagt? Und zwar ohne Gegenleistung. Dass er mich liebt, stolz auf mich ist, auf den Menschen, der ich bin, ohne dass ich mich verbiegen und Dinge tun muss, die ich hasse, nur um ihm zu imponieren. »Und ich trainiere Kinder im Boxen«, füge ich schließlich an. Er soll wissen, dass ich es besser mache als er damals. Dass die Werte, die er mir zu vermitteln versuchte, keine sind, die ich heute vertrete. »Ich setze mich dafür ein, dass sie respektvoll miteinander umgehen und ihre Wut sinnvoll einsetzen, ohne einander zu verletzen.«

Dad atmet scharf ein, scheint meinen Wink zu verstehen. Natürlich tut er das. Er weiß genau, was er mir damals hat beibringen wollen, und auch wenn er jetzt eine andere Einstellung zum Leben hat, kann er die Vergangenheit nicht ungeschehen machen. »Ich bin froh, dass du so ein liebevoller Mensch geworden bist. Und dankbar, dass du nicht das Arschloch geworden bist, das ich aus dir habe machen wollen«, spricht er schließlich ehrlich aus, was wir beide wissen. »Das Arschloch, das ich gewesen bin.«

Ich kann gar nicht anders, als ihm recht zu geben. »Da sind wir uns ausnahmsweise mal einig.«

»Ich werde morgen zu deiner Mutter fahren und mit ihr sprechen, wenn das okay für dich ist.«

Kurz überlege ich. Es ist wichtig, dass Dad sich auch Mom erklären kann. Dass er sie davon überzeugt, dass auch sie nach vorn sehen und sich von der Vergangenheit lösen muss. Sie verdient es, ihn endlich loszulassen, und wenn es dafür ein Gespräch bedarf, ein allerletztes Gespräch mit ihm, dann muss das so sein. Also nicke ich. »Du musst vorsichtig mit ihr umgehen. Und ich möchte nicht, dass ihr allein sprecht.«

»In Ordnung«, stimmt Dad zu, wirkt dabei einfach nur dankbar, dass ich nichts dagegen habe, dass er mit Mom redet. Dass er meine Meinung in dieser Situation so schätzt und respektiert, zeigt mir einmal mehr, dass sich wirklich etwas an seiner Einstellung geändert hat, denn früher wäre es ihm egal gewesen, was ich denke oder fühle. Er hätte einfach so gehandelt, wie er es für richtig hält. Und plötzlich beginne ich, es zu verstehen: Wenn Dad es geschafft hat, sich zu ändern, dann kann ich das vielleicht auch. »Ich möchte nichts falsch machen, es ihr so einfach wie möglich gestalten.«

»Ich werde Danny zu ihr schicken. Das ist unser Nachbar, der hin und wieder nach ihr sieht. Danny ist ein guter Freund von uns. Er ist hergezogen, kurz nachdem du damals abgehauen bist«, erkläre ich ihm. »Er wird beim Gespräch dabei sein. Er weiß auch, wie er mit Mom umgehen muss, falls sie überfordert ist.«

»Das klingt vernünftig.« Dad sieht mich unsicher an, legt dann schnell seine Hand auf meine, als würde er damit rechnen, dass ich sofort aufspringe. Doch ich überrasche mich selbst damit, dass ich sitzen bleibe. Viel zu sehr schockt mich diese ungewohnte Geste von ihm. »Du kannst wirklich stolz auf dich sein, Zac. Gehe deinen Weg und lass dich von nichts und niemandem verbiegen. Am allerwenigsten von mir.«

»Das werde ich«, antworte ich ihm knapp. »Alles Gute für dich und deine Freundin.« Das Gespräch heute war wichtig, für uns alle, und ich denke, es hat auch in mir etwas bewirkt, was ich vor wenigen Minuten noch verneint hätte. »Vielleicht können wir ab und an mal telefonieren.« Ich bin selbst überrascht von meinem Vorschlag, doch es fühlt sich richtig an. Nicht zu viel auf einmal, aber dennoch ein Schritt auf ihn zu. Er wird immer mein Vater sein.

Und ich meine es ehrlich. Die Dinge, die damals geschehen sind, kann nichts auf der Welt aus meinem Kopf verbannen. Die Narben, die Dads Verhalten in mir hinterlassen hat, werden nie ganz heilen. Doch sie haben mich stärker gemacht, jede einzelne davon. Und heute nutze ich diese Stärke, um ihm zu vergeben. »Ich verzeihe dir«, spreche ich die Worte schließlich aus. Nicht für ihn, sondern für mich. »Ich werde das alles nie vergessen, aber ich verzeihe dir. Es hilft nichts, länger am Schmerz festzuhalten.«

Eine Träne kullert ihm die Wange herunter. Ich habe meinen Dad nie zuvor richtig weinen sehen, jedenfalls nicht so. Und ich denke, diese Tränen sind Tränen der Zuversicht. »Danke«, sagt er.

Und bevor ich weiß, was ich da tue, purzeln die Worte aus mir heraus. »Ich habe ein Mädchen kennengelernt. Um genau zu sein, kenne ich sie schon eine ganze Weile, aber seit Kurzem kommen wir uns näher. Sie ist mir wirklich wichtig, aber ich habe sie sehr verletzt und …«

»Worauf wartest du dann noch?« Erwartungsvoll sieht er mich an, ich erkenne Stolz in seinem Blick. Und nun weiß ich, dass seine Worte von eben wirklich ernst gemeint sind. Er ist stolz auf mich, auf den Menschen, der ich geworden bin. Und vielleicht sollte ich das auch sein. Vielleicht sollte ich endlich an mich selbst glauben, so, wie er es tut. Und wie Mira es tut. Und meine Mom. »Geh und biege das mit ihr wieder gerade. Werde glücklich, Zac!«

Motiviert von seinen Worten erhebe ich mich, werfe ihm einen letzten Blick zu. »Das werde ich. Danke, Dad.« Ich drehe mich um und laufe nach draußen. Neben meiner Maschine angekommen, setze ich meinen Helm auf, steige auf, starte den Motor und lenke sie auf die Straße.

Ich fühle mich befreit, gestärkt und kann endlich wieder atmen.

KAPITEL 21
Raus aus dem Käfig

Mira

»Jase! Wir lieben dich!«

Lachend drehe ich mich zu Enna, die neben mir ihre Hände zu einem Trichter geformt hat. In Finns Armen wiegt sie sich zur Musik hin und her, sieht begeistert zur kleinen Bühne des **Stardust** hinauf, auf der Jase seit bereits einer Stunde mit seiner Band spielt. Die Stimmung im Club ist ausgelassen, die Menge tanzt und jubelt. Gerade spielen die Jungs einen ihrer neuesten Songs, der – so sind wir uns scheinbar alle einig – ein echter Partyhit werden könnte.

»Ich habe den besten Bruder der Welt!«, steige ich in Ennas Freudengeschrei mit ein, obwohl uns beiden klar ist, dass Jase uns dort vorn nicht hören kann. Grinsend spielt er auf seiner Gitarre, begleitet vom Schlagzeug und dem Keyboard seiner Kumpels, singt mit all seiner Leidenschaft von neuen Chancen und davon, wie wichtig es ist, an sich selbst zu glauben. Seine Texte jagen mir jedes Mal wieder eine Gänsehaut über den Körper.

»And if you let it be
it can be just beautiful.

Just let it be
to see the beauty in your soul.
Believe me when I say
you can leave it all behind.
Just let it be,
to finally feel free,
feel free and clear your mind.«

Wir tanzen noch eine Weile, singen die Songs mit, die wir bereits kennen, und lassen uns von denen verzaubern, die neu sind. Irgendwann löst Finn sich von Enna und verschwindet in Richtung Bar.

»Versprichst du mir etwas?«, fragt sie mich, legt ihren Arm um mich und ruft mir ins Ohr, damit ich sie über die laute Musik hinweg überhaupt verstehen kann.

»Klar!«

»Egal, was heute Abend geschehen mag, du musst dich darauf einlassen.« Sie legt mir ihre Hände auf die Schultern, dreht mich zu sich und sieht mich ernst an, bevor sie sich wieder in Richtung meines linken Ohrs beugt. »Lass zu, dass du glücklich bist, Mira. Du hast es mehr als verdient, deine Träume zu leben und geliebt zu werden.«

Völlig verdattert sehe ich meine Freundin an und will sie gerade fragen, wie sie denn jetzt auf solche bewegenden Worte kommt, als Finn wieder bei uns auftaucht.

»Mira!«, ruft er, beugt sich näher zu mir. »Wir müssen zum Café fahren.«

»Jetzt?«, frage ich verwundert. »Wieso das denn? Das Café hat doch längst geschlossen.«

»Brian hat mich eben angerufen. Er braucht wohl dringend unsere Hilfe.«

»Geht es ihm gut? Ist etwas passiert?« Sofort breitet sich eine

Horrorvorstellung in mir aus. *Vielleicht ist er gestürzt oder es gab einen Brand in der Küche oder …*

»Es geht ihm gut«, beruhigt mich Finn. »Wir sollen aber trotzdem vorbeifahren.«

»Wieso ruft er denn dich an und nicht mich?«

»Er hat es bei dir versucht, aber scheinbar hast du das Klingeln nicht gehört, bestimmt wegen der lauten Musik.«

»Verdammt, ich sehe direkt mal nach …«

Gerade will ich nach meinem Handy greifen, da hält Finn mich davon ab. »Keine Zeit, wir sollten direkt los. Ich habe nichts getrunken bisher und kann dich fahren.«

»Okaaay.« Verwundert sehe ich ihn an. *Was zum Teufel ist denn hier los?*

»Ich halte hier die Stellung«, sagt Enna in diesem Moment. »Verschwindet schon!« Sie winkt uns in Richtung Clubausgang davon.

Kurz darauf folge ich Finn aus dem **Stardust** und lasse mich wenige Minuten später auf den Beifahrersitz seines Wagens fallen. Nun ziehe ich doch mein Handy aus der Hosentasche und stelle verwundert fest, dass ich gar keinen verpassten Anruf habe.

»Brian hat nicht versucht, mich zu erreichen.«

»Komisch«, kommentiert Finn nur knapp, lenkt sein Auto auf die Straße und fährt los. Das Café ist nur wenige Straßen entfernt, dennoch bin ich froh, dass wir fahren, denn ich habe mich heute für hohe Schuhe entschieden und der Weg bis zum **C&C** wäre mit Sicherheit holprig geworden.

»Ja, komisch«, bestätige ich. Im Stillen füge ich hinzu: *Ich werde das Gefühl nicht los, das hier etwas gewaltig faul ist …*

Zac

Ich habe absolut keine Ahnung, wann ich in meinem Leben bisher schon einmal so nervös gewesen bin wie jetzt. Eigentlich bin ich mir ziemlich sicher, dass ich noch nie so viel Schiss hatte.

Seit geschlagenen zehn Minuten tigere ich auf dem Bürgersteig vor meiner Wohnung auf und ab. In Gedanken versuche ich, mir die richtigen Worte zurechtzulegen. Worte, mit denen ich Mira mein Verhalten erklären und ihr endlich begreiflich machen kann, was ich für sie empfinde. Ich habe eine Scheißangst vor diesem Moment. Meine Mauer hat sie längst eingerissen, meinen Panzer durchdrungen. Und dennoch habe ich sie von mir gestoßen, als es um mich herum wieder schwierig wurde. Das war weder ihr noch mir selbst gegenüber fair.

Irgendwann hält Finns Wagen am Straßenrand und ich bleibe endlich stehen. Ich habe solche Angst, dass sich die Beifahrertür gar nicht erst öffnet, doch nach einer gefühlten Ewigkeit steigt Mira aus und wirft sie hinter sich zu. Finns Auto verschwindet in der Dunkelheit des Abends, Mira bleibt am Bordstein stehen. Das Licht der Straßenbeleuchtung lässt mich die Unsicherheit und Verwirrung in ihrem Blick erkennen. Am liebsten würde ich direkt zu ihr stürmen, sie in meine Arme schließen und küssen, bis wir alles um uns herum einfach vergessen können. Doch ich zügle mich, gebe mir Mühe, es langsam angehen zu lassen.

»Hey«, begrüße ich sie, bewege mich vorsichtig auf sie zu. Eine leichte Gänsehaut breitet sich auf meinem Körper aus, an der aber sicherlich nicht die Temperaturen schuld sind. Es ist frisch hier draußen und ich trage nur ein dünnes Shirt zu meiner Jeans, doch die Reaktion meines Körpers ist definitiv auf Miras Aussehen zurückzuführen. Hier steht sie, direkt vor mir, in diesen unglaublich hohen

Schuhen, die Haare offen über ihre Schultern fallend, beleuchtet vom Licht der Laterne ... So wunderschön und sexy zugleich.

»Was hat das hier zu bedeuten?«, reißt sie mich mit ihrer Frage aus den Gedanken. Ihre Stimme klingt unsicher, aber nicht genervt oder wütend, das ist gut.

»Ich habe eine Überraschung für dich.« Ebenso unsicher wie Mira stehe ich ihr gegenüber, knete meine Hände und fühle mich wie der letzte Depp. »Und ich würde gern mit dir sprechen, wenn das für dich okay ist.«

»Jetzt bin ich ja einmal hier«, antwortet sie und gibt sich sichtlich Mühe, resigniert zu klingen. Dennoch kenne ich sie gut genug, um herauszuhören, dass sie sich ebenso nach einem Gespräch sehnt wie ich.

»Komm.« Ich will ihr schon meine Hand entgegenstrecken, halte mich aber im letzten Moment zurück.

Nicht zu viel auf einmal, Zac, ermahne ich mich selbst.

Ich drehe mich in Richtung Haustür, schließe auf und vergewissere mich mehrmals, dass Mira mich wirklich begleitet, während wir die Stufen zu meiner Wohnung erklimmen. Im Flur schält Mira sich aus ihrem bereits geöffneten Mantel und hängt ihn gemeinsam mit ihrer Tasche an meine Garderobe. Diese kleine Routine lässt mich lächeln, macht mich irgendwie glücklich. In den letzten Monaten war sie so oft bei mir für die Arbeit an unserem Projekt, dass sie sich hier schon bestens auskennt. Das gefällt mir. Dennoch behalte ich meinen Gedanken für mich und führe Mira vom Flur ins angrenzende Zimmer.

Wie angewurzelt bleibt sie stehen und sieht sich in dem kleinen Kinosaal um, den Finn und ich für uns gezaubert haben. Das Sofa haben wir mit einer roten Decke abgedeckt, auf dem Tisch stehen zwei Becher Cola und eine große Schüssel Popcorn. An der gegenüberliegenden Wand haben wir die große Leinwand von Finns Dad aufgestellt, die er uns netterweise ausgeliehen hat. Der Beamer wirft bereits das Titelbild des Films an die Wand, den ich später mit Mira schauen möchte.

»Das hier hast du alles für mich organisiert?« Sie dreht sich zu mir um, ein Funkeln in den Augen.

Ich nicke. »Finn und Enna haben mir geholfen. Ich wollte etwas Besonderes für dich schaffen.«

Dankbar sieht Mira mich an, doch plötzlich senkt sie den Blick und die Unsicherheit kehrt zurück. »Das hättest du nicht tun müssen, Zac. Du musst nichts wiedergutmachen, dich nicht entschuldigen.«

»Doch, das muss ich, Mira. Mein Verhalten dir gegenüber, als du nach der Party zum Haus meiner Mom gefahren bist, war einfach …«

»Wir haben das mit uns nie richtig definiert«, unterbricht sie mich. »Es ist okay, Zac. Ich habe scheinbar einfach zu viel in diese Sache mit uns hineininterpretiert. Es ist … ich hätte nicht erwarten sollen, dass du wie ich mehr willst.«

»Mira, das ist doch nicht …«

»Alles gut, wirklich. Ich hätte wissen müssen, dass du nicht so viel für mich empfindest wie ich für dich. Du musst dich nicht erklären, ich habe verstanden, dass du nicht möchtest, dass ich dir hinterherrenne. Ich habe mir an diesem Tag einfach Sorgen gemacht, weil du so plötzlich verschwunden bist und …«

»Das ist auch absolut in Ordnung, Mira. Ich würde dir gern erklären, was an diesem Tag geschehen ist, weshalb ich so neben mir stand. Es ist mir wichtig, dass du weißt …«

»Es spielt doch keine Rolle mehr, Zac. Immerhin hattest du bisher nicht mal ein Date und da ist es ja gar kein Wunder, dass ich dich total eingeengt habe mit meinem plötzlichen Auftauchen und meinen Worten. Am besten …«

»Verdammte Scheiße, Mira!«, rufe ich, kann mich nun nicht mehr zurückhalten. Ich unterbreche ihr Gebrabbel, indem ich die letzten Meter überwinde, die uns noch voneinander trennen, meine Arme um ihre Taille lege und sie aus einem Impuls heraus fest an mich ziehe. Einem Impuls, der schon zur Normalität geworden ist, sobald sich diese Frau im selben Raum befindet wie ich. »Jetzt hör endlich auf zu brabbeln und hör mir erst mal zu.« Ernst sehe ich sie an. »Bitte«, schiebe ich dann hinterher, sanfter.

Sie bringt nur ein Nicken zustande und als ich sehe, wie sich die Tränen in ihren Augen sammeln, kann ich gar nicht anders, als ihr endlich klarzumachen, wie ich wirklich für sie fühle.

»Ich hatte noch nie ein richtiges Date, das stimmt«, starte ich einen Versuch. All die Worte, die ich mir zurechtgelegt habe, sind mit einem Mal verschwunden. Stattdessen spreche ich aus, was ich in diesem Moment empfinde – und es fühlt sich einfach nur richtig an. »Aber mir war klar, dass ich mein erstes Date mit dir haben möchte. Spätestens ab dem Tag, als wir hier unten auf der Straße zusammengestoßen sind und du neben meinen Socken im Schnee gelandet bist.« Ich entlocke ihr ein zaghaftes Lächeln, spreche aber schnell weiter, bevor ich den Mut dazu wieder verliere. »Du warst die erste Frau, der erste Mensch überhaupt, der hinter meine Mauer geschaut hat. Du hast den guten Kern in mir entdeckt, bevor ich selbst erkennen konnte, dass dieser überhaupt existiert. Du hast mir eine echte Chance gegeben, selbst nach allem, was geschehen ist. Nie hast du mich verurteilt, mir dafür blind vertraut. Und das bedeutet mir so viel. Mehr, als ich in Worte fassen kann.« Ich atme einmal tief durch. »Lange habe ich gedacht, ich wäre nicht bereit, das mit uns zu definieren. Aus Angst, damit genau das zu zerstören, was wir uns aufgebaut haben. Aber ich habe es satt, Angst zu haben, Mira. Ich bin es leid, mich vor meinen Gefühlen zu verstecken. Und mit dir an meiner Seite fühle ich mich so …«

»Zac, ich …«

»Bitte warte.« Liebevoll lege ich meinen Zeigefinger auf ihre Lippen, bringe sie so zum Schweigen, bevor sie wieder losbrabbeln kann. »Am Tag der Party hat meine Mom mich angerufen, um mir zu erzählen, dass mein Dad zurück ist.« Erschrocken schnappt Mira nach Luft, hört mir aber weiterhin zu, ohne mich zu unterbrechen. »Ich bin natürlich sofort zu ihr gefahren und habe ihn zur Rede gestellt. Er stand vor mir, vor dem Haus meiner Mom. Natürlich war ich komplett überfordert, vor allem damit, dass dort ein völlig anderer Mensch vor mir zu stehen schien.« Ungläubig lache ich auf, erinnere mich an jenen seltsamen Moment zurück. »Er meinte zu mir, er würde sich entschuldigen wollen, bei meiner Mom und bei mir. Es täte ihm leid und er habe seine Fehler eingesehen und sei ein anderer Mensch geworden. Ich konnte ihm zunächst nicht glauben.«

»Was ist dann geschehen?«, fragt Mira mich vorsichtig, legt ihre Hände auf meine Schultern.

»Ich habe ihn heute getroffen, davor brauchte ich einfach Zeit, um das Ganze zu verdauen. Wir haben gesprochen und ich glaube inzwischen, dass er sich wirklich geändert hat. Eigentlich wollte ich ihn direkt in die Wüste schicken, aber Jase hat auf mich eingeredet und dank ihm habe ich verstanden, dass ich Dad treffen musste, um endlich mit dieser dämlichen Vergangenheit abschließen zu können und …«

»Moment«, unterbricht sie mich nun doch vehementer, sieht mich verwundert an. »Wie meinst du das? Du hast mit Jase gesprochen? Wann? Wo?«

Ich nicke. »Er hat mich vor einigen Tagen im Boxstudio besucht. Eigentlich wollte er mir eine saftige Ansage machen, nachdem ich dich so schlecht behandelt habe, aber irgendwie sind wir dann ins Gespräch gekommen. Ich konnte ihm gegenüber endlich ehrlich sein, habe ihm alles erzählt, was damals geschehen ist. Dein Bruder hat mir zugehört, hat mich verstanden und mir dann dazu geraten, mit meinem Dad zu sprechen. Mit diesem Rat hat er mir wirklich geholfen.«

»Ich kann es nicht glauben. Ihr zwei habt euch wirklich ausgesprochen? Ohne mich?« Die Erleichterung in ihrem Blick ist genau die, die ich noch immer in mir spüre, wenn ich an das Gespräch mit Jase zurückdenke.

Wieder nicke ich. »Haben wir. Natürlich macht das nichts ungeschehen, aber wir kommen miteinander aus. Und Jase war es auch, der mich dazu ermutigt hat, wieder auf dich zuzugehen. Ich habe dich schrecklich vermisst, Mira.«

»Ich habe dich auch vermisst.« Sie will mich zu einem Kuss zu sich ziehen und ich möchte nichts lieber, als mich zu ihr hinunterzubeugen und meine Lippen auf ihre zu legen, doch ich zügle mich noch einen Moment.

»Warte«, unterbreche ich sie, lege meine Hand an ihre Wange, während ich sie mit meinem anderen Arm weiterhin umschlungen halte. »Bevor ich dich küsse, und glaube mir, das werde ich gleich tun …« Ich lege meine Stirn an ihre und schließe meine Augen. »Du sollst wissen, wie wichtig du mir bist. Ich habe dich von mir gestoßen, aber nicht, weil du mich nervst oder klammerst«, stelle ich klar. Sie soll auf keinen Fall solch einen Mist denken. »Ich habe es getan, weil ich Angst hatte, dich richtig zu verletzen. Ich habe geglaubt, dass Dads Wut und sein Zorn auch in mir hausen, dass ich vielleicht irgendwann nicht mehr in der Lage bin, sie im Zaum zu halten.«

»Du bist nicht wie dein Dad, Zac.«

»Das weiß ich jetzt auch«, spreche ich die Wahrheit aus und spüre, dass ich es endlich wirklich glauben kann. »Ich habe mich geändert, bin ein anderer Mensch. Ich bin nicht der Mann geworden, zu dem er mich hat machen wollen. Diesem Käfig bin ich entflohen und ich weiß jetzt, dass ich mir selbst vertrauen kann. Nicht er lenkt mein Leben und mein Handeln, sondern ganz allein ich. Und wie gesagt, auch mein Dad hat sich geändert.« Ich atme zitternd ein, spüre, wie sich die Tränen in meinen Augen sammeln. Früher hätte ich mich dafür geschämt, solche Gefühle einer Frau gegenüber niemals zugelassen, doch heute ist es anders. Heute steht nicht irgendeine Frau vor mir, sondern Mira. »Ich will, dass du weißt, dass du mich absolut verrückt machst, Mira.« Ich löse meine Stirn von ihrer, öffne meine Augen, damit wir uns wieder ansehen können, und erkenne, dass sich auch in ihren neue Tränen gesammelt haben. »Mit dir fühle ich mich zum ersten Mal seit einer Ewigkeit nicht mehr gefangen, sondern frei und komplett, irgendwie vollständig.«

»So geht es mir auch mit dir, Zac. Du hast mir gezeigt, dass ich an meine Träume glauben sollte. Ich habe mich dank dir sogar getraut, meinen Eltern endlich zu sagen, dass mir das Studium eigentlich gar keinen Spaß macht und …«

»Mira, ich schwöre dir, wenn du mich noch mal unterbrichst, esse ich das Popcorn später allein auf.«

»Ich bin schon ruhig«, erwidert sie lachend, hebt ergeben die Hände, doch ich ziehe sie sofort wieder zu mir.

Mit meiner Nase streiche ich sanft über ihre, schließe dann erneut die Augen, um die folgenden Worte über die Lippen zu bringen. Nie zuvor habe ich sie einer Frau gegenüber ausgesprochen, doch sie toben in mir, schon seit Tagen, und endlich traue ich mich, sie in die Freiheit zu schicken. In die Freiheit, die ich mir mit Miras Hilfe so sehr erkämpft habe und die wir beide mehr als alles andere verdienen. »Ich habe mich in dich verliebt, Mira Summers. Du hast meine verdammte Mauer eingerissen – mehr als einmal – und ich habe absolut nicht vor, sie jemals wieder aufzubauen.« Ich öffne meine Augen wieder und erkenne in ihrem Blick die gleichen Gefühle, die in mir toben.

»Du hast ja keine Ahnung, wie sehr ich mir gewünscht habe, dass du genau das zu mir sagst.«

»Tja, ich bin eben unwiderstehlich und jede Frau würde sich geehrt fühlen, wenn sie von mir …«

»Halt die Klappe, du selbstverliebter …«

Nun ziehe ich Mira mit einem letzten Ruck ganz zu mir, lege meine Lippen auf ihre und schenke uns endlich den Kuss, den ich mir so sehr ersehnt habe. Sofort öffnet Mira ihre Lippen für mich, unsere Zungen erkunden einander – und es ist das schönste Gefühl überhaupt. *Gott, wie ich das vermisst habe.* Ein leises Stöhnen entfährt Mira, als Antwort presse ich mich regelrecht an sie, sodass absolut nichts mehr zwischen uns passt.

Ihre Hände graben sich wie von selbst in mein Haar und ich halte sie, als ihre Beine nachzugeben drohen. Ich merke, wie ich nur noch zittrig dastehe, unfähig, mich auch nur einen Millimeter vom Fleck zu bewegen.

Schwer atmend löst sie sich irgendwann ein Stück von mir. »Ich habe mich auch in dich verliebt, Zac.« Aus strahlenden Augen sieht sie mich an. »In den Typen, der die coolsten Sprüche auf Lager hat. In den Mann, der mit mir Ed Sheeran hört, obwohl er seine Musik nicht ausstehen kann. In den Zac, der diese unglaublichen Kinder im Boxen trainiert, der für unser Projekt brennt und etwas bewegen möchte in der Welt. In den Menschen, der an mich glaubt, mich so nimmt, wie ich bin.« Eine weitere Träne löst sich aus meinem Auge und sanft wischt Mira mit ihrem Handrücken über meine Wange. »Du bist mein Vorbild, Zac. Du zeigst mir, dass Menschen sich wirklich ändern können und dass man einfach alles schaffen kann, wenn man es nur stark genug will und hart genug dafür arbeitet. Und wir werden dieses verdammte Projekt gewinnen, da bin ich mir absolut sicher. Und wenn nicht, dann arbeiten wir so lange an einem Konzept, bis wir diesen Hort selbst finanzieren können, das verspreche ich …«

»Das klären wir später«, unterbreche ich sie erneut. Ich halte diese Distanz zwischen uns, diese wenigen Millimeter, die uns trennen und die sich wie Kilometer anfühlen, keine Sekunde länger aus.

Wir küssen uns gefühlte Stunden, bis Mira sich irgendwann von mir löst. Wir atmen beide schwer und ich würde nichts lieber tun, als ihr noch näher zu sein. Mira scheint es nicht anders zu gehen, doch etwas sagt mir, dass der richtige Moment noch nicht gekommen ist. Ich möchte jede Sekunde auskosten, wenn wir miteinander schlafen, mich nicht einfach treiben lassen, sondern alles in mich aufsaugen, nur genießen.

»Lass uns jetzt diesen superkitschigen Film schauen«, schlage ich also vor, lege meine Stirn an ihre und gebe ihr einen sanften Kuss auf die Nasenspitze.

»Der ist nicht kitschig! Er ist wunderschön …«

»Das Titelbild sagt da aber etwas anderes.«

»Moment.« Geschockt löst sie sich von mir, stemmt die Hände in die Hüften. »Du hast ihn noch nicht geschaut?«

Ich schüttle den Kopf.

»Aber du hast die DVD …«

»Die hat Jase aus deinem Zimmer geklaut und mir vorbeigebracht.«

Mira bricht in schallendes Gelächter aus und ich kann gar nicht anders, als mit einzusteigen. »Das mit euch beiden kann ja noch lustig werden«, bringt sie irgendwann mühsam hervor, als wir uns halbwegs wieder beruhigt haben.

»Falls ich nach dieser Schnulze da noch lebe.« Ich deute auf die Leinwand neben uns.

Bevor Miras Schlag mich treffen kann, weiche ich aus und lasse mich auf die Couch fallen. »Willkommen im ›Cinema Avens‹. Setzen Sie sich und genießen Sie die heutige Vorstellung.«

Grinsend kommt Mira zu mir, setzt sich neben mich und zieht die Popcornschüssel zu sich. »Bevor du auf dumme Gedanken kommst, das hier gehört mir.«

Lachend ziehe ich sie an mich, lege meinen Arm um sie, greife mit der anderen Hand nach der Fernbedienung und starte den Film. »Keine Angst«, beruhige ich sie. »Ich bin glücklich mit allem, was ich schon habe.«

Mira

»Das ist so fucking unrealistisch!« Aufgebracht setzt Zac sich neben mir auf, gestikuliert mit seinen Händen in der Luft herum, während der Abspann meines Lieblingsfilms über die Leinwand läuft. »Als ob der Typ am Ende wirklich zu ihr zurückkommt und sie ihm einfach so verzeiht, nach allem, was zwischen den beiden war. Das ist so typisch Schnulze, echt!«

Lachend greife ich nach meiner Cola und spüle die letzten Reste Popcorn, die sich noch in meinem Mund befinden, runter. »Das ist Liebe, Zac. Bedingungslose Liebe.«

Die letzten Stunden sind, im wahrsten Sinne des Wortes, wie ein Film an mir vorbeigezogen. Zacs Worte haben mir so unendlich viel bedeutet. Das tun sie noch immer. Dass er und Jase sich ausgesprochen haben, ist unfassbar wichtig für mich. Endlich kann ich in eine Zukunft mit Zac schauen, ohne mir um die Gefühle meines Bruders Gedanken machen zu müssen. Dass Zac sich mit seinem Dad ebenfalls versöhnt hat und nun wirklich nach vorn schauen kann, erleichtert mich. Ich hoffe, dass es seiner Mom bald gelingen wird, sich von der

Vergangenheit zu lösen. Und auch ich habe noch einige Dinge, die ich klären möchte und muss, doch heute beschließe ich, die aktuellen Erfolge erst einmal auf mich wirken zu lassen. Den Moment zu leben. Und ihn zu genießen. Mit Zac neben mir, dessen Nähe ich mir während der gesamten Spielzeit des Films mehr als bewusst war.

»Danke, dass du *The Lucky One* mit mir geschaut hast.«

»Den nächsten Film darf ich aber aussuchen.«

»Deal.« Ruckartig setze ich mich auf. »Da fällt mir etwas ein. Wir haben beide noch eine Frage offen, glaube ich.«

»Hä?« Verständnislos sieht Zac mich an. »Was für eine Frage?«

»Unser Spiel«, erkläre ich ihm. »Als ich zum ersten Mal hier bei dir war und wir am Projekt gearbeitet haben ...«

»Stimmt!« Begeistert setzt Zac sich ebenfalls auf, reibt seine Hände aneinander. »Puh, die letzte Frage muss ich mir wirklich gut überlegen.«

»Ich weiß meine schon«, sage ich stolz. Sie brennt mir schon so lange auf der Seele und obwohl wir einander unsere Gefühle gestanden haben, möchte ich wirklich sichergehen. »Was sind wir, Zac?«

»Wir wollen die Definition?«

»Wir wollen die Definition.«

»In Ordnung«, murmelt er, rutscht näher zu mir und nimmt meine Hände in seine. »Wir sind ein Paar, Mira«, antwortet er schließlich. Erleichtert atme ich aus, absolut zufrieden mit seiner Antwort. »Du bist meine Freundin. Meine feste Freundin. Ich bin dein Freund. Wir werden abgesehen von unserem jeweiligen Gegenüber keinerlei sexuellen oder intimen Kontakt zu anderen ...«

»Okay, okay, das reicht!« Lachend halte ich an mich. »Ich habe verstanden.«

Zufrieden grinst Zac, dann wird seine Miene wieder ernster. »Ich bin dran.«

Da bin ich aber gespannt ...

Zac atmet einmal tief durch, bevor er mir seine Frage stellt. »Träumst du immer noch davon, Konditorin zu werden? Irgendwann vielleicht deine eigene Bäckerei oder ein Café zu eröffnen? Ist das wirklich das, was du tun möchtest, aus vollem Herzen?«

»Ja«, antworte ich, ohne auch nur eine Sekunde darüber nachdenken zu müssen. »Das ist mein Traum.«

»Aber vorher willst du dein Studium beenden, richtig?«

Ich ignoriere, dass dies eine zusätzliche Frage ist, weil ich einfach nur neugierig bin, worauf seine Fragerei hinauslaufen wird, also nicke ich. »Ich möchte die letzten Semester nicht umsonst studiert haben. Außerdem ist da unser Projekt, das mir wirklich viel bedeutet, und ich möchte am Ende meinen Abschluss in der Tasche haben. Auch wenn ich in diesem Feld nicht arbeiten will, muss ich das Studium beenden – für mich. Mir ist es wichtig, ein Back-up in der Hinterhand zu haben, sollte es nicht so klappen, wie ich es mir vorstelle.«

»Also habe ich dich richtig verstanden, Gott sei Dank«, murmelt Zac und sieht mich wieder ernster an. »Was, wenn es möglich ist?«

»Wenn *was* möglich ist? Zac, was ist denn ...«

»Ich habe mit Brian gesprochen«, platzt er heraus. »Schon vor ein paar Wochen, als wir im Café einen Moment allein waren. Das war einige Tage nach dem Essen bei deinen Eltern. An diesem Tag habe ich gespürt, wie sehr ich mir wünsche, dass du dir deinen Traum erfüllen kannst.« Ein Lächeln legt sich auf seine Lippen, aber noch immer sehe ich Unsicherheit in seinem Blick. »Brian würde dich ausbilden.«

Ich schnappe nach Luft. »Wie meinst du das?«

»Ich habe ihm erklärt, wie du dich fühlst. Wobei ich da gar nicht viel erklären musste, immerhin hat er selbst bemerkt, wie unglücklich du mit dem Studium bist und wie sehr dich die Arbeit im Café erfüllt«, offenbart Zac mir. »Er hat mir daraufhin erzählt, dass er dazu befugt ist, Konditoren und Konditorinnen auszubilden. Natürlich musst du die Theorie auf einer speziellen Schule erwerben, vertiefen und dort Kurse besuchen, aber den praktischen Teil könntest du im **C&C** erarbeiten.«

»Ich fasse es nicht, dass du das wirklich mit ihm besprochen hast.« Völlig verdattert sehe ich ihn an. Verdattert und unglaublich dankbar, dass er sich so für mich einsetzt, doch Zac scheint meine Worte falsch zu deuten.

»Ich wollte mich keinesfalls in dein Leben einmischen, Mira! Glaub mir, ich dachte einfach nur, dass du dich vielleicht freust …«

»Zac!«, rufe ich begeistert. »Ich bin absolut happy!«

»Wirklich?« Lächelnd sieht er mich an, ist sichtlich erleichtert. »Ich habe mich mal für dich schlaugemacht und rein zufällig gibt es ein Community College in der Stadt, in der sich auch die Boxhalle befindet.«

»Ich weiß.« Natürlich habe ich mich selbst bereits über meine Möglichkeiten informiert, doch bisher blieben sie immer Träume, von denen ich glaubte, sie mir ohnehin nie erfüllen zu können.

»Leider hättest du einen täglichen Weg, den du auf dich nehmen müsstest, aber die Zugverbindung ist ganz gut. Oder du nimmst dir eine kleine Wohnung dort und kommst für den praktischen Teil im Café dann wieder nach Starfall, dein WG-Zimmer hast du immerhin sicher. Ich könnte dich zumindest freitags mitnehmen, wenn ich ohnehin vom Training herfahre, und es gibt Finanzierungsmöglichkeiten. Auch da habe ich mich schon mal erkundigt, aber wir könnten natürlich noch mal genauer zusammen recherchieren, wenn es so weit ist …«

»Du bist ein Wunder, Zac Avens.« Grinsend springe ich auf, schlinge meine Arme um ihn und lasse mich auf seinen Schoß sinken. »Womit habe ich einen Menschen wie dich verdient?«

»Du kannst es dir also vorstellen?«, fragt er mich lächelnd. »Mira, ich glaube so sehr an dich und ich würde dich immer unterstützen. Ich wünsche mir mehr als alles andere, dass du deinen Traum leben kannst, aber ich verstehe auch, wenn …«

»Du hast vorhin etwas sehr Wahres gesagt«, unterbreche ich ihn schmunzelnd.

»Habe ich das?«

»Du meintest, du hättest den Käfig verlassen, der dich früher umgeben hat, und dass du dich endlich frei fühlst.« Nickend bestätigt er mir seine eigenen Worte. »Tja, ich möchte meinen Käfig auch verlassen.«

»Dann lass uns die verdammte Gittertür aufbrechen und endlich fliegen.« Zac zieht mich an sich, legt seine Stirn an meine und wir schauen uns tief in die Augen. In seinen erkenne ich die gleichen Gefühle, die auch mich umtreiben. Und in diesem Moment weiß ich es: Er ist es. Er ist der Sturm, der seit so langer Zeit unaufhaltsam in meinem Herzen wütet. Der auf die schönste Art alles mit sich reißt und dann wieder zusammensetzt, viel wundervoller, als es vorher war. Er sortiert mich, bringt mich zugleich völlig aus dem Konzept, lässt Chaos entstehen. Ein Chaos, das ich einfach nur lieben kann.

»Lass uns gemeinsam fliegen«, murmle ich an seinen Lippen und überbrücke schließlich die letzte noch vorhandene Distanz zwischen uns. Unsere Münder öffnen sich, unsere Zungen umspielen sich, während Zac mit seinen Händen sanft mein Kleid nach oben schiebt. Er löst sich für einen Atemzug von mir, um sich zu vergewissern, ob er weitergehen darf, und ich kann gar nicht anders, als zu nicken.

Zugleich vorsichtig und fordernd, feurig und zaghaft, schiebt er den Rockteil meines Kleides nach oben und zieht es mir mit meiner Hilfe schließlich ganz über den Kopf, sodass ich in meiner rosafarbenen Spitzenunterwäsche auf ihm sitze. In diesem Moment muss ich grinsen, dankbar dafür, dass ich meine gute Wäsche angezogen habe.

»Du bist wunderschön«, murmelt Zac, übersät anschließend zärtlich meinen fast nackten Oberkörper mit Küssen.

»Und du hast definitiv noch zu viel an.« Kurzerhand greife ich nach dem Saum seines Shirts und ziehe es ihm über den Kopf. Nun habe ich endlich freie Sicht auf all seine Tattoos, kann mich aber kaum auf die schwarzen Linien konzentrieren, die sich auf seinem Körper ineinanderschlängeln. Ich beschließe, dass sich mir später bestimmt noch eine Gelegenheit bieten wird, sie mir genauer anzusehen. Jetzt möchte ich einfach nur Zac – und zwar alles, was ich von ihm bekommen kann – und jeden Moment mit ihm vollkommen auskosten.

Vorsichtig greife ich zwischen meinen Beinen nach unten und öffne den Knopf seiner Jeans. Zac zieht scharf die Luft ein. »Mira«, stoppt er mich dann, nimmt meine Hände in seine. »Ich möchte nichts lieber tun als das, glaub mir. Aber du sollst wissen, dass wir alle Zeit der Welt haben.«

»Das weiß ich.« Lächelnd und dankbar für seine Einfühlsamkeit lege ich meine Hand an seine Wange. »Aber ich sehne mich so sehr nach dir. Und ich fühle mich mehr als bereit, mit dir zu fliegen.«

Zac entweicht ein Lachen, dann legt er seine Stirn wieder an meine. Diese kleine Geste, uns auf diese Weise nahe zu sein, scheint uns beiden zu gefallen. »Dann lass uns fliegen, Mira«, murmelt er und als unsere Blicke sich ineinander verfangen, spüre ich, wie die Leidenschaft in uns beiden brennt.

Zac zieht mich noch näher zu sich, legt seine Hände unter meinen Po und hebt mich hoch. Ich schlinge meine Beine fest um ihn, lasse zu, dass er mich zu seinem Bett trägt, wo er mich im Zeitlupentempo auf die Matratze sinken lässt. Während er sich mit seinen Lippen einen Weg von meinem Schlüsselbein über meine Brust bis zu meinem

Bauch bahnt, greift er neben sich in die Nachttischschublade und holt ein Kondom daraus hervor, das er kurz darauf neben uns legt. Diese Bewegung wirkt so routiniert, dass ich für einen kurzen Augenblick Zweifel bekomme. Zac hatte schon so viele Frauen und ich kann nicht verhindern, dass mir durch den Kopf geht, mit wie vielen er bereits in diesem Bett geschlafen hat.

Zac bemerkt mein Zögern, scheint direkt zu verstehen, welcher Gedanke mir eben gekommen ist. Er stützt sich mit einem Arm auf das Kopfkissen unter mir, legt den anderen sanft unter mein Kinn und dreht meinen Kopf liebevoll wieder zu sich. »Mira«, murmelt er. »Bitte, glaube mir, wenn ich dir sage, dass dieser Moment für mich etwas Besonderes ist.« Er schluckt, sieht mich an und in seinem Blick erkenne ich nichts als Leidenschaft und Ehrlichkeit. »Du bedeutest mir die Welt, mehr als jede andere Frau. Mit dir ist es anders. Zum ersten Mal hat es eine Bedeutung, einen Sinn. Zum ersten Mal will ich *dich*, nicht den Sex.«

»Okay«, flüstere ich, bin noch immer unsicher. Doch gerade wünsche ich mir nichts mehr, als ihm so nah wie möglich zu sein, sodass ich mich entschließe, seinen Worten Glauben zu schenken.

»Vertraust du mir?« Hoffnungsvoll sieht er mich an und über meine Antwort muss ich keine Sekunde lang nachdenken.

»Blind.«

Und dann lasse ich es zu. Ich lasse zu, dass ich mich diesem Mann öffne, mit allem, was ich bin und habe. Zac erkundet meinen Körper mit seinen Lippen, ich erforsche den seinen mit meinen Händen. Wir genießen dieses sanfte und zugleich aufregende Spiel, bei dem es keinen Verlierer, sondern nur Gewinner gibt. Wir geben uns der Leidenschaft hin, die uns schon seit Monaten verbindet – endlich befreit, endlich gemeinsam frei.

Zum ersten Mal seit einer langen Zeit fühle ich mich begehrt und geliebt, vergesse alles um mich herum und gebe mich dem Moment hin. Ohne zu grübeln, ohne zu zweifeln, ohne Angst zu haben.

Ich fühle mich frei. Unendlich frei in den Armen des Mannes, den ich liebe.

Frei in Armen, die mich schützen und halten, mich weder einengen noch mir die Luft zum Atmen nehmen.

Wie ein Vogel, dem endlich die Flucht in die Freiheit gelingt. Und es ist unglaublich schön, dieses Gefühl mit Zac zu teilen.

KAPITEL 22
Winnie-the-Pooh

Mira

»Du kannst ja richtig romantisch sein, Zacory Avens.«

»Und du bist mal wieder ganz schön vorlaut, Miranda Summers.«

Lachend drehe ich mich zu Zac, der gerade wieder zu mir ins Bett steigt. Hinter ihm fällt die Morgensonne durch das Fenster ins Zimmer und glitzert auf seiner verschwitzten Haut. Er ist noch immer nackt und ich könnte mir keinen schöneren Start in den Sonntag vorstellen. Zac legt sich neben mich, zieht das Laken über uns und mich fest an seine Seite. Ich schlinge mein rechtes Bein um seins, bette meinen Kopf an seine Brust, während er seinen Arm um mich schlingt und mir einen sanften Kuss auf den Scheitel drückt.

In der vergangenen Nacht sind wir uns unendlich nahegekommen. Mehrmals haben wir miteinander geschlafen und es war wunderschön. Wir brauchten zunächst unsere Zeit, die Vorlieben des jeweils anderen zu entdecken, uns aufeinander einzulassen, obwohl wir direkt miteinander harmonierten. Gleichzeitig genossen wir es. Mit jedem Mal wurde unser Sex intimer, fordernder und dennoch ging die Sanftheit dabei nicht verloren. Ich habe noch nicht mit vielen Männern geschlafen, doch ich kann definitiv sagen, dass ich mich in Zacs Armen am wohlsten fühle. Nie wieder möchte ich woanders sein als mit ihm in diesem Bett.

Im Hintergrund singt Dean Lewis einen meiner liebsten Songs – »Be Alright«. Es war Zacs Idee, die Stille in der Wohnung durch etwas Musik zu vertreiben. Dass er eine so romantische Playlist ausgewählt hat, gefällt mir. Für einen kurzen Moment schließe ich die Augen, zu müde von der letzten Nacht und dennoch nicht müde genug, um jetzt einschlafen zu können.

»Geht es dir gut?«, fragt Zac mich irgendwann sanft.

Ich nicke, den Kopf noch immer auf seiner Brust liegend, dann setze ich mich doch auf. Er will protestieren, doch ich möchte mein Vorhaben endlich in die Tat umsetzen. In sein Bettlaken gehüllt, lehne ich mich seitlich an das Kopfteil seines Bettes und sehe ihn neugierig an. »Darf ich dich etwas fragen?«

»Klar.« Gespannt wartet er auf meine Frage.

»Welche Bedeutung haben deine Tattoos?«

Grinsend setzt er sich nun ebenfalls komplett auf, in die gleiche Position wie ich und mir zugewandt. »Dieses hier kennst du bereits«, beginnt er mit einer Erklärung und zeigt mir seinen Unterarm, auf dem der Name seiner Mom steht. Ich erinnere mich daran, dass er mir das Tattoo bereits bei unserem ersten Treffen in seiner Wohnung gezeigt hat, und nicke, also macht er weiter mit den anderen Tattoos. Er streckt mir sein linkes Handgelenk entgegen, das ineinander verschlungene Linien zeigt, die zusammen ein Symbol ergeben. »Dieses Zeichen ist keltisch. Es steht für Stärke.«

Sachte streiche ich mit meinen Fingern darüber. »Es ist wirklich schön.«

»Es soll mich immer daran erinnern, dass ich dazu fähig bin, meine eigenen Entscheidungen zu treffen, frei und unabhängig von den Meinungen anderer.«

Ich nicke lächelnd. »Eine tolle Bedeutung.« Ich lasse meinen Blick weiter über seinen Körper wandern, bleibe an dem Schriftzug über seiner linken Brust hängen. »Create yourself«, lese ich ihn laut vor.

»Diese Worte sollten für sich sprechen«, meint Zac, erzählt mir dann dennoch, was sie ihm persönlich bedeuten. »Dieses Tattoo habe ich mir erst vor einem Jahr stechen lassen. Meine Mom hat mal zu mir gesagt, dass ich mein Leben selbst in der Hand habe und es frei nach meinen Vorstellungen gestalten kann. Ich kann entscheiden, welcher Mensch ich sein will.«

»Und du hast dich für einen tollen Menschen entschieden, wenn du mich fragst.« Ich lächle ihn an und lege all meine Bewunderung für ihn in meinen Blick.

»Danke«, erwidert er, wirkt dabei ehrlich berührt. Danach zeigt er mir noch weitere seiner Tattoos, die er sich rein aus ästhetischen Gründen auf die Arme hat tätowieren lassen. Darunter ein Lebensbaum und einige Schnörkel, die sich um weitere kleinere Symbole winden. Bei seinem letzten druckst er mit einem Mal unsicher herum. Ist er etwa verlegen?

»Komm schon!« Ich klatsche begeistert in die Hände, wippe auf und ab wie ein kleines Kind. »Zeig es mir.«

»Na schön«, ergibt Zac sich daraufhin, dreht sich um und sitzt nun mit dem Rücken zu mir. Ich muss kurz nach dem letzten Motiv suchen, denn es ist wesentlich kleiner als die anderen. Schließlich finde ich es hinten zwischen seinen Schulterblättern. Kein Wunder, dass es mir bisher noch nicht aufgefallen ist, so versteckt, wie es hier hinten ist.

Ich beuge mich weiter zu ihm, um die Schrift entziffern und das Symbol erkennen zu können. Und beinahe bleibt mir das Herz stehen, so gerührt und begeistert bin ich.

Auf Zacs muskulösen Rücken ist ein kleiner Winnie-the-Pooh tätowiert, der sich an einem fliegenden Luftballon festhält. Die Worte, die darunter geschrieben stehen, kenne ich in- und auswendig.

»*› What If I fall?‹*
Oh, but my darling,
What if you fly?‹«
Erin Hanson

Ich bin nicht dazu fähig, etwas zu erwidern. Wie gebannt streiche ich mit meinen Fingern über die Worte. »Wow«, kommt es mir nach einer gefühlten Ewigkeit ehrfürchtig über die Lippen. Und dieses eine Wort sagt alles.

»Es ist ganz schön kitschig, ich weiß«, erwidert Zac peinlich berührt. »Aber ich habe Winnie früher geliebt und finde, dass diese Worte einfach nur wahr sind.«

»Machst du Witze? Ich liebe Winnie-the-Pooh!« Begeistert streiche ich ein letztes Mal über das Tattoo, dann drehe ich Zac wieder zu mir. »Jase und ich haben die Serie früher so oft zusammen geschaut. Und dieses Zitat steht auf meinem Schreibtisch in Form einer Postkarte. Ich liebe es!«

Zac grinst. »Mir bedeutet es auch sehr viel. Es geht darum, dass man sich viel öfter Dinge trauen sollte, weniger Angst haben sollte vor dem Unbekannten.«

Ich stimme ihm zu. »Viel zu oft malen wir uns nur all die schlimmen Dinge aus, die geschehen könnten, und vergessen dabei ganz zu …«

»… zu leben«, beendet Zac laut meinen Gedanken. »Genau!«

Wir unterhalten uns noch eine Weile, immer wieder unterbrochen von innigen Küssen und Neckereien. Es ist schon fast Mittag, als ich mich schließlich anziehe und wir uns im Flur verabschieden.

»Würdest du mich morgen zu meiner Mom begleiten? Oder musst du arbeiten?«, fragt Zac mich, während ich meinen Mantel überziehe. »Sie spricht heute mit Dad und ich würde sie morgen gern besuchen, um mit ihr zu reden.«

»Natürlich«, antworte ich ihm und bin dankbar dafür, dass er mich dabeihaben möchte. »Ich habe nur morgens in der ersten Doppelstunde eine Vorlesung, im Anschluss stehe ich dir zur Verfügung. Danach sollten wir aber unser Projekt finalisieren. Es ist Zeit.«

»Auf jeden Fall sollten wir das«, stimmt er mir zu. »Es ist nicht mehr lang bis zur Abgabe, wir haben uns definitiv zu sehr ablenken lassen. Wobei ich sagen muss …« Grinsend kommt er auf mich zu, zieht mich noch einmal an sich. »… dass ich gegen diese Ablenkung nichts einzuwenden habe.«

»Geht mir genauso.« Wir schenken uns einen letzten Kuss, bevor ich mich endgültig von ihm löse und nach draußen verschwinde.

Zurück in der WG, lehne ich mich von innen für einen kurzen Moment gegen die Tür. Ich schließe die Augen und atme einmal ganz tief durch. Ich fühle mich unendlich beflügelt von Zacs Berührungen, seinen Worten und den Erinnerungen an die letzte Nacht.

»Sie hatte definitiv Sex.«

Erschrocken fahre ich zusammen, lasse vor lauter Schreck meinen Schlüssel auf den Boden fallen. Vor mir steht ein schelmisch dreinblickender Finn neben einer Enna, der wiederum der Mund offen steht.

»Du hast recht.« Sie dreht sich zu ihrem Freund, dann wieder zu mir und mustert mich einmal von oben bis unten. »Verwuschelte Haare, gerötete Wangen und definitiv geschwollene Lippen«, zählt sie alle Indizien auf, die unwiderruflich darauf hindeuten, was ich in der vergangenen Nacht getrieben habe.

»Und dieses Grinsen …« Finn sieht mich wissend an.

»Definitiv ein Sex-Grinsen«, stimmt Enna ihm zu. »Das schreit nach einem besonders intensiven Zira-Moment …«

»Echt jetzt? Zira? Ihr zwei seid einfach unverbesserlich. Okay, das reicht jetzt!« Noch immer völlig entsetzt schäle ich mich aus meinem Mantel. »Trinkt ihr einen Kaffee mit mir?«

»Du brauchst gar nicht erst abzulenken.« Enna kommt auf mich zu, drückt mir ihren Zeigefinger auf die Brust. »Ich will alles wissen. Jetzt. Sofort.«

»Ich auch«, stimmt Finn ihr zu. »Erzähl uns mal …«

»Entschuldige, Finn, aber das ist Frauensache«, unterbricht Enna ihn und schiebt mich in Richtung meines Zimmers.

»Das ist so unfair!«, ruft Finn und klingt dabei wie ein kleiner bockiger Junge. »Ich will mitreden!«

»Auf dich bin ich immer noch sauer!«, rufe ich ihm nach. »Du hast mich gestern quasi entführt!«

»Es scheint sich ja gelohnt zu haben, wenn Zac und du …«

Bevor ich ihm etwas an den Kopf werfen kann, was mir später leidtun könnte, hat Enna mich bereits in mein Zimmer geschoben und die Tür hinter uns zugeworfen. »Bitte sag mir, dass du eine wundervolle Nacht hattest und zwischen euch endlich alles geklärt ist.«

Ich erlöse sie direkt, nicke lächelnd. »Ja und ja.«

Sofort umarmt mich meine beste Freundin fest. »Du glaubst gar nicht, wie sehr ich mich darüber freue! Wir haben uns schon Sorgen gemacht, dass es vielleicht doch nicht so gut läuft wie geplant.«

Wir setzen uns auf mein Bett und in der nächsten halben Stunde erzähle ich ihr vom gestrigen Abend und der Nacht, die ich bei und mit Zac verbracht habe. Begeistert hört sie mir zu, scheint jedes meiner Worte in sich aufzusaugen. »Und das Beste habe ich dir noch gar nicht erzählt!«

»Oh, schieß los!« Gespannt sieht sie mich an.

Ich atme einmal tief durch und sortiere meine Gedanken, denn ich kann selbst immer noch nicht wirklich glauben, welche Entscheidung ich gestern getroffen habe. »Zac hat mit Brian gesprochen. Ich kann nach meinem letzten Semester eine Ausbildung zur Konditorin bei ihm im Café starten.«

Begeistert quiekt Enna auf. »Mira, das ist fantastisch!«

Ich nicke lächelnd. »Wir müssen noch alles absprechen und ich muss zuvor noch einige Dinge planen und regeln, vor allem, wie ich das Ganze finanzieren soll ...«

»Wobei ich dich natürlich unterstützen werde«, stellt sie direkt klar. Natürlich wird sie das. Enna ist die Planungs-Queen schlechthin und ich bin schon jetzt unendlich dankbar für ihre Hilfe.

»Das Wichtigste ist erst mal, dass ich diese Entscheidung nun endlich getroffen habe.«

Enna stimmt mir zu. »Das war längst überfällig, Mira. Jase wird ausflippen, wenn er das hört! Er hat sich ja auch immer gewünscht, dass du endlich deinen Traum lebst, und eure Eltern ...«

»Mit denen werde ich auch sprechen müssen«, beschließe ich in diesem Moment. »Ich weiß nicht, wie sie reagieren werden. Immerhin wissen sie schon mal, dass ich nicht glücklich bin mit meinem Studium, also liegt es ja nahe, dass ich mich nach einer Alternative umsehe. Ich denke nur nicht, dass die beiden mir zutrauen, diesen Schritt wirklich zu gehen.«

»Kann sein, dass sie erst mal ausflippen werden, bei allem, was ich über sie gehört habe«, bereitet Enna mich auf das Schlimmste vor. »Aber wir stehen hinter dir. Du musst da nicht alleine durch. Finn, Jase, Zac und ich sind an deiner Seite. Wir glauben an dich.«

Beruhigt ziehe ich meine Freundin für eine Umarmung zu mir. »Ich hab dich lieb, Enna.«

»Und ich dich erst, Mira.«

Kurz darauf verabschieden Enna und Finn sich. Die beiden wollen den heutigen Tag am **Starfall Lake** verbringen, einem ihrer absoluten Lieblingsplätze. Ich nutze die Zeit, um ganz in Ruhe mit meinem Bruder zu sprechen, der vor etwa einer Stunde total verschlafen aus seinem Zimmer geschlurft kam. Bei einer Tasse Kaffee hat er mir kurz von seinem gestrigen Auftritt erzählt, der ein voller Erfolg gewesen sein muss – selbst lange nachdem ich schon weg war. Seine Band darf nun einmal wöchentlich im **Stardust** auftreten, was mich wirklich für ihn freut. Und auch ihm erzähle ich jetzt von meinem Abend mit Zac, allerdings ohne die ganzen Sex-Details, die ich nur Enna anvertraut habe. Jase scheint aber auch so zu ahnen, dass die Nacht mir die Welt bedeutet hat.

»Ich freue mich so sehr für dich.« Lächelnd legt er seine Hand auf meine. Wir sitzen an der Kücheninsel auf unseren Barhockern, vor uns die mittlerweile leeren Kaffeetassen.

»Und ich bin dir unendlich dankbar, Jase. Danke, dass du Zac eine Chance gibst, ihm zugehört und den gestrigen Abend mit organisiert hast. Das bedeutet mir einfach alles.«

»Du bist meine Schwester und ich liebe dich. Ich will nur, dass du glücklich bist, Mira.«

»Das bin ich.«

Wir umarmen uns und dann erzähle ich auch Jase von meinem Vorhaben mit der Ausbildung. Grinsend legt er seine Hände auf meine Schultern, sieht mich begeistert an. »Ich bin so unendlich stolz auf dich, Schwesterherz.«

Ich erwidere sein Lächeln, werde dann aber wieder ernster. »Würdest du mich zu Mom und Dad begleiten? Ich würde gern vor den Ferien noch einmal zu ihnen fahren und ihnen davon erzählen. Das wird sicher alles andere als leicht und ich könnte dich an meiner Seite gebrauchen.«

»Natürlich werde ich dich begleiten«, antwortet Jase. »Ich wollte ohnehin mal wieder nach Hause fahren, denn auch ich habe eine Entscheidung getroffen.«

Interessiert setze ich mich gerader auf, sehe ihn abwartend an.

»Es hat sich gestern etwas Wahnsinniges ergeben.«

»Jetzt lass dir doch nicht alles aus der Nase ziehen, Jase!«, rufe ich ungeduldig.

»Ist ja gut.« Ergeben hebt er die Hände, wirkt mit einem Mal richtig aufgeregt. Ihm ist deutlich anzumerken, dass er seine eigenen Worte selbst kaum glauben kann. »Gestern war ein Produzent bei unserem Auftritt. Er hat ein kleines Studio und kam nach dem letzten Song zu uns.«

»Nein. Heißt das …?«

»Er kann sich vorstellen, ein Album mit uns aufzunehmen.«

»Nein.«

»Doch.«

»Verdammte Scheiße, Jase!«, rufe ich euphorisch und springe auf. »Wie absolut megacool ist das denn?« Wie ein kleines Kind hüpfe ich durch die Küche.

»Er hat nur ein kleines Studio und wir werden keine Unmengen an Alben verkaufen. Vielleicht werden es auch nur wenige Songs sein und natürlich ist das auch noch keine Garantie dafür, dass sich das Album gut verkauft. Wir werden Werbung machen müssen, unsere Social-Media-Accounts müssen wir auch definitiv mehr bespielen …«

»Jase!«, unterbreche ich ihn, laufe zurück zur Kücheninsel, lasse mich auf meinen Hocker fallen und lege meine Hände auf seine Knie. »Das ist einfach total klasse. Rede diesen Erfolg nicht klein! Genieße ihn in vollen Zügen und lass dich drauf ein!«

»Ich bin gespannt, was Mom und Dad dazu sagen.«

»Das ist letzten Endes auch vollkommen egal, denn ich bin wahnsinnig stolz auf dich – und dein Erfolg ist nicht abhängig von der Meinung der beiden. Das war er nie.«

Jase nickt. »Wir gehen also zusammen zu ihnen und eröffnen ihnen, was für fabelhaft talentierte Kinder sie haben?«

»Das machen wir. Wir gehen erhobenen Hauptes in den Eispalast und verlassen ihn genau so, ganz egal, was geschieht. Einverstanden?«

Mit funkelnden Augen sieht mein Bruder mich an und drückt meine Hände. »Einverstanden.«

Zac

»Es wird sicher alles gut gegangen sein«, versucht Mira am Montag, mich zu beruhigen. Sie sitzt neben mir auf dem Beifahrersitz meines Wagens, hat sich mir zugewandt, ihre Hand liegt auf meinem Oberschenkel. »Du hast doch gestern mit Danny telefoniert und der meinte, es sei ein gutes Gespräch gewesen, richtig?«

Ich nicke und versuche, ihre Worte durch meine Panik dringen zu lassen. Gestern hat meine Mom mit meinem Dad gesprochen. Es fiel mir unglaublich schwer, mich nicht einfach ins Auto zu setzen und herzufahren, um mich zu vergewissern, dass es ihr gut geht. Doch ich wusste ja, dass Danny dabei ist und auf Mom aufpasst. Direkt im Anschluss hat er mich angerufen. Wir haben nicht über Details gesprochen, doch er hat mir mehrmals versichert, dass das Gespräch gut verlaufen ist und die beiden sich aussprechen konnten. Mehr habe ich nicht aus ihm herausbekommen, weil er der Meinung war, dass ich am besten selbst mit meiner Mom darüber sprechen sollte. Und er hat recht. »Lass uns reingehen.« Ich sammle all meinen Mut zusammen, steige aus dem Wagen und greife auf dem Bürgersteig nach Miras

Hand. Sie gibt mir Halt und Kraft, und ich weiß, dass ich standhalten werde, ganz egal, was gleich geschieht.

Wir laufen zur Haustür und klingeln, um uns anzukündigen, kurz darauf öffnet Mom uns die Tür. Heute ist der erste wirklich warme Tag in diesem Jahr. Der Mai steht in den Startlöchern. Mom trägt ein geblümtes Kleid und eine dünne Strickjacke, die Haare fallen offen über ihre Schultern. Sie sieht hübsch aus, irgendwie erholt. Und sie lächelt. Das ist ein gutes Zeichen.

»Mira!«, begrüßt sie meine Freundin und zieht sie sofort in ihre Arme. Es fühlt sich immer noch seltsam an, Mira so zu bezeichnen. Seltsam schön. Überwältigend schön.

»Ich verstehe.« Meine Arme verschränke ich gespielt entrüstet vor meiner Brust. »Mira wird hier also künftig immer zuerst begrüßt. Das war mal mein Privileg.«

Die beiden lachen, kurz darauf zieht Mom auch mich an sich. »Schön, dass ihr hier seid, mein Schatz.«

Wir gehen ins Innere und ziehen unsere Schuhe aus. Mira hängt ihre Strickjacke auf und gibt somit den tiefen Rückenausschnitt des Kleides frei, das sie heute trägt. Wieder einmal kann ich kaum glauben, dass diese wunderschöne Frau und ich jetzt wirklich ein Paar sind. Am Wochenende haben wir einander auf so viele neue Arten und Weisen erforscht und kennengelernt. Und mit jeder Minute, die sie bei mir war, habe ich mich ein Stück mehr in Mira verliebt. Sie macht mich glücklich, zugleich erdet sie mich und macht mich absolut verrückt. Sie gehört zu mir, an meine Seite.

»Zac!«, reißt Mira mich aus meinen Gedanken, greift lachend nach meiner Hand und zieht mich in Richtung Wohnzimmer, wo Mom bereits auf uns wartet.

»Setzt euch.« Mom deutet mit einer ausladenden Geste auf die Couch. Mira und ich lassen uns nebeneinander darauf fallen, Mom nimmt im Sessel uns gegenüber Platz. »Waren das aufregende Tage, was?«

»Das kannst du laut sagen«, gebe ich ihr recht. »Wie geht es dir, Mom? Ich habe mir wirklich Sorgen gemacht …«

»Es geht mir gut«, erwidert sie und nimmt mir damit direkt meine Angst. »Wie du weißt, war dein Vater gestern bei mir«, fährt sie fort. »Wir haben wirklich lange miteinander gesprochen. Es war nicht einfach, das muss ich zugeben.« Tränen sammeln sich in ihren Augen und ich will sofort zu ihr stürzen, um sie zu umarmen, doch Mira hält mich sanft zurück. Wahrscheinlich ist es wirklich besser, Mom erst mal aussprechen zu lassen. Sie atmet einmal tief durch, erzählt dann weiter. »Dein Dad hat sich bei mir entschuldigt, wie er es auch bei dir getan hat. Er hat mir erzählt, dass er an sich gearbeitet hat und nun ein neues Leben führt. Ich schätze es wirklich sehr, dass er hier war und sich mir geöffnet hat.«

»Es macht dennoch nicht ungeschehen, was damals geschehen ist«, kann ich mich nun doch nicht davon abhalten, etwas einzuwerfen. Auch ich habe Dad vergeben, doch ich kann nicht gut damit umgehen, wenn Mom von ihm spricht, als wäre alles wieder okay. »Ich finde es toll, dass er sich entschuldigt hat, aber ich werde nie vergessen, was er uns angetan hat. Was er *dir* angetan hat.«

Mom nickt verständnisvoll, sieht mich ernst an. »Wir werden nie vergessen, Zac. Sein Verhalten war furchtbar und ist in keiner Weise zu rechtfertigen, das stimmt. Dennoch ist es für uns beide unfassbar wichtig, dass wir endlich nach vorn blicken und die Vergangenheit hinter uns lassen. Und das können wir nur, wenn wir ihm vergeben.«

»Ich weiß«, stimme ich ihr zu. »Ich möchte nur, dass es uns endlich wieder gut geht. Dass es vor allem dir besser geht.«

»Ich habe gestern nach dem Gespräch mit deinem Dad auch noch eins mit Danny geführt.« Ein Lächeln legt sich auf ihre Lippen. »Er war wieder einmal so sehr für mich da. Ich bin wirklich froh, ihn an meiner Seite zu haben.«

Mom so von ihm sprechen zu hören und der Ausdruck auf ihrem Gesicht lassen mich, wie schon viele Male zuvor, hoffen, dass Danny vielleicht irgendwann mehr für sie sein kann als unser netter Nachbar. Doch ich behalte meinen Gedanken weiterhin für mich. Es gibt wichtigere Dinge zu regeln. Mom muss erst mal zu sich selbst zurückfinden, bevor sie sich einer neuen Liebe öffnen kann. So ging es mir schließlich auch. Ich werfe Mira einen forschenden Blick zu und bin mir sicher, dass sie das Gleiche denkt wie ich.

»Ich bin auch sehr froh, dass er in unserem Leben ist«, sage ich.

»Und ich bin ihm dankbar, dass er gestern mit dabei war.«

»Wir haben danach noch lange miteinander gesprochen und ich habe auch viele Dinge erkannt und entschieden.« Mom atmet einmal tief durch, richtet sich dann in ihrem Sessel etwas gerader auf. »Ich habe mich dafür entschieden, eine Therapie zu beginnen.«

Begeistert gehe ich nun doch zu ihr, setze mich auf eine Lehne des Sessels und lege meinen Arm um sie. »Das ist toll, Mom. Und es wird dir sicher helfen, mit ...« Ich stoppe, bin unsicher, ob ich meinen Satz beenden oder lieber schweigen soll. Ich möchte Mom gegenüber nichts Falsches sagen, was sie verletzen oder verunsichern könnte.

»... mit meiner Depression besser umzugehen«, führt sie schließlich meinen Gedanken laut zu Ende. »Es ist okay, Zac. Ich weiß, dass es richtig und wichtig ist, mir endlich Hilfe zu suchen.« Tränen laufen ihre Wangen hinunter. »Ich möchte endlich wieder lachen können. Und das nicht nur einmal in der Woche, sondern jeden einzelnen Tag.«

»Und das wirst du«, mache ich ihr Mut. »Wir schaffen das. Gemeinsam, als Familie. Wir sind ein Team.«

Mom nickt, lächelt nun wieder zaghaft. »Ich bin so stolz auf den jungen Mann, der du geworden bist, Zac. Du bist so ein starker und liebenswerter Mensch.«

Wir blicken uns an, sind beide erleichtert und hoffnungsvoll, das spüre ich tief in mir. Ein Schniefen aus Richtung der Couch lässt uns dann nach links schauen.

»Entschuldigt«, murmelt Mira und wischt sich mit den Handrücken die Tränen von den Wangen. »Ich bin nur so dankbar, dass es euch beiden jetzt besser geht.«

»Komm schon zu uns, Mira.« Mom winkt sie in unsere Richtung, also erhebt sie sich und setzt sich auf die andere Armlehne. »Du gehörst jetzt ebenso zu uns. Ich bin wirklich froh, dass Zac eine so tolle Frau an seiner Seite hat.« Mom grinst, wendet sich dann fragend mir zu. »Ihr seid doch ...«

»Wir sind ein Paar«, bestätige ich ihr grinsend. »Mira ist meine feste Freundin.«

»Das klingt schön.« Mira erwidert mein Grinsen, dreht sich dann meiner Mom zu. »Ich bin auch sehr froh, deinen Sohn an meiner Seite zu haben. Und vielleicht können wir ja bald mal wieder gemeinsam backen!«

»Sehr gern!«, erwidert Mom begeistert, dann werden ihre Augen plötzlich ganz groß. »Ich wollte euch noch etwas erzählen.« Sie räuspert sich, setzt sich noch etwas gerader auf und verkündet uns eine weitere ihrer Entscheidungen. »Ich werde eine Umschulung beginnen.«

»Eine Umschulung?« Fragend sehe ich sie an.

»Eine Umschulung zur Köchin. Ich habe mich informiert. Ein paar Orte weiter gibt es eine entsprechende Schule, die ein Programm für meine Altersgruppe zur beruflichen Umorientierung anbietet. Ich würde dort einige Jahre lernen und könnte schließlich in jeder Küche anfangen. Oder aber irgendwann einen eigenen Foodtruck führen, wie ich es mir früher immer erträumt habe. Doch das wird sich alles zeigen.« Sie holt kurz Luft. »Jedenfalls werde ich mir meinen Traum nun doch noch verwirklichen.«

»Rosemary, das sind ja tolle Neuigkeiten!«, ruft Mira begeistert. »Dann stellen wir uns also gemeinsam dieser neuen Herausforderung!«

»Wie meinst du das?«, fragt Mom Mira neugierig und augenblicklich bin ich abgeschrieben, aber das ist mehr als okay für mich. Ich beobachte, wie die beiden sich begeistert von ihren Träumen erzählen. Mira berichtet meiner Mom von ihrer geplanten Ausbildung bei Brian im Café, nachdem sie ihren Bachelor abgeschlossen hat. Kurz darauf planen die beiden ihr nächstes gemeinsames Backen. Meine Freundin und meine Mom so glücklich und unbeschwert miteinander reden und träumen zu sehen, macht mich unglaublich glücklich.

Irgendwann klingelt mein Handy. Ich ziehe es aus meiner Hosentasche und trete nach draußen auf die Terrasse, um den Anruf entgegenzunehmen.

»Avens«, melde ich mich.

»Hallo, Mister Avens«, begrüßt mich eine männliche Stimme. »Hier spricht der Besitzer des Gebäudes, für das Sie sich interessieren.«

»Wie schön, dass Sie sich noch mal melden.« Bei unserem letzten Gespräch vor einigen Wochen sind wir so verblieben, dass die Firma sich meldet, sobald ein Termin zur Besichtigung möglich ist. Bisher haben wir ja nur Fotos vom Gebäude sehen können, die uns aber schon mehr als überzeugen konnten. Wir vertrauen darauf, dass dieses Gebäude genau das richtige für unser Projekt ist – das spüren wir einfach.

»Wir hätten in circa einer Stunde einen freien Slot für eine nachträgliche Besichtigung. Wie spontan sind Sie?«

Ein Lächeln breitet sich auf meinem Gesicht aus. »Wir sind absolut flexibel. Wann sollen wir bei Ihnen sein?«

Etwas über eine Stunde später stehen Mira und ich vor dem Gebäude, neben uns der Besitzer, der uns mehr als freundlich empfangen hat, wie auch schon bei unserem ersten Treffen vor einigen Wochen.

»Lassen Sie uns nun endlich mal einen Blick ins Innere werfen«, meint er schließlich und bedeutet uns, einzutreten und ihm zu folgen. Wir schieben eine Bauplane zur Seite und treten dann in einen großen Eingangsbereich. »Früher war hier mal eine Fabrik für Textilien. Die Räume sind alle sehr ausladend, wir haben hohe Decken und die Zimmer verteilen sich über zwei Stockwerke. Hinten gibt es noch einen weiträumigen Garten, der zwar nicht bepflanzt ist, aber Sie planen ja, hier einen Ort für Jugendliche zu schaffen. Vielleicht könnte man den Garten also als Fußballplatz nutzen oder Ähnliches, aber da haben Sie mit Sicherheit noch mal mehr Ideen.«

»Wow«, spricht Mira genau meinen Gedanken aus. Wir laufen Hand in Hand durch das Gebäude, erkunden die einzelnen Räume, lassen uns weitere Details erklären. »Das Gebäude ist perfekt. Es sieht in echt noch mal toller aus als auf den Fotos der Präsentation«, flüstert sie mir irgendwann zu, ein Leuchten in den Augen.

»Absolut«, stimme ich ihr zu. »Wenn wir wirklich gewinnen, ist das hier der perfekte Ort für unseren Hort. Der Platz ist mehr als ausreichend, es gibt verschiedene Räume, die wir nutzen können. Ein Raum für Kreativität, ein kleiner Sportraum, ein Rückzugsort zum Lesen oder Musik-Hören, eine Art Chill-out-Lounge …«

»Den ganz großen Raum, den wir gleich zu Beginn angeschaut haben?«

Ich nicke, erinnere mich. »Der wäre doch der perfekte Raum für ein kleines Boxstudio!« Begeistert sieht Mira mich an. »Wir könnten einige Boxsäcke aufhängen und Matten auslegen. Vielleicht könntest du die Jugendlichen neben deinen Kursen im Studio selbst trainieren, oder wir stellen dafür jemanden ein.«

»Wir werden ohnehin Personal brauchen. Erzieher, Pädagogen, einige Freiwillige …«

»Aber wir haben die Organisation im Rücken. Die kooperieren mit so vielen Helfern, das sollte kein Problem sein.«

»Genau! Doch ich fände es schön, wenn wir uns auch privat selbst einbringen, immerhin fußt das Projekt auf unserer Idee!«

Ich nicke. »Ich bin ganz deiner Meinung. Vielleicht könntest du auch die Küche unterstützen, apropos …«

»Eine Küche befindet sich im Erdgeschoss«, beantwortet der Besitzer meine Frage, bevor ich sie ihm stellen kann. »Einen Speisesaal gibt es direkt angrenzend.«

»Perfekt!«

»Sie sind also weiterhin interessiert? Sie wollen keinen Rückzieher machen?«

Mira und ich werfen uns einen letzten Blick zu, sind uns aber beide direkt einig. »Ja«, antworten wir einstimmig.

Ich wende mich hoffnungsvoll an den Besitzer. »In etwa vierzehn Tagen wissen wir, ob wir das Projekt wirklich umsetzen können. Wenn Sie uns das Gebäude bis dahin reservieren könnten, wäre das perfekt.«

»Ich habe das bereits mit dem Besitzer abgesprochen, das ist kein Problem«, bestätigt er uns. »Neben Ihnen gibt es ehrlich gesagt nicht viele weitere Interessenten aufgrund des großen Renovierungsbedarfs des Gebäudes.«

Ich nicke verständnisvoll. »Hätten wir die Organisation nicht an unserer Seite, könnten wir uns den Aufwand auch niemals leisten.«

»Wir sind wirklich begeistert von Ihrem Vorhaben. Und für den Besitzer des Gebäudes wäre eine Kooperation mit *Keeping Hope* natürlich auch fabelhafte Werbung für künftige Bauprojekte.«

»Es wäre für alle Seiten ein Gewinn«, bestätige ich.

Wir besprechen noch einige Details, dann verabschieden wir uns.

Mira und ich treten aus dem Gebäude nach draußen in die Sonne. »Das hier wäre ein Traum«, murmelt sie und wirft einen letzten Blick zurück.

»Lass uns zu mir fahren und direkt weiter am Konzept arbeiten. Wir müssen einfach überzeugen mit unserer Idee und die meisten Stimmen der anderen Gruppen für uns gewinnen. Außerdem könnten wir so schon mal unsere Präsentation erstellen und üben.«

In Miras Blick erkenne ich die gleiche Motivation, die auch ich in mir spüre. Gemeinsam für etwas zu brennen, fühlt sich fantastisch und unglaublich beflügelnd an. Wir wollen beide unbedingt diesen Wettbewerb gewinnen und dafür werden wir jetzt noch mal alles geben.

»Wir schaffen das!«, ruft Mira, reckt ihre Faust siegessicher in den Himmel.

»Gemeinsam schaffen wir alles«, gebe ich ihr recht, überwinde den letzten Meter zwischen uns und ziehe sie an mich. Und als unsere Lippen sich aufeinanderlegen, spüre ich, dass ich diese Worte wirklich glaube.

KAPITEL 23
Der Freiheit entgegen

Mira

»Haben wir uns das wirklich gut überlegt?« Ich werfe Jase einen zweifelnden Blick zu. Er steht neben mir, den Blick starr auf das Haus unserer Eltern vor uns gerichtet.

»Ich habe das Gefühl, wir begeben uns gleich in die Höhle des Löwen. Warum fühle ich mich so?«

»Weil unsere Eltern uns mit Sicherheit am liebsten zerfleischen würden, wenn wir hier später wieder raus sind.«

»Wenn wir dieses Haus jemals wieder lebend verlassen.«

»Richtig.« Ich wende mich meinem Bruder nun ganz zu, spüre die gleiche Angst in mir wie er. »Ich glaube, wir sollten besser wieder gehen, Jase. Ich meine, wir können unsere Pläne doch auch so in die Tat umsetzen, immerhin sind wir auf das Geld der beiden nicht mehr angewiesen. Während der Ausbildung kann ich mich finanziell unterstützen lassen und wenn dein Album gut läuft, dann …«

»Wir müssen da rein, Mira.« Überzeugt dreht er sich zu mir, greift nach meinen Händen und drückt sie leicht. »Wir müssen lernen, ehrlich zu sein. Wir sollten zu uns und unseren Träumen stehen. Viel zu lange haben wir uns vorschreiben lassen, wie unser Leben auszusehen hat. Heute ist Schluss damit. Und so ungern ich es zugebe, aber es wäre auch schön, die Unterstützung der beiden zu bekommen. Wir sind eine Familie und wir brauchen den Rückhalt der beiden, oder nicht?«

Nickend gebe ich Jase recht. Natürlich könnten wir uns auch allein durchs Leben kämpfen, doch Mom und Dad an unserer Seite zu wissen, wäre wirklich gut. Ich atme einmal tief durch und beschließe, der ganzen Sache eine Chance zu geben. Ich denke an Zac und daran, wie schwer es für ihn war, seinem Dad zu vergeben, um sich von seiner Vergangenheit zu befreien und endlich nach vorn blicken zu können. »Lass uns fliegen.«

»Was?«, fragt Jase mich verdutzt, doch da ziehe ich ihn auch schon die letzten Meter bis zur Eingangstür und drücke die Klingel, bevor wir es uns doch noch anders überlegen können.

Das Hausmädchen öffnet uns ganz verdutzt, weil wir unseren Besuch nicht angekündigt haben.

»Wir möchten unsere Eltern sprechen«, erklärt Jase ihr, woraufhin sie nur überfordert nickt und dann in Richtung Salon verschwindet. Kurz darauf tritt Dad zu uns in den Hausflur, gekleidet in einen maßgeschneiderten Anzug. Wie immer sieht er wie aus dem Ei gepellt aus.

»Miranda, Jason«, begrüßt er uns verwundert. »Waren wir verabredet?«

»Nein, Dad. Aber wir würden gern mit Mom und dir sprechen.« Mutig recke ich mein Kinn in die Höhe. Kurz darauf taucht Mom neben ihm auf.

»Was macht ihr beiden denn hier? Waren wir verabredet?«, fragt sie uns ebenso verwundert wie Dad nur wenige Augenblicke zuvor.

»Waren wir nicht«, antwortet nun Jase an meiner Stelle. »Müssen wir uns denn anmelden, wenn wir unsere Eltern besuchen wollen?«

Völlig verdattert schauen sich die beiden an. »Das wäre angenehmer für alle Beteiligten, ja.« Dad sieht uns an, als stünden wir mit dem halben Jahrgang der Uni vor seiner Tür und nicht nur zu zweit.

»Also gut, setzen wir uns«, erlöst Mom uns schließlich aus der angespannten Situation. Gemeinsam gehen wir in den Salon. Unsere Eltern nehmen auf einem der Sofas Platz, wir setzen uns den beiden gegenüber. Intuitiv rutsche ich so nah an Jase heran wie nur möglich und greife wieder nach seiner Hand. Diesen Halt brauche ich jetzt einfach. Ich brauche die Nähe meines Bruders, um den Mut aufzubringen, hier und heute endlich vollkommen ehrlich zu sein. Und kurzerhand fasse ich den Mut, das Gespräch zu beginnen.

»Mom, Dad. Jase und ich haben einige wichtige Entscheidungen getroffen, die wir mit euch besprechen möchten. Ich bitte euch, uns bis zum Ende zuzuhören, bevor ihr etwas sagt. In Ordnung?«

Die beiden sehen sich stutzig an, nicken dann aber und lehnen sich gespannt zurück.

»Bei meinem letzten Besuch vor einigen Wochen habe ich euch ja bereits erklärt, dass mir das Studium schon seit einer Weile keine Freude mehr bereitet und es nicht den Weg ebnet, den ich gehen möchte«, setze ich schließlich zu einer Erklärung an. Dad atmet einmal hörbar tief durch, zügelt sich aber und lässt mich weitersprechen. »Natürlich möchte ich das Studium dennoch beenden. Wie ihr wisst, arbeite ich mit meinem Freund Zac an diesem besonderen Projekt und wir haben wirklich gute Chancen, es zu gewinnen. Für unseren Hort haben wir sogar schon ein passendes Gebäude gefunden, in dem wir unsere Ideen umsetzen könnten. Wir werden sehen, ob es klappt.«

Mom räuspert sich. »Wir drücken euch natürlich die Daumen.«

Sie klingt wenig begeistert, aber ich bin dankbar dafür, dass sie nichts erwidert hat, was mich aus dem Konzept bringen könnte. Kurz bedanke ich mich bei ihr, dann fahre ich fort. »Trotz allem ist Jura einfach nicht mein Gebiet und ich werde das erweiterte Studium nicht antreten. Anwältin zu werden und in eurer Kanzlei zu arbeiten, ist nichts, was ich mir für meine Zukunft vorstellen kann. Heute nicht und auch in den nächsten Jahren nicht.«

Dad zieht scharf die Luft ein, doch bevor er etwas sagen kann, spreche ich schnell weiter. »Ich liebe das Backen sehr und habe die Möglichkeit, in dem Café, in welchem ich seit Studienbeginn arbeite, eine Ausbildung zu absolvieren. Dafür werde ich eine berufsorientierte Schule einige Orte weiter besuchen und den praktischen Teil in Starfall im **C&C** bestreiten. Mein Chef wird mich dabei unterstützen. Und anschließend kann ich mir meinen Traum von einer eigenen Bäckerei erfüllen, meine eigenen Gebäcke verkaufen.« Ein Strahlen breitet sich auf meinem Gesicht aus. Und weil ich die angespannten Mienen nicht mehr ertragen kann, drehe ich mich zu Jase, der mein Lächeln erwidert und mir ermutigend zunickt. »Das ist es, was ich tun will. So stelle ich mir meine Zukunft vor.« Ich atme einmal tief durch, wende mich dann wieder Mom und Dad zu. »Und ich weiß, dass es nicht die Zukunft ist, die ihr euch für mich ausgemalt habt. Aber das hier ist mein Leben und ich möchte es so gestalten, wie es sich für mich richtig anfühlt.« Ich schließe meine Augen, rechne fest damit, dass die Situation gleich eskalieren wird. Dass Mom und Dad von der Couch aufspringen, eine riesige Szene machen, uns vielleicht sogar rauswerfen. Bei dem Gedanken an unser letztes Aufeinandertreffen läuft es mir kalt den Rücken herunter. Doch bevor das noch mal passieren kann, fasst Jase seinen Mut zusammen und erzählt nun seinerseits von seinem Vorhaben.

»Bevor ihr ausflippt, schließe ich mich gleich mal an«, beginnt er und ich drücke seine Hand, ermutige ihn dadurch, sich ebenfalls zu trauen. »Wie ihr wisst, liebe ich die Musik. Meine Band und ich hatten vor Kurzem einen Auftritt, bei dem uns ein Produzent entdeckt hat. Nach dem Gig kam er zu uns und hat uns einen kleinen Vertrag für unser erstes Album angeboten.« Stolz sieht er mich an und ich grinse zurück. Noch immer bin ich so unendlich stolz auf meinen Bruder. »Es werden nur wenige Songs aufgenommen, aber für uns ist es eine riesige Chance. Im Club in Starfall dürfen wir nun außerdem regelmäßig auftreten und für das Publikum spielen. Es läuft aktuell wirklich gut.« Die nun folgenden Worte fallen ihm alles andere als leicht, das spüre ich einfach. Jase ist mein Zwilling. Er hat Angst, dennoch traut er sich, sie auszusprechen. »Natürlich wird es eine Weile dauern, bis wir genügend einnehmen, damit ich mir die Miete für die WG und die Gebühren für mein Studium allein leisten kann. Ich würde mich über eure Unterstützung weiterhin freuen, auch wenn ich weiß, dass ihr mir kein Geld mehr überweisen möchtet. Aber das ist die Zukunft, die ich mir wünsche. Und vielleicht könnt ihr mich unterstützen, indem ihr das Angebot, welches ich bekommen habe, prüft? Um sicherzugehen, dass es wirklich vertrauenswürdig ist. Eure Meinung ist mir wirklich wichtig. Ich könnte euch auch das bisherige Studiengeld nach und nach zurückzahlen, sollte das Album gut laufen.« Tränen sammeln sich in seinen Augen und ich erkenne, dass er mit aller Kraft versucht, sie zu unterdrücken. »Ich weiß, dass ich nicht der Sohn bin, den ihr euch wünscht. In einen dämlich Anzug bekommt ihr mich nicht, schon gar nicht an einen Schreibtisch in eurer Firma, das wisst ihr.« Jase wendet sich mir zu. »Dass nun auch Mira einen Rückzieher macht und nicht in eure Kanzlei einsteigen möchte, ist sicherlich ein Schock für euch, das verstehen wir.« Er richtet den Blick wieder nach vorn, den beiden entgegen. »Aber wir zwei sind erwachsen und sollten unseren eigenen Weg gehen. Heute sind wir hergekommen, um euch die Chance zu geben, ein Teil davon zu sein. Wenn ihr es möchtet. Keinem von uns ist geholfen, wenn wir unglücklich sind mit dem, was wir tun. Das würde auch eurer Kanzlei nicht guttun, wo es sicher Menschen gibt, die besser dafür geeignet sind, weil sie wirklich dafür brennen.«

Wie zu Stein erstarrt sitzen unsere Eltern vor uns und wirken unfähig, etwas zu sagen. Es ist auch ganz schön viel auf einmal, das die beiden da verdauen müssen. Natürlich ist es ihnen nicht neu, dass Jase und ich eine andere Vorstellung von unserer Zukunft haben als sie, doch dass wir nun wirklich Ernst machen und uns von ihren Wünschen lösen, damit haben sie mit Sicherheit nicht gerechnet, das ist ihnen deutlich anzusehen.

Eine Weile sitzen wir schweigend da, bis Jase schließlich meine Hand drückt und mir bedeutet, mit ihm aufzustehen. Wir erheben uns, dann zuckt er mit den Schultern, sieht wirklich geknickt aus. Ich fühle die Enttäuschung gleichermaßen tief in mir.

»Scheinbar ist das nicht der Fall«, meint er unseren Eltern zugewandt. »Komm, Mira, wir gehen.«

Wir schaffen es bis zur Flügeltür des Salons, sind uns beide sicher, dass dieses Gespräch hiermit beendet ist, da hält Dads Rufen uns zurück. »Wartet!«

Ruckartig bleiben wir stehen, sehen uns verwundert an, ehe wir uns ihm zuwenden.

»Bitte, setzt euch wieder.«

Jase und ich tun wie geheißen und lassen uns unsicher zurück auf das Sofa fallen.

Dad räuspert sich. »Das sind ganz schön viele Dinge, die ihr uns da erzählt habt. Und natürlich sind wir alles andere als begeistert. Es wäre wirklich schön gewesen, euch in der Firma zu haben, das Unternehmen in der Familie zu halten.« Mom nickt bestätigend. »Doch auf diesen Moment habe ich ehrlich gesagt schon gewartet.«

»Auf welchen Moment?«, fragt Mom ihn verdutzt.

»Auf den Moment, in dem unsere Kinder erwachsen werden. Auf den Tag, an dem sie zeigen, dass sie unseren eisernen Willen geerbt haben.« Dad greift nach Moms Hand, drückt sie kurz, dreht sich dann wieder Jase und mir zu. »Ich kann eure Träume nicht nachvollziehen, aber ich finde es gut, dass ihr für das einsteht, woran ihr glaubt. Das haben wir euch immer beizubringen versucht.«

»Nur habt ihr uns dabei nie die Freiheit gelassen, selbst zu entscheiden, wovon wir träumen«, erwidert Jase und kann den Vorwurf nicht verhindern, der in seinen Worten mitschwingt. »Ihr habt uns immer vorgegeben, welche Zukunft uns bevorsteht.«

»Richtig«, äußert Mom, die erst Dad und dann uns versöhnlich anblickt. »Das war mit Sicherheit nicht der beste Weg. Aber wir wollten unbedingt, dass ihr in unsere Fußstapfen tretet. Dass ihr eine finanziell abgesicherte Zukunft vor euch habt, keine Geldsorgen auf euch warten und ihr euer volles Potenzial entfalten könnt.«

»Aber das ist es ja gerade«, versuche ich, ihr zu erklären. »Unser Potenzial liegt woanders, Mom. Nicht im Studieren von Gesetzen, nicht in Paragrafen oder im Gericht. Jase ist der beste Sänger, den ich kenne, und ich backe die besten Torten von ganz Starfall.« Es tut so gut, derart begeistert über mich selbst zu sprechen. Ich merke, wie sich der Glaube an mich und mein Talent immer mehr festigt, und ich weiß, wer dafür verantwortlich ist. Plötzlich ist da der Wunsch, auch dieses Thema noch einmal anzusprechen. »Da ist noch etwas, das mir auf dem Herzen liegt. Besser gesagt: jemand«, taste ich mich vorsichtig vor. »Der Mann, den ich letztens mitgebracht habe, ihr erinnert euch?«

Beide nicken.

Wie könnte man dieses schreckliche Essen auch vergessen? »Wir sind jetzt ein Paar. Er bedeutet mir unendlich viel und ich möchte meine Zukunft mit ihm teilen. Schauen, wohin es mit uns führt. Zac hat mich immer in meinem Traum unterstützt und an mich geglaubt. Wie ihr wisst, studiert er mit mir Jura. Er ist wirklich begabt, geht total auf in seinem Studium, im Gegensatz zu mir. Und dennoch hat er genau verstanden, dass mich andere Dinge begeistern.«

»Er scheint ein guter Mensch zu sein.« Mom sieht mich an und ich bin beinahe erschrocken über das Leuchten in ihren Augen. »Und er muss dir wirklich sehr viel bedeuten.«

Ich nicke. »Das tut er.«

Dad räuspert sich. »Du und Luis werdet also nicht ...«

Mom entweicht ein lautes Lachen, das alle Anwesenden kurz schockt. In diesem Haus wird extrem selten gelacht, zumindest selten ehrlich. »Schatz«, setzt sie zu sprechen an, wendet sich Dad zu. »Ein Blinder hätte bei diesem Essen gesehen, dass deine Tochter und Luis überhaupt nicht harmonieren.« Lächelnd dreht sie sich wieder mir zu. »Es war außerdem nicht zu übersehen, dass sie ihr Herz bereits verschenkt hat.«

»Schade«, rutscht es Dad über die Lippen, doch dann fasst er sich ein Herz. »Du bist glücklich mit ihm?«

Über die Antwort auf seine Frage muss ich keine Sekunde nachdenken. »Das bin ich, Dad.« Ich lächle und mein Herz hüpft allein beim Gedanken an ihn freudig auf und ab. »Und wer weiß, vielleicht könnt ihr Zac an meiner Stelle irgendwann einen Job in der Kanzlei anbieten. Wenn er sich anstrengt, natürlich«, füge ich zum Spaß an.

»Wir werden sehen«, erwidert Dad, sieht dabei wirklich ernst aus und wirft Mom einen fragenden Blick zu. »Vielleicht beginnen wir aber erst einmal mit einem weiteren Treffen, bei dem wir ihn wirklich kennenlernen, ohne ...« Er räuspert sich. »... ohne andere männliche Anwesende. Und auf Augenhöhe.«

»Das wäre schön.«

»Hört zu, ihr beiden«, wendet sich Mom nun an Jase und mich. »Wir haben uns eine andere Zukunft für euch ausgemalt, doch wie euer Dad eben schon meinte, liegt uns am Herzen – mehr als alles andere! –, dass ihr eigenständig seid und für das einsteht, woran ihr glaubt. Genau so, wie euer Dad und ich es tun. Und wenn es unterschiedliche Dinge sind, für die wir brennen, so sind wir dennoch eine Familie.«

Jase und ich werfen uns einen Blick zu, können beide kaum glauben, dass wir diese Worte aus dem Mund unserer Mom hören. Doch in den letzten Minuten ist etwas geschehen. Die beiden haben offenbar endlich verstanden, dass sie uns verlieren, wenn sie unseren Lebensweg nicht mit uns gehen wollen.

»Natürlich unterstützen wir euch weiterhin finanziell, bis ihr auf eigenen Beinen stehen könnt«, stimmt Dad ihr zu. »Euch beide, das steht außer Frage.«

Erleichtert atmet Jase aus, offenbar hatte er die Luft angehalten – vor Aufregung.

»Und vielleicht schauen wir ja irgendwann mal bei einem deiner Auftritte zu, Junge.«

»Ich bezweifle, dass das eurem Musikgeschmack entspricht«, frotzelt Jase.

»Wir müssen eben lernen, uns für Neues zu öffnen.« Lächelnd sieht Mom zwischen Jase und mir hin und her. »Für unsere Kinder. Und wir würden uns freuen, etwas von dir Gebackenes zu probieren, Mira.«

»Liebend gern!«, freue ich mich.

Wir sprechen noch eine Weile über die nächsten Monate, erklären den beiden genau, wann die Veränderungen anstehen, und trinken abschließend gemeinsam noch einen Kaffee. Und obwohl Mom und Dad anzumerken ist, wie unsicher und zweifelnd sie unseren Zielen gegenüberstehen, geben sie uns das Gefühl, dass sie an unserer Seite stehen und uns unterstützen werden. Und das ist mehr, als Jase und ich erwartet haben. So viel mehr, doch es fühlt sich verdammt gut an.

Einige Stunden später verlassen wir unser Elternhaus und treten nach draußen in die Sonne.

»Das lief …«

»… anders als erwartet«, beende ich seinen Satz.

Jase nickt. »Wir haben ein normales Gespräch mit den beiden geführt. Ich kann es kaum glauben.«

Mein Handy klingelt. Ich erkenne Zacs Namen auf dem Display, nehme den Anruf kurzerhand entgegen. »Hey, Zac.«

»Mira, hey«, beginnt er aufgeregt. »Ich hoffe, das Treffen bei euren Eltern verlief gut, und ich würde dich am liebsten darüber ausfragen und vielleicht störe ich auch gerade, aber ich musste dich direkt anrufen, denn ich bin unendlich nervös und …«

»Um Gottes willen, bitte beruhige dich und hol erst mal Luft!«, unterbreche ich ihn lachend. »Was ist denn los? Es geht um die Präsentation später, oder?«

»Ja«, antwortet er und atmet nun endlich tief durch. »Ich weiß, dass wir gut vorbereitet sind, aber ich vergesse ständig meinen Text und …«

»Zac, wir schaffen das«, versuche ich, ihn zu beruhigen. »Jase und ich sind hier fertig, das Treffen lief gut, ich bin also voller Tatendrang für unseren Vortrag.« Es war wirklich riskant, das Gespräch mit unseren Eltern an dem Tag zu führen, an dem Zac und ich unser Projekt dem Kurs und dem Vorsitzenden der *Keeping Hope*-Organisation vorstellen müssen, aber ich wollte diese Sache vorher einfach geklärt haben. Sonst hätte ich mich mental einfach nicht auf die Präsentation einstellen können. In der Zeit, die seit unserem Besichtigungstermin vergangen ist, haben Zac und ich das Projekt finalisiert und gemeinsam unseren Text für heute geübt. Wir haben aber beschlossen, viele Dinge spontan zu handhaben und uns nur ein grobes Konzept für den Vortrag geschrieben, weil wir so authentisch wie möglich wirken möchten. Es soll einfach aus dem Herzen heraus kommen, aber dennoch fundiert sein. Erst neulich haben wir erfahren, dass der Vorsitzende der Organisation nun doch schon bei der ersten Präsentation dabei sein wird, was unsere Nervosität noch mehr steigert.

»Das ist gut.« Meine Worte scheinen Zac etwas beruhigt zu haben. »Treffen wir uns eine halbe Stunde vor Beginn vor dem Vorlesungssaal?«

»So machen wir es«, bestätige ich.

»Mira?«, fragt Zac mich noch, bevor ich auflegen kann.

»Ja?«

»Egal, wie diese Sache ausgeht, ich bin verdammt stolz auf uns.«

Ein Lächeln breitet sich auf meinem Gesicht aus. Ich recke meinen Kopf der Sonne entgegen. »Wir werden fliegen, Zac. Bald werden wir endlich fliegen.«

Zac

Noch nie zuvor in meinem Leben war ich so nervös. Ich tigere seit einer geschlagenen halben Stunde vor dem Vorlesungssaal auf und ab, kann kaum einen klaren Gedanken fassen.

Mein Telefonat mit Mira liegt nun schon über eine Stunde zurück. Noch immer wurmt es mich, dass ich sie nicht fragen konnte, wie das Gespräch mit ihren Eltern gelaufen ist, doch ich war einfach viel zu aufgeregt.

In wenigen Minuten werden wir endlich wissen, ob sich unsere Arbeit der letzten Monaten auszahlt. Wir werden erfahren, ob wir gewonnen haben und unser Projekt real umgesetzt werden kann. Nichts wünsche ich mir mehr als das und dennoch meine ich ernst, was ich vorhin zu Mira am Telefon gesagt habe. Es spielt keine Rolle, ob wir gewinnen oder nicht. Wir haben etwas wirklich Tolles auf die Beine gestellt und diesen Erfolg kann uns keiner mehr nehmen. Wir sind persönlich daran gewachsen. Doch bevor wir erfahren, ob unser Projekt wirklich gewinnt, müssen wir diese Präsentation hinter uns bringen und die anderen von unserer Idee überzeugen. Die anderen und auch den Vorsitz von *Keeping Hope*. Wenn ich jetzt tief in mich hineinhöre, habe ich ein gutes Gefühl.

»Zac!«, reißt mich ein lautes Rufen aus meiner Trance. Mira kommt auf mich zugerannt, ihr grünes Sommerkleid schwingt dabei um ihren wunderschönen Körper. Noch immer kann ich es kaum fassen, dass ich diese tolle Frau an meiner Seite habe.

Mira wirft sich in meine Arme und ich drücke sie fest an mich. »Ich bin so unendlich nervös«, flüstere ich in ihre Haare.

Sie löst sich von mir, nimmt meine Hände in ihre. »Das bin ich auch. Aber wir schaffen das, Zac. Wir stiefeln jetzt da rein und schauen einfach, was passieren wird.«

Ich nicke. »Also los.«

Wenige Minuten später stehen Mira und ich vor unserem Kurs. Es haben bereits einige Gruppen vor uns ihre Projekte präsentiert. Alle haben sich große Mühe gegeben und spannende Ideen entwickelt. Es fiel mir enorm schwer, mich auf die Worte der anderen zu konzentrieren, dennoch habe ich einige Punkte aufgeschnappt, die mir wirklich gut gefallen haben. Nun bin ich aber froh, dass wir endlich unsere eigenen Ideen vorstellen können.

In der letzten Viertelstunde haben Mira und ich, immer abwechselnd, unser Konzept vorgestellt. Wir haben die Fotos vom Gebäude gezeigt, die uns der Besitzer für unsere Präsentation per Mail zugesandt hat, und bereits über die geplanten Kosten und nötigen Umbauarbeiten berichtet. Der Punkt, der jetzt noch fehlt, ist unsere persönliche Motivation. In diesem Teil der Präsentation setzen wir die meiste Hoffnung.

Es muss einfach klappen. Wir müssen den Vorsitz von *Keeping Hope* überzeugen.

Ich lasse meinen Blick durch den Saal schweifen und schaue dem anwesenden Leiter der Organisation fest in die Augen. Innerlich sammle ich all meinen Mut und lege ihn in meine Worte, versuche, wirklich rüberzubringen, wie viel uns dieses Projekt bedeutet. Und bevor ich weiß, was ich da tue, beginne ich, von mir zu erzählen. Diesen Teil haben Mira und ich bewusst unscripted gelassen, und ich lasse den Worten, die sich in mir sammeln, einfach freien Lauf.

»Ich hatte keine leichte Kindheit«, erkläre ich und vergewissere mich mit einem Seitenblick auf Mira, dass es okay ist, was ich hier tue. Sie nickt bekräftigend, also spreche ich weiter. »Oft habe ich an mir gezweifelt und bin irgendwann auf die falsche Bahn geraten. Ich habe mich in der Schule geprügelt, wusste nicht, wohin mit meiner Wut.« Ich gehe natürlich nicht zu sehr ins Detail, öffne mich aber dennoch vor einer so großen Menge an Menschen, was mir nicht leichtfällt. Und dennoch – oder gerade deshalb – fühlt es sich wahnsinnig befreiend an. »Mit unserer Einrichtung wollen wir einen Ort schaffen, an dem die Kinder und Jugendlichen keine Angst haben müssen, sie selbst zu sein. Wir wollen nicht nur die berufstätigen Eltern entlasten, sondern den Kindern die Möglichkeit geben, ihre Zeit mit etwas Sinnvollem zu verbringen. Egal, ob sie sich für den Boxkurs entscheiden, sich ein gutes Buch schnappen und lesen oder am Kochen beteiligen«, zähle ich noch einmal einige der geplanten Aktivitäten auf, die wir eben schon beschrieben haben, »sie sollen sich einbringen, ihre Stärken erkennen können und sich einfach angenommen fühlen – ganz egal, woher sie kommen und wer sie sind.«

Während meiner gesamten Ansprache habe ich den Blick nicht von Mira gelöst. Sie anzuschauen gibt mir die nötige Kraft für diese kleine Rede, doch nun richte ich ihn wieder auf den Vorsitz der Organisation. Immerhin müssen wir ihn überzeugen. »Uns liegt wirklich viel an diesem Projekt und wir würden uns freuen, wenn Sie uns dabei unterstützen, diesen Ort zu schaffen.«

»Ich schließe mich den Worten meines Partners an«, beginnt Mira nun mit ihrem Teil der persönlichen Motivationsrede. Gespannt wende ich mich wieder ihr zu. Ebenso wenig, wie sie vorher wusste, welche Worte ich an die Anwesenden richten werde, ahne auch ich nicht, welche sie wählen wird. Und sie überrascht mich vollkommen damit. »Eigentlich habe ich schon seit einer ganzen Weile gar keine Freude mehr an diesem Studium.« Mira schluckt und jetzt bin ich es, der ihr motivierend zunickt. »Viel lieber stehe ich in der Küche und backe, anstatt mich durch Paragrafen zu wälzen. Meine Motivation für dieses Projekt war zu Beginn gleich null. Aber dann ...« Sie pausiert kurz. »Dann habe ich mich zum ersten Mal mit Zac für das Projekt getroffen und seine Begeisterung war direkt ansteckend. Ich denke noch immer, dass mein eigener Weg ein anderer ist, aber ich habe mich irgendwann mit unseren Ideen genauso verbunden gefühlt wie er. Und mir liegt ebenso viel daran, dieses Projekt umzusetzen. Ich weiß, wie es ist, wenn man die Erwartungen anderer nicht erfüllt. Wie es sich anfühlt, wenn man denkt, dass man seine eigenen Träume nicht verwirklichen kann. Wie enttäuschend es ist, wenn etwas von einem erwartet wird, dem man nicht gerecht werden kann. Daher möchte auch ich für die Kinder und Jugendlichen einen Ort schaffen, an dem sie diese Sorgen nicht haben müssen. Einen Ort, an dem sie ganz sie selbst sein und sich kreativ ausleben können.«

Ich löse meinen Blick von Mira und sehe, dass der Vorsitzende der Organisation anerkennend nickt, sich dann etwas auf seinem Block notiert, den er die ganze Zeit über auf seinen Beinen liegen hat.

Und in diesem Moment spüre ich es. Ganz egal, ob wir heute die Möglichkeit bekommen, unser Projekt umzusetzen oder nicht. Ganz egal, ob sich die Organisation für uns entscheidet oder für jemand anderen. Mira und ich werden diesen Raum als Gewinner verlassen.

Eine Stunde später sitzen wir im Vorlesungssaal. In der vergangenen halben Stunde haben sich der Vorsitz von *Keeping Hope* und unser Professor zur Beratung in einen Nebenraum zurückgezogen. Mira und ich haben es mit unserer Präsentation tatsächlich unter die Top drei geschafft! Die Abstimmung unter uns Studenten ist knapp ausgefallen, da wirklich alle Projekte grandios ausgearbeitet waren und jedes davon auf seine Weise überzeugt hat. Dass unseres in die engere Auswahl gekommen ist und so viele Stimmen bekommen hat, freut uns noch immer riesig.

Mira und ich halten uns an den Händen, blicken aufgeregt nach vorn, wo Professor Johnson nun an das Rednerpult tritt und sich auf seine Verkündung vorbereitet. Eine erregte Anspannung liegt in der Luft und wenn ich mich so umschaue, scheinen die anderen beiden Gruppen ebenso nervös zu sein wie wir. Der ganze Saal wirkt aufgeregt, auch die Studenten, die schon ausgeschieden sind. Alle fiebern sie mit.

Nach ein paar Sekunden räuspert sich Professor Johnson. »Wenn ich nun um Ihre Aufmerksamkeit bitten dürfte.« Sofort herrscht absolute Stille im gesamten Hörsaal. »Ich danke Ihnen allen für Ihr Engagement in den letzten Monaten. Sie haben bewiesen, dass Sie wirklich für Ihre Projekte brennen, alle von Ihnen. Es fiel uns daher alles andere als leicht, uns für eins der Projekte zu entscheiden, es war nahezu unmöglich. Aus diesem Grund haben wir uns für eine Änderung der Spielregeln ausgesprochen.« Kurz geht ein aufgeregtes Murmeln durch die Menge, doch das Räuspern des Dozenten holt die Stille zurück in den Saal. »Es wird nicht nur eine, sondern zwei Gewinnergruppen geben. *Keeping Hope* sieht in beiden Projekten unfassbares Potenzial und möchte daher beide Vorhaben finanzieren.«

Zac und ich sehen uns an, Hoffnung liegt zwischen uns, in unseren Blicken und unseren Herzen.

»Ich gebe nun beide Gewinnerteams bekannt.«

Ein angespanntes Schweigen legt sich über die Runde, wir alle hoffen, zittern und bangen. Unser Dozent macht es spannend.

»Katie und Linus, ich gratuliere Ihnen ganz herzlich«, durchbricht Professor Johnson nach einer gefühlten Ewigkeit schließlich die Stille.

Die beiden springen einige Reihen vor uns auf und fallen sich in die Arme. Ich freue mich für sie, kann die Anspannung aber kaum noch aushalten. Immerhin wird gleich noch eine Gruppe gekrönt und ich hoffe inständig darauf, dass Mira und ich es sein werden, die in wenigen Augenblicken da vorn stehen dürfen.

Plötzlich sind da wieder Zweifel in mir. Ich habe Angst, dass wir es nicht schaffen. Mein Puls geht schneller, mein Atem kommt nur noch stoßweise. Natürlich bin ich stolz auf uns und das, was wir bisher erreicht haben, doch ich wünsche mir so unbedingt, dass wir diesen Hort aufbauen können, dass unsere Träume Wirklichkeit werden.

Katie und Linus setzen sich wieder. Mira umkrampft meine Hand mit ihrer, vergräbt ihren Kopf an meiner Schulter. Mein Knie wippt nervös auf und ab und ich bin mir sicher, dass ich jeden Moment vor Anspannung in die Luft gehe.

»Nun kommen wir zur zweiten Gewinnergruppe«, nehme ich Professor Johnsons Stimme nur noch wie aus weiter Ferne wahr.

Bitte, lass uns gewinnen, bitte, gib uns diese Chance, bitte …, flehe ich in Gedanken.

»Zac! Verdammt, Zac, wir haben es geschafft!«

Ich fahre auf meinem Sitz zusammen, blicke nach vorn zu Professor Johnson, der mir einen amüsierten Blick zuwirft, dann zu Mira, die neben mir auf und ab springt. Unsicher erhebe ich mich ebenfalls.

»Was?«, frage ich wie der letzte Depp.

»Wir haben gewonnen! Wir haben wirklich gewonnen!« Tränen laufen Miras Wangen hinunter und kurz darauf fällt sie mir um den Hals. Wie in Trance folge ich ihr nach unten, unfähig, etwas zu sagen oder mich wirklich zu freuen. Aus dem Augenwinkel nehme ich wahr, wie unser Professor und auch der Leiter der Organisation Mira die Hand schütteln.

»Scheiße, verdammt!«, entfährt es mir schließlich – etwas zu laut, sodass der gesamte Saal erschrocken aufatmet. Mira dreht sich verwundert in meine Richtung, sieht mich unsicher an und plötzlich bricht all die Anspannung der letzten Monate aus mir heraus. Ich kann gar nicht anders, als zu lachen – über meinen plötzlichen Ausbruch und all das, was gerade passiert. »Verzeihen Sie«, sage ich schließlich, vor allem an den Vorsitzenden gerichtet. »Ich kann nur immer noch nicht glauben, dass wir wirklich gewonnen haben.«

Ein Lachen geht durch die Reihen, Mira tritt zur Seite und bedeutet mir, an das Mikrofon zu treten, in das wir eben schon bei unserem Vortrag gesprochen haben. Sie scheint zu spüren, dass ich nun bereit bin, etwas zu sagen. Und ich *habe* etwas zu sagen.

»In den letzten Wochen haben meine Partnerin und ich wirklich hart für dieses Projekt gearbeitet. Wir alle haben das.« Ich räuspere mich. »Mir bedeutet es enorm viel, dass Mira und ich die Chance bekommen, unsere Ideen Wirklichkeit werden zu lassen. Meinen herzlichen Glückwunsch auch an Katie und Linus.« Stück für Stück befreie ich mich von all den Zweifeln und negativen Gedanken, die noch in mir waren. »In meiner Vergangenheit habe ich viele Fehler gemacht. Ich habe nie gelernt, wie man richtig mit seinen Gefühlen umgeht, habe Menschen verletzt, mich selbst auf meinem Weg verloren.« Mira rückt ein Stück näher zu mir, legt ihre Hand auf meine, mit der ich das Rednerpult fest umklammert halte. »Ich kann kaum glauben, dass wir nun wirklich diesen Ort schaffen können, den ich mir damals selbst gewünscht hätte. Einen Ort, an dem die Kinder und Jugendlichen ganz sie selbst sein, sich ausleben können, an dem sie nicht allein, sondern Teil einer Gemeinschaft sind. Egal, woher sie kommen, wer ihre Eltern sind, ob sie gute Noten schreiben oder Probleme in der Schule haben, ob sie gern Fußball spielen oder lieber zeichnen, ob sie eher laute oder leise Menschen sind. Jeder ist willkommen, wird gefördert und kann sich dort sicher fühlen und frei entfalten, seinen eigenen Potenzialen und Wünschen entsprechend entwickeln.« Ich atme einmal tief durch, wende mich dann Mira zu. »In den letzten Monaten habe ich viel gelernt, vor allem über mich selbst. Und ich bin unendlich dankbar dafür, dass auch ich meinen Weg nicht mehr allein gehen muss.«

Lächelnd sieht sie mich an und am liebsten würde ich sie in Grund und Boden küssen, doch das wäre definitiv eine Schippe an Emotionen zu viel, also bedanke ich mich noch ein letztes Mal bei Professor Johnson und *Keeping Hope* und trete dann zur Seite, sodass Mira die Rede beenden kann.

Auch sie räuspert sich. »Dieses Projekt und die Zusammenarbeit mit Zac haben mir gezeigt, dass wir dringend Menschen brauchen, die etwas verändern möchten. Die es nicht nur wollen, aus vollem Herzen, sondern auch bereit sind, einfach alles dafür zu geben.« Bei ihren letzten Worten sieht sie mir tief in die Augen und ich weiß, dass sie an mich gerichtet sind. »Und obwohl ich viel lieber meine Kuchen backe, war es mir eine Ehre, mit diesem talentierten Menschen zusammenzuarbeiten. Ich freue mich auf unsere Zukunft.«

Und nun ist es mir wirklich absolut egal, wo wir uns befinden. Ich ziehe Mira an mich, lege meine Lippen auf ihre und küsse die Frau, die mir soeben mein gebrochenes Herz wieder zusammengesetzt hat. Die Frau, der ich blind vertraue, die mir gezeigt hat, dass es sich lohnt, an mich zu glauben, und dass ich an jedem Tag meines Lebens neu entscheiden kann, wer ich sein möchte.

Ein Jubeln geht durch die Reihen. Ich löse meine Lippen von Miras, ziehe meine Freundin jedoch an mich und blicke Professor Johnson entgegen, der uns ein ehrliches Lächeln schenkt. Und in diesem Moment weiß ich, dass es nie um den Sieg ging. Es ging nie darum, hier zu gewinnen. Es ging einzig und allein um das, was Mira und ich als Team erreicht haben und noch erreichen können. Um das, was *in* uns passiert ist. Die Veränderung, die wir als Menschen durchlebt haben, als Paar. Dass unser Projekt gewonnen hat, ist ein absoluter Erfolg, keine Frage. Doch der größte Erfolg ist nicht mit Händen greifbar.

Der größte Erfolg lebt in uns selbst.

EPILOG
Zwölf Monate später

Mira

»Meinst du nicht, das sind genügend Luftballons?« Enna stemmt die Hände in die Hüften und blickt auf den riesigen Haufen bunter Ballons, der sich direkt vor uns auf dem Boden befindet.

»Ich bin nicht sicher.« Ich trete neben sie und betrachte die Unmengen, die wir bereits aufgeblasen haben. »Aber ich habe definitiv keine Luft mehr übrig.«

»Geht mir genauso.« Lachend legt sie einen Arm um mich und zieht mich sanft an sich.

Ich bette meinen Kopf an ihre Schulter und besehe mir den großen Saal, den wir in den letzten Stunden fertig dekoriert haben. Vor uns stehen eine Menge Tische und Stühle, zwischen denen die Luftballons hin- und herrollen – bei jedem winzigen Lufthauch, der durch den Raum geht. »Danke für eure Hilfe, Enna«, bedanke ich mich bei meiner besten Freundin. »Ohne euch hätten Zac und ich das hier alles nie im Leben auf die Beine stellen können.«

In den letzten Tagen haben wir alles für die heutige Einweihungsfeier vorbereitet, wobei Enna, Finn und Jase uns tatkräftig unterstützt haben. Jase wird heute Abend mit seiner Band auftreten, sodass wir unseren Gästen sogar Livemusik bieten können. Auch Rachel hat uns unter die Arme gegriffen, indem sie Flyer designt und diese in der **Starfall Elementary School** ausgelegt hat, um auf die Eröffnung des Hortes aufmerksam zu machen. In den letzten Wochen haben uns bereits die ersten dankbaren Anrufe von Eltern erreicht, die sich wirklich darüber freuen, ihre Kinder künftig nach der Schule zu uns schicken zu können. Viele haben auch ihre Unterstützung angeboten, sind vorbeigekommen und haben uns unter die Arme gegriffen. Ein Vater ist Maler und hat den Räumen einen neuen Anstrich verpasst, Tapeten angebracht und sogar einige Räume mit selbst gemalten Wandbildern verschönert. Eine Mutter hat für unsere Ruheräume Vorhänge genäht, die perfekt zur Einrichtung passen.

»Gern geschehen«, murmelt Enna neben mir. Unser inniger Moment wird unterbrochen von Zac und Rosemary, die soeben zu uns gestoßen sind.

»Seid ihr bereit für den coolsten Kuchen der Welt?«, ruft Zac uns begeistert zu. »Mom hat sich selbst übertroffen!«

Lachend stellt Rosemary ihre Transportbox zu den anderen Leckereien, die ich gebacken habe, auf den Büfett-Tisch. »Es ist eine Schoko-Torte nach einem ganz besonderen Rezept. Wir haben es vor einigen Wochen im Rahmen meiner Umschulung ausprobiert und waren alle wirklich begeistert, also dachte ich, die Kinder hier würden sich bestimmt freuen«, erklärt sie uns lächelnd.

Noch immer freue ich mich riesig für Zacs Mom, dass auch sie sich endlich ihren langersehnten Wunsch erfüllt. In den letzten Wochen haben wir sehr oft zusammen geübt und gebacken, denn ich habe vor Kurzem meine Aufnahmeprüfung für die Ausbildung zur Konditorin bestanden und übe nun schon fleißig für den praktischen Teil. Immerhin geht es in wenigen Wochen los. Noch immer fühlt es sich richtig an, mein Bachelorstudium gemeinsam mit Zac beendet zu haben.

»Danke für den Kuchen, Rosemary.« Neugierig laufe ich zu ihr, hebe den Deckel der Box an und bestaune ihre Kreation. Auf der Schoko-Torte tummeln sich kleine silberne Glitzersterne.

»Die kann man mitessen«, raunt sie mir zu. »Die sind zuckersüß, oder?«

»Fabelhaft. Wo hast du die denn gekauft?« Interessiert begutachte ich die Dekoration.

»In einem neuen Backwarengeschäft ein paar Straßen weiter.«

»Da müssen wir demnächst unbedingt mal vorbeischauen!«

»Au ja!«

Begeistert schauen wir uns an, dann zieht sie mich für eine kurze Umarmung zu sich. »Ich bin so stolz auf euch beide«, murmelt sie, löst sich dann etwas von mir, um auch Zac an ihre Seite zu ziehen. Zu dritt stehen wir da, Arm in Arm. »Was ihr hier erschaffen habt, ist wirklich toll.«

»Danke, Mom.« Zac grinst mich an, scheint genauso glücklich zu sein, wie ich es gerade bin.

Noch immer kann ich kaum glauben, dass wir vor einem Jahr wirklich gewonnen haben. Seitdem ist so viel geschehen. Enna und Finn haben ihre erste eigene Wohnung bezogen und obwohl ich meinen Mitbewohner wirklich vermisse, genieße ich die Zweisamkeit mit Jase in der WG. In Finns Zimmer, das inzwischen frei ist, haben wir Jase ein kleines Musikzimmer eingerichtet, in dem er seine Gitarren-sammlung aufbewahren und in Ruhe an seinen Songs schreiben kann, da ich bald ohnehin nur noch an den Wochenenden zu Hause sein werde. Meine kleine Wohnung in der Nähe meiner künftigen Schule habe ich mir gemütlich eingerichtet. Dank der Unterstützung von Mom und Dad und meinem Zuschuss, den ich für die Ausbildung bekomme, konnte ich mir ein paar hübsche Möbel aussuchen. Ich fühle mich dort schon sehr wohl, freue mich aber, die praktischen

Wochen künftig im **C&C** zu verbringen und für diese Zeit mein Zimmer in der WG noch zu haben. Brian und ich sind weiterhin ein tolles Team und er ist der beste Ausbilder, den ich mir wünschen kann. Für die Zeit, in der ich die Schulbank drücken werde, hat er tatsächlich Harlow zur Bedienung der Gäste eingestellt. Sie war ohnehin auf der Suche nach einem Nebenjob und verbringt aktuell viel Zeit bei uns in der WG, die nur einen Katzensprung vom Café entfernt ist. Als mein Bruder uns vor zwei Monaten eröffnet hat, dass Harlow und er ein Paar seien, haben wir uns die größte Mühe gegeben, überrascht zu wirken. Doch sowohl Enna und Finn als auch ich haben bereits geahnt, dass es nur eine Frage der Zeit ist, bis die beiden zueinanderfinden. Nun sind sie ständig am Rumturteln, was wirklich zauberhaft süß ist. Ich bin unendlich glücklich und freue mich für Jase. Die Aufnahme für sein erstes Album ist in vollem Gange und es läuft wirklich gut. Mom und Dad haben wie versprochen den Produzenten geprüft und er leistet fabelhafte Arbeit. Die **Sound of the Stars** haben nun regelmäßige Auftritte in Starfall und der näheren Umgebung und werden immer bekannter.

»Mira!«, reißt mich das Rufen meiner Mom aus meinen Gedanken. Eben haben sie und Dad den Raum betreten und sehen sich interessiert um. »Das sieht ja fabelhaft aus hier!«

Ich ziehe die beiden in eine schnelle Umarmung zu mir, lächle dankbar. »Wir haben uns wirklich Mühe gegeben, alles schön zu herzurichten.«

»Das ist euch wahrlich gelungen.« Dad nickt anerkennend, entdeckt dann Zac neben seiner Mom und geht direkt zu ihm. »Zac, mein Junge, mir ist gestern noch eine Idee für unser Bauprojekt in der Stadt gekommen …«

»Dad, doch nicht heute!«, ermahne ich ihn lachend, doch Zac steigt sofort in eine Diskussion mit ihm ein.

Zunächst war ich überrascht, als meine Eltern ihm vor einigen Wochen tatsächlich anboten, neben seinem Jurastudium in der Kanzlei zu arbeiten, um schon mal praktische Erfahrungen sammeln zu können. Heute bin ich dankbar dafür, dass die beiden Zac an meiner Seite endlich akzeptieren und immer besser darin werden, Jase und mich in unseren Träumen zu unterstützen. Mit jedem Tag scheinen sie sich mehr damit arrangieren zu können, dass sie eine Kuchenfee zur Tochter und einen leidenschaftlichen Musiker zum Sohn haben.

Alles hat sich zum Guten gewendet. Ich habe wieder Hoffnung geschöpft. Hoffnung darauf, dass ein Traum immer in Erfüllung gehen kann, wenn man nur stark genug an sich glaubt und sich mit Menschen umgibt, die dasselbe tun. Und diese Menschen habe ich um mich, wofür ich unendlich dankbar bin.

Eine Stunde später stehen wir vor dem Gebäude, unsere Freunde und Familien vor uns und im Rücken ein dickes rotes Absperrband. Zac greift sich die große Schere vom Stehtisch neben uns, lächelt mich wissend an und dreht sich dann zu unserem Publikum um.

»Wir freuen uns riesig, dass ihr alle gekommen seid, um diesen bedeutsamen Moment mit uns zu feiern!«, ruft er in die Runde. »Zunächst einmal möchten wir uns bei Professor Johnson und der *Keeping Hope*-Organisation bedanken, ohne deren Unterstützung wir dieses Projekt niemals hätten in die Tat umsetzen können.« Lächelnd wendet er sich an unseren Dozenten und die zwei Vertreter der Organisation, die wir ebenfalls zur heutigen Feier eingeladen haben. Professor Johnson nickt uns anerkennend zu und die beiden Herren lächeln zufrieden.

»Außerdem danken wir unseren Freunden und unseren Familien. Danke, dass ihr immer an uns geglaubt habt und uns in den letzten Monaten so eine enorme Stütze wart. Das ist nicht selbstverständlich und wir lieben euch«, füge ich Zacs Rede hinzu. Dabei lasse ich meinen Blick durch die Reihen wandern, erkenne eine weinende Enna, die von Finn im Arm gehalten wird, und Harlow, die ihren Kopf an Jases Schulter gelehnt hat. Beide grinsen uns entgegen und mein Bruder reckt beide Daumen in die Höhe, was mir ein amüsiertes Schmunzeln entlockt. Hinter ihm stehen die anderen Bandmitglieder sowie Rosemary, meine Eltern und einige andere unserer Dozenten.

Schließlich schaue ich wieder zu Zac, der neben mir steht und sich nun mir zuwendet. »Mira und ich haben wie Löwen gekämpft für dieses Projekt und freuen uns auf alles, was noch vor uns liegt.« Mit seiner freien Hand greift er nach meiner, zieht mich an seine Seite. »Ich liebe dich«, flüstert er mir ins Ohr, sodass nur ich es hören kann, jedoch entgeht natürlich keinem der Anwesenden seine Geste.

»Jetzt schneidet endlich dieses Ding durch und küsst euch, verdammt!«, brüllt Finn auf einmal, was uns alle zum Lachen bringt.

»Also gut.« Zac zuckt spielerisch mit den Schultern. »Auf drei?«
Ich nicke und wir zählen alle gemeinsam.

»Eins, zwei …«

»Drei!«

Zusammen schneiden wir das rote Absperrband entzwei, drehen uns zu unseren Liebsten und rufen »Willkommen im **Flying Birds**!« Jubel geht durch die Runde und kurz darauf werden wir in innige Umarmungen gezogen. Wir lassen uns von unseren Freunden und unseren Familien beglückwünschen, irgendwann schiebt Zac mich zur Seite aus der Menge heraus.

Er legt seine Arme um meine Taille, zieht mich ganz nah an sich, legt seine Stirn an meine. »Ich liebe dich«, murmelt er.

»Und ich liebe dich.« Glücklich schließe ich meine Augen. »Wir haben es geschafft, Zac. Wir fliegen.«

»Wir fliegen, Mira. Und ich finde dieses Gefühl fantastisch.«

»Ich auch«, stimme ich ihm zu, blicke dann wieder in seine Augen. »Hast du eine Ahnung, wie froh ich bin, dich zu haben?«

»Eine geringe, ja«, erwidert er lachend, schaut dann wieder ernster zu mir. »Du bist der Sturm in meinem Herzen, Mira. Du bist einfach aufgetaucht, hast die Mauern, die mich viel zu lange umgeben haben, niedergerissen. Ich danke dir dafür.«

»Jederzeit wieder«, murmle ich, stelle mich auf meine Zehenspitzen und lege meine Lippen auf seine. Wir verlieren uns in diesem Kuss, vergessen alles um uns herum. So ist es immer, wenn wir zusammen sind. Nichts zählt mehr – außer uns beiden. Nichts ist mehr wichtig – außer die Gefühle, die in uns toben.

Und ich möchte kein einziges dieser Gefühle missen.

Die Liebe, die Freude, die Aufregung und manchmal auch die Angst. Die Unsicherheit, das Kribbeln, die Gänsehaut, die er mit jeder Berührung entstehen lässt. Das Rasen meines Herzens, das er mit jedem seiner Küsse verursacht.

Ich liebe diesen Mann mit allem, was ich bin, und mit allem, was ich habe.

Endlich weiß ich, wie es sich anfühlt, frei zu sein und zu fliegen.

Und ich möchte nie wieder landen.

Danksagung

Beim Schreiben von *Du bist der Sturm in meinem Herzen* durfte ich ein zweites Mal nach Starfall reisen, Enna und Finn wieder in die Arme schließen und mich nun ganz auf Mira und Zac konzentrieren. Es war mir eine Freude, die Geschichte der beiden zu erzählen und ich hoffe von ganzem Herzen, dass sie dir gefallen hat. Ich finde, dass wir wirklich viel von den beiden lernen können: Was es heißt, über sich selbst hinauszuwachsen, für etwas zu kämpfen, das einem viel bedeutet. Dass es möglich ist, sich zu ändern, wie wichtig es ist, immer an sich selbst zu glauben.

Am Ende von meinem Romandebüt *Du bist das Licht in meiner Welt*, habe ich sehr vielen Menschen gedankt. Meine Familie und meine Freunde sind meine Unterstützer, immer für mich da und haben mich auch beim Schreiben dieses Buches wieder begleitet. Wer mich kennt, der weiß, dass ich mich sehr schwer damit tue, mich kurzzufassen. Ich möchte auch in dieser Danksagung wieder Seiten füllen, mit Liebe und Worten … Ich bin und bleibe ein absolutes Wörtermädchen, hihi! Doch für das Ende dieser Geschichte habe ich mich für etwas anderes entschieden. Ich möchte meinen Herzensmenschen nicht nur danken, sondern ihnen verdeutlichen, weshalb sie so wundervolle Menschen für mich sind. Denn ich finde, dass wir viel zu oft vergessen, wie stark und mutig wir alle sind. Deshalb kommt hier meine Erinnerung an euch, meine Familie und meine Freunde:

Miri ... Ich bewundere, wie sehr du für die Dinge brennst, die du liebst. Deine Begeisterung ist ansteckend, wenn du von etwas sprichst, das dir viel bedeutet, möchte ich am liebsten sofort jedes Abenteuer mit dir erleben. Wenn dir etwas oder jemand wichtig ist, dann kämpfst du wie eine Löwin. Vergiss niemals, wie stark du bist. Und wenn du es doch mal vergisst, bin ich hier, um dich daran zu erinnern.

Franka ... Immer wieder schaffst du es, mir Mut zu machen. Ich fühle mich verstanden und durch deine Worte bestärkt in dem, was ich tue. Ich hoffe du weißt, dass du die Welt erobern wirst mit deinen Geschichten, denn glaub mir: Ich weiß, dass du es schaffen kannst. Und irgendwann werden wir alle tanzen – mit deinem Debüt in den Händen.

Sophie ... Für so viele Menschen bist du eine Bereicherung, denn deine Worte, geschrieben oder gesprochen, bilden einen Regenbogen, zu dem man aufblicken kann, wenn das Leben mal wieder grau erscheint. Du bringst Farbe in die Welt. Darauf kannst du so stolz sein.

Eva ... Mit deiner Arbeit unterstützt du so viele Autor*innen, gibst ihnen Mut und Hoffnung, das Gefühl, dass sie etwas ganz Besonderes geschaffen haben. Ich hoffe, du weißt, wie viel deine Worte bewegen können. Bei mir haben sie sehr viel bewegt.

Chenoa ... Du überwindest deine Ängste, springst immer wieder über Hürden. Und auch, wenn mal eine umfällt, lässt du dich von deinem Weg nicht abbringen. Bitte vergiss niemals, wie wunderschön du bist, wie stark und mutig – denn das bist du.

Lisl ... Deine Zeichnungen berühren mein Herz, denn durch sie hauchst du meinen Figuren Leben ein. Und nicht nur deine Kreativität bewundere ich, sondern auch, wie du es immer wieder schaffst, dass ich mich nach einem Telefonat mit dir gleich viel besser fühle. Deine offene Art wirkt Wunder. Du bringst die Menschen um dich herum zum Leuchten.

Meli ... Ich bin immer wieder überrascht, wie wenig Distanz doch für eine Freundschaft bedeutet. Selbst am anderen Ende der Welt gelingt es dir, für mich da zu sein, und ich hoffe, du weißt, wie viel es mir bedeutet, dich in meinem Leben zu haben. Du brennst für die Dinge, die dir wichtig sind, und reist dafür sogar einmal um die Welt. Wahnsinn!

Lisa ... Manchmal schlägt das Schicksal einfach zu und ich bin mir sehr sicher, dass es das bei uns beiden auch getan hat. Du wirst eine ganz wundervolle Lehrerin für deine Schüler*innen sein, die tollsten Tafelbilder gestalten und den spannendsten Unterricht halten – da bin ich mir ganz sicher.

Lauri ... Egal, wie lange wir uns nicht gehört haben, wir schaffen es immer wieder, direkt dort anzuknüpfen, wo wir vor Wochen aufgehört haben. Deine Unterstützung ist Gold wert. Du bist so mutig, entdeckst immer neue Dinge, wächst, veränderst dich und bleibst doch immer du selbst. Das finde ich toll!

Ela ... Du bist die beste Freundin meiner Mama und schon allein das macht dich für mich zur Heldin. Noch viel mehr gefällt mir aber an dir, wie du die Dinge in die Hand nimmst und nach deinem eigenen Glück greifst, um es dann ganz festzuhalten. Ich bin stolz auf dich!

Karina ... Für mich bist du die weltbeste Kinderbuch-Verlegerin (gibt es das Wort? Egal!) und zudem meine größte Stütze im Verlag. Du kämpfst dafür, die Dinge tun zu können, die dir am Herzen liegen, und unterstützt uns Autor*innen dabei, unsere Geschichten in die Welt zu tragen. Danke, dass es dich gibt.

Jasmin ... Bisher habe ich noch keinen Menschen getroffen, der so viel Leidenschaft für seinen Beruf mitbringt wie du. Du BRENNST förmlich für die Dinge, die du tust. Wenn du ein Projekt betreust, gibt es keine halben Sachen, sondern nur vollen Einsatz, volle Unterstützung und volle Jasmin-Power, die dann absolut ansteckend ist. Du bist der Wahnsinn.

Lisa ... Wer eine Taubenplage übersteht, der übersteht alles, da bin ich mir sicher! Du bist eine wunderbare Künstlerin und ich hoffe, dass eines Tages eins deiner Bilder an meiner Wand hängen darf. Du bist mutig, stark und talentiert. Du kannst so stolz auf dich sein!

Kat ... Du bist eine wundervolle Mama für die kleine Rosalie, kaufst ihr die schönsten Bücher und liest ihr die spannendsten Geschichten vor. Ich bin mir sicher, dass ihr Bücherregal eines Tages genauso riesig ist wie meins, und dann darfst du dir auf die Schulter klopfen, du stolze Bücher-Mama!

Jil ... Du hast Mira, Zac und mich durch diese unfassbar intensive Reise begleitet und aus jedem einzelnen Kapitel das Beste herausgekitzelt. Mit dir hatte ich ein so schönes Lektorat und ich bin unendlich dankbar für unseren Austausch! Durch deine Arbeit werden so viele Geschichten geschliffen, abgerundet und noch viel fabelhafter. Du bist ein Herzensmensch!

Heike ... Durch deine lieben Worte fühle ich mich oft bestärkt. Du warst für mich da, in den schönen und schweren Phasen und hast somit auch einen Teil zu diesem Buch beigetragen. Danke, dass es dich gibt und du zur Familie gehörst. Ich drück dich!

Oma ... Deine bestärkenden Worte bedeuten mir immer sehr viel. Du liest auch als meine Omi einen von mir geschrieben Liebesroman aus einem Genre für junge Erwachsene, feierst meine Figuren aber dennoch, und dafür liebe ich dich so sehr!

Marie ... Wir kennen uns noch nicht so lang und dennoch hast du immer ein offenes Ohr für mich. Wir ähneln uns in vielen Dingen, du inspirierst mich so oft durch deine Worte, deine Texte und Postings. Du bist ein Sonnenschein!

Sylke ... Für mich bist du die wundervollste Grundschullehrerin, die es gibt. Danke, dass du mich in meinen Träumen unterstützt. Ich bin stolz auf dich, weil du den Kindern deiner Klasse Hoffnung schenkst, mit Liebe unterrichtest und mit vollem Herzen dabei bist. Danke, dass es dich gibt!

Emi ... Du bist eine Strahlemaus und ich freue mich immer sehr, wenn wir uns sehen. Bei meinen Autorenfotos hast du mich unterstützt, warst auf meiner ersten Lesung, liest meine Geschichten und schreibst mir so liebe Worte. Du kannst stolz auf den Menschen sein, der du bist – mutig und herzlich!

Maria ... Kennengelernt haben wir uns beim Fasching mit Miri und sofort haben wir uns supergut verstanden. Danke, dass du auf meiner ersten Lesung warst, mich unterstützt und geheime Aktionen mit mir planst, um Miri eine Freude zu machen, hihi. Wir teilen einen Herzensmenschen, und das finde ich schön!

Mama ... Wir zwei kämpfen uns durch dieses bunte Leben, halten immer aneinander fest. Nichts kann sich jemals zwischen uns stellen, so viele Dinge haben wir erlebt, schöne und verdammt schwere Zeiten durchgestanden. Ich bewundere dich dafür, dass du immer für mich da warst, sogar dann, als es dir selbst noch viel schlechter ging als mir. Dass du meine Hand niemals und unter keinen Umständen loslassen würdest. Und ich bin mir sicher, du weißt, dass ich auch deine Hand immer festhalten werde. Du bist mein Lieblingsmensch, meine zweite Hälfte. Du und ich, für immer.

Papa ... Ich hoffe du weißt, dass ich nichts als selbstverständlich betrachte, was du für mich tust. Für mich bist du ein Superheld, nur in Malerhose und ohne Umhang, aber das ist okay! Ich kenne niemanden, der so stark ist wie du. Nichts kann dich umwerfen und ich möchte, dass du weißt, dass ich dennoch hinter dir stehe und dich auffange, solltest du fallen – genau so, wie du es immer für mich getan hast.

Du ... bist einfach wundervoll. Ja, genau DU! Du meisterst dieses Leben, gibst immer dein Bestes, triffst gute Entscheidungen, machst auch mal Fehler, gehst nach vorn, dann wieder fünf Schritte zurück, entscheidest dich neu, immer und immer wieder … Du begegnest Menschen, die dich lieben, und welchen, die dich verletzen. Du bist stolz auf dich, dann zweifelst du wieder an dir, fühlst dich an einem Tag wohl und am nächsten ausgelaugt. Das ist das Leben. Das ist DEIN Leben. Du hast den Stift in der Hand. Schreib deine eigene Geschichte, kritzel Notizen daneben, male Bilder dazu, in bunten Farben, sei mutig, sei ängstlich, sei du selbst.

Ich bin stolz auf dich.